2/08

DISCARD

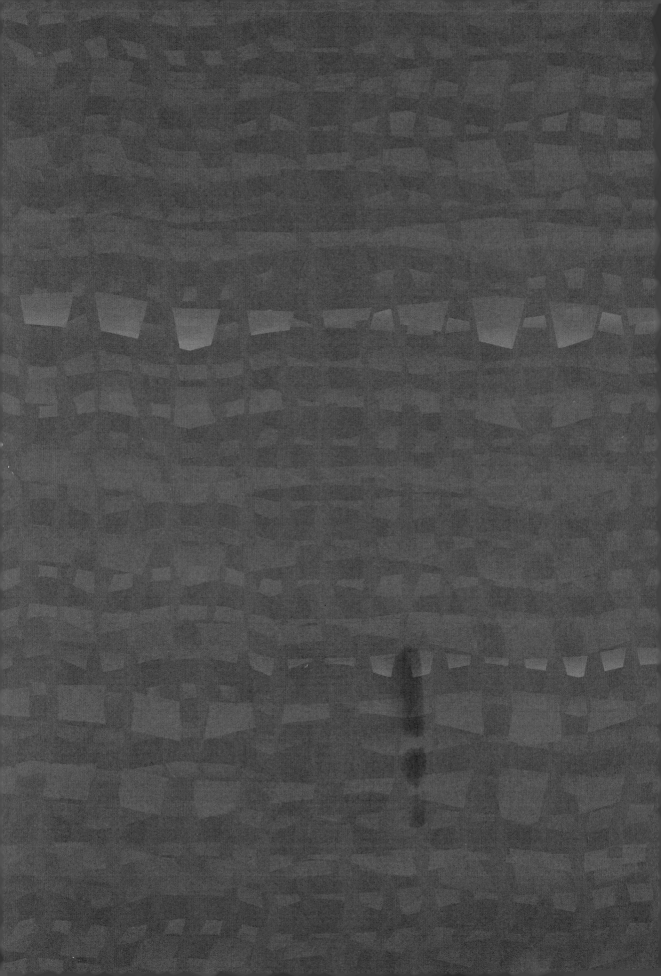

OBRAS REUNIDAS

I

SERGIO PITOL

OBRAS REUNIDAS

I

El tañido de una flauta
Juegos florales

FONDO DE CULTURA ECONÓMICA

Pitol, Sergio
   Obras reunidas I. El tañido de una flauta. Juegos florales /
Sergio Pitol. — México : FCE, 2003
   320 p. ; 26 × 19 cm — (Colec. Obra Reunida)
   ISBN 968-16-6855-3

   1. Novela 2. Literatura mexicana — Narrativa I. Ser II. t III. t:
El tañido de una flauta IV. t: Juegos florales

LC PQ 7298.26.I8 2003 Dewey M863 P686o

Primera edición, 2003

Se prohíbe la reproducción total o parcial de esta obra
—incluido el diseño tipográfico y de portada—,
sea cual fuere el medio, electrónico o mecánico,
sin el consentimiento por escrito del editor.

D. R. © Ediciones Era
      Calle del Trabajo, 31; 14269, México, D. F.

Comentarios y sugerencias: editor@fce.com.mx
Conozca nuestro catálogo: www.fondodeculturaeconomica.com

D. R. © 2003, Fondo de Cultura Económica
      Carretera Picacho-Ajusco, 227; 14200, México, D. F.

ISBN 968-16-6854-5 (Obra completa)
ISBN 968-16-6855-3 (Tomo I)

Impreso en México • *Printed in Mexico*

ÍNDICE

Las primeras novelas

Siempre que escribo algo cercano a la autobiografía: crónicas de viajes, algunos acontecimientos en que por propia voluntad o puro azar fui testigo, retratos de amigos, maestros, escritores o pintores a quienes he conocido, y, sobre todo, las frecuentes incursiones en el imprevisible magma de la infancia, me queda la sospecha de que el ángulo de visión nunca ha sido adecuado, que el entorno es anormal, a veces por una merma de realidad, otras por un peso abrumador de detalles, casi siempre intrascendentes. Soy entonces consciente de que al tratarme como sujeto o como objeto mi escritura queda infectada por una plaga de imprecisiones, errores, desmesuras u omisiones. Persistentemente me convierto en otro. De esas páginas se desprende una voluntad de visibilidad, un corpúsculo de realidad logrado por efectos plásticos, pero rodeado de neblina. Supongo que se trata de un mecanismo de defensa. Me imagino que produzco esa evasión para apaciguar una fantasía que viene de la infancia: un deseo perdurable de ser invisible. Ese sueño de invisibilidad me acompaña desde que tengo memoria y subsiste hasta ahora; anhelo ser invisible y moverme entre otros seres invisibles.

En estas páginas que preceden al primer volumen de mis obras completas trataré de frenar esa forma de automoribundia. Por lo mismo, y porque lo que un autor escribe sobre sus libros tiene como fin despejar las oscuridades de la obra, o explicar los motivos y las circunstancias de su generación, trataré de exigirme un esfuerzo de concisión, prudencia y claridad, es decir, en este caso me volveré visible.

En 1957 escribí mis primeros cuentos. Tenía veinticuatro años, y al año siguiente publiqué mi primer libro: *Tiempo cercado*. Mis amigos, Juan García Ponce, Salvador Elizondo, José de la Colina, habían ya publicado uno o varios libros. Habían sido reconocidos por la crítica como promesas brillantes y muy poco después como presencias importantes de nuestra literatura. Mi primer libro fue editado por una revista literaria, *Estaciones*. Fue el primero y el último de una colección de jóvenes autores que la revista había concebido. No llegó siquiera a las librerías y por lo mismo tuvo una casi nula atención crítica. Aquellos cuentos iniciales tenían como fuente los relatos que en mi infancia le había oído a mi abuela, en largos y minuciosos monólogos. Giraban sobre un viaje a Italia en su niñez acompañada de su padre y sus hermanas, una estancia de varios años para educarse, pero, sobre todo, se ceñían a las infinitas vicisitudes sufridas a su regreso, la Revolución, la viudez en plena juventud, los ranchos destrozados, las dificultades de todas clases, penas que me imagino debieron ser de alguna manera mitigadas por un incesante consumo de novelas. Mi abuela fue hasta su muerte una lectora de tiempo completo de novelas del siglo XIX, sobre todo las de Tolstoi. Cada vez que la evoco se me aparece sentada, olvidada de todo lo que sucedía en la casa, inclinada en un libro, casi siempre *Ana Karenina*, que debió haber releído más de una docena de veces.

Con la publicación de *Tiempo cercado* supuse haber cumplido con un deber, homenajear a mi abuela, pero también marcar una distancia con su mundo. Advertí de inmediato que dejaba atrás una adolescencia que se había resistido tenazmente a desvanecerse. Di por contado que el único motivo para escribir mi libro fue el efecto liberador que entonces requería. En los tres siguientes años no escribí una línea. Y hasta donde recuerdo no sentí el menor remordimiento. Tampoco lo lamentaba. Mi energía e imaginación se ocupaban de otras cosas más vitales, pero no me alejaba del todo de la literatura, sino sencillamente de la escritura.

En 1961 viajé a Europa. En Roma, una tarde, haciendo tiempo en un café, esperando a María y Araceli Zambrano, comencé a pergeñar una historia sobre un próspero funcionario mexicano, de vacaciones en Italia, quien repentinamente descubría que las argucias que ha utilizado para ascender social, política y económicamente se convertían en una pérdida, que los pasos con que creía afirmar el éxito en su carrera habían sido una trampa, un engaño para llegar a acabar en el pozo donde se encontraba, y en una noche de reminiscencias descubre con asombro, con horror infinito, que no era sino un auténtico pobre diablo. Londres fue la primer ciudad donde me instalé al iniciar mi periplo europeo. En una ocasión fui invitado a cenar en casa del agregado cultural de la Embajada. Habían coincidido allí un grupo de periodistas mexicanos, dos o tres funcionarios de la Universidad Nacional Autónoma, algunos hispanoamericanistas ingleses, un historiador muy prestigiado, a cuyas clases asistí muchas veces como oyente, miembros de la Embajada, unas damas británicas pertenecientes a una asociación cultural británico-mexicana y un político que había tenido una carrera oscura, abyecta y poderosa, que abandonó para pasarse al sector empresarial, donde, según se decía, había hecho una enorme fortuna, quien saludaba a todos como si él fuera el anfitrión. En uno de sus recorridos por el salón se detuvo ante el pequeño grupo que rodeaba al profesor de historia.

Saludó con pomposa cordialidad al maestro, quien en esos momentos comentaba la titánica labor de Vasconcelos en la cultura mexicana. El profesor nos lo presentó, añadiendo que aquel personaje podía hablar del tema con mucho mayor conocimiento puesto que en su juventud había trabajado con el Maestro en Educación para luego ser uno de sus asistentes más cercanos durante la campaña presidencial y después de la derrota uno de los más perseguidos y castigados. El otro se sentó y contó unas cuantas anécdotas banales que todos conocíamos, y otras verdaderamente escalofriantes. Habló de sus años de miseria en el exilio en San Francisco y después en España y Francia, y de su repatriación a México durante la segunda Guerra, cuando el presidente Ávila Camacho convocó a todos los mexicanos a formar un frente contra el enemigo, una auténtica unidad nacional. "Se imaginan ustedes —decía— lo que era darle un abrazo a Calles, el enemigo de antes, el demonio, el que mandó a matar a nuestros compañeros, pero también él nos abrazaba y hasta con calidez, porque después de nosotros también conoció el exilio, como los vasconcelistas, y porque estábamos juntos en una nueva causa, sí, la unidad nacional. Se dice fácil, pero forjarla fue muy arduo, un puro milagro"; luego se lamentó de que algunos imbéciles lo consideraban por eso un traidor, "traidores, mangos, fuimos los arquitectos de un México nuevo", y los rasgos se le endurecieron como si fueran de piedra. Se levantó como si ya hubiera cumplido el acto que se esperaba de él y se acercó a otro grupo. El profesor de historia dejó caer un solo comentario sobre el personaje: "toda su vida fue un traidor, no por abrazar a Calles, eso sería lo de menos, fue un traidor a todos", y siguió comentando algunos aspectos de las extraordinarias realizaciones culturales de Vasconcelos. El político se quedó hasta tarde; cuando se despidió de los pocos que quedábamos, nos espetó broncamente que nosotros no conocíamos México ni lo podríamos entender nunca, y lo dijo como si nos estuviera mentando la madre.

Cuando en Roma comencé a esbozar ese relato mientras esperaba a las Zambrano, sentí que las musas se mostraban muy dadivosas, el personaje que me enviaron era un regalo formidable; al construirlo me alejaba de mi región y de los personajes de mis cuentos anteriores; fue fácil armar el cuento, crear las figuras secundarias que lo rodeaban, entre quienes el personaje había vivido y a las que sacrificó a medida que ascendía esa peligrosa escalera que lleva al triunfo, pero desde donde también se puede conocer el abismo, hasta que casi al fin del relato vislumbré que había retratado al político a quien había conocido en Londres. Parecía que al recordar esa reunión londinense aquel político millonario me hubiera impresionado en exceso, al grado de transformarlo en el protagonista de mi relato. No fue así, para nada, el monólogo que nos lanzó en la fiesta debió durar a lo más quince o veinte minutos. La retórica del triunfador era hueca; el tono oratorio y los ademanes teatrales, ridículos. Estuve, en cambio mucho tiempo conversando con mi maestro, con los profesores de literatura hispanoamericana, con unas muchachas economistas muy divertidas que estudiaban en Londres y con mi amigo el agregado cultural de la Embajada. A la semana siguiente ni siquiera lo registraba, y sólo tres o cuatro meses después se introdujo en mis cuadernos. No era fruto de la pura imaginación sino de la realidad, una realidad degradada, estilizada, lo que de cualquier modo podría ser una forma secundaria de la imaginación. Ninguna frase del personaje real había llegado a mi cuento, ni la descripción física ni los ademanes eran semejantes; lo que lo hacía coincidir con mi protagonista era un tufo de arrogancia y vileza. Ese cuento, "Cuerpo presente", tenía una intensidad diferente a los anteriores, una temperatura distinta a aquellos relatos evocadores de mis antepasados, que yo intentaba revivir con registros modernos y ecos de Faulkner, de Borges y de Onetti. Fue un nuevo principio. A partir de entonces comencé a imaginar tramas que sucedían en los países donde me movía. Los escenarios narrativos eran los mismos que yo transitaba: Polonia, Alemania, Francia, Austria y, sobre todo, Italia. No eran crónicas de viajes; de la realidad sólo utilizaba algunos espacios, y destacaba unos cuantos detalles significativos para potenciar la arquitectura de una trama, meras escenografías en las que con severidad me exigía no caer en el pintoresquismo. Mis protagonistas, salvo una o dos excepciones, eran siempre mexicanos de paso por algún lugar de Europa: estudiantes, escritores y artistas, hombres de negocios, cineastas que asisten a algún festival, o tan sólo turistas. Hombres y mujeres de cualquier edad que en un momento imprevisible sufrían una crisis moral, amorosa, intelectual, religiosa, ideológica, existencial. De haber pasado ese momento de angustia en México lo hubiesen sobrepasado con seguridad fácilmente, y tal vez considerado como una minucia. El entorno, los usos familiares y profesionales, el trato con los amigos, los colegas o sus maestros, y, en caso extremo, con su psicólogo o un psicoterapeuta competente los librarían del malestar. En la soledad del Orient-Express o aún más en la del Transiberiano, en la madrugada de un centro nocturno en Roma o en Palermo, rodeado de bufones y caras desabridas, el desasosiego crecía, la lucha consigo mismo tomaba otras dimensiones, los enigmas interiores que nadie desea descubrir se volvían siderales. En esos complicados tejidos y sus diversas variaciones me entretuve casi quince años. Seis años después de haber publicado *Tiempo cercado,* aquel primer libro casi secreto, apareció *Infierno de todos,* 1965, que absorbió algunos cuentos del anterior, y recogió otros nuevos; en seguida, *Los climas,* 1966, *No hay tal lugar,* 1967, hasta *Del encuentro nupcial,* 1970.

Escribí todos esos libros en el extranjero. Enviaba los manuscritos a las editoriales en México, y un año más o menos después recibía los primeros ejemplares. El mismo camino siguió un último cuentario, *Nocturno de Bujara,* 1981, rebautizado por las editoriales después con el título de *Vals de Mefisto,* así como las dos novelas que alberga este primer volumen: *El tañido de una flauta,* 1972, y *Juegos florales,* 1982. No tener una relación personal con los editores, lectores y críticos fue para mí provechoso. Lejos de México no tenía noticias de las modas intelectuales, no pertenecía a ningún grupo, ni leía lo que mis contemporáneos leían. Era como escribir en el desierto, y en esa soledad casi absoluta fui paulatinamente descubriendo mis procedimientos y midiendo mis fuerzas. Mis relatos se fueron modulando en busca de una Forma a través de la cual cada relato debía de ser hermano de los otros sin ser iguales, y la captura de un lenguaje y estilo propios. Desde mis principios me propuse que el lector no advirtiera del todo los procedimientos estilísticos, que no supiera cómo estaba armado el cuento.

Mis autores en esos años de formación fueron sobre todo ingleses, clásicos y contemporáneos, y en especial la formidable estirpe de excéntricos que ha producido esa literatura en todas sus épocas; me familiaricé también con los asombrosos polacos de los años treinta, Bruno Schulz, Witold Gombrowicz, Stanislaw Witckiewicz; mis italianos preferidos fueron Italo Svevo, Tommaso Landolfi, Carlo Emilio Gadda, Cesare Pavese y el último Vittorini, y entre los alemanes, Thomas Mann, quien me ha acompañado desde la adolescencia hasta este momento, sorprendiéndome más y más en cada relectura, y, compulsivamente, los austriacos Schnitzler y Kafka, conocidos de antiguo, y los que llegaron después: Musil, Canetti y sobre todo Hermann Broch, de quien leí hechizado *Los sonámbulos,* y al acabar la última novela del tríptico volví a releerlas todas otra vez. Al mismo tiempo entreveraba siempre entre esas lecturas otras que me acercaran a mi lengua, el Siglo de Oro español, con una preferencia marcada por Tirso de Molina, todo Galdós y los clásicos modernos hispanoamericanos, sobre todo Borges, Onetti, el primer Carpentier, Neruda y los mexicanos Reyes, Torri, Rulfo y Arreola.

En esos quince años en que sólo escribía cuentos, varias veces sentí la tentación de acercarme a la novela; llené varias libretas con bosquejos de tramas, diseñé personajes, pero al tratar de escribir encontraba una dificultad mayúscula para establecer las líneas que enlazaran los diversos escenarios, al adelantar se adelgazaban, se desprendían del eje, paralizaban a los personajes, al tiempo mismo, sólo que daban algunos detalles. Al desnudar los temas de toda esa exuberante espuma se transformaban en relatos breves y concisos, se volvían cuentos.

El año 1961 lo inicié en México con una gran fatiga, estaba harto de todo. Mi obra consistía sólo en aquel *Tiempo cercado,* un librito secreto. Sentía que necesitaba un cambio de aires; de golpe me decidí a vender algunos cuadros y unos cuantos libros valiosos para bibliófilos con qué cubrirme un viaje de varios meses en Europa. Compré el pasaje en un barco alemán que saldría de Veracruz el verano de ese año. A medida que se acercaba la fecha de mi partida, la fiebre se me hacía más compulsiva. Acabé por vender casi todos mis libros, no sólo los valiosos, y hasta algunos muebles. En el fondo, sin ser del todo consciente, estaba quemando mis naves. Esos pocos meses se transformaron en veintiocho años. Durante ellos vine a pasar vacaciones varias veces, aunque en realidad no frecuentes, y en dos ocasiones hice estancias más amplias, un año en Xalapa en 1967, y año y medio en la ciudad de México entre 1982 y comienzos del 83, con la clara conciencia de que eran temporales, de que volvería de nuevo al extranjero. Mi vida fuera del país comprendió dos etapas tajantemente marcadas, y en principio antagónicas. La primera cubrió once años, de 1961 a 1972. En ella gocé de una libertad jamás soñada. El primer año lo pasé en Roma, luego en Pekín, di clases en la Universidad de Bristol, trabajé en dos editoriales en Barcelona, una muy prestigiada, Seix Barral, y otra incipiente y muy audaz para la época, Tusquets, pero sobre todo hice traducciones para varias editoriales de México, España y Argentina. Viví también tres años en Varsovia. Esa etapa, al no tener horarios, ni jefes, ni oficinas, me permitió moverme por otros países con soltura, a pesar de mis medidos recursos. Debo haber traducido en esos años de treinta a cuarenta libros. Tuve la suerte de que, salvo dos o tres títulos, pude elegir personalmente los libros que traduciría, y que fuera de dos todos eran novelas. Esa tarea me predispuso a lanzarme tiempo después a hacer las mías propias. No conozco mejor enseñanza para estructurar una novela, que la traducción. Hurgar las entretelas de *Los papeles de Aspern*, de Henry James, *Las puertas del paraíso*, de Andrzejewski, *El buen soldado*, de Ford Madox Ford, *El corazón de las tinieblas*, de Conrad, *Las ciudades del mundo*, de Vittorini, *Caoba*, de Boris Pilniak, entre otras, estimularon la tentación de aventurarme a probar mi suerte en ese género que hasta entonces consideraba yo vedado.

La segunda parte de mi estancia en Europa comienza en 1972 y termina en 1988, y se desarrolla en espacios que por lo general se suponen absolutamente antagónicos a aquellos en que me había movido. La Secretaría de Relaciones Exteriores me invitó a ser agregado cultural en la Embajada mexicana en Polonia por un periodo de dos años. Acepté, con la convicción de que al abandonar las traducciones podría tener más tiempo para dedicarme a la creación, y también por haber ya vivido años atrás en Varsovia, en una época en la que la vida artística conocía momentos radiantes, lo que me había convertido en adicto a su cultura y a su gente. Estaba convencido de que al finalizar ese par de años volvería a México para quedarme allí permanentemente. Pasó lo que me sucedía siempre en la juventud, dejaba al azar regir mi destino. De modo que me quedé catorce años en el Servicio Exterior. Las embajadas y los países donde estuve en ellas fueron ubérrimas en experiencias. Mis libros, aún ahora, se alimentan de ellas. Si de algo puedo estar seguro es de que la literatura y sólo la literatura ha sido el hilo que ha dado unidad a mi vida. Pienso ahora, a mis setenta años, que he vivido para leer; como una derivación de ese ejercicio permanente llegué a ser escritor.

En la franja divisoria entre esas dos etapas se gestaron mis dos primeras novelas: *El tañido de una flauta,* 1972, y *Juegos florales,* 1982. La última debió de haber sido la inicial; sin embargo, necesité quince años para concluirla.

Poco antes de terminar mi estancia en Xalapa, asistí a una fiesta en Papantla. Un poeta xalapeño había ganado el primer premio en los juegos florales que anualmente se celebraban en esa pequeña ciudad en el marco de un gran festejo regional. Pasé allí con un grupo de maestros y estudiantes de la Universidad Veracruzana los tres días de festejos. Al llegar de regreso a casa hice en la misma noche el bosquejo de una novela. La historia parecía fácil; la realización fue infernal. El argumento estaba muy apegado a una historia real. Una maestra que iba con nosotros a la fiesta desapareció en Papantla. Era una profesora originaria de una ciudad de la frontera norte, Laredo o Matamoros, no lo recuerdo bien, quien había conocido en Roma años atrás a un veracruzano estudiante de arquitectura. Al terminar sus becas regresaron al país, se instalaron en Xalapa e incorporaron a la Universidad. El matrimonio fue desastroso. Tuvieron un hijo que murió a los pocos años. El arquitecto salió una mañana a hacer un trámite en Veracruz y nunca volvió. Nadie, ni ella, ni su familia, ni sus amigos más íntimos supieron de él. Se perdió para siempre. La mujer se quedó en Xalapa, hacía traducciones, escribía artículos sobre música que publicaba en la capital, daba clases de inglés, pero su trato era muy áspero, estaba absolutamente perturbada. En la ceremonia de la entrega del premio, sentada en el estrado con los otros miembros del jurado y en medio de los discursos preliminares ella se puso de pie, bajó los escalones y recorrió a paso lento el largo pasillo del teatro, al final abrazó a una mujer, una antigua sirvienta suya que tenía fama de bruja y ambas salieron del teatro. Al día siguiente no apareció en el hotel, la buscaron en la casa donde vivía la bruja y la encontraron incendiada, aún humeando, pero sin rastro de cadáveres. Desapareció como su esposo, para siempre. Es una barbaridad, lo sé, contar de ese modo una novela. Lo que me interesaba era describir el proceso de degradación de la relación marital, visto y narrado por un amigo del marido, un escritor frustrado y rencoroso, que de promesa pasó a ser don nadie, un maestro mediocre e intrigante, un narrador incompetente y no confiable que constantemente se contradecía en su relato. No pude escribir la novela en esos días; estaba a punto de viajar a Belgrado, enviado, a través de la Secretaría de Relaciones Exteriores, para concertar la participación de Yugoslavia en las actividades culturales anexas a la Olimpiada de 1968 que tendría lugar en México. Llegué a Belgrado en marzo de ese año. Todo estaba ya organizado. Sólo tenía que presentarme de vez en cuando a unas reuniones en el Ministerio de Cultura y asistir a determinados actos protocolarios. Viajé por ese país asombrosamente hermoso, hice amigos, releí a Ivo Andrić y descubrí a Miroslav Krleza, la mayor figura literaria croata. Por fin, después de muchos años, tuve tiempo abundante para escribir. Comencé *Juegos florales,* la novela corta que bosquejé al regreso de Papantla, confiado en terminarla en un par de meses. La verdad, me llevó quince años. Fue una calamidad; parecía que estuviera pagando un pecado gravísimo que yo desconocía.

Los meses pasados en Belgrado fueron pródigos en sugerencias. Mientras escribía la novela corta, esbozaba temas para otros relatos y novelas, porque ya daba por hecho que *Juegos florales* no iba a ser la única intervención en su género. Por la mañana salía a pasear por la ciudad, en la tarde leía a Hermann Broch y, como siempre, a los ingleses, y en la noche escribía. Había días que destinaba sólo a escribir. Comencé un diario, que aún ahora continúo a tropezones, donde veo registrado el tumulto de cápsulas temáticas: una niña trata de envenenar a una anciana enferma a la que adoraba; una delegación de cineastas mexicanos llegan a la Bienal de Venecia, donde uno de los peores directores del cine nacional se siente vejado porque la película japonesa premiada le parecía copia de una suya filmada en su juventud y declarada la peor película de su año; un pintor residente en Londres, que ha ganado mucho prestigio en Europa, regresa a Xalapa, su ciudad natal, donde algunos artistas locales consideran esa fama inexistente, fruto sólo de un mecanismo de publicidad manejado por él y algún amigo con buenas relaciones en la prensa, y suponen que vuelve al terruño como un cartucho quemado, con el propósito de quitarle una plaza a alguien más capacitado, y muchos gérmenes argumentales más sugeridos por las lecturas, la memoria o la imaginación. Decidí hacer con algunos de esos temas una novela muy amplia, aunque no tanto como el Tríptico de Broch, claro. Seguí escribiendo *Juegos florales,* pero también tres historias elegidas de las notas en mi diario. Es decir, escribía cuatro novelas cortas a la vez; a las pocas semanas advertí que las tres nuevas lograban hallar puntos de encuentro, que sus personajes podían transitar con fluidez por los diferentes espacios y los hilos de las tramas tendían a trenzarse. Las tres historias se transformaban, se alejaban de los inicios, cobraban vida; en cambio *Juegos florales* se entiesaba cada vez más, perdía la poca vitalidad que ya desde el principio poseía, el lenguaje se marchitaba, se enrarecía, terminaba siempre en letra muerta. La terminé pronto, como había previsto, pero me parecía deleznable. Tenía esperanzas de que una severa revisión podría resucitarla. Pero para eso habría que dejarla dormir un tiempo. Cada vez que leía una página mi instinto se congelaba, la inspiración lingüística no funcionaba, y el escritor sabe que en la escritura el instinto y la inspiración son sus mayores armas, las fuerzas secretas de la razón. Sabe también que esas fuerzas obtienen en determinado momento una amplia autonomía que les permite transformar en literatura lo que antes apenas era esbozo, proyecto inacabado, o mera redacción. Al escribir la palabra "fin", la guardé en una carpeta y me dediqué exclusivamente al otro cuerpo narrativo, donde tres temas se fundían; la novela parecía un animal que crecía y jugaba a las metamorfosis cada momento. Ya no pensaba en tres historias hermanas, sino en una absoluta unidad. Encontré el título: *El tañido de una flauta,* palabras extraídas de una línea de *Hamlet:* "¿Piensas acaso que soy más fácil de tañer que una flauta?". Pasaron los meses, salí de Belgrado, me instalé en Barcelona. Trabajé tenaz, feliz y a veces desoladamente hasta llegar al fin en 1972, a mis treinta y nueve años de edad, pocos días antes de partir de Barcelona hacia Inglaterra.

La Barcelona que viví entre 1969 y 1972 era una de las ciudades más vivas de Europa. Se preveía ya, se sentía en el aire, que la fortaleza totalitaria estaba minada, que faltaba poco tiempo para explotar y desquebrajarse. Había corrientes libertarias de distintos calibres y la vida cultural era un reflejo de esas circunstancias. Se crearon librerías y editoriales con orientaciones renovadoras: Anagrama, Tusquets, entre otras. La revolución juvenil que recorrió Europa en el 68 dejó un fuerte eco en España. Se vivía en un mundo de ideas y de emociones abierto a todas las novedades. Todas mis células participaban de esa ebriedad. Sólo en Barcelona, entre todos los años que estuve ausente de mi país, participé activamente en la vida literaria, y tuve un trato estrecho con escritores y editores, sobre todo los jóvenes. De las discusiones —toda conversación allí era una discusión— con los amigos de entonces se alimentó *El tañido de una flauta.* La novela absorbió sobre todo la relación entre el artista y el mundo. Su signo es la creación.

Al escribirla establecí de modo tácito un compromiso con mi existencia. Decidí, sin saber que lo había decidido, que el instinto debía imponerse sobre cualquier otra mediación. Era el instinto quien tenía que determinar la forma. Aún ahora, en este momento me debato con ese emisario de la Realidad que es la forma. Un escritor, de eso soy consciente, no busca la forma, sino que se abre a ella, la espera, la acepta, aunque parezca combatirla. Pero la forma siempre vence. Cuando no es así el texto está podrido.

El tañido de una flauta fue, entre otras cosas, un homenaje a las literaturas germánicas, en especial a Thomas Mann y a Hermann Broch, a quien leí y releí de modo torrencial en Belgrado y Barcelona. El tema central de *El tañido…* es la creación. La literatura, la pintura y el cine son los protagonistas centrales. El terror de crear un híbrido entre el relato y el tratado ensayístico me impulsó a intensificar los elementos narrativos. En la novela se agitan varias tramas en torno a la línea narrativa central; tramas secundarias, terciarias, algunas positivamente mínimas, meras larvas de tramas, necesarias para revestir y atenuar las largas disquisiciones estéticas en que se enzarzan los personajes.

Envié a México la novela poco antes de cambiar de escenario. Viajé a Inglaterra para enseñar en la Universidad de Bristol. Llegué a Londres con un mes de anterioridad a la apertura de los cursos para poder recorrer aquella ciudad que tanto me gustaba. Pensé que esa tregua iba a ser agradable, pero no lo fue, por lo menos no del todo; me sentía enfermo de melancolía. Creí al principio que sería la añoranza de Barcelona, los amigos, el trabajo en las editoriales, las noches bravas, la intensidad política, pero fui vislumbrando que mi desasosiego se debía a la ausencia de la novela. Ya no le podría añadir ni disminuir nada, ni afinar los diálogos, ni sentarme ante la máquina de escribir para copiar las páginas borroneadas por las correcciones. Me sentía huérfano de la novela; el manuscrito debía ya haber llegado a Era, mi editorial en México. Me propuse que al instalarme en Bristol comenzaría desde el primer día la revisión a fondo de *Juegos florales,* la novela encarcelada en una carpeta desde hacía algunos años. Me sentía entonces capacitado para hacerlo; la experiencia de *El tañido de una flauta* me daba más seguridad. Pero al leer de nuevo el manuscrito quedé horrorizado; era mucho peor de lo que recordaba. Durante varios meses luché por rehacerla, traté de borrar, hasta donde fuera posible, las circunstancias reales de donde procedía, inventar personajes secundarios, imaginar escenarios distintos. A los seis meses me di por derrotado. Bastaba leer cualquier capítulo para convencerme de que el lenguaje no respiraba, la acción era mecánica y los personajes marionetas mal manejadas. Me decidí a guardar una vez más a esos *Juegos florales* en la carpeta.

Llegaron los años del Servicio Exterior. Me inicié en Varsovia, pasé después a París, Budapest y Moscú, fueron años improductivos; de cuando en cuando escribía un cuento. Mi diario registra en esos años un permanente interés por la escritura. En ese lapso de impotencia trazaba en mi diario proyectos, fragmentos de novelas, diálogos truncos, descripciones de personajes, montañas de detalles, pero cuando comenzaba a organizar esos materiales se interponía, como fantasma maléfico, la historia contada en *Juegos florales* y todo se coagulaba. En Varsovia, en un momento de neurastenia, destruí el manuscrito, pero ni eso fue suficiente para eliminar el maleficio. Me iba acostumbrando a la esterilidad. Mi conexión con la literatura se realizaba únicamente a través de la lectura. Volví a los rusos, una pasión de mi adolescencia. Chéjov, Gogol, Tolstoi, han sido desde siempre mis ángeles tutelares. Allí en la Europa del Este el horizonte se me amplió, leí con cuidado a los clásicos, a los simbolistas y a los vanguardistas, descubrí a Biely, a Jléknikov, a Bulgakov. Si en aquella época alguien me hubiera preguntado qué diez libros me llevaría a una isla desierta, estoy seguro de que en la respuesta habrían por lo menos siete libros rusos. La originalidad de esa literatura, su inmensa energía, su excentricidad son sorprendentes, como lo es el país. Rainer Maria Rilke hizo un viaje de varios meses por Rusia, en 1900. El día 31 de julio de 1900, a bordo de un barco por el Volga, escribe: "Todo lo que había visto en mi vida era tan sólo un simulacro de la tierra, de los ríos o del mundo. Aquí, en cambio, todo puede ser apreciado en su magnitud natural. Me parece que hubiera sido testigo del trabajo del Creador". En una ocasión pasé toda una mañana en casa de Viktor Sklovski, oyéndole hablar de Tolstoi, a quien conoció en su adolescencia y sobre quien escribió páginas memorables. Hablar de literatura o música hasta la madrugada, consumiendo vodka con los jóvenes rusos, fue también una experiencia única y tonificante. En el teatro Taganka vi una adaptación de *El maestro y Margarita* de una perfección tan absoluta que al caer el telón sentía que por primera vez había ido al teatro, que todo lo visto antes, era sólo un juego trivial de aficionados. En Moscú me desprendí de la nefasta sombra que se plantó durante años sobre la página en blanco. De repente comencé a escribir y en poco tiempo acabé cuatro relatos, que publiqué con el título de *Nocturno de Bujara*, que en posteriores ediciones cambió a *Vals de Mefisto*. Los escribí con inmenso placer. Y al terminar el libro aproveché unos días de descanso para ir a Roma; encontré en el aeropuerto a Raúl Salmón, un compañero de la universidad a quien no veía desde mucho tiempo, y me presentó a Billie, su esposa, una inglesa alta con un rostro de palidez desconcertante, como pintado de blanco, al estilo de los *clowns*; llegaban de un viaje a España. Eran las diez de la mañana de uno de esos días del otoño romano de luminosidad esplendorosa. Raúl sugirió que cenáramos esa noche en un restaurante del Trastevere para gozar la noche tibia y después dar un buen paseo por la ciudad. En esa cena hablé con Raúl de amigos comunes, de lo que nos habíamos convertido desde el tiempo de no vernos, él hablaba de lo que Roma le ofrecía, de algunas personas de la Embajada a quienes veía, de mexicanos interesantes que habían pasado últimamente por Italia, de sus estudios, y yo de mis andanzas en Moscú; conté algunas anécdotas de lo que sucedía por allá, y las buenas y malas relaciones que había hecho con esa complejísima sociedad. En un momento advertí la crispación de Billie, la vi tan blanca como en la mañana, como si la sangre no le circulara; seguramente su exasperación se debía a haberse quedado al margen, y traté entonces de incorporarla a la conversación, la que dio un viraje radical; su voz, sus gestos, sus ademanes me parecieron engolados y solemnes, su discurso más oratorio que académico, una perorata que a momentos se transformaba en sermón; comenzó sin preámbulos con la declaración de que en Venecia se movía en un círculo de amigos muy refinado, uno de ellos era Luigi Nono, el yerno de Schoenberg; con él y su mujer había viajado hacía poco a Salzburgo a oír la *Lulú* de Berg, describió el escenario, la ejecución y las voces, y sin transición pasó al cante jondo y a sus raíces en la India y el mundo islámico; a Palladio, sobre quien Raúl había escrito un ensayo exquisito, al Bauhaus, a la autobiografía de Alma Mahler, a quien detestaba, a Cioran, a Brancusi, a los románticos alemanes, al gato Murr y a los bellos libros que ella y Raúl publicaban en Roma, y a muchos temas más, sin darse tregua, ni darnos la posibilidad de pronunciar palabra. Al levantarnos Raúl dijo que deberíamos vernos otra vez antes de partir de Roma. Propuse el sábado al mediodía, sería mi último día en la ciudad, comeríamos a mediodía en D'Alfredo, en la Piazza del Popolo. Luego hicimos una larguísima caminata hasta llegar al edificio donde vivían, situado en un callejón que daba a la via delle Botteghe Oscure. Al llegar al portón Raúl me invitó a beber una última copa, que en realidad fueron demasiadas. Era un departamento amplio y maravilloso. Todo estaba donde debía estar. Los cuadros, los muebles, los objetos de decoración creaban una armonía espacial perfecta. Billie debió de haber bebido más, de repente vi que estaba ebria, y en ese estado, la verdad era bastante cargante. Se puso de pie y comenzó a bailar sola. Nos arrojaba pequeños objetos que tomaba de los muebles. Cantaba y hablaba disparatadamente, luego comenzó a insultar a Raúl con una grosería inconcebible y terminó en un llanto espantoso. Alzaba la cara hacia el cielo como los coyotes y el llanto se volvía aullido. Mi amigo se le acercó, la abrazó y la condujo a su dormitorio, de donde salió de inmediato. Me llevó hasta la calle, disculpándose, y sobre todo a su mujer. Me dijo que perdonara a Billie, había tenido problemas muy difíciles de resolver en esos días, estaba muy presionada, se culpaba de haberla dejado beber tanto. Aseguraba que la mañana siguiente despertaría tranquila, sin recordar siquiera la escena grotesca que me había recetado. Y en la despedida, repitió que el sábado nos veríamos en el restaurante.

Salí un poco consternado. Tomé un taxi para llegar a mi hotel. Estaba fatigadísimo. Esa mañana en Moscú había despertado a la madrugada para llegar a tiempo al aeropuerto, y no había tenido en el día un momento de descanso. Me parecía un día inmenso, un día que parecía un mes, y a la misma vez corrió como un segundo. Los siguientes días fueron grandiosos, visité mis lugares preferidos; entré en la iglesia de San Luis de los Franceses, para ver las pinturas de Caravaggio que desconocía, vi museos, compré camisas y corbatas, fui a una buena peluquería, hice una amplia ronda de librerías y, sobre todo, me moví como siempre al azar para perderme y descubrir las muchas Romas que Roma cobija. El viernes llamé a casa de Raúl para saber si no había un cambio para la comida del día siguiente. Me contestó parcamente, y como asustada, una joven peruana que me dijo trabajar en la casa. Los señores no estaban, no sabía a qué hora podrían llegar. Dejé saludos y pedí recordarles que al día siguiente comeríamos en la Piazza del Popolo; añadí que de allí me iría al aeropuerto, para que fueran puntuales.

El día de la salida fue triste, oscuro, con chubascos intermitentes. Me desperté tarde, hice mis maletas y me quedé leyendo en la cama. A su hora tomé un taxi y a las dos estaba en el restaurante. Mis amigos no habían llegado, esperé una media hora y comencé a comer; pensé haberme confundido de restaurante. Un poco después de las tres apareció Billie, empapada y descompuesta, con el mismo vestido con que la dejé la otra noche en su casa, sólo que sucio y arrugado, un chal mal colocado sobre los hombros, y en vez de sus zapatos unos botines de hombre. Se precipitó hacia mi mesa y preguntó con voz áspera: "¿Adónde dejaste a tu querido compadre?". Me levanté y la invité a sentarse. Lo hizo torpemente. "¿Adónde está, te pregunto?" Le informé que había llegado a las dos en punto y que desde entonces había estado esperándolos, comía ya porque dentro de poco tenía que salir al aeropuerto. "¿De dónde tiene que venir?", pregunté, y su respuesta fue un río de excremento, maldijo a los mexicanos, a los americanos del sur, a los mestizos y sobre todo al mamarracho de su marido, un bueno para nada, cuando lo conoció le daba vergüenza salir a la calle con él, era impresentable, lo poco que sabía se lo debía a ella, su ignorancia era oceánica, su ensayo sobre Palladio era lamentable; hablaba mientras comía la sopa y de la cuchara caía parte del líquido al mantel; dejó que el mesero le sirviera varias copas de vino, era un cerdo como éramos todos nosotros los mestizos, un orangután; cada vez levantaba más el tono y era más ofensiva, quería saber dónde había escondido a Raúl. ¿Lo había hecho regresar a México? Hizo una tregua para comer unos panes, los deglutía, masticaba y tiraba a veces los bocados al suelo; cuando volvió a hablar lo hizo de ella en términos supremos: "No mereces estar en esta mesa, no sabes con quién estás comiendo, ni cuál es tu sitio. ¡Vuelve a la perrera a donde está tu socio, ve a verlo allí, ¿allí durmieron la noche que salieron de mi casa?, ¿roían juntos los huesos? Te estoy preguntando, ¿por qué no respondes?". Los camareros y los parroquianos de las mesas cercanas nos miraban con disgusto visible. Ella no paraba, "tu amigo me respeta menos que a sus putas", y empezó de nuevo a hablar sobre Raúl, cosas ruines, soeces, atrocidades. Pedí la cuenta y di mi tarjeta de crédito, ella se puso de pie. Volvió a deshacerse en insultos y, peor, comenzó a llorar entre carcajadas, como lo había hecho la otra noche. Se inclinó de pronto sobre la mesa y de una brazada tiró casi todo lo que había allí, platos, cubiertos, una jarra, el frutero, las copas. Se movieron de inmediato dos fornidos meseros, pero ella se escabulló como anguila. Corrió a la puerta esquivando a todos y desapareció bajo el aguacero. Nunca me había sucedido algo tan desagradable. El capitán del restaurante me reprendió ante todo el mundo con un vozarrón de trueno. Me reprochó invitar a un restaurante de primera categoría a una mujer de esa clase, una aventurera de la peor calaña, una loca, y cuando me entregaron la tarjeta vi que la suma era desorbitada, el mismo precio de un pasaje a Moscú. Llegué tembloroso de cólera al hotel y recogí mis maletas. El malestar me duró en el aeropuerto, en el avión, en el taxi moscovita, en mi departamento. Dormí mal. Al día siguiente, por la tarde, me senté a mi mesa de trabajo. Unas horas después había terminado de escribir el primer capítulo de *Juegos florales*. Era la misma historia de siempre, el viaje a Papantla, una ceremonia de premiación a un poeta, una mujer que es miembro del jurado se baja del estrado y camina como sonámbula por el pasillo hasta abrazar a una antigua sirvienta suya con fama de bruja. Pero al mismo tiempo era otra novela. La mujer era inglesa, se llamaba Billie, Billie Upward, una mujer insufrible.

En el primer manuscrito la historia es lineal, en el segundo, por lo contrario, se convierte en un conjunto de historias entremezcladas y ninguna desemboca en un auténtico final. Y si lo hubiera, se encontraría sólo en la confusión. En el primer bosquejo, la novela comienza con la pareja situada ya en Xalapa, y cuando se habla del pasado hay una que otra mención a Roma, sólo de paso; en la segunda versión, la definitiva, Roma y Venecia manifiestan su esplendor y sus inmensos atributos. Su espacio tiene tanta o más importancia que el de Xalapa. Para el retrato de Billie, el escritor frustrado, el narrador de la historia, recoge testimonios de diferentes personas, algunas la creen loca por la literatura, otros loca de amor, otros loca por embrujada, una loca de mierda; el lector tendrá que armar el rompecabezas y le es permitido jugar, hacer trampas y componendas.

Juegos florales tiene una estructura compleja, la más difícil que he construido. A pesar de los retos que me impuse la terminé en muy pocos meses, lo que me asombró porque en aquellos tiempos escribía con una parsimonia desesperante.

"La tarea que me he propuesto realizar a través de la palabra escrita es hacer oír, hacer sentir y, sobre todo, hacer ver. Sólo y todo eso." Son palabras de Joseph Conrad.

Sergio Pitol
Xalapa, 8 de enero de 2003

EL TAÑIDO DE UNA FLAUTA

Para Mercedes Escamilla

U n o

LO OCURRIDO DESPUÉS de haber visto *El tañido de una flauta,* el confuso intento de conversación en la plaza de San Marcos, su vagabundeo por la ciudad, los momentos pasados en la vinatería al aire libre, la visión de una góndola semejante a un cisne negro degollado, todo le resulta más distante, y por alguna razón menos verídico, que ciertas tardes de hace diez, quince o veinte años perdidas en Londres, en Nueva York, en Cuernavaca y Barcelona.

Más vivo y más cierto, repite, el trato con fantasmas auténticos que con esos de carne y hueso con quienes ha pasado buena parte del día.

D o s

IMPOSIBLE ASISTIR. Deberían disculparlo. Necesita hacer por la noche una llamada urgente a México. Habla, formula frases, oye, responde. Recomienda que no dejen brillar demasiado a Norma. A partir de esa tarde les corresponde desempeñar un papel modestísimo, sumirse en la grisura más gris para tratar de hacerse perdonar el bodrio que esa mañana con impune sangre fría dispararon contra público y jurado. Insiste: ¡sosiego, Norma! No queda otro recurso; deberían evitar toda forma de atraer la atención, disimular su existencia, la existencia de *Oscuro amor,* la existencia de esa calamidad llamada México. Reconoce la imposibilidad de realizar tal propósito mientras cuenten con una hembra capaz de producir chispazos hasta en la libido de la más ajada y reseca de las mil y una momiecitas que ese año tan pródiga, conmovedora y desafiantemente se habían desplomado en los recintos donde, entre mil tropiezos, se desenvolvía el Festival. Habla como un muñeco de ventrílocuo, como una figura de madera con un disco en su interior que funcionase mecánicamente ante ciertos estímulos, bla bla bla delegación coma hembra bla bla bla oscuro amor punto Norma bla bla otro whisky coma prego bla bla bla fiesta imposible etcétera etcétera punto esta noche. Las palabras salen de su boca sin exigirle poner en ellas el menor interés, independientemente de su voluntad, de sus preocupaciones en las que en esos momentos, por desdicha, no había bla bla bla ni comas ni puntos ni etcéteras.

Son los comentarios de siempre; están en la olla, el cine en México no tiene remedio, ni los viejos ni los nuevos dan una, las presiones que todos conocen, la censura indirecta, la carencia de valores, la mediocridad del medio, la falta de respuesta de un público cada vez más adocenado, la baja calidad de los actores, la torpeza de los productores, la impreparación, el esnobismo, el intelectualismo pretencioso de la nueva generación. En fin, lo de a diario, la misma indignación epidérmica, el simulacro de pasión, de convicciones profundas, de compromiso, que le divertía observar en los demás, en sí mismo, cada vez que se trataba de ese fenómeno en cuya descomposición participaban todos. ¿Quién podía vanagloriarse de…? La charla se desliza hacia las anécdotas del Festival y vuelve otra vez a rememorar el programa del día, la funesta proyección de *Oscuro amor,* la radiante de *El tañido de una flauta,* que con tanta violencia lo había perturbado.

—El tema debe ser recurrente en el Japón: la caída, la voluntad de desastre, la realización consciente del fracaso. No un simple rechazo a los bienes de consumo, ni una negativa de incorporación social. No se trata de marginarse sino de algo distinto, fracasar, desintegrarse realmente —comenta Morales—. Hace varios años leí una novela de Dazai, Osamu Dazai. No me extrañaría que el director se hubiera inspirado en uno de sus libros. Insiste en las mismas situaciones.

Alguien dice que no capta, que le expliquen, y Morales aclara que no se trata de rechazar las reglas de juego existentes ni de intentar modificarlas, sino, a fin de cuentas, aceptarlas, atenerse a ellas y jugar con la firme determinación de perder.

Morales, los previene Norma, es capaz de asestarles al menor descuido una conferencia sobre la *Divina Comedia.* El crítico descarta el comentario con una mueca y se dirige a él para decirle que algo le había recordado su película. Se excusa por su mala memoria, pero aun así, dentro de la vaguedad de los recuerdos, sugiere que ciertas escenas participaban de la misma intención.

—¿Una película tuya? —pregunta Norma—. ¡Tú y tus secretos! ¡Nunca me habías dicho que también dirigías! ¿Cómo se llamó tu película?

—*Hotel de frontera.*

Vuelve a responder con el tono de merolico con que ha iniciado la conversación. Dice que todo fue un juego muy entretenido pero en el que no volvería a incurrir. Era una lástima; podía apostar cualquier cantidad, la que quisieran, a que en un año la podía convertir en la mejor actriz de habla española. Ya lo era, claro; pero forzaría hasta el límite sus posibilidades. Sería su von Stenberg y repetirían la historia: *¡El ángel azul, Marruecos, Shanghai Express!* Las incitaciones de Norma le resultan conmovedoras. ¿Por qué no hacer, entonces, otro intento? Un fracaso no debería desanimar a nadie. No en todo el mundo aparece el genio desde un principio. ¿Se había hecho Roma en un día? En el cine, lo sabe muy bien, hay siempre algo nuevo que aprender. Es la primera en sorprenderse cuando advierte lo que ha avanzado en sólo cuatro años, desde el momento en que la descubrió el Chino Toche. El oficio cinematográfico consiste en perseverar, en tomarlo todo con paciencia.

—¡Claro! Ya lo pudimos comprobar esta mañana —comentó Morales.

¿Se refería a su actuación con esa frasecita? No es que quiera amenazar a nadie, pero debe advertirles que se anden con cuidado. Cuando se lo propone puede ser una víbora. La película sería todo lo mala que quisieran, pero qué sabroso descubrirlo en ese momento cuando gracias a ella estaban en Venecia (tú no, mi amor, ya lo sé, tú vienes por tu cuenta —hizo la salvedad—). Añade que aunque sabe muy poco de técnica y que por eso mejor no opina, podía, en cambio, decirles que su actuación había recibido elogios unánimes. Según varias opiniones, ella salvaba la película. Ese mismo día, un periodista alemán le había dicho…

¡Así que también Morales había advertido el parentesco! Mientras duró la proyección había sentido primero estupor, inquietud después y, al fin, la convicción total de ver no una réplica de su película (sería una pretenciosa estupidez imaginarlo, *El tañido de una flauta* era gran cine), sino la historia de Carlos Ibarra, de la que había aprovechado un episodio para filmar *Hotel de frontera*. Desde que salió del cine ha tratado de no pensar en ello. La conversación de sus compañeros le interesa cada vez menos. Bebe su whisky a grandes tragos, interrumpidos por largas pausas; interviene sólo con alguna frase trivial, necesaria para el mantenimiento de la charla. Le aterroriza que exista una relación directa entre esa película feroz y las peripecias de su amigo, sus aproximaciones y desprendimientos de la realidad, la crisis definitiva que por cierto se había imaginado de un modo enteramente distinto. Pero, ¿cómo negarlo?, la realidad existía.

Trata de concentrar su atención en los turistas que a esa hora de bochorno insufrible buscan refugio bajo los portales y parasoles de la plaza, se sientan a tomar helados, café, refrescos. Los ve moverse en tropel, sin atreverse a correr el riesgo de la segregación, igual que los mexicanos que en derredor de una mesa beben y discuten y conversan y repiten los mismos argumentos con las mismas frases que nada les significan, las mismas que emplean cuando se reúnen en México, amedrentados en el fondo de que pueda reventarse el cordón que los une y sujeta al clan, a la cueva protectora. Quizás el reproche más serio que hubiera deseado hacerle a Carlos Ibarra era su fracaso al intentar el desprendimiento, al esforzarse por hacer de la ruptura una norma de conducta. Pero también le reprocha haber vivido con deliberación, sin atenuantes, desnuda y lúcidamente esa derrota, cuando habría sido tan fácil volver a México y obtener el éxito más o menos mesurado conseguido por sus otros amigos. Y también le reprocha… Podría pasarse la tarde enumerando los mil cargos que profundamente le reprocha…

Él, por ejemplo, no llegó a ser el director de cine que dejó, a quienes en otra época le rodearon, esperar y desear que fuera. Hace argumentos que le dan buen dinero. Invierte en algunas producciones donde no hay pérdida posible, asiste a festivales y es fotografiado junto a actrices, actores y directores famosos, siempre, al parecer, ocasionalmente. ¿Cuántas veces no ha comentado que la publicidad no es su fuerte, que admira a quienes tienen siempre tiempo y, sobre todo, ganas, de estar en el lugar preciso y quedar situados exactamente ante la cámara indicada, lo que a él, deben creérselo, le produce una hueva descomunal? Sabe, de cualquier modo, administrarse bien. A sus socios les conviene que su cara aparezca con frecuencia en los diarios, eso le da a la empresa el toque de glamour necesario. Para ello viaja, atiende a figuras de prestigio internacional en la reseña de Acapulco, emite opiniones que después reproducirán las columnas especializadas, y que, a la larga, se traducen siempre en mejores ingresos para tal o cual cinta; asiste, cuando le es posible, a los festivales importantes. Por eso está ahora ahí. No es un magnate, no; mucho menos un lobo de la industria. A menudo comenta, y lo hace con absoluta convicción, que si pudiera hacer a un lado sus preocupaciones culturales, le iría mucho mejor, pero entonces el cine dejaría de interesarle; tan pronto como tuviera que considerarlo un mero negocio se le convertiría en algo esclavizador y repugnante. Sí, cree en lo que dice: está enteramente satisfecho de ser como es. Ese año, el Festival resulta más agradable que el anterior, aun cuando los conflictos políticos tienden a convertir algunas sesiones en actos que le resultan detestables. Pero a pesar de que la política no le interesa y de que está en contra de su intervención en esa muestra, él siempre se siente bien. Y en los últimos días, quizás por haber descubierto que está de verdad enamorado, ha logrado disfrutar plenamente la estadía. ¡Venecia nunca dejaría de ser Venecia! Los días se habían deslizado sobre ruedas hasta el momento en que esa tarde asistió a la exhibición. A partir de entonces ni siquiera logra encontrar el tono de voz adecuado para conversar con sus compañeros.

Ha encontrado a personas a quienes conoció y festejó en México, con quienes tropezó en Cannes, en Karlovy Vary, en San Sebastián, a las que volverá a saludar esa noche si se anima a ir a la fiesta ofrecida por la delegación húngara. Pero una gran fatiga, un miedo impreciso lo han decidido a no asistir. No quiere conocer al director japonés en esas circunstancias. El diálogo sería imposible, entrecortado por mil saludos y felicitaciones que impedirían la conversación que a Hayashi —cuando supiera quién era él— le interesaría entablar. Prefiere concertar mañana una cita para verse otro día; sólo así podrían hablar con calma. Necesita que le explique cuáles fueron sus fuentes, cómo se enteró de aquellos episodios, quién le relató el capítulo final. No quiere, no puede creer que todo sea una coincidencia. ¡Sería como para volverse loco! El título mismo desdice esa posibilidad: ¡El tañido de una flauta! "¿Piensas acaso que soy más fácil de tañer que una flauta?" El comentario incidental de Morales sobre el parecido entre las dos películas refuerza su seguridad. ¡Aunque ya para ese momento cualquier confirmación le hubiera resultado innecesaria! Un hecho es real: de alguna manera Hayashi llegó a enterarse de la existencia y del derrumbe de Carlos Ibarra.

Sí, en cierta manera se trata del mismo eterno relato, la historia del Fulano que en un instante imprevisto descubre que su vida carece de sentido. Pero él está seguro de que no va a lograr jamás tal descubrimiento a su costa. Sus dudas serán momentáneas. Sólo pretenderá contar, mejor dicho sólo podrá ser un instrumento, un pretexto para recordar, más que al viejo amigo, la relación con él. ¿Cómo podría descubrir un fracaso cuando ése no existe?; en el fondo nunca creyó en éxitos mayores. Tiene muchos recursos de los que echar mano para crear una densa pantalla a su derredor. Ni siquiera en los lejanos años de estudiante se hizo demasiadas ilusiones sobre su talento. Le interesó el cine desde muy joven, luchó para que sus padres le permitieran seguir estudios en Nueva York y lo consiguió. Si resultaba un buen director, perfecto. En caso contrario, no se perdía nada. Lo importante era lo logrado, y lo que estaba en marcha; lo importante, más bien, era la marcha: proyectos asequibles, resultados felices. Así, pues, no puede meditar sobre una derrota porque no existe. Su vida marcha por carriles que previamente trazó y su esfuerzo ha sido recompensado con creces, en gracia, tal vez, a la modestia y a la honestidad de sus intenciones. Ha heredado buena parte del patrimonio familiar. Se sabe administrar a las mil maravillas aunque la gente tenga la impresión de lo contrario. Ha disfrutado como ninguno de sus compañeros los días en Venecia; ha establecido contactos satisfactorios para su empresa. Goza con estar en el extranjero, y esa vez sobre todo por tener la certidumbre de que un avión lo depositará de nuevo en unos cuantos días en la ciudad de México. No se trata de un caso de nacionalismo exacerbado; existen razones más íntimas. Al mediodía, antes de ver la película japonesa, es decir cuando aún era feliz, entró en una tienda de discos, oyó una última grabación de Dianne Warwick, la compró para llevársela a Emilia de quien está animada y satisfactoriamente enamorado.

Da un último trago a su vaso de whisky; se despide una vez más con la súplica de que lo disculpen ante el Chino, ya lo vería mañana. Se levanta y comienza a andar. Le irrita la estulticia de sus compañeros, su falta de curiosidad, su obtuso, romo intelecto. Le desespera la falta de interés que la ciudad provoca en ellos, la fácil aceptación de ese portento cuya mera existencia desafía y anula cualquier imagen preconcebida. El viaje no les despierta el menor anhelo de libertad, de cambio, de olvido de su cotidianidad, no intensifica ni satisface ninguna necesidad espiritual. Todo lo contrario, se obcecan en negarlo, en anular cualquier mínimo vuelo interior que pueda provocarles. Para ellos el Festival tiene una validez definitiva; en él se cumple y se agota la razón de que Venecia exista. El fin es asistir a funciones de cine, cocteles, mesas redondas, encuentros con periodistas, recepciones. Saberse en medio de los grandes, rodeados de luminarias entre las que ilusamente aspiran a

encontrarse ("¡Fellini brinda a la salud de Norma Vélez!" "¡Chabrol departe cordialmente con su colega el Chino Toche!"); representar, ante los ojos del mundo, a la
industria fílmica mexicana. Sabe que con la excepción de Morales, que seguramente se trazará un programa distinto, entrarán en San Marcos, recorrerán dos o tres naves a paso veloz, verán luego, con igual prisa, el palacio de los Dux, harán los
comentarios obligados en las salas, corredores y mazmorras, darán, si aún no lo han
hecho, un paseo en góndola ("Norma Vélez y el Chino prefieren la soledad. ¿Ro-
mance en puertas?"), comprarán bibelots de Murano para la sala y para hacer algunos regalitos y así, tranquilizada la conciencia, habrán dado por cumplidas las
exigencias culturales. Dirán que Venecia es como un sueño ("¡Venecia es lo sueño!")
y se sentarán otra y otra y otra nueva vez en la Plaza a hablar de las tribulaciones y
grandezas del cine nacional.

No tiene un lugar preciso al que dirigirse. Si no fuera tan tarde entraría en
San Roque a echarle un vistazo (no sólo por la filistea necesidad de marcar en esos
momentos sus diferencias con el resto de la tribu, sino, sobre todo, para intentar olvidar los efectos que le ha producido la película) a la Santa María Egipciaca y al gran
Tintoretto de la escalera. Se arrepiente de no haberle sugerido a Morales un paseo.
Le interesaría saber qué semejanza pudo encontrar entre las dos películas, cuando
el tema, los recursos técnicos y, sobre todo, los resultados, eran tan diferentes. Desde un punto de vista estético resulta casi blasfemo encontrar parecidos. Sólo alguien
que estuviera en el secreto, y no podía ser el caso de Morales, pues debía ser un niño cuando Carlos salió de México, podía descubrir los parecidos posibles.

Camina por callejones estrechos, de losas desiguales; atraviesa pequeños puentes poco transitados. Sin advertirlo, abandona el circuito turístico, se pierde en un ve-
ricueto de pequeños canales de aguas pútridas y callejones de muros carcomidos y
musgosos, hasta que decide detenerse en una pequeña plazoleta, en cuyo extremo
una fuente en forma de media luna parece creada especialmente para calmar la sed
del afanado individuo que esa tarde bochornosa de agosto camina por la ciudad en
busca de un alivio impreciso. Le atrae una vinatería al aire libre con tres o cuatro largas mesas colocadas bajo una parra nudosa de escaso follaje. Se sienta en la cabecera
de una de ellas y pide una botella de vino. A su lado, unos obreros en camiseta juegan a las cartas; en otra mesa un grupo de jóvenes se trenzan en una bulliciosa disputa
sobre un artículo estampado en un periódico que uno de ellos sacude, con indignación, casi sobre la cara de sus compañeros. Por los ademanes, por uno que otro vocablo que le parece inteligible, cree adivinar que discuten sobre un partido de futbol,
pero luego se convence de que el altercado gira en torno a una crisis política y al final se queda sin saber de qué hablan, tan intrincado y confuso le resulta el idioma.

Las mujeres tejen, cosen, remiendan, conversan con desgana, reprenden mecánicamente a sus hijos sin necesidad de dirigirles la mirada. Unos niños en cueros, otros con los calzones sucios, tratan de hacer salir a un perro de abajo de la mesa; a veces corren a la fuente, se salpican la cabeza, acarrean agua haciendo un cuenco con las manos para bañar al felpudo animal al que el calor ha sumido en un sueño profundo. En poco más de una hora todo ha cambiado, hasta el idioma: en las mesas se habla el crispado y oscuro dialecto de Venecia. Han desaparecido los cafés brillantes, los bares lujosos, los leones simbólicos de la Serenísima, los viejos caballos de bronce y el de Marino Marini, las cúpulas y campanarios, los ricos muros policromados, las cámaras fotográficas, las obesas palomas, las nubes de turistas, Bizancio, el Giorgione: claves, signos que lo comunican con un orbe que digiere y maneja sin mayores esfuerzos. Ahí, ante esos balcones en que las camisas, las combinaciones, los calzoncillos se orean al sol, ante la extrañeza de la lengua y esa esencialidad de vida, lo vuelve a atravesar la imagen que ha deseado olvidar, la imagen que desde esa tarde —cuando clavado, atónito, en su butaca, se decía: "¡Carajos, no puede ser!, ¡Dios mío, esto no puede ser!"— busca y a la vez teme resucitar; tiene la seguridad de que ese paseo en apariencia involuntario no obedece sino a la búsqueda de una imagen, y de golpe siente el deseo de quedarse durante horas y horas en esa plazoleta, hasta que llegue el propietario a recoger las mesas, y luego lanzarse en busca de otras plazas semejantes, donde otras mujeres igualmente gordas, con delantales pringosos y semirremangados, tejan y remienden calcetines sentadas al lado de sus puertas y haya también un perro agobiado por el bochorno y chiquillos tan estrepitosos como los que juegan casi bajo sus piernas. Seguir, entregarse al azar, cualquier punto cardinal podía ser bueno, tentado por esas voces casi inaudibles que, con inocente incoherencia, lo asaltan muy de cuando en cuando, pero que en ese instante resultan perentorias hasta que llegue el momento en que también su vida no sea sino una colección de plazas, de calles, de nombres, de frases sueltas defectuosamente pronunciadas en idiomas y dialectos exóticos. Mareado por la intensidad de la visión, aterrorizado como no lo ha estado jamás por la violencia de ese deseo de abandonar profesión, negocios, amigos, hasta el amor de Emilia, para lanzarse a vagabundear por los caminos, convertirse, al fin, en otra réplica de Carlos, se apresura a pagar, y luego, perdiéndose en las calles, caminando como un ciego, preguntando aquí y allá, semiadormecido por una fetidez arrulladora, desanda sus pasos hasta llegar al hotel. No puede reprimir la curiosidad y al pasar junto a sus vecinos se detiene a leer el titular del periódico. Una noticia sensacionalista: En unos cuantos años más Venecia desaparecerá tragada por las aguas. ¿Venecia sumergida? ¡Era difícil imaginarse algo más absurdo!

Tres

¿ESTÁ DESPIERTO, o la conversación con Mina ha sido sólo un sueño?

Mina Ponti se ha asombrado ante sus proyectos de permanencia en México. Teme que en caso de volver a Londres pueda recaer en las redes de Irka. Nunca sabría que sus intrigas sólo le habían servido de pretexto para la ruptura, pues en el fondo, aunque ni él mismo logre creerlo, lo único que deseaba ya en aquellos momentos era escapar. La relación con Irka quedó minada la primera vez que lo llevó a visitar a su tía Gita. Lo que al principio lo había atraído más de la muchacha fue la sonrisa. Tenía los dientes muy separados unos de otros. Cuando sonreía, cuando hablaba, al suspirar, aquellas hendiduras le daban a la boca una expresión infantil y a la vez levemente procaz. El día que conoció a la tía Gita descubrió los mismos dientecillos, las mismas fisuras, la misma sonrisa incrustada en un rostro ajado y amarillento; el efecto era diferente. En la tía, la sonrisa se volvía rapaz y maligna. A partir de ese momento, la boca de Irka quedó contaminada por la mueca de la anciana. Claro que Mina Ponti no sabía eso. Sus argumentos, conminándolo a quedarse (también ella piensa instalarse por tiempo indefinido en su hermoso país) hubieran podido ser expuestos por cualquiera de las glorias locales: Europa está en plena decadencia; su momento ha pasado; ¿tiene sentido volver a aquel cementerio? ¿Está dormido o despierto?

Cuatro

No había mentido del todo al asegurar que no iba a la fiesta porque se lo impedía una llamada de larga distancia. Desde que salió del cine ha sentido la necesidad de hablar con Emilia. Al llegar al hotel pide la comunicación y sube a su cuarto a esperarla. Sabe que pasarán varias horas antes de que sea posible obtener línea. Piensa dormir un poco: la caminata lo ha dejado exhausto. Será agradable oír el campanilleo del teléfono, levantarse como sonámbulo y acabar de despertar con la voz agradablemente sorprendida de Emilia al oírlo. Pero no bien se ha lavado la cara, sacado los zapatos y tendido en el lecho cuando, para su sorpresa, suena el teléfono. La llamada está lista. Después, cuando cuelga, descubre que la noche le ha quedado vacía. Por un momento piensa salir otra vez, alcanzar a sus compañeros en la recepción, pero a la fatiga y a sus anteriores objeciones se suma otra: acaba de oír la voz de Emilia y sabe que de ir terminará, como ayer, como anteayer, por acostarse con alguien, y esa noche él había exigido fidelidad, sí, sí, medio en broma, pero terriblemente en serio, y debía también corresponderla. Nada podía producirle mayor pereza que empezar ahora a modular la voz, adoptar el aire terso y arrogante que se espera de un *latin lover* de sienes plateadas para acabar encamado sin remedio con una actricita sueca o una periodista italiana más bien pasada de años.

Durante años no ha experimentado sorpresas como las que ese breve viaje le entrega. La primera, el gran shock: la película japonesa. Otra, menos espectacular, pero para él importante, el descubrir lo mucho que le importa Emilia; bastante más de lo que podía haberse imaginado en México. En esos días se ha encontrado pensando, en los momentos más imprevisibles, en casarse con ella. Toma de una mesa el libro que compró en el quiosco del hotel el día de su llegada, *The Towers of Trebizond.* Lo abre en la página que señala el marcador, trata de leer un poco pero no logra concentrarse; es quizás la obra menos indicada para esas circunstancias; las aventuras supuestamente humorísticas de un grupo de anglicanos que a lomo de un camello blanco se lanzan en busca de prosélitos por las montañas y desiertos de

Anatolia, no logran retener su atención. No recuerda a quién le oyó recomendar hace años ese libro; posiblemente a Rosa María, aunque conoce su humor y es diferente al que segrega la novela. Deja en paz el libro, se levanta y se prepara un whisky. Las palabras de Emilia lo mantienen aún muy excitado, al igual que su sorpresa, la alegría de su voz, sus celos, y sin saber cómo, sin entender por qué, sin asociar ese momento con la época en que se enamoró de Rosa María, comenzó a recordar algunos incidentes de la filmación de *Hotel de frontera*, la película que proyectó siendo aún estudiante de cine en Nueva York, poco tiempo después de vivir el conflicto que planteaba en ella, la que realizó por fin al volver a México… Más que escenas, recuerda circunstancias de la filmación, su entusiasmo y el de algunos amigos durante las primeras jornadas de trabajo; las largas discusiones con el guionista en torno a los diálogos, las artimañas de aquél para imponer siempre puntos de vista que, por desdicha, nada tenían que ver con el cine y sólo muy tangencialmente con la literatura, de lo que resultó que los protagonistas se expresaran en un lenguaje rarificado y ramplón, ni literario ni cinematográfico; la invención de un personaje de ternura muy convencional, una joven camarera de hotel enamorada en silencio del protagonista, para que Rosa María tuviera un papel; los días pasados con ella en Brownsville y en Matamoros en busca de locaciones; su impericia para manejar a Julieta Arcángel, la detestable jamona caribe quien se movía siempre a un ritmo de bongó y que tiñó a la protagonista de un aire truculento de conguera barata por completo distinto, diametralmente opuesto, al tono sedoso, a la lánguida neurastenia o a los furores de Paz Naranjo. Todos los factores estuvieron en su contra. La película resultó otra cosa y no lo que proyectó. Pero el fracaso, más que a su falta de experiencia, lo atribuyó entonces —y lo ratifica ahora— a la timidez, al pudor, a la falta de valentía con que se enfrentó a aquel triángulo. Su pusilanimidad frente a los personajes hizo que fuera incapaz de defender con convicción su visión y que el autor del argumento, la actriz, el fotógrafo, los técnicos, hicieran con él lo que les vino en gana, sin saber oponerles la resistencia necesaria. Pensar que aquel trío que gesticulaba en la pantalla pudiese tener alguna relación con él, con Carlos… ¡con Paz!… Ninguna. ¡En absoluto!

¡Sin embargo, esa tarde Morales…!

Carlos había sido su antagonista radical. Con dificultades podía encontrar a otra persona menos afín, alguien que sin tener que manifestarlo expresamente le revelara las cien resquebrajaduras de ese haz de expresiones y actitudes que insistía en considerar como integrantes de su personalidad. ¡Sus valores, como quien dice! Después de cada encuentro no hacía sino rumiar una rabia confusa, a veces feroz, incomprensible siempre. Porque, de cierta manera, Carlos lo defraudó en todas las ocasiones en que se encontraron. El entusiasmo contagioso de su anarquía se convertía, apenas se quedaba a solas, en temor al vacío. Cuando se despedían, sobre todo al principio, deseaba con fervor no volvérselo a encontrar; pensar en el entusiasmo poco antes experimentado lo enfermaba, hasta que de pronto recibía una carta y ya el primer o el segundo párrafo eran capaces de recrearle la misma fascinación que sobre él ejercieron siempre sus oscilaciones, sus manías.

No le cabe la menor duda, no la tuvo a los veinte minutos de iniciada la proyección, pero tiene necesidad de rascar, de hurgar para ver si surge un nuevo elemento que logre hacerle aparecer aquello como una coincidencia extraordinaria. No hay evasión; sabe que cada uno de los episodios que integran la película, apenas tenuemente velados por el necesario trasplante a otra región, se basan en circunstancias reales de la vida de su amigo. Advierte hasta qué grado, en qué espantosa medida le han impresionado las imágenes contempladas esa tarde, la última escena, sobre todo, que arroja una luz nueva sobre el final de Carlos. Y sabe entonces que su llamada a Emilia ha tenido el carácter de un grito de auxilio. Es un náufrago amedrentado que implora ayuda a la Tierra Firme.

Cinco

¿HABRÍA LLEGADO Carlos a conocer a Hayashi? ¿Habrían tenido la suficiente intimidad para que el japonés pudiera recrear con tanta nitidez los momentos significativos de su vida? Nada era imposible. En aquellos años de desplazamiento perpetuo Carlos se había movido entre los grupos más heterogéneos. En la primera etapa de su estancia europea, cuando lo comenzó a tratar, frecuentaba, sobre todo, a sudamericanos opulentos de alguna manera relacionados con el arte, coleccionistas de pintura, cultas damas de salón, jóvenes herederos, gente de la que más tarde se desligó casi por completo para situarse en ambientes más afines: poetas, cineastas, estudiantes, artistas, vagabundos. La nacionalidad no importaba, podían ser franceses, irlandeses, búlgaros, mauritanos.

Pudo haber conocido al entonces muy joven Yukio Hayashi, estudiante de cine en Londres, en unas vacaciones en Roma, en una aldea sobre el Balaton, o en Azauira, en cualquier parte, para el caso daba lo mismo; conversarían, pasearían, discutirían, beberían, seguirían discutiendo. El joven le explicaría a grandes rasgos su proyecto de filmar, tan pronto como regresara al Japón, una versión de *Kappa,* ese enigmático (o profético) relato de Akutagawa expondría a grandes rasgos su visión del arte; hablaría de su entusiasmo por la precisión de Ben Nicholson y de la Hepworth, de la desnudez de visión de Gabo y Pevsner, de ciertas relaciones entre las antiguas escuelas japonesas y la abstracción contemporánea, y de la posibilidad de crear con ese tipo de elementos un ambiente cinematográfico que al oponerse totalmente a la borrasca emocional de Akutagawa condensara su dramatismo por medio del frío. Mover a los personajes, desarrollar sus situaciones dentro de un escenario inspirado, digamos, en Nicholson, donde el paisaje estuviera creado sin la más mínima sensación de nostalgia, sino marcado, con todos los tonos del blanco o con colores y texturas muy delicadas, relaciones puramente de espacio. Ante esas formas geométricas puras, donde las curvas se transformaran súbitamente en ángulos agudos, superpuestas para crear la ilusión de planos transparentes, cualquier movimiento efectuado por un Kappa, por cotidiano que fuera, se cargaría de una tensión dramática intolerable. Carlos lo escucharía con la concentración que tan bien le conocía, con todos los sentidos alerta, y esa misma concentración sería la que dirigiría el pensamiento de Hayashi. Le había tocado estar presente en casos semejantes. Algunas ideas flotantes, vagas y neblinosas se concretaban debido a la atención con que él sabía escuchar; con base en esa misma atención Hayashi comenzaría a visualizar situaciones, luces, líneas, movimientos, gestos, tonos de voz, ritmos, para, en el momento de mayor entusiasmo, sentir la descarga atroz. Carlos le haría ver la saludable necesidad de arrojar todo aquello al cubo de la basura, no atenerse al fácil recurso de los contrastes, buscar en los alemanes el tono y el clima expresionista. De la misma manera que si el otro hubiera hablado con entusiasmo del mundo de Kirchner, de Munch o de Nolde para ambientar su película, lo habría remitido tajantemente a Mondrian o a Joseph Albers. El caso era comenzar siempre a partir de cero. Por supuesto, al final no lograría contenerse y le sugeriría ponerse en contacto con la estimable Muck Turtle, docta en expresionistas. Era indispensable que hablara con ella si pensaba hacer algo con *Kappa*.

Debía haber un encuentro posterior. Años después. Yukio Hayashi, autor de dos o tres películas (entre ellas la extraordinaria versión de *Kappa),* figura importante en la vanguardia cinematográfica internacional, conversa con un mexicano gordo y prematuramente envejecido bajo las palmeras de un jardín del Adriático, y trata de rescatar, en el flujo incoherente de un monólogo alcohólico, la lucidez de su antiguo amigo, el inquietador, el perturbador de años atrás. Después del estupor que le produce el encuentro con aquel deteriorado viejo saco de alcohol y recuerdos, se dedica con toda sangre fría a extraer los incidentes necesarios para construir su biografía. Años después, enterado de alguna manera —¿de cuál?— de la muerte de Carlos, trasplanta todo ese material a un ambiente asiático y filma la película.

Pero a fin de cuentas todo eso no es sino un alarde de fantasía pedestre. Cabe también la posibilidad de que Hayashi nunca hubiera conocido a Carlos y que el argumento se base en un libro de éxito popular en su país. Carlos pudo haber tropezado con algún escritor que noveló su vida. ¿No era una maravilla imaginar a una joven de Tokio sentada en el metro, descifrando el destino extraño de aquel hijo de prósperos rancheros de Colima perdido en una remota aldea del Adriático, o a un empleado de banco que disfruta a la hora del almuerzo con el capítulo que a él mismo le tocó vivir, el de la estancia en Nueva York? Y en ese momento se siente extrañamente orgulloso de ser el único sobreviviente de aquel triángulo efímero. Sabe que el mero hecho de conocer al personaje que ha inspirado un drama, una novela o, sobre todo —por su inmediatez y eficacia—, una crónica periodística logra que la hazaña relatada afecte al lector de una manera diferente, le haga compartir en cierta forma la opulencia o parquedad con que la letra impresa formula el destino de un tercero. Al leer, por ejemplo, que un avión fue secuestrado en pleno vuelo y obligado a cambiar de ruta, la noticia por lo general lo deja frío; ha cumplido su misión informativa y basta. Pero si quien sacó el revólver para colocarlo en la nuca del piloto, o el piloto o la azafata en turno o, en el más modesto de los casos, un pasajero cualquiera resultase por azar conocido suyo, la sensación sería distinta; la función informativa deja de contar para dar paso a otro fenómeno. El haber tomado juntos una copa en un bar, o concurrido a una misma fiesta, o haber estado presentes en la boda de un amigo común, permite compartir un poco de su aventura y en vez de la simple noticia de prensa se siente de golpe incrustado en una sucesión de imágenes colmadas de tensión y riesgo, y de ese modo se apropia un poco del destino del hombre del revólver o de su víctima, o del espectador real. Algo así le ha producido la película. Ser uno de sus protagonistas lo hace vivir, como diría Rosa María, como a menudo repite Emilia, como él mismo piensa esa noche, "en medio de un torbellino de emociones", presa de una caótica embriaguez de recuerdos e imágenes, de recuerdos y copas, de recuerdos y culpas. Y a eso se añade la rara experiencia de haberse visto interpretado por un actor japonés muy espigado, muy catrincito, un poco relamido y vacuo como seguramente debió haber sido él cuando tenía esa edad.

Cabe una tercera posibilidad, más fácilmente desdeñable: Carlos podía haber publicado con seudónimo una novela autobiográfica. ¿Y si bajo un nombre falso fuera un autor famoso, traducido a otras lenguas? De ese modo ni el director ni el guionista podrían tener la menor noción de la existencia del personaje real. Eso aclararía la bonanza económica de algunas épocas, pero dejaría sin explicar muchas otras cosas, no sólo el final, sino la esencia misma de la cinta. Si Carlos era un autor famoso, escudado en un seudónimo, ¿cómo podía ser entonces el personaje del film que encarnaba todos los fracasos y carencias posibles?

Seis

De regreso al hotel se detiene durante unos minutos en un puente. Se apoya en el barandal; está muerto de cansancio. El puente se tendía sobre un canal estrecho, sin importancia, belleza ni prestigio. Las fachadas de las márgenes no estaban policromadas; eran simples muros de piedra y ladrillo, renegridos y mohosos. Las jambas y dinteles de las minúsculas ventanas parecían estar a punto de resquebrajarse bajo el peso de la construcción. ¿Habría pasado antes por allí? Todo le resulta desconocido. Teme alejarse cada vez más del centro. En el canal se arremolina la basura, cajas vacías, desperdicios, latas, un trozo de remo, una bota o algo que tiene la apariencia de una bota de minero. Una góndola con el mascarón roto, un cisne negro degollado, mece sus ataduras frente a las gradas de un portón carcomido. La costra de basura se estrella rítmicamente contra su costado. ¡Ah, la tristeza que podía inspirar Venecia cuando se lo proponía! Por un instante tiene la impresión de que el encabezado leído al pasar frente al periódico revela la verdad. ¡Se hundiría Venecia! ¿Hundirse Venecia? Hacía años que se repetía la misma historia. Era un tópico de boga ya a finales de siglo. Morales habría opinado que eran los resabios de la leyenda negra creada por el positivismo.

—La razón comteana no puede admitir este prodigio. ¿La tour Eiffel? ¡Sí, por supuesto!, era el triunfo del hierro colado. ¿Venecia? ¡Jamás! ¿No acaso su niebla era la negación tácita del vapor que empezaba a mover el mundo? Venecia era un bofetón en el rostro de Manchester y Glasgow, de Frankfurt y de Lyon —comentaría Morales con el ceño fruncido—. Ni siquiera podía pretender que sus aguas fueran curativas. No servía para nada. Estimulaba el ocio, la blandura, la sensualidad. Las novelas sobre Venecia eran loas morbosas a la desintegración del alma. El hombre allí nunca se rehacía; ni siquiera le preocupaba intentarlo; se desmoronaba, agredido por los sentidos; se dejaba tentar por lo abominable.

Pero Morales no estaba a su lado, y por ello no expresaría aquellas reflexiones. Se sentía muy triste; quería sólo recordar, recordar, recordar a Carlos y a Paz durante los días que pasaron juntos en Nueva York. ¡Que se hundiera Venecia!

Siete

LE RESULTA EXTRAÑAMENTE impreciso el momento en que se conocieron. Recuerda con vaguedad una figura que aparecía de vez en cuando por el café de Mascarones y se sentaba a conversar con los maestros de su hermana. Como entre nieblas se acuerda de haber ido —¿con quién?— a la lectura de unos capítulos de su novela, ¡sí, ya había nacido entonces la novela!, a un departamento de la colonia Roma, a la altura de la plaza de Miravalle. A ninguno de los dos le interesaba fomentar el trato. Sus círculos no eran próximos. Carlos era varios años mayor que él; era uno de los escritores jóvenes que empezaba a destacar; él, en cambio, acababa apenas de terminar la prepa.

Reconoce con pesar, con cierto remordimiento, que en el fondo cuando se enteró de su muerte sintió cierto descanso; la consideró al igual que todos sus antiguos amigos —todos era mucho decir, daba una idea de aceptación gregaria; lo lógico sería decir los pocos amigos, quizás él era el último, el único, aunque después de la separación en Belgrado ni siquiera podía decir que había seguido siéndolo—, como algo natural, como lo único natural que podía ocurrirle. Circularon durante algún tiempo versiones distintas. Alguien pidió informes al periódico en donde colaboraba; la respuesta fue vaga: un accidente de montaña, le parece que dijeron; no recuerda quién comentó que la muerte fue debida a un ataque de cirrosis, ni quién que había muerto en un hospital de enfermedades mentales. Un conocido suyo, secretario en la Embajada, le mandó después de algún tiempo noticias tan confusas que era imposible deducir nada seguro de ellas. Por Belgrado, decía la carta, no aparecía ya nunca. Había pedido que le mandaran cualquier eventual correspondencia a un café de Kotor. En México su muerte no fue comentada. Carlos no era noticia. Se había convertido en una amarillenta comparsa del pasado. Y en aquella población de Montenegro, a la que unos años atrás había tratado de llevarlo, y que localizó en un mapa al sur de Dubrovnik, sus huesos conocerían la lenta descomposición de una tumba sin nombre, como una mofa más al anhelo de luminosidad que alentó en los años en que todo era promesa. ¿Anhelo de luminosidad? ¿Lo tuvo alguna vez? ¿Cuándo lo había perdido? ¿Quién podría señalar el momento y determinar las causas de la caída?

Si alguien cinco, seis, diez años antes, le hubiera asegurado que llegaría un día en que recibiría con indiferencia la noticia de su muerte, habría tenido que enfrentarse no sólo a una total incredulidad sino que además lo heriría en lo vivo. Sin embargo así fue. No hubo estupefacción, ni dolor, sólo tranquilidad. Se dijo que para el propio Carlos la muerte había sido seguramente la mejor solución. Su novela, el legendario, eterno work in progress se había quedado en un proyecto de realización imposible, con el cual, al final, ni siquiera él podía engañarse. Había perdido todo atractivo. Del joven brillante y divertido que conoció, cuya amistad mantuvo a través de diversos encuentros y de una nutrida correspondencia, no quedaba sino un viejo estrafalario, descuidado en el vestir —le parecía ver aún los zapatos innobles que llevaba la última vez—, mal afeitado, con un tufillo sospechoso y una impertinencia tan desmedida como su necesidad de alcohol.

Nunca logró, y por eso *Hotel de frontera* resultó, más que por cualquier otra razón, una película desvaída y poco convincente, constreñir a Carlos a un marco establecido, encasillarlo, encontrarle un sitio dentro de una jerarquía conocida. No fue un beatnik, a cuya época más bien pertenecía; cuando el auge de los hippies, él ya estaba liquidado; no hubiera podido incorporarse a ellos, no sólo por razones de edad, sino de temperamento. Su protesta era de otro tipo; enteramente natural e inconsciente. Nada tuvo de programático. En un principio fue muy simple; consistió sólo en ejercer su capacidad para el placer.

—Nuestro mundo, éste por el que tú y yo deambulamos, no admite la alegría, a menos que la haya previamente codificado. Debes mostrar júbilo, felicidad, exultación, pero siempre y cuando sea como respuesta a un factor creado exprofeso: el circo, los bufones, la comedia, los chistes, la mujer gorda que se cae al suelo, la farsa, el ridículo, lo grotesco, el sainete, los cuernos que una putita le coloca al marido viejo, la caricatura, el pastel de crema estampado en la cara mofletuda, todo en la dosis conveniente; sí, sí, muy bien regulado, de manera que hasta los suizos puedan lograr su cotidiana dosis de júbilo. Pero ser feliz sin motivo determinado, reírte sin motivo como la genial hiena del cuento, eso ya es otra cosa y no te lo perdona nadie. Inténtalo y verás; verás que de repente te has acercado al desafío, que hieres a los demás en una zona imprecisa, en un flanco no custodiado y por ello su desconfianza será mayor. Descubrirás que casi todo el mundo, aun quienes navegan con banderas de heterodoxia, en el fondo a lo que aspiran es a la sacralización.

Fueron los pasos iniciales. No pudo mantener la línea. ¿Dejaría de creer en ella? ¿Le habría resultado imposible seguir siendo feliz? En definitiva, su verdadera

protesta residió en el silencio, en no escribir nunca la novela, cuyos primeros capítulos le había oído leer mil años atrás en México. Pero también en eso resultó vencido. Su silencio no había sido el de Duchamp sino el del derrotado. El mundo
terminó por moldearlo, sin que él lo percibiera con claridad, incapacitándolo para
defenderse. El mundo conformó un producto del todo distinto al ser que él se había propuesto realizar. Por eso Hayashi no pudo tener los mismos problemas que él
para asir al personaje. Cuando lo tomó, ya Carlos estaba catalogado. La vida terminó por reducirlo al modelo prefabricado. De haber vivido un poco más habría repetido el desprestigiado anacrónico modelo del viejo literato latinoamericano varado
en Europa, borrachín, desventurado, sin asideros, a quien hasta sus amigos le sacaban la vuelta, o saludaban, si acaso, con fastidio y a la defensiva contra el infalible
sablazo. Y en parte ya Carlos era eso.

—Lo debes buscar. Encuéntralo a como dé lugar. Te mostrará todo lo que haya de interés en Londres. Lo conoces, ¿verdad? No dejes de localizarlo. Tiene amistades formidables. Moreno y Gloria se divirtieron a morir los días que estuvieron
juntos.

Pasó cinco semanas perfeccionando su inglés en una escuela, y en vano trató
de convencer a sus padres para que le permitieran quedarse y estudiar cine. No buscó a Carlos. En realidad no eran amigos. Desde un principio se integró a un grupo
de estudiantes mexicanos. Un mediodía, en vísperas del regreso, fue a la Embajada
a despedirse de algunos amigos. Ahí, por azar, lo encontró. Estaba eufórico. Acababa de recibir un cheque de Venezuela, el pago de unos reportajes. Comieron juntos.
Cuando le contó el tiempo que llevaba viviendo en Londres, le reprochó no haberse puesto en contacto con él, lo convenció de que pospusiera su viaje por dos o tres
semanas y en ese tiempo lo sumergió en una fábula de acontecimientos, reuniones,
amigos, pubs, pequeños y formidables restaurantes centroeuropeos y balcánicos, de
modo que Londres adquirió de pronto una dimensión inimaginada. Su estancia, antes del encuentro, le llegó a parecer banal, inexistente, y las veces en que posterior-
mente volvió, la ciudad le produjo siempre una desilusión; como si un día hubiera
poseído, para después perderlas, las llaves que le permitirían penetrarla. El mundo
abigarrado de Carlos, su incoherencia aparente, sustentada por elementos incasa-
bles, antagónicos, por enlaces que le daban una unidad clandestina y estricta, no
podían menos que enfebrecerlo. Se medio enamoró de Lucy, una chica uruguaya, y
disfrutó intensamente con las andanzas y falsos éxtasis y tribulaciones de la Falsa
Tortuga. Pasó también un fin de semana en Liverpool.

Recuerda la noche de la despedida en la estación Victoria, el fastidio de tener
que ir al Havre a embarcarse, la pena de abandonar Londres. Estaban de pie en un

bar de la estación. Habían bebido mucho. Sentía profundamente no poder quedarse a estudiar. Pero sus padres habían mostrado una intransigencia radical. La Europa de la posguerra no daba las garantías suficientes para su educación. Lucy no había podido ir a despedirlo. Ninguno de los dos hablaba. Bebían. Sentía deseos de abrazarlo y expresarle de alguna manera lo mucho que le dolía esa separación, la amistad que sentía por él, lo reconocido que le quedaba por esos días; lo consideraría siempre como a un hermano, no, como algo más. Comenzó a hablar; se sentía mareado; advirtió que los ojos se le empezaban a empañar y por pudor, por rabia, por miedo a sentirse poco viril, a que sus manifestaciones de afecto fueran recibidas con algún comentario irónico, reaccionó con violencia. Le dijo que la estancia había sido muy agradable, pero que se iba preocupado por el desperdicio de tiempo y energía en que lo veía consumirse. Se divertía mucho, eso era estupendo, ¡para algo eran jóvenes!, pero también había que asumir ciertas responsabilidades, imponerse una disciplina. Veía serios riesgos en esa forma de vida tan grata como dilapidada que llevaba. Desde un punto de vista intelectual, también emocional, era necesario encontrar un eje, no perderse en esa dispersión febril que podía convertirse en el peligro mayor para el desarrollo de una obra.

Carlos lo interrumpió y comenzó a declamar dramáticamente aquellas líneas que le volvería a oír infinidad de veces en ocasiones posteriores:

¿Has advertido en qué cosa indigna pretendes convertirme?
¡Quieres tañerme!
Pretendes conocer todos mis registros.
Deseas penetrar hasta el corazón de mis secretos,
pretendes sondearme, para que emita desde la nota más grave a la más aguda del diapasón.
¿Piensas acaso que soy más fácil de tañer que una flauta?
Tómame por el instrumento que más te plazca,
pero por mucho que me trates, te lo advierto,
no conseguirás obtener de mí sonido alguno.

Hubo un silencio de unos cuantos minutos. Por fin se atrevió a preguntar tímidamente:

—¿Es un poema tuyo?

—¿Piensas acaso que soy más fácil de tañer que una flauta? ¡Grandísimo imbécil!, ¿para esto me sirvió haberte arrastrado al *Hamlet* de Gilguld? ¿Para que tres días después no reconozcas uno de los monólogos más importantes?

Un silbatazo. El tren estaba por salir. Corrieron. A duras penas lograron que el portero volviera a abrir la puerta para subir las maletas. Vio a Carlos desintegrarse, envuelto repentinamente por una nube de vapor. Levantó la mirada hacia el enrejado del techo; cuando volvió a bajarla, la nube había desaparecido y con ella su amigo.

Ocho

RECONOCE LA EXTREMA tensión del tejido nervioso que le sobreviene cuando ha bebido en exceso durante varios días. Por fortuna cualquier movimiento físico, el mínimo —el mero hecho de abrir o cerrar los ojos logra vencer las visiones que lo acosan y retrotraerlo a la realidad, congelar en un instante el manantial de bengalas que irradia del centro del cerebro hacia los ojos y revienta con furia bajo los párpados con un chisporroteo vibrante e intenso, que desafía, por su imprevisible movilidad, todas las leyes de la simetría—, un movimiento insignificante basta para indicarle que está en una cama, su cama; que lo que vislumbra en el fondo de la habitación es el cuerpo de un armario, la luna del espejo, un cuadro y no la temida puerta por donde instantes atrás podía haber surgido el espeso torrente de formas que en tales momentos lo asalta con frecuencia: muecas deliberadas del rostro, rasgos inarticulados, ojos y bocas confundidos, orejas dentadas, fosas nasales abiertas como caños, risas y bostezos semejantes a los del gato de Cheshire, puños que avanzan a toda velocidad, se detienen, retroceden despaciosamente para, un instante más tarde, volver a arrancar de improviso y frenar a unos cuantos milímetros de sus amedrentados ojos. Pero esa noche las visiones no llegan a producirse, no necesita defenderse de ellas. Descubre que se ha quedado dormido con la luz encendida, que está vestido, que sólo le falta el zapato derecho. Le parece oír ruidos fuera de la habitación. Con seguridad hay ya gente levantada en la casa. Le resulta inquietante, sobre todo, la confusión de lugares. Lo primero que le ha venido a la memoria es la pelea con Mina; se palpa la mejilla, no la siente inflamada. Si realmente fue ella quien lo abofeteó, ¿está, ¡Dios!, pues, en Londres? Recuerda el júbilo con que le narró el desastre de Irka en Cressida. Paladeó la historia con gusto rencoroso. Irka pudo haber sido, tenía todos los elementos para ello, una Cressida ejemplar; lo era en la vida real y, curiosamente, tal vez por ello, nunca logró comprender al personaje. Recuerda también que comenzó a darle alas a la incauta ítala, para hacerla caer en la trampa y revelarle la falsedad de sus viejos informes. No había existido ningún afán de intriga, sino puro deseo —sostuvo ella— de protegerlo. Lo conocía mejor de lo que él imaginaba, mejor quizás de lo que él mismo podía conocerse; había advertido que aquella relación no conduciría sino a la esterilidad. ¿No era acaso cierto que durante el tiempo que anduvieron juntos había dejado de pintar? Por eso se sintió en la obligación de intervenir. La insultó. Riñeron. Le vienen a la memoria detalles de la reunión en casa de Raimundo. ¿Qué hace allí Mina Ponti? ¿De quién lo protege ahora? Todo es muy complicado. El espacio se le convierte en un rompecabezas donde es posible ajustar las piezas como uno lo desea. Le parece oír la voz fatigada de su tía Amelia durante una de las últimas visitas, una noche de la que se siente tan separado como si hubieran pasado muchos años. La ve interrumpir la lectura de una novela policial en que cierto personaje pone en duda la realidad del mundo. La niña duerme en un silloncito de bejuco no lejos de la cama. Dobla una página del Penguin de forro verde y exclama:

—El mundo existe, el tiempo y el espacio existen, qué le va uno a hacer. Todas las mañanas, por desgracia, tengo que comprobarlo. No se trata sólo de una ficción de los sentidos. ¡Ojalá! Si así fuera despertaría un día en un bazar de Bagdad y al día siguiente en la ilusión Piazza Navona. Sin embargo estas sillas, los libros, el grabado japonés que veo tan pronto como abro los ojos, me demuestran irremisiblemente la estulticia de mi tiempo y mi lugar. El dolor con el que despierto es una prolongación del mismo con el que me adormezco. No es la existencia del mundo lo que uno debería reprochar sino su monotonía. Sólo en sueños, al quebrarse la recta, podemos presenciar esa otra realidad ilusoriamente más próxima a nosotros. Acercarme, por ejemplo, a una mesa en el comedor de esta casa, comenzar a cenar con mis dos nietas y llegar al café sentada en la misma mesa y conversando con mi padre; aquí, pero también en Saint Kitts, libre, ¡oh prodigio!, de la presencia de Eduardo y de sus medicamentos.

Contempla el reloj. Pasan por lo menos tres minutos antes de que pueda enterarse de la hora. Se enfurecía cuando Juanita no lograba distinguir los colores y él mismo no es capaz de conocer la hora exacta sin necesidad de valerse de procedimientos anómalos. Para colmo, la carátula del despertador no reproduce los números. Tiene en su lugar, pequeños puntos dorados. Debe contar y multiplicar por cinco. Pasan siempre unos cuantos minutos sin que pueda echar a andar el mecanismo mental que le permite saber en qué hora vive. Oye un ruido que no logra precisar, toma con una mano el reloj y vuelve a fijar en él la mirada que, se imagina, ha de parecer en esos momentos la de un reptil: los ojos pelones, tensos, redondos, iguales a los de una especie de autorretrato que pintó poco después de llegar a Londres: un hombre en distintos tonos de gris, los ojos desorbitados, en el momento en que da a luz por la boca, con la ayuda de unos fórceps enormes, a un sapo ocre con ojos iguales a los de quien lo escupe, iguales, podría asegurarlo, a los que ahora contemplan el reloj. Uno, dos, tres, cuatro. Ambas manecillas, fijas sobre el cuatro: las cuatro y veinte de la mañana. Ha dormido cuando mucho media hora. El ruido se vuelve muy claro. Es el grifo que no ajusta. Recuerda, de pronto, que al llegar llenó la tina con la intención de bajarse la borrachera con un baño. Había pensado en volver una vez más a casa de su tío y darle nuevas explicaciones, disculparse; le asustaba haber dicho algo inconveniente, insinuado el secreto que guardaba; se había sentido en la obligación de ir a desdecirse, de humillarse, de mitigar en algo sus culpas. Hubiera sido otra estupidez. Por fortuna se quedó dormido. Va al baño. Mete un pie en la tina, lo saca de inmediato con un estremecimiento, el agua está helada; olvidó conectar el calentador. Algo, quizás la serie de reclamaciones que antecedieron a la pelea, el estruendo de aquella fiesta de estudiantes y la presencia, ¡allí, entre todos los lugares posibles!, de Mina Ponti, la escultora italiana que tanto lo jodió en Londres y que ha decidido por lo visto no perderle la pista, le producen risa; pero al mirarse en el espejo la risa se le, como dicen, cristaliza, pues por la puerta del baño, a través del espejo, contempla el cuadro en que está trabajando (no sabe a qué hora ni por qué motivo lo sacó ayer del estudio), el viejo monstruo en el momento de incorporarse con esfuerzos de la cama ante la sonrisa radiante de la niña. Las figuras están muy nítidamente trazadas, la vieja con el cráneo rapado cubierto de llagas y granos como pequeños cráteres sobre una superficie rugosa y el enorme, desorbitado pecho yacente sobre cúmulos enormes de tejidos grasos que dan idea de contener océanos de líquidos espesos en gradual descomposición y, más arriba, los ojos azules, furibundos, enloquecidos, horrorizados ante la conciencia del propio cuerpo. Todo endurecido y recortado con precisión por medio del color, menos la parte inferior del rostro, de la nariz al mentón: una osamenta de cristal semejante a la del famoso cráneo azteca; ante ella la niña expresa su júbilo con una sonrisa desdentada. La parte superior del rostro, de la nariz a la frente, también en ella se volvía de cristal, la otra parte de la calavera, la más macabra, el abismo en la oquedad de los ojos. Trabajar en aquel cuadro le llegaba a veces a producir malestar. Lo había bosquejado, meses atrás; formaba parte de una serie de lienzos con las mismas figuras, donde las variaciones las daba sólo el color. Volvía a ellos una y otra vez, los rehacía, modificaba detalles. Por alguna razón no se atrevía a terminarlos.

Al observar el descenso del agua piensa mecánica, pero concentrada y esforzadamente, que una forma oblonga no podría de ninguna manera satisfacer las necesidades de la tela. Tendría que llenar los extremos de color y así sólo la debilitaría, la sofocaría, o con elementos de ambiente, lo que resultaría peor, pues reduciría el tema a una simple ilustración, se esclavizaría a la anécdota. Trabajaba con fiebre algunos días para caer luego en una desgana total. Vivía en un desequilibrio en que las altas y bajas eran muy pronunciadas. El ambiente le resultaba poco propicio. En un comienzo había sufrido las dificultades de adaptación al medio, el asedio intolerable del recuerdo de Londres, de su viaje con Irka a Budapest, los ensayos, el teatrito al que iba a recogerla, el pub de Belzise Park, las conversaciones en torno a *Troilo y Cressida*, sus explicaciones, la ruptura…

Pero lo que más le perturba es que a pesar de la pasión depositada en esos cuadros, debe realizarlos casi en la clandestinidad, sintiéndose a momentos desamparado, vencido por las telas, la paleta, los tubos de color, la espátula, los lápices, sobre todo al principio, cuando no lograba evitar la reproducción más o menos fiel de los modelos originales, aterrorizado ante la posibilidad de que su labor fuera a perderse en el vacío, que no tuviera valor para terminar. Si bien había decidido no exponer esas obras, guardarlas tal vez, o enviarlas directamente a su agente en Londres, no por ello se libraba del agobio cuando una vez saciada la necesidad de pintar se revolvía en plena confusión, y a sus dudas ya habituales, a la insatisfacción permanente que le producía el trabajo, se sumaba ahora el sentimiento de saberse un buitre, una hiena, el bellaco cuervo que picotea los ojos de la persona amada. Aquello era grave, no así el mostrar sus obsesiones como algunos le reprochaban. Por momentos ha llegado a sentir deseos de destruir las telas. ¡Sus escombros personales! ¡Era para dar risa! "Le complace revolcarse en medio de sus detritus íntimos", escribió en el periódico de la localidad, poco después de su llegada, una de las glorias regionales. Era el argumento esgrimido en su contra por los artistas eméritos de la ciudad adonde había vuelto a hundirse doce años después de su salida para descubrir que en ese lapso no había ocurrido nada. La humedad, la niebla, la morigeración de las costumbres eran las mismas; más denso, eso sí, y mucho más oscuro, el abrumador tejido burocrático que invadía, confundía y envolvía hasta el más mínimo, el más intrascendente o anodino hecho que aconteciera en el lugar. Más amargo también el flujo rencoroso de esa flota triste de artistas fracasados, más grotesca la vanidad de los hombres de cultura necesarios para dar fama a una galana capital de provincia, para quienes cualquier triunfo ajeno equivalía, en principio, a un agravio personal. Él y su obra habían quedado encasillados desde el primer momento en una lista de conceptos definitivos y tajantes: artepurismo, decadencia, evasionismo, turbiedad, sensacionalismo y fraude. Le gustaría poder decir que sólo pensar en esa gente le producía pereza. Pero no era cierto, pues al advertir la omisión de su nombre en un artículo publicado en un diario local había sentido una cólera desproporcionada. Para ellos su éxito en el extranjero era mentira, invento de una autopublicidad descarada. Se propuso al inicio aclarar posiciones, deshacer malentendidos. Después de unos cuantos encuentros descartó cualquier posibilidad de trato, igual que evitaba el de ciertos familiares y amigos de sus padres que insistían en convertirlo en un prócer lugareño, un tanto deslumbrados por la reiteración de su nombre y sus fotos en la prensa de la capital, los cuales, sin embargo, habrían permitido la presencia de una obra suya en sus salas primorosas. No, no le avergonzaba mostrar de qué modo se manifestaba su angustia ante un mundo cuyas formas y conceptos de cuando en cuando le aproximaban un mensaje, para negarlo casi de inmediato, dejándolo sumido siempre en la perplejidad. En su obra había intentado, desde un principio, formular una auténtica biografía sólo descifrable para él: un registro de terrores y manías. Pero en el caso presente se trataba de algo distinto, no sólo por razones de gratitud —su tía había sido la única persona en el medio familiar que defendió su decisión de estudiar pintura e interrumpir la carrera de arquitectura, más tarde alentado a obtener una beca y complementarla con una mensualidad generosa que le permitió moverse con cierta soltura por Europa, y hacía poco, antes de enclaustrarse en un sanatorio, hacerle la donación de una casa—, sino de verdadero afecto.

Se lava la boca, toma un alka-seltzer y dos aspirinas en previsión de las primeras y seguramente pavorosas horas de la mañana. Los acontecimientos de la noche se le van revelando, a pesar de ciertas lagunas que no logra colmar, en toda su estupidez e incongruencia y, a medida que los recuerda, desaparece el aspecto festivo de su pelea con Mina Ponti y siente crecer su malestar y su vergüenza. Vuelve a la cama y se mete bajo las cobijas. Trata de dormir, pero las malas sensaciones físicas, el miedo a la soledad y el desamparo al que lo puede conducir el sueño, le impiden cualquier reposo. Tiene la certeza de que trataron de asesinar a su tía. Y la niña le provoca una piedad absurda.

Se vuelve a decir que incurrió en una monumental estupidez al visitar a su tío a las dos y pico de la mañana. Lo hizo arrepentido por fomentar y permitir las bromas en torno a su presunta culpabilidad. De repente, sintió una impaciencia no controlable por salir de la fiesta e ir a hacerle compañía, como si fuera la única oportunidad que le quedara en la vida de estar a su lado. Tocó el timbre varias veces. Cuando al fin el médico se decidió a recibirlo, lo hizo con su invariable traje oscuro, ni siquiera omitió el chaleco, que destacaba la fofez y la blancura lechosa del rostro y de las manos regordetas. Su compostura y la vestimenta anacrónica le produjeron deseos de hostigarlo, de sacudirlo. Todas sus buenas intenciones sucumbieron. Sintió ganas de despertar al vecindario y gritar que ahí estaba el culpable. Pasaron a la sala. El doctor sirvió dos copas de coñac. Le informó que había hablado hacía unos días a la clínica y que su madre estaba mejor. Era asombroso, le había desaparecido después de tantos años de tratamientos ineficaces, el eczema pernicioso de la cabeza, y si su corazón se mantenía trabajando como en esos días podría vivir perfectamente unos diez años más. Lo interrumpió; le dijo que si se empecinaba en comportarse como lo estaba haciendo, esquivando a sus amigos, tembloroso ante los familiares, terminaría por convencer a todo el mundo de que en efecto era culpable. Acababa de estar en una fiesta donde en broma habían sugerido esa posibilidad. La gente estaba convencida de que era un envenenador, un matricida. Insistió en que pasaba de una locura a otra. ¡Cómo podía, inmediatamente después de la partida de su madre, entablar negociaciones para vender la parte trasera de la casa, cuando todos sabían que ésa había sido la causa de muchas discusiones en el pasado! "La casa no está en venta —decía siempre la enferma—. No se venderá esta casa mientras pueda impedirlo. No venderemos ni un solo metro de terreno. El que intente venderla tendrá que pasar antes, escalar mejor dicho, sobre mi cadáver." Más que el asunto del veneno, más que la fuga precipitada de la anciana, había sido esa venta lo que abrió paso a las murmuraciones. Y al verlo levantarse, amedrentado para balbucir una inepta defensa y volver luego a caer vencido en el sillón, lamentando su destino, advirtió que aquella pobre sombra no había entendido ninguna de las lecciones que en los últimos tiempos con ejemplar ineficacia le había propinado la vida. Seguía siendo el niño mimado que de golpe comienza a verse privado de juguetes y caricias hasta descubrir por fin, un día, que carece, pues le ha sido arrebatada sin enterarse ni cómo ni cuándo, de la seguridad más elemental. En boca de su tío, el recuento de los últimos años se reducía a una serie de privaciones, de castigos, para desembocar en el peor: saberse objeto de la calumnia pública. Se le ocurrió que si su tía pudiera conocer la nueva situación —y era posible que estuviese enterada— sería capaz hasta de dar gracias a la mano que le administró el veneno para poder disfrutar del miedo abyecto, pegajoso, infantil, en que reptaba su hijo.

Nueve

SE GANÓ A PULSO la fama de intratable. La Falsa Tortuga contó horrores de él al regresar de una gira por Europa con una exposición de trajes regionales. El mito que encarnó un día no se apoyaba ya por ninguna realidad. En cierto momento el personaje carcomió y destruyó lo que aún quedaba de su leyenda. Lo más fácil, lo natural era entonces olvidarlo. Cuando lo vio en Belgrado se quedó sorprendido. En el primer momento se podía pensar en una resurrección; luego en el canto del cisne. Era un Charlie inesperado, pero insufrible. Le asombra que esa etapa no hubiera aparecido en *El tañido de una flauta.* ¿Sería posible que careciera de importancia, que el perro de aguas no hubiese contado para nada, que ese periodo fuera una mera suma de años vicarios, una reiteración de etapas ya vividas o sólo un tránsito hacia algo? Así debió haberlo considerado Hayashi. En Belgrado sólo estuvieron juntos unas cuantas horas, una tarde, parte de una noche, un rato al día siguiente en el aeropuerto. Fue la última vez. Descubrió que su amistad se había vuelto un fardo intolerable, que no tenía sentido apreciar a alguien que con la mayor arbitrariedad infringía todas las reglas del juego. Ser amigo de Carlos significaba soportar una carga cada vez más repleta de caprichos, de molestias, de complicidades.

Después de la ruptura se había sentido muy bien. Recibió dos o tres cartas que no despertaron en él ningún eco. Al llegar la primera, pensó, como siempre, casi por inercia, en responderla; sin embargo dejó que el tiempo corriera. Leyó las posteriores como si fueran anuncios, los pliegos de publicidad que encuentra uno a diario en el buzón de la casa. La amistad había terminado.

¿Qué habría significado su silencio para Charlie? ¿La pérdida del último eslabón que lo unía a un pasado anterior a Paz Naranjo, anterior a sus paseos por Londres, un pasado que podía, por ejemplo, cristalizar en la lectura de algunos capítulos de novela en un departamento por la plaza de Miravalle? ¿O viviría ya en tal embotamiento que nada significaba nada?

¿Por qué diablos omitiría Hayashi la larga estancia en Belgrado? ¿Por qué había prescindido de crearle un equivalente? ¿Por economía de medios? ¿Para hacer más dramático el cambio de la metrópoli al lugar oscuro donde terminarían sus días? ¿Era legítimo eliminar aquella ilusión arcádica y crearle al personaje un calendario asfixiante en que ningún día era ya domingo cuando lo cierto fue que disfrutó de un largo y soleado fin de semana antes del derrumbe? En aquella breve visita pudo intuir una especie de reconciliación con él mismo y con el medio, aunque a ratos proclamara lo contrario. ¿La había habido? ¿Cómo saberlo? Daba la impresión de ser feliz. ¿Quién podía afirmarlo a ciencia cierta? Él había estado de muy mal humor casi todo el tiempo; por lo menos después de despedirse de la morena del Club de Escritores y, sobre todo, desde que apareció el perro de aguas. A partir de ese momento comenzó a sulfurarse. No, no podía afirmar nada. De creerle, sí lo era. Pero, ¿podía alguien proclamarse feliz cuando se veía obligado a llevar semejantes zapatos?

Advirtió que en Belgrado los lugares públicos se caracterizaban por la carencia de mujeres. En los sitios que visitaron aparecía una por cada veinte o treinta fulanos. Era el Islam. Tenía el ojo muy bien adiestrado; sabía ver al primer golpe. Por eso la morena agitanada que Carlos le presentó debió parecerle aún más extraordinaria. Podía recordar con precisión su sonrisa, la mirada aterciopelada y líquida, el movimiento de los brazos. Fue una lástima que el marido llegara a recogerla.

Había asistido al Festival Cinematográfico de Pola. Decidió aprovechar la oportunidad para hacer un pequeño recorrido por la costa. Le escribió a Carlos y acordaron viajar juntos. Le enunciaba un itinerario excepcional; decía conocer el país ya para entonces como la palma de su mano. Con sus cursos en la Universidad no habría problemas. Desde Pola le envió un telegrama con la fecha, la hora y el número de vuelo en que llegaría a Belgrado. Para su sorpresa no encontró en el aeropuerto al tipo envejecido que esperaba, el que le había descrito con maligno regocijo la Falsa Tortuga, el que muy bien se podía imaginar después del decaimiento en que lo hallara tres años antes en Barcelona. Se veía más vivo que en aquellas vacaciones; era casi increíble, a pesar de tener el cabello casi blanco y de que tenía por lo menos veinte kilos de más, parecía tan joven como en su época de Nueva York. Pero no era el mismo; tenía otro rostro, otro cuerpo. Del viejo Charlie se transparentaban sólo el modo de mover los brazos al andar y la voz. Un traje ajado de lino blanco acentuaba su obesidad. La conversación resultó muy fácil desde el principio; ambos parecían muy satisfechos con el encuentro. Pensó, sin saber por qué, pues nunca antes se había dado el caso, que lo hospedaría en su casa. En el taxi se enteró de que no era así; se dirigieron a un hotel donde le tenía reservada una habitación. Ni siquiera llegó a conocer su departamento. Le habría gustado saber cómo era, qué poseía, ver los objetos de que se rodeaba, qué libros leía. Comenzaba a anochecer. Decía haber confeccionado un itinerario magnífico; ya hablarían más tarde para precisar los detalles. En Belgrado no había mucho que ver; lo mejor sería salir al día siguiente. ¿De cuánto tiempo disponía por fin? Le explicó que antes de marcharse debía visitar una empresa distribuidora y pasar un momento a la Embajada. Muy bien, despacharían eso por la mañana. Había un vuelo a Dubrovnik a las tres. ¿Recordaba lo que le había dicho en España sobre la costa de Montenegro? Después de ver las Bocas de Kotor podría decir si había exagerado. Irían a las islas. ¿Cuántos días? Bueno, ya hablarían tranquilamente con un mapa en la mano.

En el hotel se dio una ducha, se cambió de camisa y corbata y salieron a la calle. Supuso que Charlie vería mexicanos muy rara vez y que a ello se debía su inusitada cordialidad. En momentos no lograba reconocerlo. Su rostro se perdía en medio de otro rostro más ancho. Reservaron los pasajes para el avión del día siguiente y luego caminaron por una amplia avenida hasta llegar a un viejo hotel, el Moskva, que correspondía exactamente a su concepción de hotel balcánico; recordó *Stamboul Train* de Greene y, sobre todo, *Un ataúd para Dimitrios*; le preguntó a Charlie si la acción ocurría en Belgrado, pero tampoco él estaba seguro; hacía mil años que la había leído, más bien le parecía que era otra novela de Ambler la que ocurría en Yugoslavia. Le resultó excitante la atmósfera, esa mezcla de aires eslavos, turcos, socialistas y mediterráneos que circundaba el Moskva. Hacía mucho calor. Se sentaron en la terraza del hotel a beber una cerveza. Charlie por lo visto disfrutaba de gran popularidad; se detuvo en varias mesas a saludar conocidos, se levantó en varias ocasiones, repartió abrazos y palmadas. Belgrado resultaba muy distinto a lo imaginado. No había visto nada notable en las calles; ni edificios, ni monumentos que fueran algo más que discretos; sin embargo, el bullicio lo excitaba. Carlos dijo que aquella ciudad le resultaba menos exótica que el rancho de sus tíos en la costa de Colima donde pasaba las vacaciones cuando estudiante, ya que entonces su visión del paisaje y de los pobladores estaba demasiado condicionada por el cine y por sus lecturas de Conrad.

Le constaba que nunca antes había podido vivir tanto tiempo en un mismo lugar. Le sorprendía no ver síntomas de hastío. Cuando le preguntó si no añoraba ciertos productos de Occidente: cine, teatro, libros, por ejemplo —¿contaba allí con libros extranjeros?—, le respondió que sí, pero que al fin y al cabo no le interesaban demasiado. Se había convertido a la vida solar. Sus gustos eran por el momento del todo primarios: comer, beber, fornicar, pasear, asolearse, ir a nadar al río. Había logrado deshacerse de viejas neurosis. "Al llegar, me sentí como un personaje de Beckett caído en medio de un abigarrado carnaval mediterráneo, al rato me había sumado al espectáculo." ¿Podía creer que no se perdía un partido de futbol? Escribía todos los días, como siempre, pero sus temas, su estilo, sus preocupaciones eran diferentes. ¿Estaría tratando de convencerlo y de convencerse de esa dicha? ¿Qué habría decidido a Hayashi a eliminar en *El tañido de una flauta* aquel pasaje?, se volvió a preguntar. De cualquier modo, algo debía ya de funcionar mal, si se piensa que muy poco después se marcharía de Belgrado. Habría sido una pesadilla hacer con él ese viaje por la costa. Y con el perro de aguas, por añadidura, como en un momento pareció casi inevitable. Recuerda la discusión con Rosa María en Cuernavaca; aquella noche le comentó que en una reciente carta Carlos le había referido un incidente relatado por Stendhal en una carta: la pasión instantánea que despertó en él un joven oficial ruso, y lo mucho que esa extraña irrupción en un temperamento tan decididamente viril le había interesado a Thomas Mann. La única mujer hermosa que vio en Belgrado apareció en el bar del Club de Escritores donde fueron después a tomar una copa, una morena agitanada, de ojos de un verde casi transparente. Intentó conversar con ella, pero no hablaba sino servio y un poco de ruso. Carlos le tradujo unas frases banales. Le pidió que la invitara a cenar; la mirada y el pliegue goloso de las comisuras de la boca sugerían que iba a aceptar; sin embargo, declaró que esperaba a su marido. En efecto, unos cuantos minutos después se presentó un hombre insignificante, calvo, regordete, un auténtico feto; un crítico teatral, le explicó Carlos, que condujo a la morena a una mesa en el jardín desde donde siguió de cuando en cuando lanzando miradas al bar. La localizaría sin duda al volver a Belgrado, pensó. Pero él no volvió a Belgrado. De Dubrovnik voló a Roma, y allí pasó los días que había destinado a la costa dálmata.

Más tarde fueron a cenar. Carlos lo llevó a un lugar típico; un amplio salón de pretenciosa rusticidad. Una gitana vieja cantaba cerca de la mesa las melodías rusas de siempre, *Kalinka, Ojos negros, Lejos de Moscú*, además de marchas servias y de *Cielito lindo* en servio, por supuesto, que un cliente le pedía con insistencia. Recuerda con deleite el vino blanco de aquel sitio. Carlos parecía haber readquirido la electricidad de los mejores momentos de Londres; golpeaba la mesa con el dorso de la mano al compás de las marchas. Hasta ese momento él se sentía feliz; debió haber comenzado a enfadarse después de la aparición del muchacho, sólo que con el tiempo aquella irritación recubría todas las imágenes de su estancia en Yugoslavia.

Comenzaron a hablar del viaje. Carlos aseguraba que Dubrovnik iba a entusiasmarlo. Era un sitio que ni el turismo masivo había logrado banalizar. En su primer viaje, cuando la gira con los periodistas, no había estado en Dubrovnik. Tuvo que quedarse durante unos días en una clínica de Mostar para curarse una infección de la garganta; sí, igual que en Masnou. Alcanzó al grupo en Split. Fue mejor. De esa manera, el primer contacto tuvo otro carácter. Viajó con una pareja de ingleses, un matrimonio de estudiantes, casi niños, a comienzos del verano. Llegaron a las cuatro y media de la mañana. En el único hotel que los recibió a esa hora les dijeron que sólo podrían darles habitación unas horas más tarde. Pasaron el tiempo caminando por la ciudad vieja. Se quedó deslumbrado. La gran avenida central, enlosada con una piedra semejante al mármol, resplandecía bajo la luna. Después de dormir unas tres o cuatro horas emprendieron una nueva visita a la ciudad. No hubo plazuela ni callejón que no vieran. Pero en aquella radiante blancura de suelos y muros, iglesias, viviendas y monumentos había un elemento de crueldad. Bajo un cielo impecable, en medio de un aire que temblaba por la reverberación del sol, se perfilaban, tajantes y hostiles, las aristas blancas de los edificios.

—Fue muy curioso; sin ponernos de acuerdo, sin siquiera habérnoslo propuesto, comenzamos a huir de la ciudad, a excursionar por los alrededores, por pueblos de pescadores y barrios residenciales llenos de color, que nos resultaban más familiares, y a Dubrovnik volvíamos sólo por la noche, casi furtivamente. Fue en las últimas horas del último día cuando empecé a sentir cierta confianza, a enamorarme de la ciudad, a digerir su pavor. Es difícil habituarse a la belleza perfecta. Lo mismo ocurre con la gente. La perfección siempre me ha paralizado.

—¿Para qué me llevas entonces? —le preguntó, riendo—, ¿para que tengamos que salir huyendo de Dubrovnik a las pocas horas, amedrentados por la perfección de su belleza?

—No va a ocurrir tal cosa. Yo he acabado por acostumbrarme a ella, y a ti te gustará sin mayores problemas. Para sentir lo otro se necesita ser muy joven o muy puro. O un artista.

Le preguntó si su condición de artista le había concedido el privilegio de aquel terror. ¿Eran sus dotes de novelista las que le permitían disfrutar de tales escalofríos? Pero Charlie se resistió a bromear sobre ese punto. Le respondió con gravedad que había dejado de escribir, afirmó que para su desdicha era imposible la existencia de una corriente de novela ingenua. Sería un contrasentido. En poesía, tal vez, podía darse algo así, pero aquél no era su género. La novela debía eliminar las emociones desbocadas, encauzar las obsesiones.

—Por eso mismo he fracasado en todos mis intentos narrativos —concluyó.

—¿No acabas de decirme que sigues escribiendo?

—Sí, sí —dijo con desgana—, pero nada importante… apuntes, borradores… Nada que valga la pena mostrar. Mi visión corresponde a una sensibilidad primaria: el sol, el mar, ya te lo he dicho. A estas alturas lo único que me interesa es el paisaje o, más bien, la relación plena con la naturaleza, cosa que por desdicha es imposible. ¿Debería entonces colocar al hombre en medio de elementos naturales y constituirlo en el verdadero amo de la creación? ¿La medida de todas las cosas y no un mero incidente entre ellas? No puedo escribir esa novela. Intelectualmente la rechazo.

Una vez más, como todas las otras veces, terminaron por hablar de la existencia o inexistencia de aquella novela. Charlie seguía por momentos la melodía, se distraía, interrumpía el discurso para comer un guiso de berenjena, luego volvía a hablar. Recordó su entusiasmo de años atrás por los novelistas austriacos y la repulsión que después le produjeron. Según dijo, le llegó a repugnar su afán de someter todo a la razón, a pesar de ser conscientes de las fuerzas "procedentes de abajo", y de la dificultad, la imposibilidad casi, de precisarlas y asirlas. Reconoció que entonces, durante el periodo de rechazo, no lograba percibir que aquel intento de expresar los movimientos interiores del individuo, mantenerles su oposición y prepararlos al mismo tiempo a la unidad, era un esfuerzo heroico por renovar, casi por reinventar el género. Estaba tan afianzado en una actitud de rechazo que no le permitía advertir lo que de más importante había en ellos. En el fondo se trataba, más que de cualquier otra cosa, de un repudio a Paz Naranjo y a sus intentos por culturizarlo. Paz era un ejemplo de aquella escuela, de sus virtudes y sus fallas. Poseía la misma mentalidad matemática, la capacidad de encontrar fórmulas abstractas, sus últimos libros lo demostraban muy bien, con qué englobar el sentido de la historia, el destino humano y la creación artística. En fin, desaparecida aquella fobia se había vuelto a hundir en Broch como en la Biblia. Comenzó a lamentarse. Había perdido el tiempo, vivido mal. Su vida no era sino ajetreo, movimiento, equivocaciones. Debió haber estudiado antropología, una disciplina que le diera armas para fundamentar su visión solar y enfrentarla como posición válida al hecho de que dos más dos sumaran cuatro y que H_2O fuese agua. Concluyó con cierta desesperanza que era ya demasiado viejo para emprender cualquier nuevo camino de salvación. Él apenas hablaba; comía, paladeaba el vino dálmata, miraba su cara redonda (¿cómo era posible engordar de ese modo en sólo tres años?), sofocada por la agitación al reconocer su fracaso. Sí, pensaba ahora, no era cierto que todo el tiempo le hubiese resultado irritante en Belgrado. Ante aquella manifestación de derrota tan claramente expuesta sintió que pocas cosas le habrían gustado tanto como que Charlie encontrara la forma o la fuerza necesaria para crear la obra de la que, cuando joven, lo había considerado capaz. ¿Sería posible que fuera de los capítulos publicados allá por 1942 o 1943, en números inencontrables de revistas hacía tiempo extinguidas, y de aquellos esbozos de vida provinciana que le había mostrado en Nueva York, no hubiese escrito nada más? Le parecía que a pesar de la ilusoria felicidad y el pregonado "fervor solar" Carlos estaba del todo agujereado. ¿Tendría conciencia de ello? Era cierto, se había movido de un lado a otro, saltado de una idea a su antagónica, hecho amigos sólo para perderlos. Su vida había prescindido de un elemento ético fundamental, el instinto de fidelidad. Carlos fue incapaz de ligarse por mucho tiempo a una persona, a un grupo, a un país. Y esa deficiencia lo había convertido en el fragmento arruinado de la naturaleza que fue al final. En Londres, en su primera despedida, en un momento de intuición, lo previno contra el despilfarro que estaba haciendo de su vida.

Hacía rato que lo veía dirigir la mirada con ansiedad hacia la puerta. De pronto vació de un trago otra copa, se levantó y cambió unas palabras con un camarero.

—¿Pasa algo? —le preguntó.

—Espero a un amigo; debe estar por llegar. Quiero que lo conozcas. Parece un perro de aguas. Es un filósofo bastante interesante…

No añadió nada más al respecto. Hubo una pausa en la conversación, y luego se apresuró a volver al tema anterior. Le contó que sus primeras vacaciones como maestro en la Universidad las había pasado en Vis, una isla maravillosa no lejos de Split. Volvió a experimentar ahí una comunicación con la naturaleza que creía sepultada desde la adolescencia, desde que había dejado de ir al rancho de su familia en Colima, aunque había comprobado que, para su desdicha, aquello no significaba ninguna solución. No podía entregarse, era incapaz de dejar de especular sobre la relación planteada entre él y su contorno. Supo que no era a través de la marginación, ni por una mayor actividad de los sentidos como lograría el triste sometimiento a un mundo que detestaba. En Vis se enteró de que no había Ilirias ni Arcadias posibles, de que en el bosque de Arden la naturaleza podía también ser una trampa. Ese descubrimiento lo hizo sentirse desarmado. Ya él lo sabía, manejar ideas no había sido nunca su fuerte. Tenía que reconocer que todo lo asombraba, que el mundo se le había vuelto cada vez menos comprensible.

—En Vis, en el caserío perdido en que pasé mis vacaciones, lamenté haber desperdiciado tantos años tratando de escribir. De ser pintor había podido aprovechar los elementos que me eran afines y crearles una forma. Luego tuve que reconocer que tampoco eso era posible. ¿Puede alguien conformarse hoy día con repetir la imagen del mar y del cielo o hacer composiciones abstractas con los colores que integran la visión del mar y del cielo? Claro que hay quienes se conforman con ello; pero es gente que de antemano se ha decidido a ponerse la soga al cuello.

Y habló de la posibilidad de que Paolozzi y Le Parc hubieran nacido y crecido en esa isla. Zoran Le Parc y Dragan Paolozzi. Dos chicos con una vocación y un talento plástico innegables. Habrían ido a una academia en Zagreb o en Belgrado y aprendido todo lo necesario, técnicas, uso de materiales, etcétera; se habrían empapado allí de la tradición a la que pertenecían, enterados de la existencia de los ismos del siglo; luego, de vuelta en la isla, montarían sus estudios y se dedicarían gozosamente a la creación. Vivirían felices. Después de las horas dedicadas al trabajo, nadarían, jugarían con sus hijos en la playa, beberían con los amigos, harían el amor con sus mujeres. Una galería de Lubliana o de Belgrado se encargaría de comprarles periódicamente cierto número de obras. ¿Qué podrían reflejar sus cuadros? El exceso de luz seguramente lo ahogaría todo: paisajes, costumbres regionales, composiciones abstractas que recogían la riqueza de tonalidades de la isla. Su visión se ligaría casi con seguridad a la de los impresionistas, los puntillistas, o los fauves. ¿Llegarían en cambio a comprender el Pop, el arte cinético, el conceptual? Ajenos al ritmo de las máquinas, a las vibraciones del aluminio y los plásticos, a las grandes luces, Dragan y Zoran vivirían al margen de su época. Sus obras se resentirían de una carencia de significación. Pero, a la larga, él se preguntaba si eso era lo esencial. A veces se quedaba con la impresión de que fueran necesarios en el mundo los Dragan y los Zoran para que no todo se convirtiera en réplica de lo confeccionado en Londres o en Nueva York. Era una joda hacerse claridad en ese terreno. Shakespeare era quien era por ser un isabelino. ¿Qué función desempeñaba el artista nacido fuera de un centro y de un momento cultural privilegiados? ¿Repetir, crear, incorporar? Claro que en nuestro tiempo el aquí y ahora eran mucho más flexibles que los de los renacentistas; podían estar en todas partes. Quizás eso explicaba las sorpresas que podían ofrecer las zonas marginales: Malevich, Kafka, Kavafis. A lo mejor Dragan y Zoran en Vis se convertirían en auténticos Le Parc y Paolozzi, es decir en verdaderos contemporáneos. ¡Quién podía saberlo! Muy poca gente sabía en el presente qué estaba haciendo. Cada vez era más difícil diferenciar lo que contenía sólo un valor plástico aparente de lo que poseía un poder de penetración profunda. Las artes visuales habían constituido siempre un elemento importante en el mundo de las ideas.

Comenzaba a aburrirse. En esos momentos le interesaba más hablar del viaje que debían emprender al día siguiente. Le dijo que lo único que sabía era que saldrían a las tres de la tarde rumbo a Drubrovnik. Que primero lo llevara a esas islas y luego hablarían de los Dragan y los Zoran que las poblaban. Pero Charlie le dijo que el amigo que iba a llegar le proporcionaría alguna información. Sería mejor hablar del viaje cuando estuviera presente. Y sin importarle aclarar más el asunto, continuó, engolosinado, con su tema.

—Sí, déjame terminar. En la isla esbocé el borrador de un pequeño relato sobre el tema del retorno. Un pintor volvía a sus orígenes. Orfeo, conocidas las tinieblas, se incorpora a la tierra. No ansía conocer ningún más allá. Está decidido a no regresar a los infiernos, es decir a las oficinas, los metros, al gris anonimato de las ciudades. El cielo sobre su cabeza seguirá siendo para él, ¡qué duda cabe!, un enigma. Pero se conformará con verlo sólo como un conjunto mutable de colores. Si algo prefigura al paraíso es la inmersión en el mundo concreto, elemental, rico, al que ha vuelto, donde nada se ha contaminado por el previo ejercicio intelectual. Sólo el asalto a la razón o su olvido le permitirá entrar en contacto con la materia. Pero a los cinco o seis días de haber vuelto a Belgrado fui al Museo a ver una retrospectiva de Klee. Nunca había visto juntos tantos Klees de primera. Fue horrible. Aquella exposición negaba de un modo radical lo que yo había tratado de expresar. Salí de ahí mareado; llegué a casa y rompí las cuartillas que había borroneado. Tal vez fue un error. Aquél debió haber sido el punto de partida de la narración. Como te he dicho, todo me resulta de día en día más confuso.

En ese momento apareció por fin el perro de aguas y la conversación tomó otro rumbo.

Diez

LA ASPIRINA, después del alcohol, es arma de dos filos. Le evita o disminuye el malestar de la mañana que se avecina, pero, a la vez, le dilata a un grado intolerable el insomnio, lo que al día siguiente le revela sin ambages su cualidad de espectro. En tales ocasiones, fracasados los intentos por lograr atraer el sueño, relajamiento voluntario y gradual del organismo, largas y monótonas enumeraciones de nombres de pintores, escritores, sitios geográficos, que formen una barrera, un contrafuerte para rechazar las embestidas del recuerdo, la reiteración incesante de una frase que logre finalmente arrullarlo, termina casi siempre por desesperarse, abandonar la cama y ponerse a trabajar hasta la hora en que María le suba el desayuno. Pero esa vez no tiene ánimos de levantarse y examinar el cuadro, llevarlo al estudio, situado sólo a unos cuantos metros de su habitación, colocarlo en el caballete, estudiarlo, mezclar colores, retocar, modificar, y mucho menos deseos de leer. Tiene sobre el buró los ensayos de Broch; a pesar de que la lectura del día anterior ha sido superficial, tiene la impresión de que unas observaciones sobre James Joyce y el arte contemporáneo van a estimularlo, como le ocurre casi siempre que lee a Broch, a Benjamin y a Adorno, a pesar de la oscura terminología del último. Pero en esos momentos se siente incapaz de concentrarse; de no leer ese ensayo con un lápiz en la mano, volvería a carecer de sentido la lectura; el solo pensamiento de levantarse a buscar un lápiz lo marea. Se siente muy perturbado. A partir de la gran crisis se ha quedado bastante perplejo, no ha podido recuperar el equilibrio. Lo cierto es que ha vivido en condiciones anómalas desde que llegó a Xalapa, sobre todo después de la primera visita a su tía, de quien tan pronto como volvió a su casa comenzó a trazar los primeros bosquejos de lo que sería su nueva serie.

El primer encuentro, pero eso era natural, lo sobresaltó a un grado indecible. Después se fue acostumbrando con rapidez a aquella transformación física y casi dejó de reparar en ella; al menos no le estorbó su trato con la anciana. No hacía necesario el uso de un tono artificial. Ni piedad ni lástimas. No, tampoco podía exagerar;

era necesario reconocer que aquella amistad estaba teñida y determinada por las condiciones en que vivía su tía, y ellas eran el resultado directo de la enfermedad. Tal vez fuera más exacto señalar que más que los cambios materiales —la Amelia Bliss de Rodríguez que había dejado antes de marcharse a Europa era pasado, sólo recuerdo— o sus momentáneos caprichos y estallidos de cólera, le atraía y a ratos deslumbraba su inusitada lucidez, una especie de plenitud en el desencanto con que en ciertos momentos contemplaba y discutía sus circunstancias que antes no poseía o al menos él no había llegado a advertir. ¡Qué esfuerzo para disimular el estupor durante la entrevista inicial! No sólo por el espectáculo que apareció ante sus ojos, sino porque de golpe supo que durante años había previsto ese encuentro, que toda su obra había sido apenas un aprendizaje para alcanzar esa determinada perfección del horror, vislumbrada antes sólo de un modo fugaz y fragmentario, y que, de golpe, se le entregó en toda su ciclópea riqueza.

Cuando esos fenómenos de anticipación se presentan no pueden sino asombrarse y hasta horrorizarse un poco. Son augurios que conectan su existencia con el despostillado mundo de la magia, con diversos posibles desbarrancamientos en las ciencias ocultas, la superstición y la cábala; una forma metafórica, tortuosa y equívoca de aprehender una realidad a punto de realizarse. Ha intentado aproximaciones racionales al fenómeno, ha preguntado a sus amigos, ha recibido explicaciones más o menos parasicológicas, pero la verdad es que los hechos, al presentarse, jamás dejan de turbarlo. En ese punto se siente vinculado con aquel tío, a quien apenas conoció, el que fue marido de Paz Naranjo (en cuya casa de Xalapa, asombrado, descubrió dibujos de Boccioni y Carrà sin que el propietario pareciera tener conciencia de su valor; "cosas que coleccionaba mi mujer en Roma", se conformaría con decir), que hasta el último momento permaneció entregado a la provocación y estudio de ese tipo de fenómenos. La última vez que vio a su tía Amelia era una bella anciana, totalmente dueña de sí; entre ambos había existido siempre una calidez de trato y, sin embargo, en Londres se descubrió varias veces dibujando figuras monstruosas, caprichos canallescos en los que involuntaria y subrepticiamente se filtraban sus rasgos.

Cierta anormalidad, algún desequilibrio debía encontrarse en la raíz del fenómeno.

Un día, Irka lo llevó a cenar a casa de una tía, una vieja actriz retirada, cuya actividad profesional se había detenido en el primer año de la guerra. En el momento en que cambió Varsovia por Londres su vida se había paralizado. Habló con empecinamiento senil durante horas de la casa de sus padres en la calle Profesorska, la más recóndita, la más íntima, la menos conocida de todas las calles de Varsovia. Al hablar de aquel sitio sus palabras más que de nostalgia parecían teñirse de odio; se deleitaba en la crónica de comidas y fiestas celebradas en el jardín, describía a los asistentes, trazaba sus parentescos, se extraviaba en una monótona enumeración de complicados apellidos polacos. Según ella, nadie podía imaginar la felicidad imperante en su casa. La reunión no pudo resultarle más tediosa; le sorprendió descubrir que a Irka, en cambio, la excitaba de un modo visible, como si el rosario de reminiscencias, que con toda seguridad debía conocer de memoria, constituyera una revelación de aventuras personales, o una promesa de algo. Poco tiempo después regresó su amigo Alfredo de un viaje a Moscú. Se había detenido unos cuantos días, a la vuelta, en Varsovia. Llegó con centenares de fotos de Moscú, de Kiev, de Leningrado. De Varsovia, muy pocas. Se le habían terminado los rollos de color y no logró encontrar repuestos. Había fotografiado unas cuantas casas y unos jardines situados en una callejuela encontrada por azar una tarde en que caminaba perdido fuera del centro de la ciudad. Había entrado por una puerta abierta que parecía comunicar con un patio privado. Comenzó a descender por unas escaleras y descubrió de pronto que estaba en una calle, casi secreta. Unas cuantas casas del siglo XIX, unos árboles, las escaleras. La calle en sí era una escalera rodeada de macizos de flores. No pudo resistir la tentación y consumió en aquel callejón silencioso el único rollo disponible. Se quedó, como siempre, anonadado ante esa casualidad; tenía en las manos las pruebas de la existencia de una calle ignorada, al parecer, por los propios varsovianos, y de la que había oído hablar hasta la obcecación en esos días. Le pidió las fotos a su amigo y se las llevó a Irka. Ésta, arrobada, no podía creer en sus explicaciones. Suponía que para complacerla le había escrito a Alfredo pidiendo sacar esas fotografías. Fueron a ver a la tía Gita. La anciana y la joven examinaron con una lupa, entre exclamaciones y lamentos, centímetro por centímetro, la casa tantas veces evocada. Bebieron casi hasta caer. Era evidente que en muchísimos años nada había cambiado en la callejuela. La anciana acariciaba entre uno y otro brindis las fotos con sus manos venosas, magras, trémulas. Se ponía y quitaba los lentes. Se levantaba a cada momento a preparar té o bocadillos, a volver a tomar la lupa, a buscar una nueva botella de vodka; el verdadero objetivo era, sin duda, disimular la intensidad de su emoción. Al final, después de devorar con la mirada aquellas imágenes, asentó que sí, que aquélla era la calle y ésa su casa, pero que todo había cambiado de un modo horrible, que habían ultrajado la hermosura del lugar, que era una fortuna ya no vivir allá. Le pidió que le dejara, si le era posible, las fotos, sólo para precisar las alteraciones. Esa noche casi no pudo hablar de sus recuerdos, por más que Irka los estimulaba y exigía. Al final el vodka la hizo sentirse mal y le pidió a su sobrina quedarse a pasar la noche con ella. Él salió de ahí muy ebrio. No tenía deseos de volver a su casa; se dirigió a un bar que permanecía abierto hasta la madrugada y allí terminó de emborracharse con una sensación de incertidumbre, casi de miedo.

¿No era un poco lo mismo la llamada de Carlos Ibarra en Londres, después de que Paz se había pasado meses hablándole de él?

Pero a ese respecto el caso más sorprendente le ocurrió poco después de regresar a México. Se había dado cita con Barrios, un amigo, en el Bellinghausen. Estaba de pésimo humor; tan pronto como se sentó advirtió que no tenía el menor deseo ni interés de permanecer allí. Sabía que en esa reunión tratarían, inútilmente, de una irrealizable colaboración profesional. Cada vez que se veían, hablaban de la posibilidad de hacer algo juntos. Montar una obra con escenografía suya. Desde antes de irse a Europa hablaban de ese proyecto; nunca se concretaba nada; lo hablado se disolvía hasta que Barrios lo llamaba otra vez, se volvían a citar en algún restaurante, hacían nuevos planes, pensaban en dos o tres obras posibles, las discutían muy por encima, prometían telefonearse en unos cuantos días, y así hasta el infinito. En esa ocasión su malhumor se acentuaba; le acababan de extraer una muela. Atendía con descuido a lo que decían. Barrios le relataba sus últimos triunfos y exponía proyectos. Tenía en mente crear un *Tartufo* sorprendente, situado en el siglo XX. En los últimos tiempos no hacía sino teatro comercial y un poco de televisión, no se podía zafar de la corriente; pero así esperaba obtener el dinero necesario para más tarde permitirse realizar todo lo que le diera la gana. De pronto, mientras Barrios hablaba, contempló a la mujer que en esos momentos entraba en el restaurante, la misma con quien se había acostado por primera vez, hacía unos dieciséis o diecisiete años. La conoció en las reuniones culturales de su prima Elsa, lo recuerda muy bien, un día consagrado a los manifiestos dadaístas. Cuando después de la discusión salieron al jardín a tomar refrescos y a comer alguna cosa, quedó sentado por casualidad junto a ella; al principio apenas si le hizo caso; le gustaba mucho Elsa y lo enfurecía verla todo el tiempo rondar, adular y celebrar a un estúpido pasante de derecho que nada tenía que ver con el círculo. La vecina insistía en conversar con él; le contó que su padre era dueño de hoteles y estaba casi siempre fuera de México, en Acapulco, en Zihuatanejo o en Cuernavaca. Le encantaba ir a las reuniones de Elsa, decía, y conocer a los locos deliciosos que tenía por amigos. Le gustaba verlos sentirse tan cultos, hablar de todo y descubrir que en realidad no entendían nada de nada. Se había propuesto fastidiarlo y lo logró. La música era su arte predilecto. Se pasaba el día entero oyendo discos; no le quedaba otro remedio para no morirse de tedio. Cuando la reunión comenzó a dispersarse lo invitó a conocer su casa, lo presentó con su tía y luego, expedita y eficazmente, lo violó en la biblioteca mientras oían a Pérez Prado que empezaba a ponerse de moda. Después se encontraron cuatro o cinco veces más, siempre para lo mismo y, luego, ni siquiera recuerda por qué, dejaron de verse. Era su primera experiencia sexual, a pesar de eso aquella alegre criatura no le dejó la menor huella. Ni siquiera podía recordar su nombre. Cuando Elsa se fue a vivir a Mazatlán no tuvo más noticias de su vecina. Desde entonces no la había vuelto a ver. Se dirigió hacia ellos en el restaurante, hermosa, un poco regordeta, dorada por el sol; se había teñido el pelo de un rubio blanquecino que le hacía perder estilo, la abarataba. Sólo cuando la mujer se detuvo frente a la mesa advirtió el error. Barrios se levantó e hizo las presentaciones. Era una actriz con quien preparaba unos programas de televisión. Al contemplarla de cerca le volvió a asombrar el parecido, aunque la otra, pensó, la de a deveras, no se degradaría pintándose el pelo de ese color. Se despidió inmediatamente después del café y caminó hasta la Reforma. Tomó un pesero. Tenía un compromiso, una cita en el bar del Majestic. Un americano le había telefoneado para decirle que se interesaba en unos de sus dibujos. Lo identificó sin mayores dificultades; se sentó a su mesa y se excusó por no beber. El dolor de la encía no le daba tregua.

—¿Ah, sí? Permítame que le ordene algo especial. Me ha dado siempre resultados fantásticos. Una bebida antineurálgica que debía yo patentar. Espere a ver los resultados.

Se detiene en todos los detalles; tiene esperanza de que alguno le entregue una clave que le permita comprender lo ocurrido. Tenían por paisaje un fragmento de la catedral: las grandes campanas, una mancha verdusca a la altura de la mirada, se destacaban en medio de masas imponentes de piedra renegrida. El coctel en efecto logró hacerle desaparecer el dolor y, por lo mismo, fue sintiendo que el ánimo le subía. Myer era maestro de literatura hispanoamericana en una universidad de California. Había visto unos dibujos suyos en la revista de Bellas Artes; preparaba la edición en México de su tesis de doctorado, un estudio sobre los orígenes de la novela mexicana. Se interesaba por comprar aquellos dibujos para una revista de su universidad. Quedó en enviárselos en unos cuantos días. Salió del Majestic al anochecer. Después de todo, pensó una vez satisfecha su codicia, a pesar del encuentro con Barrios, el día no había resultado del todo estéril. Cruzó la calle, caminó hasta la esquina y al pasar frente a una joyería tropezó con ella, con la auténtica vecina de Elsa, la primera amantita que se había recetado en la vida, cuyo nombre recordó de pronto: Marcela. La luz del pórtico la bañaba. No había ninguna posibilidad de confusión. Los años apenas la habían alterado. Sin embargo, fijándose bien, se advertía cierta tendencia a la rotundez del cuerpo, un distinto color de cabello, un rubio blanquecino exactamente igual al de la actriz que le habían presentado hacía un rato. Se reconocieron a pesar de los muchos años de no verse. Lleno de asombro apenas pudo contestar el saludo. Cambiaron dos o tres frases triviales. Luego se quedó clavado en la esquina, observando a la mujer, Marcela, perderse en medio de la multitud que a esas horas invadía Madero. Tanto ese encuentro como el incidente de la calle Profesorska, o la visita de Carlos Ibarra, eran sólo variantes del mismo fenómeno, sí, el mismo que le llevó a trazar en Londres aquellas figuras monstruosas que aprovechaban ciertos rasgos de su tía, mucho antes de ocurrir el accidente que la transformaría físicamente y que iba a modificar de manera tan radical su vida.

Lo habían prevenido ya en casa. Su tía Amelia no logró, ni lograría recuperarse del golpe; a su abatimiento se añadía un mal deformante. Cuando llegó al consultorio, su tío volvió a aconsejarle la omisión de cualquier tema que pudiera apenarla; el más ligero enojo podía desatar reacciones nerviosas imprevisibles. Sobre todo, le recomendó, no debía mostrar ningún asombro al verla. Su condición era ya demasiado penosa como para que uno se la agravara sin necesidad. Salieron del consultorio por la puerta que daba al patio. Le sorprendió el descuido. El médico le dijo que con él su madre había hecho una excepción; era una de las pocas personas que había aceptado recibir; la única en varias semanas, tal vez en meses. Comenzó en seguida a lamentarse por el dolor inmerecido, el inmerecido saco de desdichas que pesaba sobre sus hombros, su inmerecido destino.

—Nada puedo hacer por mejorarla. Su enfermedad no es del todo somática. Lo único que le podría aliviar sería un esfuerzo de su parte por volver a darle apariencias de normalidad a su vida. Si te lo permite, no dejes de sugerírselo. Basta con que yo opine algo para que ella, por sistema, se amache en lo contrario. ¿Te acuerdas de su orden, su pulcritud, la disciplina que le exigía a todo el mundo? Todo eso se acabó, ya te darás cuenta. Por eso hay que insistirle en que rompa la soledad en que vive, que baje por lo menos al comedor, que vuelva a interesarse en sus plantas —se estremeció ligeramente, como tratando de apartar algo de la memoria—. La verdad, he terminado por declararme vencido.

El recorrido por la casa fue suficiente para hacerle conocer sin paliativos, más aún que el relato de su madre, más que las recomendaciones del médico, el deterioro general en la existencia de sus moradores. Aquel lugar había constituido, sin que bien a bien llegara a saber por qué, uno de los deleites de su niñez y adolescencia. La casa de sus parientes daba a tres calles y cubría casi la totalidad de la manzana. Los cuartos se extendían a lo largo de sus corredores interiores, con aleros de teja, en torno al patio. Había una pequeña huerta, un estanque para carpas y, frente a las habitaciones principales, separado del resto del patio por una red de buganvilias, un jardín en otros tiempos muy hermoso. El estanque estaba vacío, había en él pilas de ladrillos, sacos de cal, haces de leña. La antigua hortaliza era un trozo de terreno cubierto de maleza. Nadie se ocupaba, por lo visto, del jardín; la delimitación de los arriates estaba a punto de perderse, la cizaña se confundía con las plantas. Era impresionante el triunfo logrado por la naturaleza en tan pocos años. Reconoció, atado a una higuera, a Tirso, el perro de sus primas. Al caminar por el corredor, observó que casi todas las habitaciones estaban cerradas con candado. Frente a una puerta, el doctor murmuró en tono quejumbroso:

—Aquí iba a estar el despacho de Gloria. Le habíamos comprado todos los muebles para que instalara su consultorio cuando ocurrió la desgracia. Gloria era muy buena, vieras, Clarissa, en cambio, nos tenía un poco preocupados. No quería vivir aquí. Se pensaba ir a Europa o a Estados Unidos con una beca a especializarse. Se había vuelto anárquica. Ya sabes, todo cambia.

—Todo lo que cambia permanece y dura —comentó, tratando de romper aquel tono jeremiquiante y cansino.

—¿Cómo dices?

—Eso, que sólo lo que cambia permanece y dura —y no pudo reprimir una sonrisa.

—Ah, sí, sí, tienes toda la razón. Todo ha sido muy triste, muy difícil de sobrellevar.

Llegaron al fin a la puerta principal, donde sobre la gran sala su tía se había hecho construir después de la boda del médico sus habitaciones privadas, una especie de palomar gracioso de dos pisos. En el primero, había un comedor y la cocina, y en el de arriba, en lo alto de su torre, el dormitorio y un saloncito que en otra época había sido la parte más concurrida de la casa. Al pasar por el comedor salió Flor a recibirlos. La impresión de grisura, de decaimiento y desolación que le produjo el tránsito por el patio se acentuó ante el saludo de la sirvienta. Le pareció que Flor trataba de establecer cierto vínculo de complicidad. Los ojos asiáticos, encerrados en una cara seca picada de viruelas, se hicieron aún más pequeños cuando se acercó a darle la mano y a bisbisear que por favor no apenara más a la señora, que ya la pobre sufría tanto…

Entró por fin. Sobre una cama yacía un cuerpo inmenso cuya magnitud lo anonadó, impidiéndole fijar en el primer instante la atención en cualquier otra cosa que no fuera esa montaña de apariencia intensamente animal, tendida en un lecho metálico y blanco de hospital. Luego fue reparando en los detalles; la cabeza cubierta por una especie de turbante violeta, sujeto con un enorme broche rojo, la cara, que lejana, furtivamente, recordaba los antiguos rasgos cuya perfección lo emparentó a ciertos retratos de Ingres. El rostro actual estaba formado por una acumulación y hacinamiento de lonjas de carne rosácea y granulada, de costras oscuras que se yuxtaponían, que pugnaban por aplastar a las de abajo, desplazar a las de arriba, y en medio de ese combate los ojos azules, grotescos precisamente por su hermosura, ojos de muñeca bufa, de marioneta vieja. A su lado, en la cama, revistas, libros, una tabla delgada con papel de cartas, lápices de colores, un cenicero atestado de colillas, toallas, cojines. El desorden se esparcía de la cama a toda la habitación. La mirada tropezaba con una acumulación sin sentido de objetos heterogéneos. Tendida en el suelo, boca abajo, sobre un tapete de piel, frente a un radiador eléctrico, una niña coloreaba unos cuadernos de dibujo; era Juanita.

Antes de saludarlos, la anciana se incorporó ligeramente y declaró:

—¿Ves?, te hacemos la competencia. También nosotras nos hemos convertido en pintoras —la voz era lo único que había quedado indemne de la catástrofe, quizás hasta la encontraba mejor templada, enriquecida por un tono profundo, muy cálido, con el levísimo, casi imperceptible dejo extranjero que parecía surgir sobre todo de la cadencia de la frase—. Con toda seguridad te pareceremos torpes para esta profesión; en cambio podríamos ser tus modelos perfectos.

Calló. Se reclinó sobre un costado, tendió los brazos hacia la niña, la levantó con sus dos potentes moles y la sentó a su lado. La niña sonreía. Le impresionó la expresividad y la viveza del rostro; era tal vez uno de los más feos que había visto, una carita de mono; sólo la inteligencia de la mirada conseguía que su fealdad no resultara repulsiva.

Le horrorizaba pensar, y fue una impresión que lo sobrecogió desde el primer momento, que aquella alucinación que lo recibía poco difería de uno de los caprichos que involuntariamente había esbozado en Londres, como ahora le parece algo semejante a una agresión, aunque no sabe del todo contra quién, el hecho de que el cuadro que tiene en la habitación, cuyo contorno trazó la noche de aquel primer encuentro, implique a través de esa calavera de cristal que se reparte entre el rostro de la anciana y el de la niña, la relación siniestra que se iba a establecer entre ambas.

¿Es que nunca iba a librar a su pintura de ese pavor premonitorio? ¿Acaso las divagaciones de su tío Gabino de las que tantas veces se había reído, aquella eterna cantaleta de su comunicación con algo no visible, no estaban del todo desencaminadas?

Once

¿Cómo era Paz? ¿Podría alguien decirle cómo era Paz Naranjo? ¿Era posible fijar y detener sus gestos cuando el enigmático rostro de Macao avasallaba cualquier otra imagen posible? En la película Paz era la japonesa y su larga falda de organdí, era un modo de andar entre brocados y dragones, y era una piel a punto de estallar sobre los pómulos. ¿Cómo, cómo carajos era Paz? Cuando se abrió la puerta de aquel inmundo cuarto de hotel, una mancha de terciopelo verde se replegó sobre la enorme cama de color rata. Paz fue una ameba de terciopelo crispada, moribunda, bajo una descarga química. Una gota del Veronés caída en una superficie innoble. Por un instante sólo existió el grito en el corredor y aquella mancha que era como su eco, como su negación también; eso era Paz Naranjo. Fue, con toda seguridad, en el invierno de 1949; a principios de noviembre, para ser precisos.

Encontró una tarjeta al llegar a su apartamiento: "Llama por favor a este número... Habitación 34. Hemos caído en un antro indescriptible. Tienes que dar mi nombre y el número del cuarto. Insiste, porque estos miserables nunca quieren subir a avisarnos. No nos moveremos en toda la tarde. Un abrazo, Carlos y Paz". Al instante, aun antes de leerla, reconoció la letra. Hacía poco más de un mes había recibido una carta de Carlos que no hacía presentir ese viaje. Lo felicitaba por haber logrado vencer las resistencias de sus padres y haberse instalado en Nueva York para al fin estudiar cine. Trasudaba entusiasmo. Su chifladura por Roma estaba en la fase ascendente. Repetía y ampliaba las loas anteriores. Desde un principio el azar lo había relacionado con un grupo excepcional. Las circunstancias imperantes facilitaban *todos* los contactos. Los muros protectores de ciertos círculos tradicionalmente considerados como inaccesibles dejaban vislumbrar atractivas figuras. Sin darse cuenta, o casi, se había encontrado de pronto en el interior de dos o tres plazas fuertes a primera vista inexpugnables. Su Virgilio era una mujer soberbia: Paz Naranjo. Paz lo había hecho penetrar en el verdadero corazón de Roma. Por cierto, Paz era levemente mexicana. Había logrado integrarlo a otra época, la que, por paradójico que pudiera parecer, le resultaba más viva, más contemporánea. Circundado por el panorama que ofrecía la ciudad se sentía masticar cultura, transpirar cultura, orinarla, beberla, padecerla. Sus nuevos amigos no acababan de reponerse del sobresalto de la guerra; la inmersión en el horror había sido de tal magnitud que aún no se atrevían a enfrentarlo. Él, que había estado en Londres, igual que Carlos, poco después de terminar la guerra, se indignó ante aquel despliegue retórico. Pero, como si adivinara sus reparos, Carlos añadía que sí, que lo de Inglaterra era desde luego otra cosa, un sano ejercicio de pragmatismo colectivo, una secuencia de hechos que nunca habían perdido su coherencia: Munich, Chamberlain, la guerra, el blitz, la victoria, las tarjetas de racionamiento, en la que cualquier relación de causa y efecto quedaba tácita pero firmemente establecida. La problemática en Roma era diferente. No había que olvidar que el fascismo estaba detrás. Nadie, a ciencia cierta, parecía saber qué había sido aquello. Y en verdad, ¿qué eran? ¿Derrotados?, ¿vencedores?, ¿liberados? "La conciencia —escribía— se presta para todo. Se integra y desintegra con inaudita facilidad, se retrae o se extiende, se acomoda siempre. Pero en el fondo ese vaivén tiene por fuerza que producir un desgarrón profundo y, en los seres más sensibles, una vislumbre trágica." La vida resultaba un regalo; con unos cuantos dólares era posible vivir como un príncipe. Su vocación de dandy parecía haberse cumplido. Fue su época más snob, pero también la más palabrera. La novela, decía, avanzaba en cierto sentido, aunque había hecho una pausa para cargar energía. No era posible seguir escribiendo sin conocer a los austriacos. Le desconcertaba su poca difusión. Kafka empezaba apenas a desplegar las velas. Los demás eran ignorados, a no ser por pequeños círculos de elegidos, y no sólo en Roma, sino también en Londres, en París, en la misma Viena. ¿Y en México? Serían necesarios años, quizás el paso de toda una generación para que los nombres de Musil, de Broch, de Canetti y Roth comenzaran a sonar, "engolosinada nuestra inteligencia con sus últimos descubrimientos: Maurois, Mauriac, Maurras, Moréas". Por primera vez le agradecía a sus padres que lo hubieran puesto a estudiar en el hasta entonces detestado Colegio Alemán. La atmósfera de Roma era la más indicada para penetrar en esa literatura. La teatralidad de aquellas cartas comenzó a irritarlo. Cuando lo había tratado en Inglaterra, Carlos era otra cosa. Debía ser la influencia de la gente que lo rodeaba. En Londres, Charlie oscilaba con perfecto equilibrio entre dos mundos, uno muy opulento de latinoamericanos y otro decididamente bohemio en el que si bien había algunos sudamericanos jóvenes, la mayoría eran ingleses y europeos de tierra firme. Por París había pasado una que otra vez (siempre fueron estadías muy breves); parecía no haber encontrado allí un medio propicio y haberse tenido que reducir al trato de compatriotas poco interesantes. Desde su instalación en Roma las cartas no eran sino la ratificación de un énfasis constante. Un toque de clarines parecía subrayar determinadas frases, enfatizar las pausas. El exceso de calificativos revelaba un deslumbramiento ramplón y hasta vulgar. ¡No estaba bien que se dejara marear de esa manera! ¡No se educa uno en Londres para después sucumbir a tales fiebres! Se lo escribió. Carlos le respondió de inmediato que por fortuna los viajes no le habían hecho perder la inocencia original, la capacidad primigenia para descubrir y gozar de la belleza del mundo. "Si Europa —desde luego *no* Londres— ha logrado enseñarme algo, es a ver. Y Roma me satisface con creces esa necesidad." ¡Muy bien!

El recado no indicaba ni el motivo de su presencia en Nueva York ni la posible duración de la estancia. Llamó por teléfono. Quedó de ir a verlo entre las ocho y las nueve de la noche. ¿Le parecía bien? Por supuesto que le gustaría ir en ese mismo momento, pero precisamente esa tarde tenía que presentar un examen del que dependía su admisión definitiva en el estudio. Tan pronto como terminara volaría al hotel. Por la noche, una vez pasada la prueba, que resultó mucho más fácil de lo que había previsto, se lanzó a localizarlos. Buscó la dirección en un plano de la ciudad. No vivían lejos del Village. Durante todo el día no había hecho sino pensar en el encuentro. En el taxi no podía mantener las manos quietas. De pronto descubrió que el hotel no quedaba en la zona agradable, ni en la pintoresca, sino que el automóvil se introducía en uno de los rumbos más sórdidos que había visto desde su llegada a la ciudad. ¡Imposible conciliar al Carlos de Londres, menos al que disfrutaba de la vida de sibarita romano glosada en sus cartas, y a Paz, "su Virgilio", con semejantes andurriales, a menos que se hospedaran en algún inmueble antiguo, construido cuando el barrio aún no había sido atacado por la lepra que visiblemente lo carcomía! Quizás el hotel hubiera, contra viento y marea, logrado mantener su prestigio. Nueva York sabía ofrecer esas sorpresas. El coche se detuvo. Pero el hotel resultó estar a la altura del barrio.

Serían más o menos las nueve de la noche. Una angosta escalera lo condujo al primer piso. El recepcionista, un hombrecillo enjuto y descolorido, con una barba de tres días, y una visera de mica verde, le indicó, con voz tipluda, que subiera dos pisos más. En el recuerdo, aquella ascensión tiene la consistencia de un desplome en los infiernos. Fue ese hotel el primer Tomalín donde iba a encontrar a su cónsul, un Tomalín fugazmente visitado, un presto del abominable Tomalín final. Más tarde, todas las ciudades tendrían un Tomalín que fatalmente lo atraparía, un Tomalín que comenzaría a crecer, a cercarlo, a acosarlo, hasta hacerle saber al final que no había escape posible, que el último Tomalín, el que aparecía en *El tañido de una flauta*, era después de todo… ¿Después de todo qué…? ¿El mundo? ¿Un infierno elegido de grado? Pero, ¿hasta dónde podía hablarse de la libre elección del infierno en el que acabaría sus días? De cualquier modo, nada podía saber de eso cuando en Nueva York, una noche ventosa de noviembre, subía las escaleras de un destartalado edificio cerca del Stuyvesant Park. De saberlo, de haberlo siquiera intuido, lo hubiera sacado de allí, a golpes si era necesario. Lo único que cabía entonces, era sorprenderse de la luz amarillenta, de los escalones de madera astillada, crujiente, reseca, de los jirones que rajaban el papel tapiz, de las sombras que se deslizaban en los corredores como animales agazapados en la penumbra.

En el piso indicado, el corredor era más amplio que en los inferiores. Se detuvo un instante para recuperar el aliento. A unos cuantos pasos del cubo de la escalera había un banco de madera. Un grupo de niños morenos, entre los cuatro y los diez años de edad, puertorriqueños, tal vez mexicanos, tiraban, en medio de una festiva algarabía, de los pantalones sucios de una anciana ebria que, despatarrada, seminconsciente, emitía una especie de graznidos ásperos con los que pretendía alejar a la jauría. Agitaba la mano derecha y una pierna con movimientos torpes, como si las bestezuelas que la rodeaban fueran producto de una visión alcohólica susceptible de desaparecer con un simple ademán. Era un gesto adecuado más para espantar a las moscas que para librarse del acoso infantil al que se veía sometida. Se acercó a la banca e increpó en español a los chicos, quienes, sorprendidos, echaron a correr hasta el fondo del pasillo. Con evidente esfuerzo, la mujer trató de enfocar la mirada como si quisiera reconocerlo. Luego, cuando ya estaba por retirarse, se le colgó rápidamente de un brazo, le mostró una pierna hinchada y un tobillo deforme vendado con un trapo sucio y exclamó con una voz rasposa y hueca que por lo menos le diera unas monedas para curarse. Unos pasos más adelante, detenido frente a la puerta del cuarto 34 volvió a oír los gritos. La jauría había vuelto a embestir, con mayor fuerza en esa ocasión, tratando de apoderarse de las monedas que la mujer mantenía ocultas en un puño cerrado. De pronto uno de los mayores la sujetó por la muñeca y comenzó a torcérsela mientras los otros trataban de abrirle el puño. La mujer emitió un alarido feroz, un chillido igual al de un cerdo en el momento de la degollina. En aquel instante, mientras el grito le taladraba los oídos, se abrió la puerta y contempló la mancha verde en la cama.

"Los venecianos nos hicieron el regalo del color", se dijo inconscientemente, recordando su Berenson, mientras contemplaba con estupor cómo la mancha verde, al contraerse, iluminaba con su reverberación el sombrío espacio que la enmarcaba. Después, con cierta confusión, esforzándose por superar el sentimiento de disminución de la realidad que lo abrumó sólo con entrar en el hotel, agudizado por la escena del corredor, por el aullido, por la inesperada aparición de la mancha verde, fue registrando todo lo demás: los brazos extendidos de su amigo, el desorden del cuarto, las maletas apiladas, la bata y las toallas colgando tras la puerta, los muebles desastrosos. El chillido gutural de la ebria se confundió con el ruido de pasos en el pasillo, de voces y carreras y golpes y llantos infantiles. Cuando se hizo el silencio, el terciopelo comenzó a dar muestras de vida, se movió con suavidad, se onduló, adquirió de golpe sombras, pliegues, reflejos. La luz que expulsaba una lámpara de mala muerte obtuvo de él destellos auténticamente venecianos. Debajo de la mancha, de su interior, surgió un rostro afilado, unas manos lívidas. Paz Naranjo se cubría los oídos mientras afuera iba muriendo el estrépito. Carlos saltaba de júbilo; lo abrazó cordialmente, los presentó, señaló que era un acto del todo innecesario, ya que ambos debían saberse de memoria. A Paz le había hablado de él hasta hartarla, y él sabía por sus cartas quién era ella, qué hacía, qué pensaba, qué escribía. Por supuesto no se atrevió a aclarar que sólo en una carta la había mencionado de modo impreciso —una mujer levemente mexicana, su Virgilio en determinados círculos romanos— y supuso que la misma vaguedad debía acompañar a las referencias sobre su persona: un compatriota conocido por azar y vuelto a encontrar también por azar en Londres. Pero, ¿qué interés podía tener su persona fuera del meramente amistoso? ¿Qué podía esperar que alguien dijera entonces de él? ¿Que era un joven agradable, bien educado, ingenuo a más no poder, que por fin había convencido a sus padres para que le permitieran estudiar cine en Nueva York?

La mujer, al incorporarse, se transformó en su negación. Dejó de ser, no obstante el terciopelo verde (y sus mencionados pliegues, reverberaciones y reflejos), una visión del siglo del color, por no permitírselo ya su delgadez extrema, ni el rostro demacrado, ni la aparente carencia de vitalidad.

—Si vuelve a gritar no podré resistirlo, te lo juro. Me arrojaré por la ventana. ¿La vio usted? ¿Qué le sucedió? Esos monstruillos detestables deben haberle vuelto a quemar los zapatos mientras dormía. Ayer fue algo horrible, ¡horrible!, no se lo puede figurar… ¡Algo verdaderamente horrible!

Trató de relatar la escena que acababa de presenciar. Carlos apenas lo dejó concluir. Insistió en que debía convencer a Paz para salir esa noche a celebrar el encuentro. Ella hablaba como si lo conociera desde hacía muchos años; pero esa aparente camaradería, lo comprendió al instante, más que intimidad transparentaba un desinterés próximo a la insolencia, lo que, por supuesto, le ofendió. La mujer conversaba con él, pero como si no existiera, igual que ante un mueble, o frente al empleado de un hotel, no al botones de uno de categoría cuya presencia exigía un mínimo de discreción, sino precisamente un recadero de aquél, espantoso, en que los encontraba alojados; un ser anodino ante el cual se podía sostener la conversación más íntima sin que el hecho tuviera significación alguna. Paz se oponía a salir, con la negligencia de quien ha decidido anteponer unas leves defensas por el placer, sobre todo, de verlas sucumbir, de alentar y disfrutar ese derrumbe (descubriría en su momento que era una de las armas que con mayor eficacia manejaba), oponía argumentos graves que no se condecían con el tono lánguido y desdeñoso con que los manifestaba: se sentía muy enferma, fatigada; era casi seguro que la presión le hubiera vuelto a bajar: que fueran ellos a cenar donde quisieran. ¿Por qué no al teatro que en Nueva York podía ser, como ya lo habían comprobado, excelente? ¿Por qué no intentaban ver de nuevo *Las tres hermanas?* ¿La había visto? La Cornell está impresionantemente bien. Había momentos en que de verdad parecía Chéjov. Chéjov en grande, podría decirse si no fuera un disparate. A Carlos le encantaría volver a verla, ¿no era cierto? Claro, añadía, que a esa hora sería imposible obtener localidades; además, la función habría comenzado. Podían, en cambio, ir a una taberna del Village; seguramente preferirían estar solos, tomarse unos tragos, hablar largo y tendido después de tanto tiempo de no verse; en fin, eran un par de muchachos, no había que olvidarlo, tendrían mil cosas que contarse; una ruina como ella sólo estorbaría. El frío era glacial. Le daba una pereza atroz vestirse. Ya ese día, Carlos cuatro veces la había, ¿se podía acaso imaginar lo que era aquello?, embotellado en ese museo de horrores que era el metro. Lo peor de cualquier salida resultaba siempre el regreso. No tenía idea de lo siniestro que podía ser caminar de noche por esas calles, ¿había visto qué fauna pululaba en ellas? La siniestrez se acentuaba a medida que corría la noche. ¡Ah, lo desolador que era volver cuando todo estaba en silencio!, empujar la puerta y comenzar a subir unos escalones tan agresivamente crujientes que a cada paso parecían advertir: "¡Éste será el último, my dear, antes de que tu piececito se detenga en el siguiente el maderamen, la estructura, las paredes mismas, todo, se derrumbará e irás a parar en medio de polvo y ladrillos sobre las fritangas del griego de abajo!" Pero mientras hablaba se movía en medio de las maletas que colmaban el poco espacio restante entre la cama, el armario y una especie de tocador escuálido pegado a la pared; sacaba vestidos, blusas y chaquetas y volvía a meterlos en las maletas; observaba las prendas con melancolía sin decidirse por ninguna; desdoblaba, examinaba, volvía a doblar y a la vez insistía, ya sin la menor convicción, que sería mejor que fueran, caso de no querer o poder prescindir de su alegre compañía, a la esquina a comprar algo de comer y unas botellas de vino para cenar en el cuarto. Podían encargar una de esas pizzas repelentes que el hambre les había obligado a devorar hacía unas cuantas noches en aquel tugurio que tenía el descaro de llamar cocina italiana a las atrocidades que su trastienda consumaba; y aunque como cocina, aquélla, nunca le había hecho en exceso feliz, como amante de Italia se sentía en la obligación de protestar por lo menos; o bien, si el proyecto de las pizzas tampoco los seducía, lo que podía comprender perfectamente, que pensaran en algo que no la obligara a salir. Pero, por favor, debían volverse por un instante hacia la puerta. Y mientras él permanecía con los ojos clavados en el suelo, con ganas de escapar a la carrera, la oyó decir que Carlos la torturaba, que no podía explicarse, si lo conocía bien, cómo podía seguir considerándolo un amigo. Era una voz chirriante, fatigada, hipnótica. Mientras la oía hablar y trataba de definir el timbre pensó en manzanas ácidas, pensó en cerezas no del todo maduras, y ante esos parangones frutales estuvo a punto de soltar la carcajada cuando ella dijo que necesitaba que alguien la defendiera de sus atropellos, que ojalá encontrara en él un aliado, que Carlos no le concedía la menor tregua: en las dos semanas que llevaban en Nueva York había conocido todas las sensaciones imaginables menos la de tranquilidad. Luego afirmó que detestaba con toda su alma la ciudad, el país entero. Había estado en otra ocasión, muchos años atrás, antes de la guerra, con su primer marido, también entonces de paso rumbo a México, y aunque las condiciones eran muy diferentes como bien podían suponer, tampoco entonces logró entusiasmarse. Era increíble, durante años había sido una fanática de la aceleración, cualquiera que fuese su signo, de las formas más dinámicas, de la belleza de la máquina, para que al llegar a la metrópoli no hiciera sino asustarse ante su ritmo. Chéjov decía (¡dale con Chéjov!), y era una frase que podía suscribir sin reservas, que en la electricidad y el vapor había más amor al hombre que en la castidad y el ayuno. Pero en realidad lo único que percibía era violencia y estruendo. Acabaría por clavarse en Siena, en Alejandría, en Micenas. ¡Qué horror, su vestido era una pura colección de arrugas! Podían ya volver la cara si querían contemplar a la mujer peor vestida del mundo.

—¿Adónde vamos? —preguntó después.

Les propuso un restaurante francés que había conocido hacía poco, pero la idea no los entusiasmó demasiado, y uno húngaro, que aceptaron de inmediato.

Le resultaba incomprensible conversar con la pareja en aquel cuarto; que ellos y las ocho, nueve o diez maletas estuvieran ahí; que en torno suyo flotara aquel perfume opaco. No se atrevía a preguntarle a su amigo qué hacían en tal hotel. Encontró algo extremadamente patético en el ademán con que Paz se ladeó el sombrero antes de salir, al pasar frente a un espejo sucio colgado en la pared. Carlos iba a cerrar la puerta cuando de pronto pareció acordarse de algo. Entró de nuevo en la habitación, volvió a prender la luz; en dos zancadas llegó hasta una de las maletas y sacó un pañuelo. En ese momento advirtió que desde el momento de llegar, sin lograr expresarlo, era únicamente en eso en lo que pensaba, y que el volu-

77

ble monólogo de Paz no tenía otro propósito que revelarle lo que el pijama con lunares azules colgado de la percha clamaba a gritos y que él se había negado a reconocer, que ambos compartían el inmenso lecho cubierto por una deprimente colcha gris. Pero aun en ese momento se negaba a creer, le irritaba pensarlo, que estuvieran ligados por un vínculo carnal (le sorprendió, y aquello intensificó su malestar, que hasta en el pensamiento se acercara a las relaciones de pareja con semejante pacatería victoriana, que tuviera que emplear fórmulas tan deterioradas como la del "vínculo carnal").

Cuando llegaron a la calle, la energía de Paz ya visiblemente mermada, se derrumbó casi por completo. Por un momento fue sólo un rostro acosado, unos ojos huidizos, un sistema nervioso desgastado, una silueta a punto de hacerse trizas, la misma imagen de la mujer de Macao que deambulaba sin sosiego en *El tañido de una flauta*. En la cama, envuelta en el terciopelo verde, el contraste con el resto de la habitación no había sido tan desmesurado; poseía su túnica un aire de excentricidad que se correspondía muy bien con la idea de tránsito a que aludían las maletas. Cuando aclaró que había terminado de vestirse y se dio vuelta, él pudo contemplar a aquella mujer deslumbrante (pero entonces no debió haberle parecido deslumbrante; no, es casi seguro que eso lo descubrió después) abrochándose los grandes botones verdes de una chaqueta verde; y luego, cuando comentó, mientras se pasaba el lipstick por los labios, que era una lástima que ninguna Helena Rubinstein diera aún la señal de usar un lápiz labial verde, ya que ella podría lograr combinaciones perfectas con el tono de los ojos, en tanto que él contemplaba el rostro en el espejo y la espalda erguida, enfundada en la chaqueta esponjosa, de lana verde y puños revestidos de pequeñas piezas metálicas oscuras, no pudo menos que decirse que la incoherencia entre aquella figura y la pobreza del edificio y la fealdad desbordante del cuarto era inmoderada. Pero en la calle el desequilibrio alcanzaba una violencia total. En el cuarto, en efecto, se le podía encontrar cierto sentido; uno podía pensar en aquella pocilga como en el equivalente de un refugio de guerra, un escondrijo para los momentos de emergencia, de derrota transitoria. Podía ser mucho peor, podía haber costales de granos y grietas en los muros y sórdidas ratas hambrientas y musgos en el suelo y un montón de paja húmeda para hacer las veces de un lecho. El carácter provisional explicaría el desorden; se estaba allí de paso; el refugio terminaría tan pronto como se restaurase el orden violentado, cuando la vibración perversa que por un instante había logrado alterar el equilibrio universal hubiese vuelto a encauzarse. La calle era otra cosa, demostraba con obscena crueldad que no existía alteración alguna, que el ritmo de la vida era normal, que era el acostumbrado, el cotidiano. La calle atraía y reducía a Paz a su vaivén de siempre, al oleaje de bo-

rrachos miserables y sucios, a sus contornos de botes de basura, de tiendas agua-
chirles, de restaurantes con tufo a grasa quemada, de tintorerías igual y agresivamente malolientes, de muros desconchados, vulgares, renegridos. En ese momento
se evaporó de golpe la antipatía que todo el tiempo había sentido por Paz y, sin siquiera percibirlo, se convirtió en el aliado que un poco en broma un poco en serio
la mujer solicitaba. Paz, casi tartamudeando, propuso que entraran en la pizzería de
la esquina; no era tan mala como había dicho, tenía la ventaja de que podrían regresar al hotel al terminar de cenar; tenían en el cuarto un coñac excelente. Pero
Carlos no la dejó terminar. Lo que hizo fue silbarle a un taxi que en ese momento
doblaba la esquina.

Doce

En la película de Hayashi, el episodio amoroso —¿no era absurdo llamarlo así?, pero, ¿cómo, de qué modo, hacerlo entonces?— ocurría en Macao hacia 1930. Constituía una especie de intermedio lírico, el único oasis posible en medio de diversas instancias infernales. Sin embargo también era opresivo, también allí se percibía el soplo del maligno. Ésa, junto a las imágenes finales, fue la parte que mayor conmoción le produjo. Tendría que volver a ver la película para precisar una serie de incidentes que esa tarde, con el asombro a cuestas al reconocer la historia y tratar de establecer los enlaces entre lo visto en la pantalla y los hechos reales, con toda seguridad debieron habérsele escapado. Es la parte de equilibrio interno más difícil y la que, por extraño que parezca, armoniza el conjunto. Su poder de succión es extraordinario: el episodio absorbe y concentra todas las tensiones y, a la vez, funciona como válvula de escape. Libera el brutal erotismo sofocado que repta a lo largo de toda la película. Lo libera, pero no por completo; al menos no como se nos ha acostumbrado, nos gusta y tácitamente le exigimos al cine. Eros de pronto es mudo e inexpresivo: ojos huidizos bajo pesados párpados, manos distantes, crispadas, aferradas al bolso de mano o a la flexible caña de Malaca, imposibilidad absoluta de decir: "Ámame, ámame siempre, no permitas que llegue la hora del olvido; ámame, ámame siempre". Eros se transmuta, en Macao, en la auténtica separación de los amantes.

Le sorprende que la rareza del ambiente no llegue a entorpecer el desarrollo de la trama. El hilo central, en apariencia muy tenue, se inserta en un trozo de material colmado de matices, penetra en zonas de tejido espeso, recamadas de colores y texturas, sin lograr, no obstante una aparente timidez, perderse, lo que manifiesta una vez tras otra su resistencia pura, su tensión perfecta, y crea en derredor suyo una desnudez y una transparencia espectrales. Por más que el episodio transcurra en casas de juego, en cafés al aire libre, en medio de atolondradas nubes de turistas, pelotones de soldados de Angola y Mozambique, contrabandistas de todas las especies, putas y rufianes, el ambiente, para el espectador occidental, difícilmente podía destacar por su exotismo del resto de la cinta. En su película, *Hotel de frontera,* el problema desemboca en una burda disyuntiva entre lo nacional y lo extranjero. La protagonista era española, como Paz en la vida real; algo en su documentación no está en regla, por lo que le impiden la entrada a México. Su acompañante no ha vuelto al país en muchos años y tiene que permanecer durante semanas enteras pudriéndose de rabia y fastidio al otro lado del puente, la frontera, en Brownsville, mientras contempla, como un señor K muy devaluado, el castillo inaccesible que es la Patria. La mujer le retiene el pasaporte. Exige entrar con él o volver a Europa. Lo acusa de mil infamias, grita, un día lo abofetea en el comedor. Teme que la abandone tan pronto como se encuentre al lado de los suyos. Al fin triunfará la Patria. Se impondrá el tierno amor de una joven mexicana empleada en el hotel donde se aloja la pareja. La otoñal vampiresa, cometidas mil bajas acciones, emprenderá, derrotada, solitaria, el amargo retorno. El manejo vago y confuso de esas obviedades constituyó, tal vez, la única virtud de la película.

Ya en el contraste entre el núcleo temático y sus contornos, el director japonés, en cambio, lograba una atmósfera de impecable crueldad. En primer término destacaba el drama de la pareja destinada a no encontrarse físicamente; al fondo, un tumulto permanente: masas borrosas de incesante tráfago. Luego, en determinado momento, surgía de entre el tumulto una tercera figura, el joven poeta, empleado en el consulado japonés, antiguo compañero de escuela del protagonista. Se establece el triángulo. Desde el inicio parece que algo atroz va a ocurrir: las situaciones se cargan de una tensión zumbona y agresiva. La actriz japonesa vive el momento en que comienza la pérdida de la juventud, lo que le crea una belleza deslumbrante. El rostro, una máscara de porcelana blanca a punto de despostillarse, de hacerse añicos, es capaz de manifestar los registros más inusitados de la pasión. Su ropa es su estilo: sombreros claros de alas muy amplias con alguna cinta de color oscuro, vestidos vaporosos de materiales estampados que resbalan hasta los tobillos, guantes interminables. Se mueve con paso lánguido, ondulante, por aceras tumultuosas, igual que si se deslizara en medio de los asistentes a un animado garden party colonial, como si la masa de cargadores y buhoneros chinos que atestan las calles fueran funcionarios administrativos, terratenientes, financieros, religiosos de alto rango. Se mueve como una serpentina perfumada. Es un fluido que invariablemente se escapa de las manos del par de jóvenes que la acompañan, los envuelve, los intoxica delante de esa muchedumbre que, aun desdibujada, logra poco a poco imponerles su ritmo frenético: corren las rickshaws, se cruzan, se entretejen sin tropezar jamás; grupos enardecidos rodean las mesas de los casinos, croupiers con caras de Buster Keaton recogen, colocan y vuelven a recoger y a colocar las fichas en sus mesas con largas palas de madera negra; verborreicos vendedores ambulantes circulan de mesa en mesa mostrando a los turistas sedas y brocados de Hanchow, perlas rosadas, violáceas, negras, piezas de falso y auténtico marfil, y esbozan a medias palabras, con los guiños apropiados, la posibilidad de obtener productos menos inocentes; pasan cargadores sepultados bajo fardos inmensos; agresivas mujeres de dientes puntiagudos bailan lentos blues en los bares más tristes colgadas del cuello de adormilados marinos adolescentes. ¡Qué diferencia con Brownsville donde el ambiente lo creaban su Woolworth y su Sears, el hotel Hamilton y dos o tres cafeterías de medio pelo! En Macao hasta el movimiento más insignificante daba la impresión de avidez, de rapacidad, de descaro, de una agonía vivida a ritmo acelerado ante la cual la mujer padecía otra, privada, secreta. Mientras los demás corren, marchan, desfilan, ella simplemente pasea. Tiene tal capacidad de incorporación que su vestuario europeo, los modelos de Lelong y Schiaparelli parecen convertirse, por instantes, en una pura alegoría del Oriente.

¿Era posible oponerle a esa silueta la contagiosa procacidad de Julieta Arcángel?

—Entendido, chico, así mismo me lucía a mí; no creas, desde hace rato tenía yo visualizada la situación. Entendido, cómo no, tú vas a verlo, yo a esos personajes complicados los pesco al vuelo.

Era la respuesta más o menos invariable cada vez que trataba de explicarle su concepción de la protagonista. "Entendido, chico, entendido": el muro contra el que se estrelló siempre. A los pocos días de iniciado el rodaje los resultados eran ya previsibles. A tal grado y durante tanto tiempo le molestó el recuerdo de *Hotel de frontera,* que en definitiva lo esterilizó como director. Sus amigos trataron de alentarlo; la culpa no era suya, debía hacer un segundo intento, esa experiencia podía servirle para defenderse con mayor habilidad en el futuro, para no incurrir en los mismos errores; a la postre terminaría por imponerse. Había en la película, decían —aunque para ser sinceros, no del todo logradas—, ciertas virtudes poco frecuentes en el cine mexicano. El productor trató de convencerlo de que buscara otro tema; estaba dispuesto a promoverlo en forma; le demostró, además, que había tenido razón: una actriz con taquilla podía salvar cualquier bodrio. Eso jamás fallaba. El público de Julieta, menos exultante que de costumbre, respaldó con su presencia el churrito. Sí, de acuerdo, "entendido, chico, entendido", replicaba, pero nadie lograría convencerlo que ella no había sido el factor demoledor de su película. Por su culpa la mujer aparecía como una hembra crepuscular en incesante acometida sexual. Una golosa pantera en celo. Y el asunto no había sido tan fácil, ¡qué va!, ni en la vida real ni en la idea que tenía del personaje. Era, volvía a insistir, grotesco comparar ambas versiones, sí, pero ¿cómo evitarlo? La película que había visto esa tarde, independientemente de cualquier mérito formal, poseía una capacidad extraordinaria de perturbación que él, debía reconocerlo, no lograría imprimir aunque los productores le concedieran todas las libertades del mundo y contara con el argumento perfecto y la actriz más inteligente y maleable que uno pudiera concebir. En cambio antes de terminar la filmación él sabía que aquello iba a ser, que ya lo era, algo peor que un fracaso: fue la cinta mediocre que hubiera podido rodar cualquiera de los directores mediocres a quienes hasta ese momento había virulentamente combatido, a quienes pensaba que su generación debía sustituir, la gente a la que se debía eliminar para redimir el cine de su aspecto más burdo o, por lo menos, para intentar que los productores ampliaran el monto de sus ambiciones, la gente que se lo engulló cuando salió al fin a la luz *Hotel de frontera,* la misma a quien a partir de entonces frecuenta, con quien está asociado, con la que ahora viaja para presentar en Venecia *Oscuro amor,* la fragante flor que ese año cosechó la industria.

Y siente que también ese golpe se lo debe a Carlos. Es otro de los agravios que le guarda. Se ha dicho muchas veces que a fin de cuentas no había por qué ofuscarse con pesares y culpas sólo porque su vida resultó un desastre. ¡Al diablo con ese tipo de sentimentalismos baratos! Carlos no era el Alma Solícita que pretendía ser, Carlos gozaba con tener a los demás bajo su férula. Exigía, exigía... ¿Qué daba a cambio? Iniciarse de aquel modo en el cine lo convirtió en una persona diferente a la que hubiera podido ser. De eso estaba seguro. Y al pensar en ello, le azota una minúscula pero intensa ola de rabia y siente deseos de dejar de ser amable con toda la chusma que integra la delegación, con Norma, con el Chino, con Morales, que bien hubiera podido prescindir de ir a esa fiesta en la que con toda seguridad se estaría muriendo de aburrimiento para acompañarlo a beber y a conversar un poco. Sería ideal poder charlar unos momentos con Morales en el bar del hotel. En cualquier bar. ¡Pero a qué grado de disminución ha llegado, protesta con una sonrisa desmayada, para considerar como ideal la conversación con Morales! El tipo no era idiota, de acuerdo. Pero de ahí no pasaba. Se podrían reír a gusto. Era el único con quien podía pasar revista a las abundantes metidas de pata de sus compatriotas, especialmente las de Norma que podían cristalizar en momentos gloriosos, sólo comparables con algunas actuaciones de la Falsa Tortuga. Recuerda la noche en que asistieron en París al homenaje a Lubitsch. Pensar en Mock Tortle logra siempre regocijarlo. Comienza a reír al rememorar la historia. Y Morales, en vez de disfrutarla, se estaría muriendo de tedio, sin lograr vencer la timidez que lo incomunicaba, en medio de un tumulto de extraños; furioso al ver que Norma, Marquina, el Chino, Guevara, todos, conversaban sin inhibiciones con las personas a quienes precisamente más le interesaba conocer, a las que no osaba acercarse por temor a ser considerado como uno más de aquella ristra de ignorantes que, sin embargo, para su estupor, tan bien se desempeñaba. Pero no era para regocijarse con anécdotas de la Falsa Tortuga por lo que deseaba estar con Morales, sino porque era el único que hubiera podido comprender su asombro. Lo pondría en antecedentes, le confesaría el horror que sintió al verse encarnado por otra persona en la pantalla, oyéndose decir frases que perfectamente hubiera podido pronunciar ante Paz y Carlos veinte años atrás.

Hablaría de su curiosidad por saber cómo Hayashi o su argumentista habían conocido la historia de Carlos. Hay momentos en que toda su preocupación parece centrarse en un punto: saber hasta dónde era auténtico el final, saber quién pudo haberse convertido en el testigo, en el espía de sus últimos días en aquellas remotas bocas de Kotor donde se refugió al final. Hablará con el director. No regresará a México hasta no conocer todos los detalles. Pero deberá prepararse para esa entrevista, domar cualquier posible remordimiento. ¡La joda de la culpa! ¿Que se portaron con él como unos cerdos? ¡Tampoco había que exagerar! Se portaron con Charlie igual que con cualquier otra persona, ¡y todavía mejor! Hay un momento en que toda responsabilidad por fuerza debe cesar. No se puede interferir en la vida ajena, empeñarse en que un adulto haga lo que uno considera para él más conveniente. Carlos no era un niño, ni un retrasado mental; era un alcohólico; bueno, ¿y qué? Muchos otros lo eran y no causaban tantos problemas. ¿Le gustó el papel de Rimbaud y el de Nerval, quiso ser Dylan Thomas, le divirtió emular a Malcolm Lowry? Entonces el final no tenía nada de incoherente. Si alguien recibió ayuda fue él. Había cierta impudicia en su desvalimiento, lo aprovechaba de mal modo. En fin... no entraría en detalles repugnantes con Morales. Lo que deseaba sería hacerle entender su extrañeza al verse aparecer de pronto en la pantalla. Cuando filmó *Holel de frontera* se eliminó como personaje. El triángulo se establecía en la segunda mitad del film, con una joven camarera mexicana de aquel hotel de Brownsville, quien rescata al protagonista de los brazos de la mujer adulta, la extranjera, lo redime y lo integra al mundo nuevo en que todo está por florecer: el amor, los ideales, las rosas. Pero planteado así el conflicto, ¿cómo podría decir que aquel episodio reproducía parte de su vida?

—No me hubiese atrevido entonces a verme representado por un actor. Por eso hoy fue tan horrible la sorpresa. Me asusté, te lo juro. Y todavía sigo asustado.

—Por desgracia, lo que hay de más vivo en nosotros es algo que ya sucedió; siempre es pasado... —comenzaría a sentenciar con gravedad Morales.

—No, no del todo —respondería, pensando en Emilia; y como no querría salirse del tema ni perderse en un flujo de fraseología abstracta, lo volvería a llevar a la película, a la inaudita situación vivida cuando, clavado en la butaca, de un lado Norma, del otro el Chino, vio ocurrir en otras latitudes, expresados en otro idioma, conflictos que él había vivido en persona, y al momento horrible en que advirtió que el muchacho de traje de lino claro, sombrero panamá y una caña oscura en la mano era él, sin poder comentar nada (sus vecinos no entenderían una palabra, se conformarían con creer que se le habían pasado las copas), sin poder decir: "¡Yo era ése; la mujer en la vida real no era una japonesa, en la realidad se llamaba Paz Naranjo, fue en un tiempo conocida como la mujer Bauhaus, la donna-Bauhaus!, di, di, dime Morales, ¿cómo poder decirle eso a Norma o al Chino? Aquel otro, el poeta, fue un periodista muy mi cuate. Nada de lo que estamos viendo es cierto y sí lo es. No es verdad que la historia ocurriera en Macao; sucedió en Nueva York, aunque cuando hice mi película la ambienté en Brownsville, sí, en la frontera". Hubiera sido absurdo tratar de explicarles algo, había que permanecer sentado, empavorecido, casi muerto de asfixia, como en el seno de una espesa pesadilla de la que, sin embargo, no desea uno evadirse, y ver aparecer ante los ojos, estupefacto, lo imposible.

Morales tampoco sería una solución; la única ventaja sobre los demás consistía en que le permitiría explayarse, hablar, hurgar en el asunto. Lo oiría aunque en su interior nada se moviera; el asunto en definitiva no le interesaría sino como pretexto para largar sus citas; volvería a revelar su carencia de vida, a mostrar su tinglado, compuesto exclusivamente de referencias literarias. Su sistema de información se pondría al instante en movimiento, para emitir las fichas precisas:

—El mismo Isherwood confiesa que cuando vio en Nueva York un ensayo de *I am a camera* lo intranquilizó la presencia del actor que interpretaba al joven que él había sido en el Berlín de los treinta; y eso que ya para entonces debía haberse acostumbrado a considerar a su Herr Ishivod como a un ser aparte, lejano, un personaje tan distante a él como podría serlo Hans Castorp. Me imagino, en cambio, lo que sin previo aviso, de sopetón, habría sido todo esto para ti.

Un momento después, Morales se habría olvidado por completo de él y sus preocupaciones y se dispararía a hablar de Isherwood, de la Young Left inglesa de la preguerra y de sus intentos de ensamblar la liberación política con la sexual. Se regodearía con las intimidades descritas en las memorias de Spender y en las de Lehmann, saltaría, al recordar que Sally Bowles había aparecido dos años antes de que la recogiera el *Good bye to Berlin* como un relato independiente en la Hogarth Press, a la colaboración de John Lehmann con los Woolf, y luego, de lleno, a Bloomsbury, a los Apóstoles, a los secretos revelados en la espléndida biografía de

Strachey donde Maynard Keynes aparecía auroleado por la luz del escándalo, "in Tunis bed and boy...", hasta perderse del todo en la maraña de datos, interpolaciones y anécdotas superficiales que organizaban lo que llamaba su cultura, que le conformaban la vida.

La actriz japonesa era una Paz Naranjo ideal, de la que en la juventud se habría podido enamorar hasta la muerte. De la que se podría enamorar aún. Era una desgracia que no hubiese asistido al festival. Parecía un personaje evocado por Carlos, creado en un momento de conversación inspirada, una Paz Naranjo arquetípica, derrotada y sufriente en mi Macao onírico. La acción transcurría a comienzos de los treinta. Verse situado en esa época, la correspondiente a su infancia, encarnado en la pantalla por un joven que intentaba seducir a una mujer mayor, tenía algo de incestuoso. Era la edad que tendría seguramente su padre cuando lo engendró. Volvió a ser niño de golpe y a buscar unos brazos que lo tranquilizaran, volvió a regresar a casa con una horrible jaqueca, volvió a ver su colección de sellos y las vitrinas de la casa filatélica de la calle de Independencia. ¿Cómo eran los timbres japoneses de entonces? Según cree recordar no demasiado atractivos. Volvió a ver la espalda de su madre descubierta por el escote triangular de un vestido verde musgo. Vagas memorias lo retrotraen a una matiné en que vio *La tormenta*. ¿Merle Oberon? ¿Charles Boyer? Está casi seguro de que eran ellos... ¿Y el tercero? ¿Tal vez Basil Rathbone? Recuerda, sin embargo, un dato inequívoco y absurdo; el autor de la novela en que se basaba el film era Claude Ferrère, un escritor al que jamás ha leído, al que con seguridad no leerá nunca. Tiene sólo la imagen, quizás inventada, de una mujer atrapada por un mundo en que se sabe cosa, una mujer reducida a la nada —¿tendría también un vestido verde con un escote triangular en la espalda?—, una imagen parecida a la de la japonesa de Hayashi, cine para familias, repertorio antiquísimo, pues la administración intuía que para estar a tono con aquella clientela de señoras de media edad venidas a menos había que oponer al dinamismo de las cámaras un tiempo prudencial de asimilación, algo que le permitiera recordar después de haberse arruinado el desayuno con la lectura de un último decreto cardenista, la existencia de tiempos mejores, cuando Josefina aún no se casaba, cuando el abuelo volvió de Hermosillo, cuando a Visitación le rompieron un diente en la escuela. ¡No, no! ¿Cuando a Visit le rompieron el diente? Para eso habría que remontarse a *Intolerancia,* a los hermanos Méliès, más aún, ¡a la llegada de la Linterna Mágica! ¿Cuándo le dieron aquel trancazo a Visit? ¡Qué te pasa! Aquello coincidió más bien con la introducción del primer daguerrotipo en México. Las beldades del Balmori se movían, sonreían, vestían —el vestuario de la Paz Naranjo anclada en Macao no ha dejado de obsesionarlo— igual que la bella japonesita de esa tarde. Se llamaban Norma Shearer, Carole Lombard, Constance Bennet. Para él se llamaba sobre todo Kay Francis. ¡Nunca Dietrich ni Garbo! Aún ahora las considera otra cosa, distintas a las demás, distintas entre sí; reflejo de una moda demasiado profunda como para poder asociarlas con un mero estilo de vestir. Pero parecía que estuviera tratando de deslumbrar a Norma, al Chino Toche, a Marquina. ¡La Garbo! ¡Marlene! ¡Estilos! ¿Lo habrían jodido hasta ese grado? ¿Será posible que no sólo tenga que conversar, sino también monologar, rumiar, pensar en trivia?

Trece

¿PODRÍA ACASO Morales entender algo cuando bien a bien él mismo no lograba descifrar la historia? Lo más probable sería que lo interrumpiera a cada párrafo con referencias según él no sólo pertinentes sino del todo necesarias para visualizar a los protagonistas y establecer el marco en que se movían. Diría, con Henry James, que un personaje fuera de su escenario no representa nada. Resucitaría elencos enteros para buscar el equivalente —la descripción del hotel lo exigía expresionista: Asta Nielsen, Brigitte Helm— de Paz Naranjo. Lo interrumpiría sin cesar; tan pronto como tuviera un whisky de más se negaría a oír, le bastaría con mencionar nombres, los ensartaría uno tras otro hasta producir esa especie de limbo-lugar-común-de-la-cultura en que tan gozosamente se movía. Para aquellos barrios: Purdy. Una conversación de tal tipo, la McCarthy; de tal otro, Capote; de ese mismo más una nota de color, Baldwin. Su repertorio era amplísimo. Cierto tipo de exteriores: Ben Shahn, o no, más bien desoladoramente Hopper. Tal cosa, Orson Welles o Cummings o Hammett, tal otra, James o la Stein o incluso Stella. Podía despeñarse en obviedades escalofriantes: "En ese momento un anciano cruzó la calle conduciendo a una niña de la mano": "¡Por supuesto, Nabokov!" "Esa tarde nos quedamos un rato parados junto al puente": "¡Lo veo, Hart Crane!" ¡La chinga que era capaz de acomodar con esa jarana si no se le frenaba a tiempo! Sólo resultaba sedante oírlo cuando tenía que lidiar con cretinos (frente a los cuales, por desdicha, no se atrevía a intervenir demasiado) como los integrantes del grupo reunido esa tarde en San Marcos, para entonces verificar que eran otras las claves que manejaba, pretender el exilio interior, y poder marginarse de la morralla cinematográfica a la que tan indisolublemente estaba vinculado. ¡Qué ilusión! Morales, de otra manera, era tan necio como el resto de la delegación. En Venecia había experimentado a veces cierto placer haciéndolo hablar sólo para verlo deleitarse cuando el tintineo de la inagotable ringlera de nombres, por lo general mal pronunciados, le acariciaba los oídos, mientras todos los demás se sofocaban de impaciencia.

No debía ensañarse con él. Era el único que a veces lograba apreciar su humor. Había descubierto que detestaba con pasión a la Falsa Tortuga. Días atrás, al salir a colación el tema (él comentó que había seguido paso a paso su carrera, desde los inicios —se la había presentado Charlie, por cierto, veinte años atrás en una fiesta en Londres— hasta su presente altura), no hubo nadie que por lo menos no expusiera un agravio. Morales los superaba a todos; relató, y fue la primera vez que sus nombres queridos no hicieron acto de presencia, las distintas persecuciones a las que se había visto sometido por su culpa. Bastaba con que obtuviera un empleo para que a los pocos días la Falsa Tortuga de mierda apareciera por allí como secretaria del director, coordinadora del departamento o, al menos, como una persona muy influyente con las altas esferas. A partir de ese momento, en Bellas Artes, en el periódico, en la Universidad, en cualquier oficina pública o privada, donde fuera, sabía que sus jornadas se iban a convertir en una ominosa cadena de atropellos.

Él no podía dejar de sentir ese cierto afecto que las falsas tortugas despiertan entre quienes las han conocido de pequeñas, cuando el caparazón no se ha vuelto aún el muro blindado que paulatinamente logra encorsetarlas. Había sido testigo de su lucha denodada por el éxito. Había recibido alguna que otra vez pequeños arañazos, a ratos molestos, pero nada serios a fin de cuentas, ni siquiera cuando el Banco Cinematográfico, como todos los sitios por los que transitó, se convirtió en una organización irreal donde todo trámite personal, profesional, privado o público quedó manchado con la sepia que tal engendro segregaba. Morales sentía aún escalofríos al recordarla. Todos los empleos en los que fue su Torquemada se volvieron campos bélicos donde ella misma no sabía contra quién combatía. Era su modo de imponerse. El terror proyectado en torno suyo le aseguraba una especie de invulnerabilidad. Según decían, el poder y la edad habían terminado por desquiciarla. Vivía ya con un pie en el abismo. Podía explicarse perfectamente su saña contra Morales. Nada deleita tanto a una Falsa Tortuga como la constante aplicación de name-dropping. En Morales la manía enunciadora se volvía un ejercicio objetivo, frío, maniáticamente desinteresado cuyo fin se agotaba en la pura enumeración de autores y títulos. Mock Turtle aspiraba, en cambio, a poseer lo citado. No le importaba demostrar el dominio de una cultura, eso lo daba por sobrentendido; sus afanes se enderezaban a sostener otro prestigio: el de factotum, el de demiurgo. Para subsanar la tragedia de no crear debía hacer que la creación girara en torno suyo. Tenía que apoderarse de los nombres citados, eran *su* gente, *sus* nombres, *eran ella*: "Yo le organicé la exposición me vino a ver lo presenté con el editor yo le dije que no fuera tímido yo misma aquella beca yo le dije cuando llegó a México lo llevé me comentó yo estuve yo recomendé me escribió". Era lógico que detestara a Morales. El cúmulo de nombres que desgranaba cada vez que abría la boca debía abrumar a la Falsa; le era imposible poseerlos en su totalidad.

Le debe escenas de indescriptible comicidad. Recuerda una que le divirtió a morir y que no ha podido comentar con Morales. Fue en un viaje a Francia varios años atrás. Un día le llegaron dos billetes para asistir a una función de homenaje al cine de Lubitsch. Se exhibiría *To be or not to be*. Cuando en la Embajada, por mera casualidad, se enteró de la presencia de la Falsa en París, la localizó y la invitó a la función. No podía pasar a recogerla a su hotel; tenía que atender un compromiso previo, de modo que convinieron en encontrarse en las puertas del cine.

La vio acercarse. Su figura, aun de lejos, resultaba vagamente grotesca. No sólo por la desproporción entre el vestido de noche de encaje negro y la capa de pieles y la sala donde se celebraba el homenaje, sino por el modo peculiar con que sus movimientos se articulaban y desarticulaban. La vio zangolotear acompasadamente el obeso cuerpecito, mientras con una mano se levantaba la falda y la hacía moverse al ritmo de su andar, abriéndose paso en medio del gentío que en ese momento colmaba la acera. Luego, al aproximarse, se acentuó el carácter de marioneta bufa. Todo en ella parecía suspendido de hilos invisibles, ajustados a las muñecas, los codos, los párpados, las comisuras de la boca. Cada vez que terminaba una frase los hilos se levantaban, se alzaban los brazos del quelonio, giraban las manitas regordetas con los dedos abiertos, los ojos le crecían desorbitadamente y la boca formaba un pliegue que le llegaba a las orejas. Cada pausa, cada carcajada, cada interjección ponían en movimiento los hilos que sujetaban al pequeño animal rechoncho y aleteante. Se saludaron; hicieron algunos breves comentarios sobre las razones por las que en esos momentos se hallaban en Europa. Vieron los carteles, comentaron algo sobre la belleza de Carole Lombard. El público reunido en el vestíbulo y el que entraba en la sala pareció decepcionarla. ¡No estaba ya para funciones de estudiantes y de viejos maniáticos del cine! ¡París tenía otras exigencias como para permitirse perder el tiempo en cineclubs! Una vez sentados, le trató de endulzar el momento. Le mostró a un anciano gordo y le dijo que era Abel Gance; otro, de pie en un pasillo, sí, el mismo que conversaba con la muchacha de pantalones dorados, era René Clair; comentó que ese día se habían dado cita los notables para ver *To be or not to be*, bueno para recordarla. ¿Quién era quién que no se la supiera de memoria?

—Fue muy importante en sus tiempos, ¿no? La verdad es que yo la tengo un poco olvidada. Días antes de salir de México le decía precisamente a mi marido que debía internarme en una clínica suiza para que me aplicaran la cura del sueño, como a Sonia Galindo que quedó tan bien. No tiene usted idea de lo que se me olvidan las cosas. Por fortuna la memoria nada tiene que ver con la inteligencia, ¿no es

cierto? —exclamó, mirando de arriba a abajo al público con ojos nuevos, de arrobo—. Claro que de Carole Lombard me acuerdo muy bien. ¿Con quién fue que estuvo casada?

—El que se sentó a su lado es Dreyer. Vino con la Rosay —le volvió a decir
después, en voz muy baja y tono de complicidad. Con la Falsa Tortuga se podía llegar sin pudor al absoluto desenfreno. Lamentó que no hubiera fotógrafos, que los
franceses no le sacaran el suficiente partido a esos acontecimientos.

—De México podrán decir lo que quieran, pero al menos allá, un evento cultural se celebra siempre con dignidad. —Se quedó en silencio un momento, observando atentamente a su vecino con el rabillo del ojo, y luego preguntó—: ¿Quién
me dijo que era?

—Son Gance y René Clair.

—No, no, el que tengo aquí al lado.

—¡Dreyer, nada menos!

—¿Ah? —algo pareció moverse con desesperación en su cerebro; la vio esforzarse por extraer el recuerdo de una conferencia, de un programa de televisión, de
una charla, de un artículo leído en alguna parte. ¿Dreyer… Dreyer? ¡Claro!—. ¿No
bien le digo que necesito la cura del sueño que le hicieron a Sonia Galindo en una
clínica suiza? ¿Es el famoso affaire Dreyer?

—Por supuesto. ¿Recuerda que Proust lo defendió con pasión? Swann era
dreyerista.

La vio hincharse de júbilo. Luego le soltó algún comentario mordaz sobre su
habilidad para conseguir ese tipo de invitaciones. Por supuesto se debería al hecho
de frecuentar los festivales cinematográficos. Si ella tuviera algo que ver con la Reseña también la invitarían pero, en fin, no iba a andar de ofrecida sólo para que le
mandaran un boleto de cine; a ese paso uno acabaría por quemarse con tal de conseguir entradas para el cine Teresa.

Le respondió que la que asistía esa noche no era la gente que frecuentaba los
festivales, sino la que de verdad contaba en el mundo del cine.

—Son los verdaderos maestros —añadió con tono enigmático.

—¿Por qué entonces no le recomendará alguien a sus señoras una modista de
catego? —Aunque el resto de las damas no estuviera a su altura se sentía muy or-
gullosa de haber llevado las pieles. Era una reunión que cotizaría debidamente a su
regreso. Lamentaba de nuevo la carencia de fotógrafos cuando aparecieron las cámaras de televisión. Enfocaron a una mujer muy vieja que podía ser una hermana,
una de las primeras actrices de Lubitsch o la organizadora del homenaje y luego se
deslizaron por un pasillo lateral, enfocando al público. Observó los ojos brillantes

de su compañera; parecían los de una serpiente que ha descubierto e hipnotizado a una pequeña rata de campo; los brazos se le erizaron por la emoción, las comisuras se levantaron, volvió ligeramente la cara, sonriente, hacia la martirizada gloria de Francia, como para aparecer conversando con ella. Pero en el momento en que la cámara iba a enfocarla, un muchacho de cutis maltratado y cabello muy negro se detuvo delante de ella, aplastándole las piernas, mientras saludaba al anciano. La cámara pasó de largo sin registrar el rostro de la Falsa. Para colmo sus vecinos se cambiaron de asientos, y fue el joven quien quedó a su lado. La Falsa Tortuga lo miró con odio mientras se frotaba las rodillas.

En voz muy baja y acercándosele al oído, murmuró:

—Lo acusaron de ser judío, ¿no?

—Sí, y de haber violado a Françoise Rosay que era aria. Fue en una época de persecución racial. En el juicio todo se aclaró. Él era bautizado y ella circuncisa. La condenaron a pagarle una indemnización y a varios años de cárcel por perjurio. Cuando al fin quedó libre, la perdonó, descubrió que era el gran amor de su vida, gritó: "Gertrud, Gertrud, te amo" y se casó con ella.

—¡Qué payaso es usted! Por fin va a comenzar la función.

En efecto un señor avanzó hasta la pantalla y comenzó a leer unas cuartillas.

—¿Quiere que le traduzca?

—No, no, entiendo casi todo —mientras tenía lugar una presentación tediosa y erudita, la Falsa Tortuga abrió su bolso, sacó un talonario de traveller checks, contó los cheques y anotó unas cifras en una libreta. Contó luego los billetes que llevaba en una cartera y volvió a anotar una cifra; permaneció hundida en un mundo de sumas, divisiones y restas que sólo interrumpía para dirigirle algunas preguntas incidentales—. ¿Cuántos francos hacen una peseta? ¿Las puede uno cambiar por liras en Italia? Las pesetas, quiero decir. ¿Cambió aquí su dinero o compró los francos en México? ¿Me recomienda conseguir aquí las liras o en Italia?

Comenzó la película. Al principio la Falsa Tortuga pareció aburrirse por no entender el idioma (por desdicha la versión estaba doblada al francés). Pero, a pesar de la presencia del joven a su lado, podía vislumbrar las reacciones del viejo Mártir de Francia. Cuando aquél soltó una carcajada, Mock Turtle decidió hacer lo propio convencida de que jamás había visto nada tan cómico. Al terminar la proyección hubo un coctel. Descubrió a la periodista que lo había entrevistado hacía unas cuantas semanas y aprovechó la oportunidad para presentarle a su amiga. Le hizo un somero recuento de sus méritos, que la Falsa escuchó con gravedad, asintiendo con la cabeza ante cada uno de ellos y con el oído alerta para aclarar cualquier posible confusión o remediar omisiones.

La periodista le puso enfrente un minúsculo micrófono portátil y comenzó:

—Los servicios en español de la Radio y la Televisión Francesa se complacen en presentar a ustedes a la señora Falsa Tortuga, destacada funcionaria del nuevo departamento cinematográfico del Ministerio de Educación de México…

—¡De la Secretaría de Educación Pública! —corrigió con solemnidad la mexicana sin imaginarse que en ese momento condenaba a la crucifixión sus pequeñas aletas.

—… de México, y en transmitir sus impresiones a nuestros oyentes de habla hispana. Antes de charlar sobre los motivos que han ocasionado su viaje a París, nos podría decir ¿qué le parece la idea de rendir un homenaje a Ernest Lubitsch? ¿Qué nos podría decir sobre el toque mágico que según algunos críticos infundió el célebre director a sus películas?

La F. T. no tenía la menor idea de lo que aquella señora preguntaba. Intuyó sólo que se internaba en aguas pantanosas (la culpa había sido toda de él, comentaría más tarde, al volver y relatar el incidente en una versión casi épica, en la que resplandecía como una especie de heroína que en pleno corazón de Francia había tenido el valor de poner como camote a una impertinente radiolocutora francesa que pretendió humillar a México. Lo acusaría de llevarla a ciegas a la función, sin advertirle que se trataba de un homenaje a Ernest Lubitsch —el nombre jamás se le borraría— aunque tampoco, aclararía con magnanimidad, lo podía acusar de haber obrado con entera mala fe. ¿Cómo podía un ignorante hombre de negocios saber que no se trataba sólo de ver una película de la preciosa Carole Lombard y de reírse un poco? La Falsa tenía sus tablas, no por nada llevaba más de veinte años trabajando en ministerios, organismos descentralizados y en todo tipo de instituciones en cuyo presupuesto un renglón se destinara a actividades culturales. Se produjo un momento de silencio. Luego, con la expresión ponderada que tendría un gobernador instantes después de colocar la primera piedra de un futuro conservatorio de música de la capital de su estado, con un rostro donde todos los músculos faciales habían trabajado hasta la demencia para transformar la carne en cartón piedra, la voz engolada y severa, como si por ella se expresaran las Musas, ¡o la Patria!, y un dedito tremolando en el aire respondió:

—¿Ah? ¡Sumamente interesante! Me es grato aseverar que nuestros amigos franceses son maestros para organizar y darle el relieve necesario a este tipo de celebraciones. Una larga y cultivada tradición cultural no puede sino producir frutos de esa categoría; se lo puedo decir con absoluta convicción, señorita, por ser ésta la cuarta o quinta vez que me encuentro en su bello país. En lo referente a la colaboración cultural, las máximas autoridades en el campo de la educación mexicana sostienen que desde todos los puntos de vista resulta positiva. Hemos celebrado convenios de intercambio cultural con la mayor parte de los países del mundo con quienes el nuestro mantiene relaciones amistosas, y en este aspecto las relaciones francomexicanas ocupan un lugar muy relevante, ejemplar, me atrevería yo a decir. Ciertos terrenos, el cine por ejemplo, permitirían una cooperación aún más amplia, aunque no creo que sea ésta la ocasión propicia para trazar los caminos que podrían intensificar nuestra colaboración —los hilos invisibles se agitaron, el cuerpo se ladeó, los brazos giraron en el aire, los dedos se abrieron, formando un conjunto de increíble artificiosidad. Quiso cerrar su parlamento con una nota genial, recordarle al auditorio que, aunque hubiese tocado asuntos muy serios, también podía darse el lujo de la frivolidad. Emitió una risita. Se llevó una mano a la peluca y concluyó—: Sí, mademoiselle, ante ustedes uno tiene que quitarse el sombrero. Chapeau la France!!!

Creyó haber terminado la entrevista. No fue así. La francesa, muy desconcertada, quiso saber si la Falsa Tortuga consideraba que Lubitsch era un faro perdido en el desierto, o si, por el contrario, su obra había influido en las generaciones posteriores. Enteró al público de que la posguerra, con su atmósfera de humor amargo, el auge del existencialismo y otras teorías tendientes a señalarle al hombre su derrota y a la vez su necesidad de asumir un compromiso, le hizo poca justicia al arte de Lubitsch. La finura y generosidad de su crítica se veían rebasadas por la magnitud de los acontecimientos vividos. Luego quiso saber si la influencia de Lubitsch se había dejado sentir en el cine mexicano.

—¡Ahora sí me la pone usted difícil! Me gustaría advertirle tanto a usted como al respetable radioauditorio que en contra de lo que fácilmente se cree, en contra de ciertos clichés que a menudo nos han endilgado en el extranjero, en contra de las generalizaciones que abundan sobre el tercer mundo y otros ismos de moda, en mi país también surgió un grupo de personas muy talentosas influidas por el existencialismo y las demás corrientes de vanguardia. Sartre y Simone de Beauvoir son bastante conocidos en México, ¿no le parece? Aquí nuestro amigo…

La entrevistadora cortó con ademán adusto aquella digresión y, antes de que Mock Turtle pudiera continuar, le exigió con voz metálica, de fiscal:

—¿Considera usted, entonces, que Ernest Lubitsch ha influido positivamente en el cine mexicano?

—En términos generales diría que sí —sus brazos se movían como desganadas aspas de molino, mientras sus ojos adquirían una mirada dura y lejana, tratando de implicar que si no decía todo lo que deseaba era debido a sus atribuciones oficiales o porque alguna otra razón igualmente válida le impedía ser más explícita—. La influencia del cine francés y, también, para decirlo de una buena vez, sin que esto signifique más de lo que las palabras expresan, de la cultura francesa en general ha sido en México desde hace varios siglos…

—Sabemos algo sobre la influencia de la cultura francesa y la de nuestros cineastas; nos gustaría en cambio que nos hablara sobre la de Lubitsch.

—¿Por qué no me deja terminar? ¡Precisamente a eso iba! Sí, por supuesto que la tiene.

—¿En quiénes?

—Verá… — hablaba como en un ensueño, con los ojos en blanco, la expresión cartón piedra y la voz más oficial posible—. La tiene sobre todo en el Indio Fernández. Y en Julio Bracho, cuya película, *Distinto amanecer,* demostró decididamente la influencia de nuevas técnicas, las de su tiempo claro está, en México, con una actuación extraordinaria de Andrea Palma, una de las pocas verdaderas actrices a quienes por desgracia el medio...

—Me hablaba usted de la influencia…

—Ya, ya… También existe en algunos directores jóvenes. Sobre todo en ellos.

—Y ahora, pasando a sus preferencias personales, ¿qué película de Lubitsch prefiere usted? Sin contar, desde luego, el *To be or not to be* que vimos esta noche.

Ni siquiera entonces la expresión de la Falsa Tortuga reveló su desamparo.

—Bien, en realidad me resulta muy extraño, y diría que hasta absurdo responder a esa pregunta. Me parece que el mayor defecto que hoy en día existe en Francia es el de querer clasificarlo y dividirlo todo. Hay tal unidad en la obra de Lub… ich, sí, en su obra, que es difícil decidirse por una cinta determinada. A su pregunta yo respondería audazmente que me gustan todas. Sí, señora, lo afirmo, lo repito y tengo el valor de sostenerlo, me gustan todas. Sería injusto parcelar una obra tan compacta, tan densa, con una poética tan cerrada. Su mérito es la unidad, diría yo.

—¿Y cuál de ellas, a su juicio, podría resumir esa unidad?

—A ver —perdido el brío del inspirado párrafo anterior, y casi suplicante—: si me las fuera usted barajeando…

Él le pasó el programa y le señaló la lista de películas; la vio tratar de descifrar sin éxito los títulos en francés. Por fin llegó a *Ninotchka,* y estaba a punto de pronunciar el título, cuando la reportera se despidió abruptamente.

—Muchas gracias, señora Falsa Tortuga. Espero que este ciclo de Ernest Lubitsch cumpla su cometido y no sólo le resulte agradable sino también instructivo.

Al salir del coctel Mock se empeñó en que fueran a un lugar griego no lejos de allí, un localito, según le habían informado, que frecuentaba la Greco y mucha gente de nota. En realidad resultó ser un tugurio cargado de humo, de olor a ajo y con un público absolutamente anodino. El restaurante al que asistía la Greco, lo descubrieron a la salida, era el de enfrente. Ya en la intimidad y entre sorbos de un segundo aperitivo, Mock Turtle se atrevió a comentar la entrevista:

—¿Se dio cuenta de cómo me embistió esa hiena? Aquí no toleran que hablemos de Latinoamérica, a menos que sea para señalar las influencias que hemos recibido. Esa mujer me habría amado si yo hubiese repetido el numerito al que deben tenerla acostumbrada nuestros compatriotas: "Gracias, señora radiolocutora, le quedo eternamente agradecida porque su país nos haya colonizado por los siglos de los siglos, amén. ¿Me permite usted que le bese los pies?"

—De hecho era lo que le exigía. Hubo un momento en que creí que sacaría instrumentos de tortura para proseguir el interrogatorio. ¿Cómo no iba usted a confundir hasta la nacionalidad de Lubitsch con tales procedimientos? De cualquier modo se defendió muy bien.

—¿Sí? Yo no estoy tan segura... Y a propósito, ¿de dónde carajos era el tal Lubitsch?

—Húngaro, húngaro por supuesto.

Respiró aliviada. Consideró que, después de todo, su prestigio intelectual había quedado a salvo, que podía seguir respetándose.

—¡Húngaro! ¿Lo está usted viendo? ¿Se da cuenta hasta dónde puede llegar la pedantería y el exhibicionismo de estos pinches franceses? ¡Que esa criada me exija a mí conocer en París la filmografía completa de un señor que, además de todo, es húngaro! ¡Joder!

Se reirían a carcajadas. Pero a la primera tregua el animal de Morales le aclararía, como si él pudiera no saberlo, que Lubitsch era alemán, que los húngaros habían sido Fulano y Mengano y también el director Curtiz y el actor Lorre y el plástico Moholy-Nagy que en 1936 creó efectos espirales para *Things to come,* película de Cameron Menzies, y recitaría la filmografía de Lubitsch y si sobraba tiempo la de Lorre, y quizás hasta llegara a hablar de la exposición de Rodríguez sobre el mundo de Peter Lorre y de la influencia de Bacon en la obra de Rodríguez, y él dejaría entonces de reírse y se pondría de pésimo humor.

Catorce

LE PARECE ESTAR aún defendiéndose del abstraccionismo totalitario de Paz, explicándole su posición desde un principio. Sus primeras telas, le decía, compuestas cuando aún estudiaba arquitectura, habían mostrado la necesidad de revelar una zona de horror de la que le era difícil desprenderse. Por eso se orientó de modo natural hacia el expresionismo. Influido en los años de estudiante por ciertas concepciones de Orozco, contaminadas (y desde luego disminuidas) con algo propio que pretendía manifestar, intentó luego, sin abandonar aquel despegue inicial, una mayor apertura. Paz en ese momento le recomendaría eliminar los clichés en la conversación y expresarse con mayor rigor, y luego lo oiría con expresión que denotaba su buena educación y un elegante tedio. Su obra, volvería a comenzar, ha respondido siempre a crispaciones, se produce por saturación, ya que el todo —tema, color, estructura— se le revela y lo desborda cuando mayor es su fatiga, sea física, nerviosa o mental. Su mundo se pobló al comienzo por seres indefensos, niños, ancianos, pequeños animales acosados. El primer cuadro expuesto en una colectiva, el que en parte le valió la beca a París, es un niño macilento de rasgos faciales perfectos y expresión distraída; tiene en la mano un ratón muerto; en el cuello del animal y en los labios del niño se insinúan unas manchas de color solferino. Jamás se ha interesado en reproducir el modelo original, a pesar de partir de incitaciones reales. Lo que de la creación le atraía, afirmaba, era la posibilidad de sustentar un universo autónomo: la vida domeñada por las leyes. No tenía el menor miedo a las influencias, las aceptaba con tranquilidad. Por medio del alcohol logró forzar ciertos trances de visión. Le hubiera tenido que confesar, si aún viviera, que aquella primera época, tan lejana al parecer, volvía a hacerse presente en la serie sobre la anciana y la niña, aunque, al menos eso esperaba, desprovista del tono plañidero que ahora tanto le repugnaba. En Francia, Orozco retrocedió ante nuevas presiones, Dubuffet y, en otro sentido y casi inmediatamente, André Masson. Pero el gran golpe se lo asestarían en una incorporación más lenta y honda los expresionistas alemanes, sobre todo Beckmann, no tanto desde el punto de vista técnico, su tratamiento del color era del todo diferente, sino por la relación que establecían entre la realidad y otra realidad posible. De esta época databa una de las cosas que tuvo cierta resonancia. Un cuadro en que se esmeró implacablemente y que ahora detestaba: un grupo de niños rodea a una tlacuacha, una fogata, antorchas, piedras; el animal riega entre las llamas las bestezuelas ocultas en su saco materno; la precisión de la línea se altera por el humo hasta no quedar, y eso con base en la descomposición misma del color, sino una atmósfera de acoso y violencia que reduce las figuras a un papel secundario. Después, en Londres, ¿no lo veía?, no tuvo que defenderse de ningún modo para no caer postrado a los pies de Bacon. Se sentía más hecho. Intentó establecer otro horror capaz de avasallar y pulverizar a sus criaturas, reconstruyó el infierno del hombre perdido entre objetos manufacturados cuya precisión sólo logra oprimirlo. Los personajes son seres que tratan con obcecación, aunque infructuosamente siempre, de encontrar la música misteriosa de las máquinas a fin de rescatar ese mínimo de coherencia, de sentido necesario para justificar la vida, o jóvenes que han prescindido de un modo radical de cualquier búsqueda. Trabajó sangrientamente. Y en la serie de entonces, el *Homenaje a Peter Lorre,* logró dar un paso a su juicio certero al crear la figura sin encadenarse a ella, impregnándola de una realidad cuyo propósito era —por saturación y condensación— crear esa otra realidad que buscaba, intensa e imprecisa, poderosa y fantasmal. La cara de Peter Lorre sobrepuesta a pequeños cuerpos descoyuntados, perturbados, moviéndose como sonámbulos en andenes de ferrocarril, supermercados, vagones de metro, salas de espera, talleres, oficinas, alineados en largas colas a la medianoche frente al mostrador de una pequeña farmacia, o pertrechados en asépticos recintos de cristal, plástico o aluminio. El anhelo de infinito se agazapa en la mirada de aquel ser viscoso, enfrentado a una realidad seca y metálica. Si sobrevivió a esa temporada se lo debe a la asistencia de Paz. Dormía y comía poco. Cuando salía del estudio se sentía asfixiar, como pez en la arena. Pero en el estudio también se desesperaba y renegaba, hundido día y noche en sus telas. *El Homenaje a Peter Lorre* lo impuso en el mercado. Debió, en primer lugar, encontrar, inventar o descubrir un eje invisible que obligara a las superficies, no obstante respetar las reglas de la perspectiva, a presentar un aspecto de absoluta quietud, de estatismo mortal. La línea que trazaba los objetos metálicos y la que definía la figura que, entre ellos, deambulaba temerosa y ebriamente era casi clásica. El rostro de Lorre debía dar la impresión de una foto. Luego, sobre esa superficie nítida, flotaba una especie de transparente niebla y, aquí y allá, superpuestos, signos, grafismos, cifras, jeroglíficos, borrones: algo cálido en medio del agobio: sí, una baba pegajosa que de algún modo —se intuye— es producida y destilada por metales, cristales y plásticos impecablemente limpios. Todo esfuerzo del hombre por asumir la dignidad ha resultado en vano. La figura sudorosa del viejo actor da en momentos la idea de una tarántula tropical encerrada, semialetargada pero nunca resignada, en la caja de plástico donde encontrará la muerte. Mínimas gotas de rocío perlan la vellosidad del vientre y de las patas. Sabe que cualquier movimiento es inútil, que el esfuerzo sólo acelerará su fin y, sin embargo, no logra permanecer inmóvil. Recorre con torpe fatiga los cuatro extremos de su cárcel con una última y ficticia esperanza de libertad que intuye inalcanzable; de redención, también inobtenible. Fue su primer gran éxito. Después de la exposición dejó pasar un periodo de casi un año sin hacer nada; trazó algunos bosquejos sin importancia, ilustró algunas revistas. Tenía mucho dinero. Parecía necesitar desquitarse de la cruel temporada de encierro. Frecuentó amigos, salió mucho, conoció y se enamoró de Irka, una joven actriz de origen polaco, fue con ella a Roma, pasó allí dos semanas por cuya repetición a momentos desearía dar la vida. Asistió al regreso, con una pena que ni la felicidad amorosa logró mitigar, a la agonía y exequias de Paz Naranjo. Sucumbió a las intrigas tejidas por Mina Ponti, y cuando la relación con Irka se volvió imposible regresó a México, para casi de inmediato enclaustrarse en Xalapa, su ciudad natal. Aceptó un puesto en el Taller de Artes Plásticas de la Universidad. Todo hacía pensar que era una imbecilidad ese regreso, pero quizás no lo fuera, se vería con el tiempo. Pesaron en él, a su llegada, el tan proclamado encuentro con las raíces, la posibilidad de enfrentarse con alumnos jóvenes que seguramente poseerían otra visión, concebirían nuevas soluciones plásticas. Y así llegó la tarde en que todo el horror intuido o vislumbrado se le reveló de golpe encarnado en la presencia de aquella anciana grotesca, el desorden del cuarto, la participación de esa niña con cara de mico, y hasta del coro formado por su tío, por Flor, por él mismo, de pie al lado de la cama. La anciana se movía y hablaba con impaciencia, y él sintió que volvía de pronto de un mundo de abstracciones éticas a la más inesperada de las concreciones corporales. De la angustia sin límites de Peter Lorre a los estrechos límites de una alcoba de provincia cuajada de un pavor anatómico. Puede recordar sólo fragmentos muy vagos de aquella primera conversación; parecía que el cerebro se le hubiese paralizado cuando frente a él yacía, se encrespaba y remansaba la bestia terrible, otro minotauro perdido en un laberinto, clamando mudamente por la espada que llegara a derribarlo. Se acuerda muy bien, eso sí, de que al intentar acercarse a la cama, la anciana lo detuvo en seco con el comentario de que ella y la niña podían ser sus modelos perfectos, y luego añadir:

—No se te ocurra, por favor, abrazarme; mucho menos darme el pésame y emprenderla con el sermón eterno de la resignación. Estoy harta de esas sandeces. ¿Te acuerdas de tu primo Mario? Mario Ríos, el que se hizo cura. Hace poco me lo trajeron, con toda seguridad para que me bajara el orgullo; pero tuvo que irse como vino, le corté el aliento antes de que pudiera entrar en materia. No estoy para resignaciones; eso será lo único que no haga. Eso está bien para tu tío; míralo, tiene el temperamento ideal: es dócil, bueno, paciente, nació ya resignado. Pero, ¿dar las gracias? Never. Moriré arrepentida sólo de haber caído en las trampas que yo misma me tendí durante muchos años. Porque mi vida… No, ni siquiera vale la pena hablar… Dime, ¿qué tendría yo que agradecer?

Sonó un despertador. La niña se bajó al instante de la cama, corrió hacia el tocador y silenció el aparato. Llenó un vaso con agua mineral, sacó dos pastillas de un frasco y se las llevó a la anciana en un platito. Luego le pasó el despertador a Flor para que marcara otra hora. Concluidas esas operaciones, volvió a tenderse en el lecho.

Su tía continuó hablando durante largo rato. Le resulta imposible acordarse de las palabras. En cambio le parece ver aún los gestos, las muecas malignas, los ademanes suntuosos y ridículos, el brillo animal de aquellos ojos, y la atención concentrada de la niña que, acostada todo el tiempo a su lado, le acariciaba pausadamente un brazo, mientras sorbía las palabras; la cara socarrona, teatralmente afligida de Flor, la amedrentada de su tío Eduardo. Al final, la anciana, postrada, se dejó caer sobre los almohadones; hizo una señal a la niña para que se bajara de la cama y se dirigió a él, dando por concluida la visita:

—Ven a verme cualquier día que tengas un rato libre. La próxima semana si te parece bien. A lo mejor me encuentras de otro humor. Tienes que contarme todo lo que hiciste y viste en esos años que pasaste fuera.

La vio muchas veces. Al principio las visitas eran muy breves, ásperas, parecía que la anciana deseaba probarlo antes de franquearle decididamente el ingreso a la mínima secta. Le atraía la riqueza de efectos escénicos que su tía desplegaba, así como la atmósfera creada a su alrededor. No salía de la habitación más que para ir al baño. Se había hecho transportar a su refugio todo lo que le interesaba o atraía de la casa. Una pared estaba cubierta por un estante colmado de libros. Había cuadros dondequiera, en las paredes, sobre los muebles, recostados sobre los libros; más que la habitación de una enferma, aquella estancia parecía un desordenado tendajón de objetos de segunda mano. Frente a la cama había una poltrona forrada con una tafeta de color buganvilia donde por lo general se sentaba el médico; más allá, un par de mecedoras vienesas, dos lámparas de pie, un servicio de plata, tazas, bibelots, un tocadiscos (los discos fuera de sus fundas se esparcían por todas partes), prendas de vestir que ya nunca usaría, cajas de mil estilos y tamaños, periódicos y revistas, fajos de cartas ceñidos con ligas, fotografías de lugares, muy pocas de personas. La halló envuelta siempre en una inmensa bata de baño que le llegaba hasta los tobillos deformes. La cabeza rapada aparecía a veces descubierta, otras, las más, tocada con turbantes de colores chillones, sujetos con broches de bisutería.

A su lado, como única compañía permanente, la niña.

Las visitas se volvieron más frecuentes y prolongadas, para al fin convertirse en cotidianas. Descubrió que no sólo le interesaban las imágenes macabras de aquella alcoba. Volvía a establecerse, cordial y abundante, la corriente de simpatía que ya antes de su viaje los había ligado. Fue la única persona de su familia con quien había podido tratar ciertos problemas. De un modo que no se arriesgaba a dejar de ser convencional, pero con un interés muy vivo, liberada de muchos prejuicios que aquejaban al resto de sus parientes, su tía le aconsejó y, lo que fue más decisivo, lo apoyó en su decisión de estudiar pintura. En las relaciones que se establecieron después de la vuelta de Europa, no iba a quejarse de la incomprensión de sus padres, ni a pedirle interceder ante ellos para lograr tal o cual propósito. Se había convertido en el triunfador. Hay, sin embargo, un punto sobre el que no deja de interrogarse. En el fondo le gustaría saber cuál era la auténtica razón que lo llevaba a frecuentar aquel cuarto. Si iba, se decía entonces, era seducido por el estado de purificación que se escondía bajo la superficie rugosa y explosiva de su tía. Podía ser eso; no se manifestaba en la conversación, ni en los temas que trataba, era una especie de lucidez orgánica que se filtraba entre aquellas masas para encontrar su mejor expresión no en las palabras detonantes que lanzaba sino en un balbuceo que no se atrevía a organizarse, una conciencia alerta, yacente bajo las palabras y que, por angustiosa y oscura, quisiera asaltar al interlocutor y transmitirle un vislumbre del sinsentido de la existencia entera. Quizás era una lucidez de tipo semejante lo que lo había atraído en Paz Naranjo (aunque en Paz la inteligencia era poderosa y sabía comunicarse por los conductos adecuados, siempre se sentía por abajo de su juicio racional una vibración puramente física). Quizás sólo fuera, pensaba en ciertos momentos, una mera afición gerontológica, lo que le hacía buscar la compañía de esas ancianas enfermas o, tal vez, un innoble afán de aprovecharse de ellas. A Paz, por ejemplo, le perdonaba muchas impertinencias, su obcecación, por ejemplo, en arrastrarlo hacia líneas opuestas a la suya (Pevsner, Gabo, Moholy-Nagy, los constructivistas, los geométricos ingleses, etcétera), porque era un contacto ideal con galerías, coleccionistas, críticos, y eso le ahorraba muchos pasos, esfuerzos y tiempo. ¿No había sido ella quien le presentó al prodigioso magnate japonés que poseía lo mejor de su obra? ¿No le había dejado, además, buena parte de su dinero al morir? Igual ahora, debía reconocer que algo utilitario se ocultaba en su actitud, que no hacía sino explotar a la anciana. Le asustaba advertir que se preparaba a venderla, a hacer circular las imágenes de un universo que ella, con indecible esfuerzo, había segregado a la curiosidad ajena.

—A mi edad —le dijo una vez mientras se arreglaba el turbante frente a un espejito— y en estas condiciones, me lo puedo permitir todo, aunque el solo decirlo me estremece. Creo que ha sido una injusticia atroz haber tenido que convertirme en el esperpento que soy para paladear lo que puede ser, ¡imagínate qué profundo saber!, la libertad, para intuirla apenas y sentir la nostalgia de lo jamás gozado. Nunca conocerás, tal es tu fortuna, el dolor de descubrir el despilfarro de una vida; años y años, setenta o casi, hazme el favor, que examinados parecen uno solo, banal, larguísimo, tonto, consumido en hacer y recibir visitas, desperdiciado en nada. De vez en cuando me encerraba a leer, pero era sólo a manera de fuga, como hoy dicen. Yo misma no advertía hasta qué grado me reducía este ambiente. Es fatal darse cuenta de un mal cuando ya no hay posibilidad de remediarlo; lo mejor que me podría pasar es un paro cardiaco, y mientras más pronto mejor. Creo que si tuviera quince o veinte años menos me podría sobreponer, pero a esta edad ya no tiene sentido —bajó entonces la voz y musitó arrulladora, melancólicamente—: lo único que me duele es dejar solo a este pobre angelito mío.

Como movida por un resorte, Juanita se levantó del tapete y corrió a abrazarla.

Lo que más la había sorprendido durante el periodo de reclusión era la debilidad, la casi total carencia de sentimientos maternales, decía.

—Fue después del accidente, al volver a casa y comenzar esta vida solitaria cuando descubrí que nuestro lenguaje no era sino una recurrente formulación de frases muertas. Estoy segura de que mi enfermedad se debe a eso, a la tristeza. La tarde en que me comunicaron el accidente, me dijeron que estaban muy graves, tú sabes, estas noticias las va uno recibiendo gota a gota; salí de prisa a Veracruz, y allí no me pudieron ocultar la verdad. Todos, menos él, que salió librado casi sin un rasguño, habían muerto. Advertí allí mismo que era quien menos me importaba, que quería más a su mujer, no digamos a las muchachas. Me escandalizaron mis sentimientos, bueno, la ausencia de ellos. Luego, ya aquí, en casa, descubrí que siempre, desde su adolescencia, desde que se quitó los pantalones cortos, no hemos sido sino un par de extraños. No puedo recordar ninguna conversación en que hayamos pasado de las frases rutinarias. Si aceptara los hechos como yo los acepto, nuestro trato se volvería más tolerable, pero se obstina en desempeñar el papel de hijo devoto. Me horroriza pensar que con el resto de la familia las relaciones fueran igualmente vacías y que, obnubilada como estoy, me empeñe en recordarlas de otra manera. A veces creo que veía un poco la vida con los ojos de los demás. En eso, bueno, al parecer en todo, también me equivocaba. No se vive sino la propia vida; yo no lo hacía. Pero, ¿tiene caso darle vueltas al mismo asunto siempre? Al fin y al cabo ahora tengo a quien querer y quien me quiera. ¿Quién es mi adoración, Juanita?

— Yo, yo merita.

Ambas reían. Eran los únicos instantes felices de la anciana.

No era del todo cierto que frente a su hijo mantuviera una actitud pasiva o de desinterés como quería hacer creer. Le vienen a la memoria encuentros furibundos, obcecaciones pueriles. Algunos días la erisipela rebelde que le recubría de pústulas el cuero cabelludo le producía un escozor intolerable. En esos días no recibía a nadie, sino a su fiel Juanita que había desarrollado un sentido especial para navegar con vela segura en medio de las peores borrascas. Cuando le sobrevenían las crisis injuriaba a su hijo, no permitía que Flor se le acercara más que para lo estrictamente necesario. Al menguar la exacerbación de la enfermedad se mostraba irascible y fatigada. El diálogo era entonces voluble, difícil, agresivo. Habría dejado de visitarla de no ser porque ya la casa, la anciana, la niña, el médico, el complicado malabarismo en que sustentaban sus relaciones personales ejercía sobre él una verdadera fascinación. También porque desde la primera noche había comenzado a pintar a la anciana y a la niña.

Quince

EL TOKAI, las czardas, las dos o tres frases pronunciadas por Paz en húngaro, el gordo violinista en el que todo tenía aire postizo, los bigotes espesos, las cejas desmadejadas, la nariz aguileña quien, recargado en una columna muy cerca de ellos, hacía emitir a su instrumento melodías baratas y conmovedoras, las anécdotas divertidas que de golpe se atropellaron y confundieron entre brindis copiosos que saludaban el porvenir, acariciaban los recuerdos, celebraban el encuentro en Nueva York, auspiciaban el éxito del viaje, la acidulada voz de Paz, todo, en fin, hasta la nueva manera de fumar de Carlos, contribuyó a deslumbrarlo. Por supuesto ya para entonces Paz había dejado de ser la bella mancha veneciana y también el rostro trémulo del ghetto. La hermosura de Paz era mudable. Puede recordar sin la menor resistencia el rostro de esa noche, aunque el más perdurable, el que se le presenta aun en sueños es el otro, el del hotel, el de las pequeñas tabernas del Village, el del restaurante del Museo de Arte Moderno, una cara que por su inmovilidad, su lejanía, su aire de decir constantemente con los ojos, con las comisuras de los labios, con los pómulos: "¿Qué importa, qué puede importar esto, si a fin de cuentas y en verdad nada importa?", difícilmente podía compararse con ningún otro, a menos que su avasalladora carencia de realidad lo asociara con ciertos momentos de *Ángel*, con la escena final de *Shanghai Express*. Sí, un rostro perfecto, de pómulos pronunciados, donde los ángulos y las curvas formaban una misma línea y los huesos parecían suavizar su rapacidad al llegar a la boca; las cejas eran una línea imperceptible en fuga hacia las sienes. Uno era consciente de la belleza de Paz pero también de su carencia de atractivos físicos; algo de travestismo y de asexualidad afloraba en alguna parte. De cualquier manera, aquella imagen, la de ciertos momentos de *Ángel*, la del final de *Shanghai Express* (¡pensar que por la tarde le había dicho a Norma Vélez …!), sería posterior. Aquella noche, tan pronto como se quitó el sombrero y comenzó a beber su copa de tokai, Paz produjo una figura menos perfecta, más apetecible. Sus rasgos esa noche tenían algo borrosamente incierto, eran más generosos, menos perversos. A su lado, Charlie y él parecían un par de colegiales trajeados por un buen sastre de Saville Row, con sus corbatas de seda compradas en la via dei Condotti, hechizados por la mujer que hablaba de desastres financieros, de las tribulaciones de un joven artista húngaro en la Italia de Mussolini, de unas huelgas estudiantiles en Barcelona, del karma mutilado, de espíritus inenarrablemente atormentados mientras yacían detenidos, atrapados mejor dicho, en el Umbral, de su rencor por el expresionismo abstracto, de sus dos viejos maridos, del primer anochecer que sufrió en la ciudad de México, de sus proyectos…

La llegada al restaurante los había transformado. Al principio no hacían sino reírse. Contaban anécdotas muy divertidas sobre el viaje. En Nueva York descubrieron que cada paso dado había constituido un error. En ese punto la conversación dejaba de ser graciosa. Les era indispensable llegar a México. Las complicaciones las producía, al parecer, la nacionalidad de Paz. Esa noche no entendió sino a grandes rasgos el problema. Las prácticas migratorias mexicanas no le eran familiares. Carlos explicó que su amiga hubiera podido en otros tiempos disfrutar de una doble nacionalidad, pero que en esos momentos sólo tenía derecho al pasaporte español y por ello se le dificultaba la entrada en México. Paz había nacido en Barcelona; había estado casada con un mexicano, un tal Gabino Rodríguez, de Xalapa, pero no había reclamado la nacionalidad mexicana a la que hubiera podido tener derecho; al divorciarse seguía siendo española. Luego pudo haber obtenido un pasaporte checo por sus segundas nupcias, pero ¿qué beneficios podía obtener de ser checa durante la guerra? A la muerte del segundo cónyuge había vuelto a quedarse española a secas. Carlos dijo que era una situación absurdamente complicada aunque él, al día siguiente, pensó que expuesta de otro modo habría podido resultar muy clara. Paz era española, punto. A pesar de que había estado casada con extranjeros nunca había adoptado su nacionalidad. Para entrar a México debía pagar una fianza prescrita para todos los españoles y efectuar los demás trámites reglamentarios.

Ya aquella noche, aunque encapsulada, debió haber conocido la biografia completa de Paz Naranjo, por lo menos en sus rasgos esenciales. Luego, en los encuentros posteriores, se habría enterado de miles de detalles complementarios. ¿De qué pudieron haber hablado hasta la madrugada, cuando los devolvió a su covacha? ¿Era acaso posible que se hubieran pasado la noche contando anécdotas sobre lo ocurrido en el trayecto de Génova a Nueva York? Salió del restaurante con la convicción de conocer a Paz íntimamente. Claro que ella debió haber insistido una vez y otra en ciertos temas: en la extrañeza, por ejemplo, que le produjo verse de repente en Roma, casada con el anciano estrafalario que fue su primer marido, en la historia de la Voz, en la agudeza intelectual del doctor Wielke, en su encuentro con

Carlos en una exposición de arte mexicano, en su pasión por Miklós. Carlos la había escuchado divertido, pues aunque debía saberse de memoria aquel anecdotario, disfrutaría observando la fascinación con que él oía a Paz. Charlie era un voyeur; gozaba observando —y si era posible deformándolas— las reacciones que producían entre sí quienes lo rodeaban; olfateaba la sangre, transformaba las situaciones (bastaba con recordar tan sólo la escena protagonizada en Liverpool por el siniestro Ratazuki, que en el primer momento le había producido casi náuseas y que después, contra su voluntad y para su sorpresa, lo llenaba de una excitación perturbadora). Lo cierto es que durante la temporada en Nueva York los tres fueron voyeurs, cada uno se dedicó a crear un marco anómalo, a tenderse trampas, a observar cómo los otros introducían el pie en alguno de los cepos colocados. Sí, por supuesto, allí habría conocido, con una orquesta de gitanos en el fondo, los temas a los que Paz volvería siempre. La oyó comentar que había estado en México en dos ocasiones, aunque era como si conociera el país sólo de oídas: estuvo apenas unos cuantos días en la capital, que no le había gustado demasiado, y el resto del tiempo en Xalapa y sus alrededores, en casas preciosas arruinadas por el mal gusto de los familiares del marido. ¿Qué había visto de los mayas, de los aztecas, qué de las otras viejas culturas? Sencillamente nada. Pero había sentido hasta la médula su presencia. Se había divorciado de Rodríguez poco antes de estallar la guerra. Después se casó con el doctor Wielke, el filólogo checo; ¿había oído hablar de él? ¿Conocía sus ensayos? Se trataba de un hombre excepcional. Por desgracia el matrimonio duró muy poco, ni siquiera un año. El doctor Wielke se mojó una tarde de lluvia y murió de pulmonía poco después de la liberación de Roma. Había sido muy feliz con él. La felicidad duraba siempre poco, ¿no era cierto? Por supuesto que sí, que lo era. Pero, ¿acaso tenía eso importancia, acaso algo la tenía? Le contó, e insistió en repetir la historia con las mismas palabras en muchas sesiones, cómo había preparado en aquella época su ensayo sobre Albers. Estaban, había que precisarlo, en 1943 o 1944, y el suyo fue no sólo uno de los primeros sino que hasta la fecha seguía siendo de los pocos trabajos serios sobre la obra de aquel olvidado y excepcional pintor que un día sería rescatado para sorpresa de los enfebrecidos corifeos del expresionismo abstracto. Comentó que ella era una salvaje, un verdadero monstruo de energía. ¿Podía hacerse una idea de lo que había sido ese año? En medio del diluvio ella y Wielke se permitían divergir sobre la pintura de Albers. El pobre doctor no siempre acertaba al hablar de pintura, en el fondo no lograba sustraerse de la atmósfera expresionista en que se había formado y, sin embargo, a pesar de ello, poseía una lucidez envidiable. Su ensayo sobre Albers había surgido de una conversación sobre la función del dibujo en el desarrollo de las artes visuales. Las discusiones se enturbiaban a veces por razones semánticas. Un día, en una reunión de amigos, Wielke afirmó que el rasgo esencial de toda experiencia plástica era el dibujo. Así, a secas. (¡Divina Paz Naranjo capaz de olvidar, como en otro tiempo las bombas, el visado, el Stuyvesant Corner Hotel, cualquier tribulación del momento, para lanzarse vanidosamente a rememorar las circunstancias en que escribió su primer libro!) Wielke señalaba que el dibujo constituía el cordón umbilical que unía Altamira con las corrientes pictóricas contemporáneas y con las de los siglos intermedios. Ella asentía, convencida. Le parecía evidente, después de escuchar los argumentos de Wielke, que el color, la materia, todos los otros elementos que intervenían en un cuadro, se estructuraban, sobre todo en el arte moderno, como incidentes del dibujo, y para visualizar la tesis citó a varios pintores: Malevich, Mondrian desde luego, Uccello, Ingres, Botticelli, Cézanne, Klee y, finalmente, Albers; llegó a sostener que en los cuadros del último todo se convertía, todo era, dibujo. Pero en ese momento sintió que la argumentación se derrumbaba. Tuvo la impresión, y fue como si de pronto se asomara al vacío, de que no entendía nada de nada, de estar hundida en la ignorancia más despreciable, de ser un castillo de arena abandonado sin defensas, sin piedad. ¡Paz, Paz!, a la carcoma del viento y la marisma. Y esa noche y en las que le sucedieron apenas pudo dormir y mientras en toda Italia caían bombas y unos ejércitos avanzaban y otros retrocedían, y escaseaba el pan y los huevos y la carne, ella se debatía en medio de sus dudas y esbozaba hipótesis tratando de encontrar el elemento esencial que determinaba la creación plástica. La conciencia de que en las monocromías de Joseph Albers el efecto visual se sustentaba en la vibración de ciertas variantes de un mismo color o de colores muy próximos, lo que equivalía a imponer de modo totalitario el color sobre cualquier otro elemento, la sumía en la angustia y no se atrevía a plantearle así, al desnudo, sus dudas a Wielke ni a sus otros amigos por considerarlo como una confesión de plebeyez intelectual. Dijo que su reducida capacidad de abstracción solía jugarle tales bromas. No sólo en ese caso, en muchos más, en todos, se quedaba empantanada por la imposibilidad de asir algún elemento primario, fundamental, que más tarde demostraba haber sido siempre evidente, obvio. Un día al leer a Leonardo, el problema se le aclaró de golpe. No debía entender por dibujo el mero trazo de líneas sobre una tela o un muro, sino la intención ordenadora total a la que se supeditaban el color, la materia, el tema, etcétera. Y en ese sentido cualquier cuadro de Albers resultaba dibujo puro. Sí, ya lo sabía, era descubrir mediterráneos, pero en aquel entonces el tema la apasionó tanto que la llevó a escribir un libro. ¡Pocas personas podían ser tan estimulantes como el doctor Wielke! El polo opuesto a Gabino Rodríguez, su primer marido.

Paz debió haber hecho ahí una pausa. Bebería otro trago de tokai, comería algún bocado, sonreiría borrosamente y continuaría diciendo que a Rodríguez lo había conocido en Barcelona, en casa de unos familiares con quienes aquél mantenía relaciones comerciales. Ella era muy joven; acababa de ingresar a la universidad; él, en cambio, viejísimo. Uno de esos seres extraños, enjutos (¿había visto *Nosferatu?*), apergaminados casi, a los que resulta imposible saberles la edad. ¡Con gente así ni siquiera tenía caso aventurar cálculos! Señaló, e insistió siempre en ese punto, que el mayor misterio de su vida lo constituía ese matrimonio. Ni entonces, ni cuando ya no pudo más y solicitó el divorcio, ni aun después, ni en ese mismo instante en que lo platicaba, se había podido explicar la causa que la obligó a casarse con aquella momia estrafalaria. ¿Por qué se había casado? ¿Qué pudo empujarla a ese paso? En Barcelona era muy feliz, carecía de problemas familiares, le gustaban sus amigos, le interesaban los estudios. De ninguna manera se había tratado de un matrimonio por amor; se estremecía de sólo pensarlo. Lo único que le resultaba claro era que debió haber sufrido una perturbación psíquica, aunque no podía precisar de qué tipo, ni en qué momento se había producido. Tenía casi borrados los días precedentes a la boda, las dos o tres semanas que Rodríguez pasó en Barcelona. Debieron haber hecho algunos paseos. Con seguridad habrían ido a la ópera, una de las pocas cosas de este mundo que le producían cierto entusiasmo. Le debió haber hablado sin darse tregua del cristianismo esotérico de Annie Bessant, y explicado la máxima famosa de que "todo está en todo". Le gustaría saber a qué otros lugares pudieron haber ido. ¿De qué habría hablado ella? ¿Se habría conformado con escucharlo pasivamente? ¿Saldrían solos? No recuerda nada, casi nada. Acaso la respuesta más simple fuera que necesitaba casarse con un viejo. Tal vez poseía una fijación que la llevaba por ese lado, pues también el doctor Wielke era unos treinta años mayor que ella. Si su familia o sus amigos no la hubieran conocido bien, habrían podido acusarla de mercenaria. Pero desde luego no era el dinero lo que le interesaba. ¿Qué entonces? Era desesperante, nunca lograría comprender nada… Durante cierto tiempo vivió como hipnotizada. Cuando medianamente despertó, se encontró sumida en un inmenso, oscuro y severo apartamento de dos pisos en el corazón de Roma. Al principio fue muy desdichada. Pero la suya era una infelicidad aletargada, desganada. Advirtió que había sido una tontería, un descalabro, casarse con aquel carcamal que sólo lograba producirle miedo. Decidió divorciarse, aunque tardó más de diez años en llevar a la práctica tal decisión; años, que vistos a la distancia, a pesar de la bruma esotérica que los envolvía, compartieron uno que otro momento genial. En medio del sopor del que no lograba zafarse del todo intuyó que su vida podía resultar bastante confortable. Rodríguez le permitía una libertad absoluta. Sus obligaciones se restringían a estar presente al mediodía en la mesa y a recibir a las visitas que de tarde en tarde asistían a las "sesiones especiales". Logró en unas cuantas semanas desterrar de la casa el aire de funeraria imperial con que la conoció, sólo con eliminar algunos trastos horribles y cambiar las cortinas. El mobiliario y los cuadros, fuera de alguna excepción sin importancia, eran excelentes. Verdaderas piezas de museo compradas, a saber por qué azar, en Viena, después de la primera guerra. Se decidió a crearles un marco adecuado. Eso la había salvado. Comenzó a interesarse en el estudio de los estilos, a leer las publicaciones especializadas, a visitar museos y casas de anticuarios. Una tarde acompañó a una investigadora del barroco a oír una conferencia de Miklós Faraly sobre arte aplicado. A los pocos días se encontraban en el mismo compartimento de un tren. ¡Predestinación! Cuando examinaba algunas etapas de su vida llegaba hasta a pensar que algo cierto pudiera ocultarse tras la palabrería desenfrenada de Gabino Rodríguez. Había sido presa de ráfagas extrañas. ¿No acababa de mencionarle su boda inexplicable? Un día le había ocurrido algo igualmente asombroso, pero orientado por otro signo. Hojeaba un volumen de historia de arte en una librería cuando de pronto vio unas ilustraciones, dos o tres fotos del castillo de Ferrara que inmovilizaron sus ojos y sus manos. Supo en ese instante que debía ir a esa ciudad. Ni siquiera regresó a su casa. Telefoneó de la estación para avisar que no la esperaran. Nunca antes había viajado sola. ¡Pero era una historia que no podía contarse así, al menos no por ella, en un restaurante —¡para colmo húngaro también!— de Nueva York, ante un joven a quien acababa de conocer! Vació de un sorbo su copa de tokai, escuchó embelesada la música e incoherentemente con la declaración que acababa de hacer continuó el relato: al subir al vagón, Miklós Faraly aparecía por la otra portezuela y ambos penetraron a la vez en un compartimento vacío. Ninguno llegó al sitio de destino (Miklós se dirigía a Venecia). Se bajaron en Arezzo y vivieron un par de días extraordinarios. Era lo más importante que le ocurría en muchos años. Afirmó que Miklós había sido el primer hombre en su vida, y luego añadió con voz apagada y rencorosa que en cierto sentido era, ¡hélas!, el único. Cuando volvieron a Roma la introdujo en su círculo. Miklós era un húngaro deslumbrante; hermoso como un tigre. Dijo que aquella primera noche, en un momento en que abrió los ojos, sintió que la sangre se le helaba, vio sobre ella una selva de dientes. Insistió en la sacudida intelectual que su amistad le produjo. Si algo sabía se lo debía a él. ¿Leía alemán? ¡Lástima! Le habría podido hacer llegar un ensayo publicado recientemente en Berna sobre él y sus teorías plásticas. No había sido un gran creador; nunca le había interesado serlo. En esa monografía ella trataba de hacer justicia a una visión que el nuevo expresionismo y sus mareados acólitos intentaban disminuir. ¿Le podía explicar qué significaba aquello de que un cuadro no debía ser ya una construcción de colores y líneas, sino un animal, una noche, un grito, un ser humano o todo junto? Los neoexpresionistas de Nueva York y sus seguidores de Amsterdam no dejarían de ser banales mientras mantuvieran en uso semejante retórica. Si alguna validez tenía su pequeño ensayo residía en la presentación pura, casi sin comentarios, una labor más bien de ensamblaje, de algunas tesis de Faraly. Viéndolo bien, ya en los trabajos encargados a los alumnos del Bauhaus estaban expresados todos los problemas a que se enfrentarían los movimientos posteriores. Una revista de arte lo publicaría pronto en Italia; le enviaría un ejemplar. Dijo que le interesaba su opinión. ¿Por qué? Precisamente por dedicarse al cine. También dijo (Paz a su manera era vulgarmente romántica) que la vida adquirió entonces una nueva coloración. Y como los violines húngaros habían hecho una pausa, canturreó con voz desafinada unas frases de un viejo bolero mexicano y se echó a reír muy complacida.

Había algo que nunca, a partir de esa primera vez, dejó de irritarlo, y era la verbosidad pedagógica de Paz; su conversación desconocía la elipsis. Si tocaba un punto, cualquiera, debía comenzar a desarrollarlo desde el principio. A Charlie con frecuencia aquello lo sacaba de quicio; a él sólo lo exasperaba, aunque su exasperación se equilibraba con un encanto naif que percibía en la seriedad con que la amiga de su amigo enunciaba sus apostillas didácticas. Aquella primera noche hubo momentos en que supuso que lo consideraba tan ignorante que debía explicarle cada punto tratado como si le enseñara el silabario. Le explicó, por ejemplo, que una de las preocupaciones del Bauhaus, del que Miklós procedía, era la de crear la belleza en los objetos de uso diario, hacerles adoptar una línea a tono con el presente, incorporarlos a la nueva visión. ¡Que el encendedor de la luz dejara de ser esa pieza de baquelita oscura que parecía avergonzarse de su propia existencia!, que fuera un elemento plástico dinámico: un rectángulo de níquel, un círculo violeta o naranja sobre un muro de blancura impecable. Miklós le diseñaba la ropa. Utilizó materiales modernos, casquetes de mica, la hizo adquirir la silueta de una perfecta robot. Hubo un tiempo en que fue conocida como la mujer-Bauhaus. Lamentaba no poder vestir ya aquellas prendas, se veía como una mojiganga, el anuncio viviente de una anacrónica película de science fiction. A pesar de todo, de la tensión intelectual, de la recién descubierta vida sentimental, seguía deambulando en medio de una realidad distorsionada. ¡Gabino Rodríguez se imponía sobre el Bauhaus! Insistía en declarar que a pesar de todo aquel ensueño no era desagradable. En su mundo coexistían sin roces excesivos todos los antagonismos. Su dormitorio y su estudio se convirtieron en una especie de torre de vigía de los siglos por venir, y en los mismos salones de la casa, entre los muebles más austeros fueron apareciendo sin estridencias algunos objetos de cristal y de níquel, que en Rodríguez sólo provocaban algunos comentarios amablemente grises. En derredor del anciano todo se conectaba fluidamente. "Todo estaba en todo." Una órbita penetraba blandamente en su antagónica.

La oyó, la oyó, la oyó hablar durante varias horas sin fatiga. Pero, si presentó su autobiografía entera en esa primera sesión, ¿de qué pudieron hablar entonces durante los siguientes días? Debieron haber sido variaciones sobre el mismo tema, divagaciones sobre la negra situación inmediata, comentarios sobre la crueldad de Carlos. Lo único que le parece seguro es que allí, en el restaurante húngaro, debió haber dicho lo esencial y luego, en otros muchos bares, y en el sórdido cuarto de hotel, fueron apareciendo los detalles. ¡Cuán desprovisto de relieves debió haberle parecido a él su propio mundo! Le encantaba la figura que se iba formando en aquellas conversaciones de Gabino Rodríguez. La descripción de las comidas al mediodía, por ejemplo. Ella y su marido comían en la mesa junto con los sirvientes: Dolores, una mujer siniestra, una vieja calavera mexicana de color morado que debía tener por lo menos la edad de Rodríguez y que encarnaba una de las visiones que a menudo el anciano evocaba durante las comidas; dos rechonchas sirvientas italianas fácilmente amedrentables que lo oían con el aliento retenido, y un viejo chofer casi mudo. Se turnaban cada día para servir la mesa. A la hora del café el anciano se levantaba, recorría el comedor a grandes zancadas y narraba estremecedores misterios cuyo objetivo era la edificación de su grey. Hablaba de metempsicosis, de ectoplasmas tangibles, del periespíritu de Allan Kardec, de las teorías de Rufina Noggareth, y una y mil veces de las inolvidables séances de Eusepia Paladino, a algunas de las que había tenido el honor de asistir personalmente. Defendía con pasión a la Paladino; las pruebas que Le Bon había esgrimido contra ella nunca le resultaron convincentes. La vanidad de los científicos los llevaba a caer en las peores falacias. Eusepia era analfabeta y, sin embargo, él la había oído hablar en un momento de trance en el francés más refinado; en otra ocasión, en Copenhague, se expresó perfectamente en danés. Paz contó lo mucho que le divertía invitar a comer de cuando en cuando a algún discípulo de Miklós, uno de aquellos jóvenes que la consideraban como la plasmación perfecta de los nuevos tiempos, y observar cómo se disminuía, sofocado, medroso, durante la comida, como si de pronto hubiera penetrado en un universo cien por ciento Lewis Carroll, mientras ella servía los platos a la maligna calavera morada, y el sombrerero loco se levantaba y a grandes pasos hablaba, enfebrecido, de los portentosos contactos logrados en una sesión reciente. (Su estilo llegaba al delirio cuando descifraba ciertos mensajes. Las descripciones que los difuntos hacían del Umbral lo poseían: "Singular vocerío atronaba el aire, gemidos, sollozos, frases dolorosas pronunciadas al azar, rostros cadavéricos, manos esqueléticas, facies monstruosas que dejaban translucir terrible miseria espiritual".) Mientras, la vieja calavera morada y las dos voluminosas sirvientas italianas y el chofer mudo jadeaban sudorosos, como fuelles humedecidos, para inmediatamente después pasar al estudio, y sin ofrecer ninguna explicación, como si se hubiera tratado del almuerzo más normal del mundo, sacar de una consola de línea aerodinámica revistas y papeles y comenzar a hablar de las espirales de Tatlin, de algún nuevo ensayo de Venturi, de los intentos de Prampolini para tender un puente entre lo poco que quedaba de la vanguardia italiana y el mundo exterior, y observar, divertida, los esfuerzos de esos jóvenes por tratar de recuperar el equilibrio.

Debió haberle contado ya esa noche cómo el mundo comenzó a rarificarse en torno suyo, a volverse de latón, cómo Roma sucumbió al trompeterío vulgar y a un culto obsceno a los peores elementos de su pasado. Miklós emigró a Amsterdam donde moriría poco después. En los últimos tiempos eran simples amigos, porque ella nunca supo despertar grandes pasiones. No había sido fea, por lo menos no del todo y, sin embargo, nunca fue afortunada en el amor. Cuando se marchó Miklós se sintió muy sola. Roma era otra: una ciudad chata, estrepitosa y vulgar. Comenzó a no soportar a su marido. Estalló la guerra española. Según Rodríguez los espíritus se declaraban partidarios de la fuerza; era necesario domeñar con el espíritu la anarquía y el caos. Decidió divorciarse. Rodríguez se negaba. Tuvo que amenazarlo con acudir a los tribunales eclesiásticos para comprobar que en los diez años de vida matrimonial nunca habían mantenido relaciones conyugales. Mintió, declaró que era virgen, que cualquier médico podía certificarlo. El pobre viejo habló de chantaje, gimió, sollozó, pero al final tuvo que acceder. Un abogado arregló el divorcio en México. Gabino demostró ser un hombre generoso. Le hizo llegar una pensión que sólo suprimió después de su matrimonio con el doctor Wielke. Nunca más se volvieron a ver. El abogado le informó que la guerra lo había obligado a clausurar sus negocios y volver a México. No sabía bien qué negocios eran ésos. Exportaciones, importaciones, tal vez. Muchas veces lo oyó hablar de café. Pero si no llegaba a explicarse por qué se había casado con él, menos claros le resultaban los motivos que impulsaron a Rodríguez al matrimonio y a resistirse al divorcio. A Dios gracias, nunca llegaron siquiera a besarse. No hacía mucho había por fin vislumbrado algo, un día recibió un inmenso mamotreto, una especie de ilegible y enmarañada biografía espiritual que resumía las experiencias de su ex marido en el trato con lo no visible. Lo leyó de cabo a rabo en un estado de hipnosis sólo comparable al de los días que antecedieron a su boda. En un capítulo, Rodríguez anotaba que durante varios años lo había acompañado en la vida una joven dotada de intensa capacidad receptiva. Su mera presencia era capaz de conectarlo con una Voz. Al perderla, "por una de esas extrañas y veleidosas traiciones del Destino, de las que es inútil culpar a cualquier ser de envoltura mortal", perdió todo contacto con la Voz. Su vida fue un desierto. Las actividades terrenales dejaron de interesarle. Era el fin. Vivió sumido en la más cruel desesperanza, hasta que una noche soñó con su antigua compañera, y en ese instante se restableció el contacto con la Voz perdida. A partir de entonces comenzaron sus verdaderas experiencias, la auténtica vida de un espíritu atribulado que hace ancoraje, después de vagar durante años perdido en la grisura cotidiana, en un mundo vibrante de revelaciones. Y Paz comentó que ella había llegado después a bendecir a la dichosa Voz pues al morir el anciano, dos años atrás, le dejó en herencia la mayor parte de sus bienes. Apenas podía creerlo. No lograba asimilar la idea. Había sido siempre una pésima administradora. Había acabado con todo; bueno "todo" era mucho decir, con los pocos bienes dejados por el doctor Wielke, y sólo le quedaba su piso hipotecado en el Vicolo delle Orsoline, y los mínimos ingresos que percibía por sus colaboraciones en algunas revistas de arte. Vivía acosada por las deudas. Había llegado a pensar en rentar su piso e irse a refugiar en un cuartucho, en alguna infame covacha, con sólo unos cuantos de sus objetos más cercanos.

Con Carlos se sintió ligada desde el principio. Había llegado a su vida como un arcángel, pero impregnado de cierto realista tufillo. Se conocieron cuando ella pasaba por un momento desastroso, en que por azoro, por desesperación, por torpeza, cada medida práctica que llevaba a cabo, contribuía a ahondar su ruina. El saber que heredaría millones la había comprometido en gastos que de otra forma ni siquiera se hubiese permitido soñar. Un día de aparente buenaventura, al anochecer, en Rosatti, Carlos le anunció que regresaba por unos meses a México. Tenía ya el billete. Como por broma, sin pensarlo realmente, se ofreció a acompañarlo. Sus trámites legales estaban detenidos por detalles técnicos: peritajes, avalúos, meros formalismos según el abogado, pero a los que no se les veía fin. La herencia le comenzó a parecer una alucinación más. Pensó que su presencia en México podría acelerarlos. Bromeaba, pues en el fondo era incapaz de emprender un viaje tan largo. De pronto, una frase de Carlos la convenció:

—Irás a uno de los pocos países donde los dioses están vivos. Vas a conocerlos, yo te protegeré.

Supo que era una señal. Todavía recordaba el terror de su primer día en la Ciudad de México durante el viaje de bodas. Rodríguez se empeñó en mostrarle inmediatamente después de su llegada la ciudad. Estaban frente a la catedral cuando de pronto anocheció. No es que comenzara a anochecer, no, sino que en cuestión de unos segundos cayó la noche y reinó una oscuridad absoluta. Prendieron los faroles, pero eso no logró restituirle la seguridad ni rescatarla del pánico. Se sujetó del brazo de Rodrígnez y comenzó a gemir; sentía que algo inhumano, una emanación de crueldad la envolvía.

—Son los dioses, querida —dijo el anciano—. Aquí los dioses aún no han muerto. Pero no debes asustarte, yo te protegeré.

Al oír años después las mismas palabras "supo" que debía emprender el viaje. Pero al comenzar a organizarlo, los dioses le declararon la guerra: le exigieron una fianza de varios miles de pesos, el abogado mexicano le aconsejó no moverse, algunos acreedores comenzaron a hostilizarla, surgieron mil inconvenientes. Un primo de Carlos se comprometió a depositar la fianza. El barco estaba por salir; Carlos era perverso, no quería esperar al siguiente. El primo telegrafió en los últimos momentos anunciando que todo estaba resuelto, que podían embarcarse y recoger la visa en el consulado de Nueva York. Él se encargaría de activar los trámites en México. Y al llegar a Nueva York sobrevino el desastre, la inmunda, amarillenta cadena de desastres. El consulado mexicano no tenía ninguna información sobre su visa. Era posible que por error la hubiesen enviado a Roma. Telefonearon, la respuesta fue idéntica: no había visa. Volvieron a comunicarse con el primo de Carlos, quien lo enteró de que el ingreso de Paz en el país no había sido autorizado. Por supuesto debía tratarse de un error. Se arreglaría. Era sólo cuestión de tiempo. Para colmo, debían enviarle a Carlos un dinero desde México. Había dado la dirección de un amigo de Paz que vivía en Nueva York, a quien previamente le había escrito. Pero cuando llegaron, el amigo estaba en California. Al día siguiente de haber desembarcado, mientras regresaban del consulado con la derrota en los hombros, descubrieron un pequeño hotel de españoles; costaba menos de la tercera parte de lo que estaban pagando. Eran cuartos simples y pulcros. No necesitaban más. ¡No estaban en condiciones de excederse en nada! Decidieron mudarse esa misma tarde. Pero después, unas cuadras más adelante, vieron un letrero que anunciaba al Stuyvesant Corner Hotel. No tuvieron que hablar, ni siquiera mirarse; entraron, desbarrancados en una falsa ilusión de ahorro, de autosacrificio. ¡Y ya había visto lo que era aquello! Al principio, cuando subieron las maletas y se dejaron caer en la inmensa cama quebrantahuesos, o al contemplar por la ventana el escuálido paisaje de techos desiguales, fachadas borrosas, sórdidas escaleras para incendios, que ni la misma nieve lograba adecentar, experimentaron una especie de conmoción poética ante la compartida renuncia al placer, la común caída en la abyección.

Pero, aclaró Charlie, ni siquiera aquel horror los había logrado salvar. Se les había ido un dineral en Nueva York. Habían gastado una fortuna entre cables y llamadas telefónicas. ¿Podía prestarles algún dinero por unos cuantos días? Le pagarían tan pronto como llegara el amigo de California, o un cheque que esperaban de Roma, u otro de México. Le pagarían, en fin, con el primer dinero que recibieran.

Estaban por cerrar el local. Firmó un cheque y luego los acompañó a su hotel. Al regresar a su departamento no logró desprenderse de la imagen, el tono de voz, la risa y ciertas frases de Paz Naranjo.

Dieciséis

—Te debo agradecer —le espetó su tía en una ocasión— que no me hayas querido mostrar tus cuadros; lo considero como una señal de respeto. Estoy casi segura
de que no me agradarían; ya las reproducciones han sido más que suficientes para
formarme una opinión. Leí ese artículo que apareció en un *Siempre!* Al principio
pensé que era la mala calidad de la fotografía lo que me disgustaba; pero no, la verdad es que no encuentro el menor sentido en que se pinte un mundo poblado sólo
por seres grotescos. Eso significa amputarlo.

—Has repetido mil veces —dijo tratando de sonreír— que nuestra existencia
es incongruente, y que nosotros día tras día con un tesón de hormigas acentuamos
esa incongruencia. También yo...

—No, no empieces por favor con esa cantilena que tanto se repite ahora, no
me salgas con que el artista no tiene obligación de ser fotógrafo total. Todo artista
responsable debe pretender reflejar el universo, aunque reproduzca sólo una pequeña planta; acabo de leer eso y me parece muy convincente; de otro modo lo que produce es arte a medias u otra cosa que ni siquiera vale la pena comentar. En una
pequeña hoja se puede reproducir el universo. Los jóvenes creen saberlo todo.
¡Amos de la verdad, dueños del mundo. Hagan lo que les venga en gana, llamen a
eso arte, literatura, drama, lo que se les antoje, pero no pretendan que a quienes nos
repugna la simulación les hagamos el juego.

En tales ocasiones, si al principio no se la lograba desviar, había que reducirse humildemente a escucharla y esperar que se extinguiera la racha de cólera. Ese
día la interrumpió la llegada del médico para aplicarle la inyección de la noche; luego, su tío se dejó caer en la poltrona, pálido, inseguro, fatigado como siempre. La
anciana lo observó con desprecio. Durante varios minutos nadie habló. El silencio
era sólo interrumpido por la voz de Juanita, que en un rincón trazaba unas letras en
un cuaderno, murmurando mientras escribía: "cama, casa, cana... cama, cana, casa..." Esas planas de caligrafía eran un recurso que le había visto emplear en varias

ocasiones para aislarse de la explosión. La anciana parecía gozar en prolongar un silencio que iba poniendo de segundo en segundo más nervioso a su hijo. Por fin exclamó:

—Lo único que realmente me pesa es dejar a Juanita en un mundo que se me ha vuelto incomprensible. Yo viví aún entre las generaciones dañadas por el alcohol —lo miró acusadoramente—. Durante años se buscó por allí una salida. Parece ser que el hombre antes de cocinar los alimentos sabía ya destilar raíces y cortezas para obtener alcohol.

—No es cierto... —comenzó a decir el médico.

—Como solución ha sido una perfecta idiotez —continuó ella, sin reparar en el conato de interrupción—, igual que todas las otras, pero, en fin, al menos era cómoda. Desde este rincón me entero de que el mundo está en plena llamarada, pero no logro entender ya sus manifestaciones. Me ciega el humo, creo. He leído que los muchachos se chiflan ahora por la marihuana, por otras drogas, sobre todo en mi país —siempre que se enfadaba tendía a recalcar su extranjeridad—. Si bien se mira, no tendría uno por qué alarmarse. El mundo se ha convertido en una zoncera tal, que tratar de escapar de él, por cualquier medio, no es sino señal de salud. Me imagino lo que dirán tus padres, los amigos de tu casa, al enterarse de que te drogas.

—Hablas como si fuera un toxicómano tía; no lo soy.

—¿No? ¿Quieres decir que concibes a sangre fría lo que pintas? Estás mucho peor de lo que me imaginaba. Si esos cuadros fueran producto de las drogas me los podría explicar. Pero, por favor, no me interrumpas, ten, por lo menos tú, un grano de imaginación; pensaba que contigo se podía hablar en sentido figurado. En el caso de que fumaras o ingirieras uno de esos tóxicos que hoy usan, te considerarían un réprobo, se horrorizarían; los conozco muy bien. En los reportajes de la prensa sobre los jóvenes lo único que encuentran es otra razón más para sentirse mejores y aplicarse una retahíla de adjetivos adecuados para la estación: dignos, ilustres, cristianos, puros. ¿Y a quién logran beneficiar esas virtudes? ¿Qué resulta del hecho de que María Elena y Concha Rodríguez no mastiquen hongos y en cambio se bañen, al menos eso supongo, todos los días, o de que mis tres sobrinos, los Rodríguez Corrales, se corten debidamente el pelo y vayan vestidos con oscura pulcritud a su notaría? Mira a tu tío. En tu vida encontrarás igual sepulcro blanqueado, ni siquiera escarbando entre todos los Rodríguez de la región y, dime, ¿qué de noble, bueno o hermoso produce? ¿En qué es superior sino en tristeza a cualquiera de esos mechudos de la nueva ola?

—¿Por qué no ponemos algo de música, tía?

—Cama, casa, cana…

—Serénese, madre, se encuentra usted muy excitada.

—He sido testigo de mucha mezquindad —prosiguió la anciana sin hacerles caso—, desde que me casé. Al principio me divertía, me parecía haber caído en medio de una comedia de costumbres cuyos protagonistas eran estas damas y caballeros nativos tan graciosos; después me volví insensible, aprendí el español para hablar con ellos, me adapté, a momentos llegué a sentirme como uno de los suyos, hasta que algún exceso me hacía tocar tierra, volver a contemplar, desde mi barrera, a esta triste variedad del infierno. No se me olvida que en una época íbamos a pasar las vacaciones a la ganadería de tu tío Felipe, allá por el rumbo de Nautla. En las tardes les leía Dickens a los chicos. En una ocasión leímos *David Copperfield,* no, fue *Oliver Twist,* me acuerdo muy bien, aunque para el caso sea lo mismo. Es posible que aquellas lecturas aburrieran a los niños, pero lo cierto es que se volvieron el deleite de mis cuñadas. Lloraban, suspiraban, gemían, conmovidas por las andanzas y tribulaciones del huerfanito, por las atroces calamidades que llovían sobre él y sus demás compañeros de asilo. Pero si en aquellos momentos, el hijo de un peón se dejaba ganar por la curiosidad y se acercaba a la sala, lo sacaban sin piedad, no fuera a perturbarnos con su olor a establo; un instante después estaban nuevamente hundidas en la congoja, rebosante el corazón de tiernos sentimientos ante las desdichas del pequeño Oliver. Nada logrará cambiar a esta gente. A veces me arrepiento de no haber abandonado a mi marido a la semana de llegar a esta casa, debí haber vuelto a Saint Kitts con mi padre, o de plano a Londres. Todos han sido cortados con el mismo patrón. El único diferente, nada más que a ése se le pasó la mano, fue Gabino, mi cuñado mayor. Al menos tuvo el valor de vivir como se lo propuso, sin hacer caso ni de nosotros sus parientes ni de las murmuraciones locales —carraspeó, jadeó.

—Está muy fatigada, madre; es mejor que nos retiremos para que descanse un poco.

—Sí —continuó ella—, lástima que se hubiera ido al otro extremo. Es una bendición que se haya muerto, de otra manera se las habría ingeniado, lo quisiera yo o no, para estar aquí todo el tiempo jeringándome con su karma, sus fuerzas ocultas, su Voz y sus otras historias de ultratumba.

De cuando en cuando los vituperios contra la familia lograban que el médico se atreviera a anteponer alguna resistencia, pero apenas pronunciaba las primeras titubeantes palabras cuando ya la anciana había pedido un somnífero; lo tomaba y, tranquilamente, daba por concluida la velada. La fuente de casi todos los conflictos provenía en verdad del rigor de la enfermedad y de la ineficacia del tratamiento. Cuando ese punto se trataba, el médico se atrevía a mostrarse firme; por desdicha, era donde se demostró que estaba más errado, pues más tarde, cuando otros médicos sometieron a la anciana a un tratamiento diferente, el mal de cabeza desapareció y su sistema glandular comenzó a trabajar con cierta regularidad.

Las riñas seguían casi siempre el mismo modelo:

—El vino, entiéndalo por favor, no la quiero ofender, pero debe entenderlo bien, contribuye a excitarle aún más los nervios. Tenga presente que debemos procurar ante todo su tranquilidad; este modo anormal en que se empeña en vivir no hace sino empeorar las cosas.

—¿Sabes lo que dices? Me gustaría colgar aquí un letrero que dijese: "¡Antes de hablar piénselo dos veces!" Es muy raro que llegue a tomar más de dos copas al día. Desde hace muchos años, ni siquiera habías nacido, ya tenía necesidad de bebidas fuertes para regular mi presión; no veo cómo pueda eso influir en mi salud. Si a veces llego a excederme un poco es para olvidarme no sólo de este aspecto bestial y de los años que llevo con la cabeza rapada y la gordura, el desarreglo glandular como te encanta llamarlo, sino, sobre todo, para ignorar tu fracaso, tu mediocridad profesional. ¡Pensar que el iluso de tu padre ponía en ti tantas esperanzas! Ahora me explico por qué perdiste la clientela.

—Sabe muy bien que no fue por mi culpa.

—¡Sí, sí, sí!

—Sabe que el Seguro Social…

—Sí, sí, sí… exactamente. ¿Por qué entonces todas nuestras amistades no veían la hora en que Gloria abriera su consultorio para ponerse en sus manos? Te habían perdido la confianza. Te he oído con paciencia una vez tras otra. Según tú, el tratamiento comienza a producir efectos. ¿Cuáles? ¿En qué he mejorado? ¿De qué han servido las torturas a las que me has sometido? ¿De qué…? Ustedes, Ángel, Juanita… ¡avívate, niña, por Dios, y para esa cantaleta!, ¿han observado en mí alguna mejoría? La única vez que parecía estar por desaparecerme la tiña fue cuando tomé aquella infusión que Flor me preparaba. Pero te encelaste y tuve que prescindir también de ella.

—Acuérdese de la diarrea. Acuérdese nada más de lo grave que se puso.

La anciana lo miró desconcertada, agraviada, como si su hijo hubiera tocado un punto obsceno. Frunció los labios; luego dijo distraídamente:

¡Qué vulgar puedes ser algunas veces!

—Recuerde cómo se debilitó en esos días. ¿Se acuerda que tuvimos que aplicarle suero?

—Lo único que recuerdo es que una noche me diste unas pastillas que me hicieron trizas el estómago.

—No tiene caso discutir.

—Entonces por favor no me molestes; no te aparezcas por aquí en una temporada. Envía a una enfermera a que me inyecte y déjame en paz. Que vuelva Rosa que era muy hábil. Dices que mi padecimiento es nervioso. Sería raro que no lo fuera en estas condiciones. ¡Exijo una tregua, tengo derecho a ella! ¡Te atreves a insultarme porque sabes que no puedo defenderme! Me gustaría saber cuándo he bebido sin moderación. Juanita, por favor, pásame una de las pastillas blancas. ¿Lo ves? Está por volverme la taquicardia.

—¿De las que son como hostias o de las chiquititas?

—De las más chiquitas, corazón, y corre a la cocina a pedirle un vaso de leche tibia a tu mamá.

—¿Por qué no me pide a mí las medicinas? La niña no las sabe distinguir bien.

—¿Se ha equivocado alguna vez? Es la única persona con quien cuento y ahora te propones separarme de ella. Cualquier satisfacción mía te hace daño. Ten cuidado, Ángel, un día te prohibirá visitarme. Por favor no le hagas caso; entra, aunque tengas que abrirte paso a golpes. Quiere aislarme, quiere reducirme…

Al oír las voces entró Flor con el vaso de leche y la niña agarrada del vestido.

—No la martirice, doctor; no ve que está hoy muy rendida. Tome su pastilla, señora, tranquilícese.

—Gracias, Flor, gracias.

Vio a su tío levantarse, alzar los hombros, salir vejado de la habitación. La anciana, Flor y la niña celebraron con sonrisas y guiños la derrota del médico.

—Todos han sido iguales. Convenencieros, despiadados. Los detesto. ¿No estuvieron a punto de hacer anular el testamento de mi cuñado cuando se enteraron de que casi todos sus bienes se los había dejado a su mujer? Ya sé que tú querías a Paz, a mí nunca me gustó demasiado. ¡Una mujer joven, guapa, educada, casarse con aquel cacalache que podía ser su abuelo! No, eso no podía ser normal. Movieron cielo y tierra para impedirle llegar a México. Me parece que estuvo detenida en Estados Unidos sin un centavo. Yo les hablé, les dije que había que respetar la voluntad del difunto, que ante Dios (¡ellos, tan católicos, se basaban en que al divorciarse había perdido todos sus derechos!) seguía siendo su mujer. No logré nada. Pero nunca sabe uno dónde va a saltar la liebre. Cuando Dolores, esa especie de bruja que tenía Gabino en su casa y que le auxiliaba en sus prácticas, se enteró de que intentaban anular el testamento, que también la beneficiaba, consultó a un abogado en México, les armó pleito y lo ganó. El testamento fue declarado válido.

—Creo que Paz nunca conoció bien esa parte de la historia.

—¿No? Quién sabe; era muy rara; bueno, hijo, estoy muerta de cansancio. ¿Vendrás mañana? Sí, sí, ven; verás que no estaré tan pesada como hoy.

Antes de retirarse pasó a la sala a hacerle un poco de compañía al médico.

—¿Te das cuenta? —le dijo—; y uno no puede culparla de nada. Sufre mucho, lo sé. La muerte de Isabel y las muchachas la afectó muy a fondo. El golpe le deshizo para siempre los nervios. A ratos, hasta tengo la impresión de que no me perdona haberme salvado. Es muy difícil esta vida, para ambos —se quedó un instante en silencio, luego agregó con fastidio—: Por lo menos ella tiene de su parte a Flor y a Juanita.

—¿Por qué no insistes en hacerla salir, tío? Tal vez se anime a pasar unos días en Tehuacán; me acuerdo que antes le gustaba mucho, o en Cuernavaca.

—He hecho lo imposible, no sabes… En estos días más que nunca es necesario lograr que salga. Por un tiempo, claro. Me he cansado de suplicarle que por lo menos deje la habitación por un rato, que salga al jardín. Pero es inútil; no lo hará. Quizás lo mejor sea, como dices, un cambio más drástico. Llevarla a Tehuacán. ¿Cómo no se me había ocurrido? Que se olvide de este ambiente por unas semanas. Puede ir con una enfermera si eso la distrae. Este lugar no puede sino producirle recuerdos penosos. No tiene el menor sentido que mantengamos esta casa para nosotros dos. Cuartos y más cuartos, todos cerrados; acaba uno por deprimirse al pasar por tanta puerta. El Ayuntamiento quiere comprar la parte trasera, donde tengo el consultorio. Es una proposición excelente. Pero ni siquiera permite tratarle el asunto. ¡Ojalá tú logres convencerla! Me he dado cuenta de que a ti te hace más caso. Dime, ¿tiene sentido conservar esta enormidad de casa? Ya antes de la desgracia resultaba excesiva. Sí, que se vaya a Tehuacán mientras hacen la demolición. Sólo la parte de atrás, por supuesto. No nos afectaría en nada; ni siquiera se daría cuenta de su desaparición. Nada le sentaría mejor que ese viaje. ¿Por qué no le hablas mañana? ¿No podrías ir a pasar unos días con ella? Eso la animaría más. Yo pagaría tus gastos.

Le desagradó que su tío le confiara esa misión. Nunca trató con ella ni de la venta, ni de la demolición, ni, por estar al tanto, de esos proyectos, o del posible viaje a Tehuacán.

Diecisiete

FUE PAZ QUIEN habló siempre. Para su sorpresa en esa obsesiva rememoración en Venecia descubre lo poco que Carlos y él se dijeron en la vida. Tal vez sólo en Londres, pero mientras más piensa en el Charlie de Londres más se le aparece como una especie de titiritero, con las manos llenas de cordeles que sujetaban otras tantas figuras de cartón: la Falsa Tortuga, Ratazuki, Lucy, la uruguaya que le enjaretó como amiga. Las conversaciones, eso que vagamente ha considerado siempre como algo definitivo en su vida, por absurdo que parezca, no existieron jamás. El trato se redujo a la contemplación del espectáculo ofrecido por un brillante y divertido joven dandy mexicano que disparaba frases agudas ante un grupo incondicionalmente dispuesto a celebrarlas; luego, a escuchar confusas y vacuas peroratas que se negaban a ser traducidas a un lenguaje de sobrios. Sin embargo, ha vivido años enteros con la impresión de haber oído la verdad revelada de labios de su amigo. En Nueva York, por ejemplo, los ratos en que estaban a solas, los comentarios se centraban en las dificultades cotidianas, en el empantanamiento del viaje, en sus deseos de ir a México a como diera lugar. ¿Y aquella mañana que pasaron juntos? Habían ido al Metropolitan, pero después de visitar dos o tres salas, le propuso que salieran a tomar unas copas; no se sentía en condiciones de ver el Museo; y ahí, en el bar, oyó otra vez una amarga diatriba contra Paz. Lo asfixiaba, no lo dejaba en paz, lo destruía. La prueba de su siniestra posesión era ese viaje. Ya en Roma había demostrado ser bastante intolerable; parecía creer haberlo comprado en un mercado de esclavos. Era rapaz, celosa, posesiva, inescrupulosa como pocas personas había conocido. ¿Era tan ingenuo para creer en sus historias? ¿Creer, por ejemplo, en aquel desinterés tan insistentemente recalcado? ¿Pensaba que habría sucumbido al hechizo que tanto mencionaba si Rodríguez hubiera sido menos rico? Si metía la mano en algo no cabía duda de que terminaba estropeándolo. Podría casi jurar que había sido aquel pobre cornudo y no ella quien solicitó el divorcio. Y luego, sin transición alguna, había comenzado a hablar de su novela, de la necesidad de visitar ciertas regiones de la costa del Pacífico para recrear el ambiente. Comentó que la trama era muy sencilla, era la historia entreverada de dos destinos, un individuo que rompía el cordón umbilical y otro que volvía al seno materno. Era una simple ejemplificación de dos mitos antiguos: el del hijo pródigo, el individuo que no ha sabido o no ha querido amar ni retener el amor que se le ofrece y vuelve, en la vejez, buscando la querencia inicial, y el del desterrado, quien cree en el amor y al ir en su busca rompe definitivamente con todos los lazos que lo atan, sin encontrar nunca un presente válido. (Le mostró días después unas páginas, y para su sorpresa se encontró con un tedioso relato costumbrista cuyos personajes eran oscuros seres de provincia, lo que lo desconcertó mucho.) Comentó mientras bebían sus jaiboles que el mundo se dividía en dos grandes categorías, los que se iban y los que se quedaban: las aristotélicas hormigas esclavizadas por su afán de permanencia, y las platónicas cigarras a las cuales ineludiblemente se las cargaba la chingada. Los dos personajes de la novela eran artistas. Aunque partían de actitudes muy distintas, ambos representaban al artista como enemigo de la sociedad, de la vida rutinaria y familiar. Aquél, un subtema aún no desarrollado del todo, se entretejía con el relato principal.

En un determinado momento se reprocha no lograr desprenderse de esa resaca de recuerdos morbosos y busca algo en la maleta, anota dos o tres nombres en una agenda, examina con atención sus corbatas, las que ha traído de México, las que compró en París, dos que adquirió el día anterior en Venecia, se quita y se vuelve a poner la bata frente a un espejo, como si la manipulación de aquellas prendas le otorgara cierta firmeza, concediera una mayor realidad a su persona. Y piensa que afirmar que alguien es como los demás han deseado que sea resulta tan banal como decir que uno es como ha querido ser. Entre las dos posiciones se tiende un laberinto, mil puertas entreabiertas, resquicios cerrados que el azar, el destino, la historia, o simplemente los otros —que son todo eso— han construido. Nadie quiso ser un empleado de correos y pasar treinta años de su vida tras una sórdida ventanilla, pero nada concreto lo obligó a permanecer así; simplemente dejó que las circunstancias decidieran por él. Había sólo que echar un vistazo a los compañeros de bachillerato, recordar el círculo cultural formado entonces y ver qué se hizo toda esa promisoria flota. ¿Y entonces la teoría de los biotipos y Lombroso y las tesis etnográficas y Freud y sus discípulos? ¿Había que creer en la predestinación? ¿En el azar? ¿Consultar religiosamente el horóscopo? Era idiota darle vueltas al tema. Uno sabe bien lo que es. Sabe que repetirá una historia que ya otros han protagonizado con las pequeñas variantes que una época precisa determina. Pero ¿qué sentido tiene todo eso? Sabe que él nunca se habría ido. Carlos lo hizo; así le fue. Ambos tuvieron las mismas oportunidades. En cierto momento, en los días de Nueva York, hechizado por Paz Naranjo, llegó a creer que ambos estaban formados con la misma pasta. Pero no era así. Mentira que aquel breve encuentro, que la ruptura con ella, lo hubiera transformado, empequeñecido. No puede seguir rumiando esa bazofia; si en todo caso algo lograron, fue hacerle sentir la nostalgia de un mundo diferente. Pero a la postre él estaba ahí, se movía como quería, veía las cosas que deseaba ver e iba adonde se le antojaba, satisfacía cualquier apetencia que entrara en el marco de lo posible, ¿y eso, ya en sí, no equivalía a no quedarse? Carlos, en cambio, había terminado por tascar el freno aun antes de morir. En sus últimos años de vida ambulante estaba más que detenido. Fuera a donde fuese, el movimiento no existía. La heraclitiana cigarra había devenido en escarabajo parmenídeo. En Tomalín no existía el movimiento, sólo quedarse estaba permitido, pero, a fin de cuentas, ¿qué significaba irse, qué quedarse?

Aquella misma primera noche en el restaurante húngaro les ofreció su departamento. Insistió en que se mudaran al día siguiente; eran dos habitaciones bastante agradables, se les podían poner reparos, pero de cualquier manera se sentirían en ellas mucho más a gusto que en el antro en que habían caído. Le explicaron que saldrían de un día a otro rumbo a México. El malentendido sobre Paz debía aclararse. Si deseaban una mayor libertad, arguyó, no había problema; les ofrecía el departamento sin su presencia; él podía pasar esos días en la casa de algún compañero de cursos. Había sido una discusión necia, histérica, de ebrios. Le expusieron mil razones. Esperaban telegramas, llamadas telefónicas, correspondencia. ¡Una carta, un telegrama perdidos y se hundían! Había visto esa tarde el cuarto en su peor forma; ambos eran muy desordenados. ¿Y la vieja alcohólica, y el tufo, y las rechinantes escaleras?, insistió. No, no; se equivocaba, decían, no siempre era igual. En fin, los dejó hablar. Querían engañarse; bien, que se hicieran las ilusiones que quisieran sobre el fácil arreglo del asunto, que creyeran que el cable autorizando la entrada de Paz en México podía llegar de un momento a otro. ¡Ok! Comprendido, chico, comprendido. Abandonar el hotel equivaldría a aceptar la derrota, a romper su condición de transitoriedad en Nueva York, y por eso dejó de insistir.

Los visitó casi a diario durante dos meses. La armonía jubilosa de la primera noche demostró ser ficticia. A medida que pasaban los días comenzaron a evidenciarse las fisuras. Para Carlos aquel viaje se había vuelto obsesivo. Lo había planeado desde hacía varios meses. Tenía muchos años de vivir fuera de México; sentía la necesidad de recuperar ciertos contactos, de volver a ver a su gente, de ir a Colima donde había pasado la niñez. Insistía en continuar solo. Le aseguraba a Paz que resolvería sus problemas tan pronto como llegara. Visitaría al abogado que, al parecer, no se atrevía a explicar por teléfono los motivos de la denegación del visado. Trataría de saber qué se escondía tras la fraseología confusa que les asestaba en las últimas cartas. Hablaría con su primo. Él y sus familiares tenían excelentes relaciones. Ambos intuían que todo estaba perdido, sin embargo Paz se negaba a admitirlo y a la vez se resistía a reconocer que en verdad lo único que deseaba era recibir una negativa tajante de México para apresurar el regreso a Europa. Temía quedarse sola en Nueva York; más aún temía que Carlos, libre de ella, decidiera permanecer por tiempo indefinido en México. Las peleas se volvieron cada vez más violentas. La fragilidad de Paz, su languidez, el aire de estar perpetuamente a punto de hacerse añicos resultaron otro engaño. Le recuerda momentos siniestros. Los vecinos a veces comenzaban a golpear en las paredes hasta que subía el administrador y amenazaba con llamar a la policía. Por lo general, en ese momento se imponía una tregua. Mascullando agravios, lanzándose miradas feroces, sin atreverse a levantar la voz, comenzaban a vestirse y salían a cenar o a tomar unas copas y al poco rato parecían haberse olvidado de la riña. A veces visitaban a viejos amigos de Paz instalados en Nueva York desde la época de la guerra. Pero a ella esas salidas le resultaban desagradables. Sólo las hacía cuando necesitaban dinero.

—Los encuentro tan bien, tan plácidos, con sus mujeres enfundadas en vestidos comprados en el mismo almacén donde adquirieron las cocinas, las alfombras, las latas de comida que le sirven a uno. ¡Pobres, se han conformado con tan poco!

En una ocasión le confesó que lo que en verdad le horrorizaba era descubrir en ellos y, por consiguiente, como si se mirara en un espejo, en ella, el paso de los años:

—Cada vez que toco el timbre espero lo peor. Sin embargo, cuando me sale a recibir el monstruo descubro que me he quedado corta. ¡Santo cielo! ¿También me verán así? ¿Me habré convertido en algo semejante? ¡Claro que cuando los conocí eran ya gente formada y yo apenas una adolescente! Me tiemblan las piernas cuando nos abrazamos, aunque sé que la verdadera pesadilla empezará después, una vez contempladas las arrugas, las pieles fláccidas, las manchas de la vejez, cuando mientras tomamos un café imbebible y unos bocadillos insípidos, comenzamos a barajar la información que tenemos sobre los viejos espectros: "¿Qué se hizo Ignazio? ¿Y Anna, la véis? ¿Supiste que murió Szabo? No, a Lothe la hemos dejado de tratar desde hace siglos; expuso sus tapices en San Francisco; se cotiza bien. Sí, sí, fue muy triste, se envenenó cuando el médico le dijo la verdad". Y eso no es aún lo peor, porque después de pasar revista y ubicar a los sobrevivientes, comienza el otro acto, el más patético, el que de verdad nos envejece: "¿Te acuerdas de…? ¿Y de aquella noche en que…? ¡Cómo!, ¿no ibas con nosotros el día que fuimos a la villa Brassani? ¡Oh, algo formidable! Le pegó en una trattoria… Miklós decía siempre…" Recordar hasta quedar convertido en cosas, prensados por el tiempo, iguales a piezas de anticuario, mientras los cuerpos del anciano miope y la mujer glotona que tiene al lado, que han engullido durante la conversación copiosas raciones de pastel de chocolate, se sacuden por la risa al recordar las calaveradas juveniles cometidas in that old good unforgettable Europe…

—No deberías lamentarte. También a ti te entusiasma hablar de esa época. Además escribes sobre ella.

—Pero yo selecciono mis materiales; adopto una perspectiva y no me dejo atrapar por el tiempo como les sucede a estas ruinas. Además —adoptaba una expresión de agravio, se llevaba el cigarrillo a la boca, arrojaba el humo con ira— no entiendo lo que quieres decir. Me parece que no es mi estilo formular anecdotarios, ni siquiera cuando para fijar el momento histórico pudiera parecer necesario.

—Lo más seguro es que la situación en que estamos te dé un pie falso para renovar amistades.

—Tal vez, tal vez; la verdad es que no logro interesarme en lo que me dicen cuando estoy pensando cómo voy a pedirles dinero para pagar el desayuno de mañana o para enviarle a tu primo un nuevo telegrama. Sí, tienes razón, la tienes siempre.

Por lo general cenaban juntos. Podía ser el peor momento; ambos le exigían declarar quién había sido responsable, quién había comentado, dicho, insultado, repetido, insinuado, provocado… Charlie fue resintiendo cada vez con mayor amargura el fracaso de su viaje. Parecía intuir que se trataba de su última oportunidad para volver a México. Pasaría después más de quince años inventando pretextos para no hacerlo. ¿Y él? ¿Qué hacía, qué decía, qué actitud tomaba? A pesar de reconocer desde el principio que Carlos tenía la razón, que se trataba de un viaje largo y cuidadosamente planeado, que en él Paz resultaba sólo una figura secundaria, accesoria, un añadido de última hora (lo que Carlos proponía era lo único sensato: ir a México y ver qué era lo que en realidad ocurría. ¿Tenía algún caso instalarse pasivamente tanto en su departamento; se había cansado de ofrecérselo. Pero en ese punto ella era intransigente, caprichosa, sorprendentemente mezquina), no podía dejar de asentir a todo lo que ella decía, de confirmar sus puntos de vista. Vivía fascinado por la languidez del discurso, esa forma abúlica en que fluía y se deslizaba, sin detenerse casi, por algunos de los nombres más importantes del arte contemporáneo y encresparse de pronto en puntos insólitos: el recuerdo de unas flores o del perfume de unas flores, la impresión de unas luces en un corredor del museo de Basilea. Lo seducía su aire desolado, su tránsito de la violencia a la actitud de gata ronroneante, desamparada, necesitada de una mano que le cepillara la espalda. Y él vivía obsesionado imaginando sus noches; apenas podía dormir sólo por saberlos tendidos en la cama de aquel cuarto miserable, silenciosos, fumando, tosiendo, enfundados en sus lujosos pijamas y batas de seda. La imagen de aquellas noches áridas, tensas, de castidad exasperante, le producía casi dolor físico.

A veces Carlos interrumpía una pelea, se marchaba en medio de una frase y no volvía sino hora y media o dos horas más tarde. Por lo general su refugio era la vituperada pizzería italiana de la esquina o bien alguno de los pequeños bares cercanos. Entonces la función de él consistía en tranquilizar a Paz. Cuando Charlie tardaba, salía a buscarlo y se tomaban juntos una última cerveza; luego iban a recogerla y salían a cenar, Se estaban corroyendo. Los padres de Carlos, irritados, querían saber por qué demoraba su llegada a México. En aquellas condiciones no podía trabajar, ni siquiera leer. El abogado le enviaba a Paz cartas aniquiladoras; la acusaba de no hacerle caso, de haberse precipitado, de haber puesto a una persona, el primo de Carlos, a vigilar e interferir sus movimientos. Noticias más alarmantes llegaban de Roma. Los acreedores no admitían demoras; había quienes hablaban de una fuga y amenazaban con embargar su casa. En el consulado mexicano apenas si los recibían.

Una noche llegó a eso de las nueve y le tocó presenciar el fin de la peor riña. Trató de hacerlos salir del hotel, pero ni siquiera lo oían. Carlos se comportaba como loco. Se aplicaba la brasa de un cigarrillo en el dorso de la mano, en la palma, en la muñeca. Gritaba que eso era precisamente Paz para él, una quemadura sin sentido, objeto ni provecho. Salió del cuarto en plena furia. Paz gemía. A veces, después de un rato, comenzaba a bromear, y cuando Carlos regresaba los hallaba riéndose del mismo conflicto, de las actitudes solemnes, de las frases pomposas y destempladas que habían empleado. Pero en esa ocasión parecía imposible hacerla salir del marasmo. La conversación se mantuvo durante largo rato en un tono mortecino. A las doce bajó y le sorprendió no encontrar a Carlos en ninguno de los lugares acostumbrados; dio la vuelta a la manzana, lo buscó en otros bares de los alrededores. Cuando subía de nuevo las escaleras del Stuyvesant tenía la seguridad de que lo encontraría ya de vuelta en la habitación. Pero no era así, y Paz estaba desolada. A las dos de la mañana salió a hacer un nuevo recorrido. A esa hora había pocos sitios abiertos. El resultado fue el mismo. Cuando Paz lo vio entrar se echó a llorar. Estaba segura de que la había abandonado; era capaz de hacerlo; por eso no había querido desprenderse nunca del pasaporte. Sí, allí estaba su equipaje, pero eso para él no tenía la menor importancia. Emitía una especie de gemidos largos, lastimosos, entrecortados sólo por accesos de hipo. Jamás la había visto en aquel estado. La sequedad de la habitación era intolerable; esa noche el ambiente era más sofocante que las anteriores. Paz le pidió entre lamentos que abriera la ventana, sentía que se asfixiaba. La abrió y luego se sentó en la cama, junto a ella. Encendió un cigarrillo y se lo introdujo casi a fuerza entre los labios; luego le tomó una mano y comenzó a acariciársela, como si se tratara de una niña. De pronto se soltó, se incorporó, caminó apresuradamente por la habitación, de la cama a la ventana, de la ventana a la puerta, de la puerta al lavabo; tomó el horrible vaso anaranjado de plástico, sacó los cepillos de dientes y se sirvió un gran fajo de coñac. Corrió la ventana, la abrió por completo, asomó la mitad del cuerpo cubierto sólo por un negligé de seda negra. Comenzó a tomar puños de nieve y a frotárselos en el cuello, el pecho, la cara. Tuvo que quitarla de ahí casi a la fuerza, y luego, sujetándola aún de un brazo cerró la ventana. Paz caminó hacia la cama y se dejó caer con un gesto trágico, una mano sobre los ojos, la otra tendida hacia adelante, moviéndose sin sentido. La seda voló en torno a su cuerpo altísimo y la envolvió en la caída. El efecto fue sorprendente, aterrorizador: una bandera negra abatida por el viento, un cuerpo que se derrumba, un crespón luctuoso al caer de un balcón. En la cama comenzó a volver a gemir; la crisis no cedía, amenazaba con estallar en un verdadero paroxismo de alaridos. Se sentó otra vez a su lado. Sabía que estaba comportándose con una torpeza pueril: con una mano le sujetaba un brazo, con la otra trataba de taparle la boca. Los vecinos comenzaron a golpear las paredes. Si no se apaciguaba subiría la bestia de la administración, era capaz realmente de llamar a la policía. Paz iría de la mejor buena gana a la cárcel. Con la mano en la boca logró silenciar sus lamentos. Recuerda aún el perfume y el roce de su piel y la lucha y la seda y el negligé desgarrado y la excitación que todo aquello le produjo. Cuando se dio cuenta la estaba besando. La sorpresa de Paz le impidió reaccionar. Él mismo se sorprendió ante aquella súbita necesidad de acometerla, de violentarla, penetrarla, castigarla, sentirla abrirse bajo sus ingles. Paz trató de defenderse pero ya era tarde. Se entregó pasivamente, como un cadáver. El placer que obtuvo fue, sin embargo, extraordinario. Lo que quizás más asombro le produjo fue advertir, momentos después, tendido a su lado, que aquella mujer de cincuenta años, sin poner el menor interés en el acto, sin participar de ninguna manera, es más, sin que en verdad hubiera mediado el deseo en ambas partes, le había hecho conocer un placer no experimentado con ninguna de las muchachas con las que hasta entonces había fornicado. Se quedaron inmóviles, con la ropa desarreglada, los cuerpos juntos durante largo rato. Luego, a saber por qué impulso, Paz movió una mano, la acercó a su mejilla y comenzó a acariciarlo. Volvió entonces a besarla suavemente en el cuello, la nuca, los párpados, el cabello, después, profundamente, en la boca. En esa ocasión sí respondió. Mientras sus bocas se unían y con una mano le recorría el cuerpo, sintió que las de ella lo desnudaban. Los muslos de Paz se deslizaron como anguilas bajo sus piernas velludas. Fue maravilloso descubrirse el amante de aquella mujer. Volvió a insistir en que se mudara a su departamento. No podía seguir en ese hotelucho, no después de lo ocurrido esa noche. No le importaba Carlos, ni la diferencia de edades, ni la brevedad de la estancia de Paz en Nueva York, sólo contaba poder poseerla todo el tiempo posible. Amaneció. Paz aceptó marcharse con él; comenzó a hacer las maletas, a separar su ropa de la de Carlos. Estaba triste, parecía un galgo fino cruelmente apaleado. Bebieron una taza de café preparado en un pequeño reverbero. Estaban a punto de salir cuando alguien tocó la puerta. Carlos entró con una sonrisa jovial y un ramito de violetas. Paz le pidió entonces que se marchara, necesitaban hablar; tenían muchos asuntos en común que era necesario dejar resueltos. No debía preocuparse, estaba muy tranquila, lo quería mucho; sería bueno además que durmieran unas cuantas horas; le pidió que le hablara al mediodía. Se marchó del hotel bastante indeciso. Pensó que debió haberse quedado, insistido en llevársela. Telefoneó al mediodía. Paz le dijo que todo estaba en orden, que podía pasar por ella a las seis. Pero cuando a esa hora se presentó, ya ambos se habían marchado. Dejaron instrucciones de que la correspondencia que llegara les fuera remitida a una dirección en Roma. No, no le habían dejado ninguna nota; lo único que dijeron era que si alguien preguntaba por ellos respondieran que razones de fuerza mayor los habían obligado a volver a Europa.

Odió a Carlos. Un mes más tarde recibió su primera carta. Si la respondió (lacónica y fríamente, bastante tiempo después) fue para no perder el contacto, para saber cómo había resuelto Paz sus problemas. A ella le escribió largas y abundantes cartas llenas de reproches y de súplicas pero nunca obtuvo respuesta a ninguna de ellas.

Había tratado de reproducir aquella historia en su película. La historia de Paz y Carlos hundidos en un hotel de mala muerte, combatiéndose sin tregua, asediándose, repasando sus vidas, compartiendo un lecho sin hacer el amor, bajando cada dos o tres horas como un par de obsesos a la administración para preguntar si habían recibido carta, un telegrama, si por casualidad no había llamado nadie por teléfono. La crítica comentó entre otras cosas que su película pretendía ser una copia burda del cine europeo de la incomunicación. La verdad era que si había resultado tan mala fue por haberse sentido en la época de la filmación todavía demasiado ligado a los personajes, a los protagonistas de la historia auténtica y que por ello no había logrado crear seres convincentes. El miedo a convertirse en un delator lo había paralizado. La película dejó dinero, pero lo imposibilitó como director, le impidió llegar a convertirse en alguien como Hayashi, lo transformó en un hombre de negocios, en un ejecutivo. Tal vez eso fue lo que nunca le perdonó a su amigo. Si en el fondo le conmovió poco o nada la noticia de su muerte fue por una necesidad de vengarse; disfrutó al contemplar en cada nuevo encuentro el deterioro de su personaje, el fracaso de su ídolo. ¿Qué está ahora inventando? Tampoco era eso. Ni siquiera Julieta Arcángel, "comprendido, chico, comprendido", le hubiera ofrecido una explicación tan deleznable.

Dieciocho

—SI ESOS CUADROS —volvió a repetirse en otra ocasión su tía, mostrándole la revista con reproducciones de sus obras— fueran producto de las drogas, tal vez llegara a aceptarlos.

A menudo la anciana sabía acercarse por caminos oblicuos al centro de un problema. Precisamente la página que le mostró (tres imágenes de Peter Lorre joven) reproducía cuadros cuya creación se relacionaba con las drogas, aunque no de un uso personal. En París había querido intensificar los procesos de percepción con la mezcalina, pero los efectos no lograron interesarle demasiado y, además, un médico se negó a permitirle continuar la experiencia. Las imágenes de Lorre joven fueron la respuesta a una agonía ajena, de la que se enteró casualmente al conversar con un periodista mexicano. Salió muy perturbado del local cerca del King's College donde cenaron una noche. Tal vez lo que más le había sacudido era la manera en que aquel fulano contaba el incidente, como una anécdota más ante la que no se permitía manifestar la menor emoción. El periodista era aquel Carlos Ibarra de quien tanto le había oído hablar a Paz, que un buen día telefoneó para presentarse y decirle que trabajaba en unas crónicas sobre artistas mexicanos en Europa y que lo tenía inscrito en su lista. Antes de que pudiera decirle si estaba o no de acuerdo en concederle la entrevista, el otro añadió que prefería, de ser posible, verlo en su estudio, conocer su ambiente de trabajo, por supuesto, sus últimos cuadros.

—Perdone, ¿cómo me dijo que se llama?

—Carlos Ibarra.

—Quiso comprobar si era el mismo.

—Hace poco unos amigos me hablaron de usted. ¿Vivió en Roma hace unos años, verdad?

—Sí, hace algún tiempo; también viví aquí en una época. ¿Quiénes son esos amigos?

—Se trata más bien de conocidos —no quiso mencionar a Paz—, mexicanos también.

Después de darle las indicaciones necesarias para que llegara a su estudio esa tarde, llamó a Paz, lo que fue una imprudencia, como iba a advertir a partir de ese momento, y le dijo que había hablado con Carlos Ibarra, quien lo visitaría esa tarde. La consternación de Paz excedió todo límite. Suponía que se trataba de una broma. Pero, ¿para qué quería verlo? ¿Sabía acaso que eran amigos? ¿Por qué volvía a introducirse en su vida después de tantos años, después de haberle hecho tanto mal? ¡Ah, para un reportaje! La noticia pareció decepcionarla. Comentó que también en Roma dedicaba parte de su tiempo en esas labores, vivía de ellas; sus crónicas no siempre eran buenas. ¿No le dijo si había publicado una novela? Tenía la seguridad de que ni siquiera la había concluido. No, no le había dicho nada. ¿Cómo iba a hacerlo si no se conocían? Hablaron por teléfono sólo unos minutos. Eso era todo. Paz quiso saber si estaría en su casa dentro de una hora. ¿Cuándo se presentaría Carlos? ¿A las seis? Pero, ¿estaba seguro de que era él? Ella tenía que recoger dentro de una hora unos libros muy cerca de su casa. Sí, a la una y media; ¿por qué no comían juntos? Sí, sí, no le quería quitar mucho tiempo; comerían en cualquier restaurante del rumbo; en aquel francés, excelente, al que la había invitado en una ocasión; en fin, ya verían, daba lo mismo. Todavía un rato después de haber colgado el auricular le seguían martilleando en el tímpano las notas agudas y estridentes de Paz. Se metió en el estudio y cubrió de un guinda vinoso la chaqueta de uno de sus Lorres. Durante largo rato permaneció concentrado en el trabajo. De pronto sonó el timbre; vio el reloj, eran casi las tres. Entró Paz con un enorme ramo de flores.

Fueron a un pequeño restaurante italiano a la vuelta del estudio. La excitación de Paz no disminuía. Lo interrogaba, pero no parecía creer en sus respuestas; lo miraba, por primera vez, con desconfianza. Hubo un momento en que repitió, ya exasperado, que sólo sabía que alguien le había dado a Ibarra su número de teléfono y que no habían hablado de nada fuera de la cita de esa tarde.

—Tú lo vas a ver, puede ser un personaje fascinante. Yo le debo muchos momentos formidables. Cuando llegó a Roma, te lo he contado, llevaba yo una vida atrozmente vegetativa, no te imaginas a qué grado. ¿Cómo no estarle agradecida?

—De pronto Paz comenzó a reír, pero esa risa lo asustó; fue un graznido, un ruido cascado, un sonido ornitológico, que jamás había oído.

—Peleamos por una tontería. Yo estaba desesperada. Iban a embargarme; el viaje me había dejado hecha polvo. Dije cosas de más. Bueno… no, no fue del todo una tontería. La naturaleza de Carlos es cruel. En Nueva York me vejó de un modo salvaje. No recuerdo nada más humillante que el viaje de regreso a Roma. ¡Qué pesadilla! Mira, se me pone el cuero de gallina sólo de recordarlo. En los últimos días no nos hablábamos. Nos vimos sólo para arreglar unas cuentas pendientes. Me hizo firmarle documentos en que me comprometía a pagar hasta el último centavo que le adeudaba. ¡Sólo un monstruo…! No se despidió de mí. Me dejó enferma, deshecha. Le esperé durante varios días; estaba segura de que volvería, creía que iba a presentarse de un momento a otro. Pero no, no dio señales de vida. Luego, cuando alguien me dijo que se lo había encontrado borracho en un bar de Venecia y que había declarado que no volvería a Roma, creí enloquecer.

—Entonces conociste a Morgan.

—Sí, ¿pero qué tiene que ver con lo que estoy diciendo? Fue un triste remedo de mi relación con Carlos. Morgan era un muchacho insípido y tedioso. Un inglés sin la menor imaginación… La soledad…

Paz, que a los pocos días de conocerlo, le había relatado la historia de su matrimonio, sus amores con un artista húngaro, sus viajes con Carlos, sus relaciones con Morgan, en esa ocasión, al preguntarle sobre la duración de sus relaciones con Carlos, le recordó secamente que estaba hablando con una señora; le pidió que le explicara por favor qué pretendía insinuar con aquella pregunta. ¿Pensaba acaso que habían sido amantes? Para su información, su amistad había sido de otro tipo, más intensa, mucho más, que una vulgar pasioncilla amorosa.

Volvieron al estudio. La ve contemplar el salón con ademanes de experta, adelantar la pierna derecha, igual que el día en que por primera vez se presentó en su estudio y se detuvo frente a un cuadro, arquear el cuerpo hacia atrás, la cara rígida como en un trance, los ojos de salamandra, de escarabajo egipcio, fijos en un objeto, para luego desplazarse con lentitud de izquierda a derecha. Después de distribuir las flores en unos recipientes y ajustar dos o tres pequeños detalles se declaró satisfecha.

A las seis en punto apareció Ibarra. No se parecía en nada al joven tantas veces descrito por Paz. Debía tener unos cincuenta años; era un hombre alto, con tendencia a la obesidad, desaliñado, calvo, de ojos redondos y nublados y sonrisa imprecisa. Por la mirada, sobre todo por el andar, tuvo la impresión de que ya había bebido bastante ese día. Se saludaron; elogió la casa y bebió la primera copa a sorbos rápidos. Luego se puso otra vez de pie, recorrió la habitación, vio con detenimiento los cuadros y comenzó a explicarle qué tipo de periodismo hacía. Conocía por fotos algo de su obra. ¿Trabajaba mucho? ¿Le resultaba Londres un lugar propicio para pintar? Sí, tenía razón, una ciudad más viva que París. Bueno, desde hacía años decir eso significaba repetir un lugar común. Él había vivido no lejos de allí, en las estribaciones de Hampstead, entre 1945 y 1948. Hacía casi veinte años, sí, señor. No, no eran condiciones difíciles. Por circunstancias especiales había obtenido un carnet diplomático; eso solucionaba cualquier problema de racionamiento. Además, era joven y la ciudad en ruinas intensificaba su propia sensación de juventud. No sabía si podría volver a vivir allí.

—Las ciudades que uno vive a fondo son sólo para una vez; si es necesario regresar, hay que hacerlo como turistas, de paso. Me quedan pocos amigos en Londres; con algunos mantengo cierto trato, nos escribimos de vez en cuando, nos interesamos en nuestro trabajo, cada vez menos, eso es natural. A otros decididamente no se me antoja buscarlos; no haríamos sino destruir el recuerdo de aquellos años.

—Sí, sí... —murmuró, fastidiado por el tinte personal que comenzaba a tomar la conversación.

—Buena champaña —exclamó Ibarra, mientras volvía a llenar su copa; luego se paseó por la habitación observando con atención los cuadros.

Después comenzó a hablar volublemente de Londres, de sitios frecuentados, gente conocida, viajes realizados por el país, explicaba la renovación artística que en aquel entonces se había iniciado. Londres, según decía, era en sus tiempos el lugar menos apetecible para los mexicanos. Los estudiantes comenzaban a volver a París. Todo el mundo veía a Inglaterra como una nación en remate. A la primera interrupción, él dijo en tono casual que esa tarde por fortuna una amiga le había llevado los bocadillos, que por lo general era muy descuidado, y no habría podido ofrecerle más que whisky y cerveza; bueno, bebida nunca faltaba en su casa, en cambio aquellas maravillas gastronómicas eran allí algo insólito; comía siempre fuera y, también, no sólo para hacer tiempo sino para tratar de ceñir la charla a las características normales de una entrevista y, contagiado un poco por la locuacidad del periodista, habló de su primera visita a Londres, e intentó relacionarla con su trabajo; había vivido algunos años en París; estaba pensando en volver a México o instalarse por una temporada en Nueva York cuando llegó y se enamoró de Londres. En París había comenzado a sentirse mal; lo carcomía el tedio, vivía y pintaba en un círculo cerrado. El cambio lo revivió. Paz no llegaba, y el tambaleante gordo bebía y asentía distraídamente sin tomar una sola nota. En aquel otoño, insistió, todo había contribuido para crearle la sensación de haber llegado al lugar que necesitaba. Descorchó otra botella, llenó las copas. Sí, había sido un otoño espléndido, el de la gran retrospectiva de los expresionistas en la Marlborough. Su pintura seguía esa orientación. Por un momento, al ver que el otro continuaba sin tomar apuntes, se sintió cohibido. ¿No le interesaría lo que decía? Entonces que preguntara algo en vez de beber y mirarlo bovinamente. Sí, continuó, se orientaba en la misma dirección. ¿Quería conocer las últimas telas? El periodista parecía entusiasmado con los cuadros. Eran muy diferentes, dijo, a lo que conocía, tanto a las reproducciones que había visto en revistas como a los originales colgados en la sala.

—Sí, me he ceñido más al color. He necesitado menos del negro. Como ve, es el color el que define casi siempre los contornos. En París había dejado de sentir la agresión de los elementos circundantes. De haberme quedado, me habría convertido en un reproductor pasivo de formas. Bueno, a fin de cuentas, uno se queda siempre en eso, ¿no? El pintor vale en función de su capacidad de crear formas, o de alimentarlas y revivirlas. Para crear necesito de un alimento directo, debo conectar con una realidad objetiva que se expresa en el momento en que intento desintoxicarme de ella. Debe ser el alcohol lo que me hace hablar de esta manera. Lo que le quiero decir es que en París esa realidad exterior se me había secado. En cambio, Londres me recibió muy bien. El público de las galerías parecía otra cosa, lo mismo que la gente que veía en las calles, en el metro o los parques —el periodista lo oía con una atención de hipnotizado, y asentía a cada frase—. Los pubs eran los sitios más vivos del mundo. Todo era alegre, ingenioso e intenso. A veces caminaba días enteros, sin parar, de Hampstead a Kensington, de Earls Court al Est End. Creo que he recorrido toda la ciudad, la conozco como pocos, Pimlico, el Soho, Islington, Bloomsbury.

—Hay un número en Tavistock Square —dijo Carlos Ibarra de pronto— frente al que uno se detiene durante un rato y trata de imaginarse las tormentas que azotaron a sus moradores, algo así como las borrascas desencadenadas en el interior de los ángeles, ¿no es cierto?; su conversación, sus bromas. La imagino el día en que se vistió, se cepilló el cabello, se contempló en el espejo para ajustarse el broche de la blusa; quizás arregló aún sus papeles; estaba trabajando en una novela; es posible que haya hecho alguna corrección, tachado un adverbio que sonaba mal, prometiéndose que lo primero que haría esa tarde, si volvía, sería revisar un diálogo que encontraba muy duro; y luego salir, dar vueltas como loca, sentir que el mundo había dejado de pertenecerle y tirarse al río. Pero eso no fue aquí sino en el campo...

—Caminé días enteros por los parques, Richmond, Hampstead, Kew Gardens.

—Donde ella escribió un cuento sobre un caracol que trata de deslizarse por debajo de una hoja caída.

—Estuve en todos los pubs que es posible imaginar; algo empezó a configurarse. No puedo concentrarme nunca en una sola tela. Puede que le parezca una limitación, pero es mi manera de expresarme. Necesito trabajar por series. Hacer muchas variaciones sobre un tema, al unísono. ¡Qué estupidez! ¿Qué quiere decir al unísono? ¿Tener un pincel en cada mano y pintar dos telas a la vez? Por supuesto que no; usted me comprende; aquí se puede ver…

—La encontraron unas semanas después, ya en estado de descomposición. ¿Se la imagina? ¡Ella, ella putrefacta!

—¿De quién carajos me habla usted? ¡Perdón! ¿Se le suicidó una mujer cuando vivía aquí?

—Fue antes de mi llegada; tres años antes, o cuatro. De cualquier modo no es seguro que hubiera llegado a conocerla. Usted, mucho menos.

—… Entonces comenzo a ver, a recoger, a discriminar; de pronto sobresalen ciertas notas. París ya no me daba eso; es difícil expresarlo; hay puntos que destacan sobre otros, se diferencian de los demás, se van disociando del medio y cesando entre sí, en su intento de constituirse en una forma… Son vibraciones, solicitudes… Cuando ya no hago otra cosa que no sea pensar en ellas, en un verde por ejemplo que se convierte en una camisa desgarrada, y en el violeta que son las desgarraduras, o en un fondo que es un naranja que se precipita hacia el rojo, comienzo a saber dónde estoy y me pongo al trabajo; bosquejo, trazo, echo color y todo aquello cuaja de un modo natural. Ya en ese momento es el color quien me dirige… —seguían bebiendo; en realidad era agradable conversar con aquel gordo sin que Paz se presentara a turbarlos con sus viejas neurosis. Advirtió que hablaba con tal convicción que parecía que en ese momento se estuviera jugando la vida; se sintió ridículo, bajó la voz—. En ese sentido no soy un artista puro, soy un pintor, no, puede que sea un artista puro si dejamos de lado conceptos manidos; de lo que no me cabe duda es que soy un hombre comprometido; nada me interesa tanto como el estudio de ciertas tensiones sociales; algunos críticos sostienen que eso se transparenta en mi obra; así lo espero. Dicen que es humanista porque no ha desaparecido de ella la figura humana; me parece una frase como tantas, ¿no? No creo que el humanismo se pueda definir por la aparición o desaparición de un hombre en un cuadro.

En ese momento, el visitante, que durante la última parte de su monólogo se había mantenido en silencio, comenzó a hablar de la forma. Quizás lo que Mann había puesto en boca del patético y querible Settembrini no era del todo errado: la bella forma como expresión, como aspiración, mejor dicho, de la humanidad en su búsqueda de un orden superior. ¿También él partía de Settembrini? De repente entendió más a Paz como producto de una época. Otra generación nutrida en otras fuentes. La contienda entre Settembrini y el implacable Naphta había sido para ellos algo tan vivo como para su generación la lucha entre… ¿Entre quiénes?… Iba a decir algo, pero comprendió que su turno había terminado. El periodista no le cedía la palabra. Hablaba de la forma bella, de Brancusi, de la Hepworth, de los arquitectos del Bauhaus. No hacía mucho tiempo había visto una exposición, una de las más importantes que podía recordar haber visto en su vida; el tema era el hombre y la máquina. No conocía las teorías cibernéticas, ni las posibilidades que tanto preocupaban a sus contemporáneos sobre las posibilidades de crear máquinas capaces de construir y manejar otras máquinas, pero eso no importaba; había decidido ponerse a estudiarlas tan pronto como tuviera un poco de tiempo. La exposición era como el ajuste de cuentas con el siglo; confirmaba la derrota de Settembrini, la horrible victoria de Naphta. Los conceptos fluían como entre crispaciones; parecía a momentos que Ibarra fuera a derrumbarse y, sin embargo, seguía aferrado a la palabra. Los papeles se habían invertido; ahora sólo el periodista hablaba y a él le correspondía asentir vagamente. Uno se quedaba maravillado ante las viejas y nobles chucherías del siglo XIX, las primeras películas, los aparatos de los hermanos Lumière, las optimistas litografías que ilustraban los libros de Julio Verne, las fotos de los primeros automóviles, para pasar después a los sueños de los constructivistas, la maqueta de Tatlin para el edificio de la Tercera Internacional que nunca llegó a construirse, los dibujos de Lissitsky y Popova e, incrustado ahí, con un pie un tanto forzado, *El afilador de cuchillos,* de Malevich, una de sus grandes pasiones. De acuerdo, no era Kandinsky, no era Klee, pero ¿qué quería decir eso? Era, por dondequiera que se le tomara, uno de los grandes pensadores de la pintura. Sus telas eran ideas. Imposible no asombrarse ante el *Cuadrado negro sobre fondo blanco,* sobre todo si se recordaba la fecha de su aparición. De cualquier manera, aquel Malevich no era un añadido de atmósfera a la exposición, como algunos dijeron, sino una de sus bases ideológicas. Bajo frondas de Calder, el espectador caminaba emocionado por los jardines de las viejas vanguardias. Estaban todos, constructivistas, suprematistas, bauhausistas, futuristas, vorticistas. Y en conjunto, aunque partieran de posiciones en apariencia muy distintas, entonaban el mismo canto de amor a la máquina; rompían los esquemas de un humanismo racionalista ya muy desprestigiado para entonces. En una pantalla se proyectaba el ballet mecánico de Léger. Y ante todos aquellos cristales, micas, metales, materiales resplandecientes se podía llegar a pensar que nuestro siglo era digno de vivirse, que el artista, al oficiar en ese matrimonio místico entre el arte y la ciencia, lograba captar la belleza que era nuestra vida, nuestros objetos cotidianos, que éramos en última y definitiva instancia también nosotros, y a pesar de ciertas indispensables notas de humor negro, los objetos de Ray y de Schwitters, la advertencia sangrienta de Grosz encarnada en unos autómatas lascivos y siniestros. Pero la exposición no terminaba allí; aquél era el limbo necesario para pasar a otras salas. En un salón gigantesco aparecía la máquina actual; daba vértigo: ahí se desvanecía el ensueño. Tomó de un sorbo otra copa.

—Las buenas quiromancianas —continuó ya de carrera, casi sin respirar— le piden al cliente que muestre las dos manos para cotejar lo que uno es con lo que pudo haber sido. Lo mismo ocurría en el Museo; aquellas piezas exaltadoras expresaban la nostalgia de un presente que no se dio, de un porvenir imposible; ante mis ojos comenzaba a desplegarse, sólo con bajar unos escalones, la imagen real. Me vi de pronto rodeado de máquinas enormes, complicadas, herrumbrosas, de materiales de desecho. Los horrendos mecanismos de Stankiewicz, hechos con fierros viejos, con materiales innobles, atados con alambres herrumbrosos, el junk arte en pleno; los inmensos artefactos de Tinguely, máquinas que al oprimir un botón o pisar un pedal comenzaban a funcionar. ¿Qué hacían sino lanzar bobamente pelotitas de un tentáculo a un cesto, o moverse como grandes y lentos crustáceos despatarrados a los que les está prohibido desplazarse, o chirriar y gemir estrepitosamente? Su actividad carece de sentido, es otra de las formas del desperdicio. Sin embargo, seguían siendo tan arte como la fina aguja de metal de Gabo. Al deambular entre aquella chatarra estruendosa uno se olvidaba de que alguna vez había sido inocente. La exposición concluía con dos joyas, el *Yellow Buick* de César, ¿lo conoce?, claro, el buick amarillo, prensado, el gran dado de chatarra, y con el *Black seat Dodge* de Kienholz, un coche destartalado en cuyo asiento trasero, entre latas vacías de cerveza, una pareja de maniquíes grotescos copulaban con una violencia y una fealdad sólo equiparable a la del automóvil.

Y él dijo entonces que a eso se refería cuando le hablaba de Londres y su primer entusiasmo, eso quería decir y no establecer itinerarios turísticos cuando le relataba sus paseos; porque a los pocos meses de instalarse en ese estudio sintió que el júbilo, la libertad que había percibido al primer momento, estaban dirigidos, eran en la mayor parte de los casos un espejismo espúreo creado por determinados mecanismos.

—Terminé unos cuadros comenzados en París, que en verdad no me interesaban demasiado y comencé esta serie, la del mundo dominado y viciado por la máquina; el hombre convertido por ella en un triste pájaro de las tinieblas. Esto se intuye al ver los cuadros, ¿no?

La conversación se volvió confusa; los dos hablaban a la vez sobre el tema. En un momento, el periodista se levantó, echó el cuerpo hacia atrás, sacó un pie como acostumbraba hacerlo Paz Naranjo, y él no pudo contenerse y le dijo que era igual a Paz, que aun algunas de sus ideas, el punto de arranque, Settembrini y la bella forma, eran semejantes, el otro lo miró asombrado, y más todavía se asombró cuando supo que hablaba con un sobrino de aquel Gabino Rodríguez, el teósofo, cuyas historias tanto le habían regocijado. Convino en concertar un encuentro entre Paz e Ibarra, y se ofreció a acompañarlo a su hotel, pero luego, al ver que eran las tres de la mañana y que no estaba en condiciones de conducir, se excusó y le pidió un taxi.

Hablaron algunas veces por teléfono durante los días siguientes. Paz no se atrevió a recibirlo. A él le pareció ridículo y patético aquel episodio en que dos ancianos se comportaban como un par de adolescentes. Lo vio sólo una última vez, y entonces, en un restaurante, le contó el incidente que acababa de presenciar en una estación del metro: le hizo añadir nuevos cuadros a la serie, los retratos de Lorre adolescente. Tuvo la impresión de que para el periodista la agonía de un muchacho drogadicto en la estación del Temple era sólo una mera anécdota destinada a amenizar la sobremesa con un toque escabroso, mientras que a él, en cambio, lo lanzó a bucear zonas siniestras, a conocer lugares escalofriantes, retretes decorados con chisguetes de sangre. Pero no quiere acordarse ahora de eso. Desde luego que su tía tenía razón al intuir una relación entre la droga y las fotos que le mostraba.

Diecinueve

No es la primera vez que sospecha que cada encuentro posterior le sirvió para satisfacer una necesidad de venganza, que cada nuevo testimonio de la derrota del antiguo titán lo único que le producía era satisfacción. En un despliegue de su conciencia esa convicción le produce un desasosiego que no se atreve a expresar. Sin embargo, está seguro de que todo menos placer siente en ese momento. ¿Le había alegrado asistir al cine y verlo romperse la madre en medio de tufos de alcohol y vómitos? ¿Se había paseado feliz esa tarde por Venecia celebrando la victoria definitiva? ¿Siente que el regocijo le bulle en el cuerpo mientras se sirve otro vaso de whisky y lentamente lo sorbe en su cuarto? Pero entonces, de ser falsa esa hipótesis, ¿por qué diablos son tan borrosos y desdibujados los recuerdos del viaje que Rosa María, Charlie y él hicieron por Brujas y Gante, días colmados sólo de cosas amables, y en cambio reaparecen con exactitud casi demencial las imágenes siniestras, la guarida del Stuyvesant Corner Hotel con la vieja del tobillo tumefacto, la borrachera de Barcelona la noche en que se lo tragaron los demonios, la visión de sus deformes zapatos en Belgrado?

Unos años atrás le había escrito a Carlos las impresiones de un viaje posterior a Barcelona y el recorrido que hizo por Escudillers en busca de aquella taberna irreal donde se habían embriagado en otra ocasión. Le escribió que había entrado a tomar una copa, que las viejas deformes de la vez anterior arracimadas en el pequeño espacio que separaba el mostrador de la pared habían desaparecido, no quedaba sino una mujer de edad incierta, una alemana o escandinava de pelo corto y piel ajada vestida con un adusto traje sastre negro cuyas manos temblaban convulsivamente y a quien un muchacho trataba de hacer beber una taza de café. Se sintió sobrecogido: aquella mujer parecía sintetizar, actualizándolas, a las viejas de la vez anterior. En su carta de respuesta, Carlos volvía a aludir a aquellas figuras tumefactas, despellejadas, beodas. Le decía que volvía a soñar con ellas, pero que en su sueño eran aún más monstruosas. Soñaba con un hospital. Por las puertas y las ventanas se asomaban mujeres deformes, de rostros mongólicos. Una de ellas lo abrazaba y lograba con la ayuda de otras introducirlo en el edificio. Veía largas escaleras y, en los corredores, en los rellanos, en las gradas, una serie de cabecitas monstruosas, como globos inflados dotados del poder de la palabra. Algunas carecían de pies, de manos, de tórax, eran cabezas con bocas gimoteantes superpuestas a informes muñones. A duras penas lograba escapar de ahí, y cuando lo hacía tenía el rostro cruelmente flagelado, bañado de sangre. Sabía que ellas habían dirigido el puño que le golpeó en el ojo, el hierro que le azotó la mandíbula...

Le extrañó el tono personal, tan ajeno a las formas que mecánicamente reproducían sus cartas y a las que había terminado por acostumbrarse. Por extraño que pueda parecer, y aunque cada encuentro resultara, fuera una u otra la razón, desilusionante, nunca había dejado de seguirle los pasos a través de aquella correspondencia ininterrumpida y de las crónicas que publicaba con cierta regularidad en periódicos mexicanos. En los últimos años los artículos se habían convertido en un conjunto de apuntes monocordes, ensamblados con bastante torpeza. Leído el primer párrafo, se podía adivinar el resto. De pronto, a veces, un reportaje valía por los varios meses de banalidades. Lo mismo, exactamente, ocurría con sus cartas.

Había sido por carta como le había explicado la salida de Nueva York. Cuando en el hotel le comunicaron el repentino regreso a Europa se trataba sólo de una verdad a medias. No se embarcaron ese día, lo que hicieron fue mudarse a otro lugar aún más siniestro, no lejos de los muelles, donde los despojaron de parte del equipaje. Debía comprender. Paz era una mujer mayor, le había asustado una imprevista complicación sentimental con un joven en momentos tan catastróficos como los que estaban viviendo. Por eso decidió ponerle fin desde el comienzo. Tampoco podían seguirse haciendo ilusiones sobre la posibilidad de llegar a México. Era el momento de tomar decisiones radicales. Optaron por volver a Roma. De inmediato les era imposible embarcarse; se encontraban con todos los recursos agotados. Paz empeñó sus anillos mientras llegaba de México un dinero. La vuelta a Europa en un carguero danés resultó, como tenía por fuerza que ser, siniestra. Peor fue el trayecto por tren de Amberes a Roma. Derrotados, culpables y aturdidos, ante el estupor de los demás pasajeros, rompieron definitivamente. Paz exigía que él asumiera la responsabilidad íntegra de aquel fracaso. Se volvieron a ver sólo en otra ocasión, porque ella se obstinó en precisar la suma que le debía; firmó documentos en que se comprometía a pagarle tan pronto como recibiera la herencia. Fue un encuentro solemne y grotesco, porque ninguno de los dos creía ya que aquella herencia se convertiría en algo tangible. Lo inaudito resultó que poco después tomara posesión de ella y le enviara el dinero. Esa vez hablaron sólo de cifras. Era posible que Paz esperara a que él cediera, también que ella estuviera dispuesta a hacerlo. Pero Carlos estaba más que harto de su presencia y se cuidó muchísimo de hacer la menor concesión. Unas cuantas semanas después se marchó de Roma.

Tanto las crónicas como las cartas producían en quien no lo conocía, en quienes no lo habían tratado en el pasado, una impresión falsa. A partir de un determinado momento, a saber por qué razón, dejaron de reflejar su realidad personal, la empobrecieron. Según amigos que regresaban de Europa, sus escritos eran fieles a la esterilidad y grisura de su vida. Comentaban que bebía mucho, que había perdido su chiste, que de plano se había vuelto tonto. No tenía el menor caso tratar de localizarlo. Les extrañaba que en cambio él siguiera buscándolo en casi todos sus viajes. Subsistía a duras penas con sus reportajes, hacía traducciones ocasionales, vendía cuadros de pintores amigos, desempeñaba trabajos secundarios. Nunca supo qué fue de la fortuna familiar. ¿Lo habría desheredado su padre, habría muerto arruinado? Era un tema del que jamás hablaba. Las cartas ignoraban por principio esas tribulaciones, pero para hacerlo tenían que prescindir de toda referencia concreta a su vida, reduciéndose a la repetición monocorde de dos modelos únicos. En realidad sólo enviaba dos cartas, la del entusiasmo atropellado al llegar a un nuevo lugar: la crónica feliz del descubrimiento de la Arcadia largamente soñada y antes apenas vislumbrada, a la que al fin se entregaba: le sería posible continuar la novela; lo único que había necesitado era tiempo y, sobre todo, un sitio propicio; disponía de ambos elementos. Había comenzado a organizar sus notas, a rehacer algunos capítulos, a trazar el cauce definitivo. Trabajar una vez más en su propia obra, después de tanto tiempo de desgana, de existir olvidado bajo la insignia de la inercia, le parecía un auténtico milagro, algo ya en sí vivificador. Había hecho un viaje de observación por el interior del país en el que acababa de instalarse; aunque fugaz, le había permitido comprobar que era el más hermoso de cuantos conocía; había vuelto a sentir el calor humano que sólo las personas, nunca los monos a quienes por desdicha se había visto obligado a tratar en los últimos tiempos, eran capaces de transmitir. ¡Ah, el asombro de ascender de nuevo a un nivel regido por la inteligencia!; igual podía ser por la sensibilidad, el candor, la virtud, el grado indispensable de animalidad, si venía al caso. Había conocido un bar de una procacidad inimaginable, asistido a un espectáculo de jóvenes tan cargado de poesía que su mera descripción se volvía una labor absurda, empobrecedora. Aquella vacua cantilena no tenía más sentido que el de indicarle la ubicación de sus andanzas o hacerle saber una futura partida. Después de unos meses la pleamar arrastraba la segunda carta, los pliegos de resaca. De ningún modo se trataba del sitio adecuado; se había dejado cegar por un falso espejismo; el medio podía tener cierto atractivo, nunca lo había puesto en duda, pero luego, no era el que personalmente apreciaba. Apenas podía trabajar. La vida en aquel lugar era un sueño lleno de mugidos y heno soñado por una vaca. Se sentía vacío. Demasiado solo. Había descubierto que las personas frecuentadas en esos meses le eran indiferentes, no tenía un solo amigo. ¿Era posible escribir cuando todo complotaba para disminuirlo y fragmentarlo? Le era necesario cambiar de sitio, ver gente menos primitiva, que estuviera más al día o, en otros casos, menos turbada por las modas, más enraizada en el pasado, en una tradición. Había decidido escapar tan pronto como tuviera los medios para hacerlo; de otro modo terminaría por amojamársele el cerebro. Ya le comunicaría sus planes; por lo pronto le podía seguir escribiendo a la misma dirección. En menos de un mes no pensaba moverse. Había comenzado a esbozar algunos proyectos; quería y debía ser más cuidadoso en la elección del lugar, no dejarse engañar por absurdas apariencias, etcétera.

A veces se extendía un poco más, contaba anécdotas sobre mexicanos encontrados al azar en Europa, a quienes por lo general trataba de evadir, pues, según decía, el sentimiento que casi siempre tenían de su propia importancia y de la del país le producía náuseas, pero a quienes a la vez necesitaba para tratar de encontrar un acento perdido, o la posible visión de dos o tres sitios añorados de la Ciudad de México, siempre maltrechos —cuando no del todo ausentes— en la obtusa mirada de los interrogados. No obstante su banalidad, leía con atención aquellas cartas y celebraba inmoderadamente cualquier anécdota más o menos graciosa que en ellas se colara.

Un episodio relacionado con aquella correspondencia le produjo uno de los momentos más irritantes que puede recordar. Estaba en Cuernavaca. Había intentado trabajar durante varios días en un guión que no marchaba. En esos días casi no había salido de la casa. Estaba de un humor de perros. No había mañana en que el Chino no le hablara para carrerearlo. Era necesario comenzar a rodar. Cada día perdía dinero. ¿No podía decirles cuándo podían contar con aquellos diálogos? Desayunaba una mañana cuando llegó Rosa María de México. Entró en la cocina y le tendió un paquete y varias cartas. Una era de Charlie. El sello era suizo. Fue la primera que leyó. Según decía, pasaba unos días excepcionalmente armoniosos cerca de Ginebra en casa de sus amigas las Weill. Hace ya mucho tiempo de eso; no habían tenido aún su primer hijo, calcula que haya sido hacia el 56. Quizás un poco más tarde, porque acababan de hacer el viaje a Europa en el que Carlos los había acompañado en una excursión a Gante y Brujas. Era una carta larga; le explicaba por qué no le había escrito en tanto tiempo; cosas de salud, viajes, trabajo. Contaba algo muy divertido sobre la Falsa Tortuga con quien había vuelto a encontrarse hacía poco. Curiosamente no recuerda la anécdota, pero se debía relacionar de seguro con el teatro, porque en cambio se acuerda que al leer la carta algo lo conectó con la fiesta en que la conoció.

Había ido con Carlos y Lucy a casa de unos diplomáticos sudamericanos. De pronto irrumpió Mock Turtle. Fue una aparición desafiante, agraviada y triunfal; se acercó al grupo donde estaba Carlos y lo increpó por haberle recomendado una representación de *Ricardo III*. Aclaró que desde el primer momento percibió haber caído en la trampa, y que a los veinte minutos de comenzar la representación se había marchado, haciendo visible su desagrado. Les advirtió a los presentes que el día que Carlos les recomendara un espectáculo debían tomar toda clase de precauciones, había que conocerle el humor antes de embarcarse en la aventura. Protestó contra el eterno chantaje que le hacían al mundo los ingleses con sus jeremiadas sobre la guerra, la pobreza y el racionamiento. Esa noche había visto una infamia frente a la cual todo adjetivo se quedaba corto. Por suerte le habían regalado el boleto en el British Council, de haberlo tenido que comprar habría armado un escándalo como seguramente no se recordara otro en los teatros de Londres. ¿Se podían imaginar cómo habían representado el castillo de los reyes de Inglaterra? Un cartón mal pintado que decía: Castillo. ¡Dios santo, y que eso ocurriera en la que había sido la antigua capital universal del teatro, y nada menos que con una obra del Cisne de Avon! ¡Ni un grupo de aficionados se hubiera atrevido a presentar en México algo así! ¡Los actores con overoles sucios; el rey, un poquito mejor, pero no demasiado, con un uniforme como de capataz; todo horripilante, de no creerse; en vez de muebles y gobelinos, infinidad de tubos tirados en el escenario y colgados del techo! Habrían podido al menos, añadía levantando las aletas, cubrir aquellas inmundicias con un poco de gasa, que no costaba demasiado, con unos mechones de pelo de ángel que suavizara el materialismo de la atmósfera. ¡Con imaginación era muy poco lo que se necesitaba para darle a la escena un toque poético! ¡Nadie, a menos que viviera en su seno, podía concebir el grado de pichicatería al que se había llegado en la Pérfida Albión! Todos, ante la desconcertada Falsa, habían soltado a reír a carcajadas.

Debió, mientras masticaba una tostada, haber pensado en contarle la anécdota a Rosa María, debió recordar también que ya lo había hecho, de manera que seguramente lo único que haría sería ponerse de lado la carta y decirle a su mujer, que en ese momento vigilaba la cafetera eléctrica:

—Me quitaste un peso de encima. El silencio de Charlie había comenzado a alarmarme. Temía que ahora sí le hubiera pasado algo.

—¿Sí?

El tono de aquel breve monosílabo debió haberle resultado impertinente. Recuerda que le preguntó, inmediatamente, cómo le había ido en México ese fin de semana, cómo había resultado su entrevista el sábado con Barrios.

—¿Me lo preguntas a mí?

Era evidente que algo funcionaba mal. Su mujer tenía que haberse levantado muy temprano para poder llegar a esa hora a Cuernavaca. Nada le estropeaba tanto el humor como una desmañanada. Decidió abandonar la conversación en ese punto. Dio los últimos sorbos a su taza de café, dijo con tono casual que el día era excelente y había que aprovecharlo, y se levantó de la mesa cuando ella, muy crispada, casi rechinante, comentó que de pronto le había extrañado aquel interés en ella; por supuesto no pretendía compararse con Carlos; era consciente del modesto papel que le correspondía desempeñar: ir a México, echarle un vistazo a la casa, recoger facturas, examinarlas, pagarlas, llamar al plomero, pasar a la tintorería. ¡Ah, y sobre todo, no olvidar recogerle la correspondencia!

Se volvió a sentar frente a ella. Rosa María perdió de pronto la expresión adusta; pareció que al untar una rebanada de pan con mantequilla los músculos faciales comenzaron a relajarse, y que estuviera a punto de aflorar la habitual expresión de placidez. Casi sonrió. Se excusó por el arrebato de mal humor; dijo que le había irritado lo poco que le interesaban sus asuntos. Antes de saludarla se había lanzado con avidez sobre aquella carta; lo había visto leerla y releerla. Agregó que si le interesaba saberlo, no había conseguido el papel; Barrios opinaba que no daba el tipo; necesitaba una actriz más entrada en años. Estaba visto que no daba una en el teatro que, por desgracia, era lo único que le interesaba. Luego, con actitud seria, "honesta", como ambos la calificarían días más tarde, al producirse la difícil reconciliación, le había preguntado:

—¿Te has puesto a pensar si en el fondo no hay algo en Carlos que te atrae, algo que va más allá de una mera amistad?

Se quedó mirándola con asombro, como si no la hubiera conocido nunca.

—¿Has enloquecido? —dijo al fin—. Sabes perfectamente que no. Eres la primera que debía saber, me imagino, que eso sería imposible… ¿Con Carlos? Pero, ¿te has vuelto loca? —volvió a preguntar—. ¿Así que has llegado a pensar…?

Y mientras salía del estupor se fue apoderando de él una rabia ciega, una especie de oscurecimiento en el que, si de una palabra, de un ademán dependiera, hubiese dado por concluido el matrimonio. ¿Que sospechara Rosa María la existencia de una ambigüedad en su amistad con Carlos? Y entonces ella trató de explicar, sin que a él le interesaran sus palabras, que no se trataba de eso, ni lo creía ni lo sospechaba, que sencillamente quería saber si no había un atractivo especial, una especie de imán para él en aquella vida bohemia y sin ataduras que encarnaba su amigo. No la dejó terminar. La acusó de sordidez, de turbiedad, la dejó al borde de las lágrimas y salió al jardín a trabajar en los diálogos que, por primera vez desde que había llegado a Cuernavaca, fluyeron sin tropiezo.

Esa noche salió, llegó tarde y se preparó la cama en el sofá de la sala. Antes de dormir no pudo sino darle una y otra vez vueltas a los reproches de Rosa María y repasar su amistad con Charlie desde la vez que se encontraron en la embajada de Londres, hasta la tarde en que en Belgrado tronó la amistad, y terminó por declarar, también "honestamente", que su mujer, como todas las mujeres, nunca podría saber lo que significaba la amistad. Rosa María era incapaz de comprender lo que una persona como Carlos podía proporcionarle, no en el aspecto afectivo, sino en otros terrenos que constituían su verdadero intento de aventura espiritual. Le era necesario saber que existía alguien que cada determinados años iba a hacerlo sentir vivo, actuante, joven; que lograba rescatarlo, aunque sólo fuera por momentos, de la soledad a la que lo condenaba su trabajo, sus socios, los argumentos, las fiestas; soledad de la que Rosa María no podría nunca salvarlo por ser, también ella, un pez atrapado en esa misma red.

Veinte

TAMPOCO PUEDE dejar de confesarse que en Londres, y aún después, esperó siempre que Carlos se propasara, aunque fuera en broma, para ponerlo en su sitio, asumir de golpe el mando, la superioridad inevitable que le proporcionaba un determinado balanceo glandular y lanzarle el discurso de que como amigos, claro, hasta la tumba, pero que hiciera el favor de no confundirse. Resulta sórdido aceptarlo, pero así fue. Recuerda el aire de liebre amedrentada reflejado en un espejo del pequeño restaurante de Chelsea adonde Carlos lo llevó a comer aquella primera vez, la imagen de las espaldas y la nuca de Charlie. Sabía que a pesar de su timidez, con sólo dos palabras, los papeles podían trocarse, que él se convertiría en el amo, el único que podría hablar fuerte, poner los puntos sobre las íes, transformar a aquella temible boa en una lagartija inofensiva. De cualquier manera se equivocó del todo, porque a los pocos días ya Carlos le había presentado a Lucy. Se comportó con ellos como un padrino, un tío, una especie de espectador benévolo. Y en Nueva York, en el fondo, ¿no había sido él quien arrojó a Paz en sus brazos para arrebatársela luego de mala manera? ¿Qué clase de juego había jugado con él? ¿Lograría alguna vez entenderlo?

Poco antes de que regresara a México fueron a pasar un par de días a Liverpool. No ha borrado de su memoria el incidente a pesar de no recordar en absoluto el motivo del viaje. Estuvieron en la universidad, sí; ¿pero qué fueron a hacer?, ¿a quién buscaban?, también iban Lucy y el inevitable Ratazuki. Por la noche, después de la cena, visitaron la zona del puerto. Entraron en una taberna tumultuosa y se sentaron en una mesa junto a dos marinos holandeses. Carlos pidió whisky para todos. Poco rato después los dos marineros comenzaron a hablar en su idioma y a reír groseramente. Carlos les dijo con displicencia que comprendía la conversación —era evidente que aludían a la posibilidad de sacar a Lucy de ahí y demostrarle lo que podían hacer con ella— y que debían tener un poco más de cuidado porque a su amigo, y señaló a Ratazuki, le hacían muy poca gracia esas bromas y podía propinarles una espléndida golpiza.

Los tipos se volvieron a mirar al frágil y elegante Rat; su mirada parecía más borrosa que nunca, sus ademanes más lánguidos; soltaron una carcajada ofensiva.

—¿Quieres pulsear conmigo? —le preguntó Ratazuki, con voz somnolienta, al más fuerte.

El holandés lo miró como a una hormiga que pudiera aplastar con un dedo. Ante la insistencia de Carlos, apartaron la botella y los vasos de un extremo de la mesa, se quitaron las chaquetas y se sentaron frente a frente. El marinero sepultó en una mano encallecida, inmensa, la delicada de Ratazuki. Pensó que Charlie y su amigo debían estar borrachos, que había que detener aquella estupidez, que provocar la violencia de semejantes individuos, jugar a los dandies que gozosamente se ofrecían a ser vejados por la fuerza bruta, a los señoritos ansiosos de sucumbir bajo el poder de la gleba, era en verdad repugnante, el espectáculo más marica que había visto en su vida.

—¡Uno... dos... tres! —contó Carlos.

Comenzaron a forcejear. Para su sorpresa, y la de Lucy y, sobre todo la de los dos holandeses, la manita blanca no sucumbió a la primera arremetida. Durante un momento largo, espeluznante, los brazos vibraron sin perder sus posiciones, las caras de los contrincantes se amorataron y se cubrieron de sudor.

—¡Gánale, Rat, gánale! —pedía Carlos con los dientes trabados—. ¡Te dejo de hablar si permites que te gane!

El brazo del holandés comenzó a ceder, a perder terreno; al fin se produjo un ruidoso golpe de nudillos sobre la superficie de la mesa. El marinero miraba a su vencedor con una mezcla de terror y de asombro; no podía creer lo que acababa de ocurrir; con la mano izquierda se palpó el bíceps, parecía temer la ruptura de algún tendón.

Carlos volvió a llenar nuevamente los vasos de whisky; todos siguieron conversando y riendo, como si el combate no hubiera tenido lugar. Pero un rato después, el marinero insistió en repetir la prueba. La operación concluyó con los mismos resultados; sólo que esa vez Ratazuki obtuvo la victoria con mayor rapidez. Los holandeses comenzaban a sentirse disminuidos; bebían con voz apagada. El derrotado pidió una tercera oportunidad, para ser nueva y aceleradamente vencido. Comenzó a balbucear justificaciones: no estaba en forma ese día, en los últimos tiempos comía muy mal, bebía mucho, las mujeres no lo dejaban en paz, conocía a una turca insaciable. Se sonrojó y pidió excusas por decir eso delante de Lucy. Carlos volvió a servir whisky, le dijo que nunca se debían tomar a pecho las derrotas, sobre todo cuando el contrincante era igualmente fuerte, que debían sellar la amistad con un bruderschaft y olvidarse de todo. El holandés y Ratazuki se incorporaron, estrecharon los brazos y bebieron. Luego se besaron furtivamente en las mejillas como exige el ritual. Carlos le dijo a su amigo, excitado, en español:

—Si te besa en la boca, métele la lengua, Rat —cuando el muchacho aproximó la cara para representar un beso simbólico, Ratazuki le pasó la mano por el cuello, lo jaló hacia sí y lo besó prolongadamente—. ¡La lengua, Rat, métele la lengua!

Él contempló la escena paralizado; se sintió más que nunca la liebre frente a la boa. Cuando volvieron a sentarse, el mocetón mostró una vez más la expresión de asombro y terror que le había visto después de la primera derrota. Lucy reía casi al borde de la histeria. Ratazuki y Charlie hablaban animadamente. Sólo él y los holandeses permanecían en silencio. Luego uno de ellos, no el vencido, se levantó, y se encaminó, trastabillando, hacia la puerta de salida. Desde el umbral le gritó a su compañero una frase injuriosa. Poco después, el muchacho, muy ebrio, volvió a insistir en medir sus fuerzas, pero Ratazuki le respondió con desdén que no tenía caso, que le hartaba ganar con tanta facilidad. El holandés levantó su mano con furia y se quedó mirando a los ojos de su contrincante. Estaba seguro de que le iba a arrojar el whisky en la cara pero, para su sorpresa, pidió que volvieran a repetir el bruderschaft. Lo repitieron; el beso fue igualmente prolongado. Al sentarse, el marinero volcó el vaso y derramó un poco de whisky en la mesa. Carlos dijo que sería mejor cambiar de lugar; era absurdo estar sentados junto a un fulano que ni siquiera sabía comportarse. Se pasaron a la mesa de enfrente, sin despedirse. Ya en la otra mesa, Ratazuki comentó que la segunda vez el holandés había tratado de reivindicarse, de ser él quien introdujera la lengua, pero que se lo había impedido, que había vuelto a tratarlo como a una hembrita.

—Dentro de un mes lo veremos con una tiara de diamantes de fantasía en cualquier bar de Covent Garden —concluyó con su sonrisa más cruel, guiñándole un ojo precisamente a él que estaba aterrorizado.

En la mesa de enfrente el muchacho estaba a punto de echarse a llorar.

Cuando su mujer le hizo aquella escena, por alguna razón asoció la historia de Paz y él en Nueva York con el incidente de Ratazuki y el marinero holandés de Liverpool. De algún modo Charlie se había valido de Paz para introducirle la lengua, de algún modo jugó con él todo el tiempo. Todavía ahora no sabe —y eso era lo más desesperante— de qué juego se trata; tiene la sensación de que Charlie, a pesar de estar muerto, no ha abandonado la partida, de que el film que ha visto esa tarde es otro golpe de una misma serie, que seguirían otros, aún más bajos, que lo encontrarían cada vez más inerte, más desamparado.

Aquella vez había sentido miedo, y lo volvió a sentir en cada nuevo encuentro, aun cuando lo halló postrado por la fiebre en la casa de Sandoval. Sintió miedo sobre todo en Barcelona, cuando se vio rodeado de aquellas mujeres inmundas —sus Erinias, su harem de las tinieblas— en cuyos brazos lo abandonó una madrugada.

Veintiuno

NUNCA SUPO qué ocurrió, cómo lo perdió de vista al salir de aquel bar de la calle Escudillers, adonde lo condujeron, si es que lo condujeron a algún lado, las viejas, ni por qué, cuando en una carta posterior aludió a ellas y a su nueva encarnación: una mujer de edad incierta, una alemana o escandinava de pelo corto y piel ajada, enfundada en un adusto abrigo negro, Carlos le respondió con el relato de una pesadilla, de un rapto, de una fuga. ¿Habrían dirigido de verdad aquellas hienas un puño para golpearle un ojo, un hierro para azotarle las mandíbulas?

V e i n t i d ó s

EN LOS PRIMEROS MESES sintió con frecuencia deseos de marcharse, de volver a Londres o, por lo menos, de instalarse en México, capital. Tenía la sensación de que existía en todas partes menos en su ciudad natal. En revistas especializadas de Europa se había comentado con entusiasmo su última exposición. Esa mañana, en cambio, en el periódico, una de las glorias locales había trazado el panorama cultural de Xalapa, enumerando a las distintas personas dedicadas a alguna actividad artística y omitiendo, con deliberación, su nombre. Le impresiona comprobar hasta dónde le afectan esos piquetes de pulga. Para sus familiares los éxitos en el extranjero no llegan a tener significación hasta que no los ratifique una crónica de la localidad. Descubre que la mezquindad de la omisión lo ha irritado bastante más de lo que se hubiera podido imaginar. Empieza también a necesitar que lo afirme el contorno. Es grotesco, sin embargo lamenta no tener nada que mostrar. Está decidido a no dar a conocer en México los cuadros en que está trabajando. En el mismo Londres, ¿qué galería podía enseñar una tela suya? Cada vez le resulta más necesario que un testigo lo afirme. De ser así, podría bastar la presencia de Mina Ponti, la siniestra escultora que lo había abofeteado hacía unas cuantas horas. ¿Era suficiente su testimonio? Ella podía afirmar que no era el farsante que todos deseaban que fuera, que le exigían ser. Aparte de algunas telas primerizas, las otras, las que de verdad contaban, estaban recluidas en el seno de una inaccesible colección privada en Osaka. Paz Naranjo había sido la responsable. Paz había resucitado, descubierto o inventado a aquel admirador de su pintura. Recuerda ritos, saludos, conversaciones extrañas en lujosos comedores que le dejaron siempre la impresión de escuchar un lenguaje cifrado. No hubo vez que se reunieran con los japoneses que no sintiera que la comunicación entre Paz y ellos fluía por abajo de las palabras. En varias ocasiones los llevó al estudio; luego emprendieron las compras. Adquirieron, fuera de un cuadro que compró un australiano la noche de la inauguración, la serie completa de Peter Lorre. Se había quedado estupefacto cuando Mrs. Kneele le telefoneó para decirle que había vendido toda la exposición a un cliente; creyó que era una broma. Después, aquel anciano delicado, su esposa y su yerno comenzaron a rastrear por el estudio y a llevarse lo que fueron encontrando. ¡Absurda Paz, llena de misterios! ¿Había hipnotizado a aquella familia japonesa? ¿De qué hablaban cuando parecían referirse a su pintura? Imposible apaciguar a los buitres cuando preguntaban dónde estaban sus cuadros, respondiéndoles que en Osaka, en la colección privada de un rico industrial japonés y en la de su yerno, un célebre director de cine. ¡Si ni siquiera él mismo lo creía!

Veintitrés

¿PODÍA SUPONER, cuando Elena Sandoval lo invitó a pasar unos días en casa de su hermano, que iba a tropezar allí con Carlos? De las veces que se encontraron, si se exceptúa la primera, en Londres, fue ésa la que se produjo de un modo más casual. Y ese viaje a Europa, sin embargo, fue el único en que no se preocupó por localizarlo. Sabía que estaba en Milán. Le hubiera podido poner unas líneas, pero pensó que no tenía caso, que sería casi imposible encontrarse. Tal vez las palabras de Rosa María lo trabajaban subterráneamente. Quizás a eso se debió que no lo buscara, quizás también a eso que durante días no lograra romper el hielo en Masnou. Pero ¿dónde iba a verlo? En París estaría sólo de paso, luego volaría con Elena a Madrid. Estaba seguro además de que no simpatizarían. El día de su llegada le asombró saber que había otro huésped mexicano en la casa ¡y que fuera nada menos que Charlie! Fue el penúltimo encuentro. Estarían dos o tres semanas más bajo el mismo techo, entre un tumulto de invitados que entraban y salían a toda hora, sin apenas hablarse para, al final, pasar juntos un día con la sensación de nunca haberse separado. La última visión que registra de aquel día de copas (reseñar sus encuentros equivale siempre a enumerar borracheras) está muy próxima a un dibujo de Orozco. Lo ve enteramente ebrio, apoyado en el mostrador de una taberna inmunda de las estribaciones del Barrio Chino, apresado por mujeres también ebrias, hinchadas, descascaradas, tambaleantes…

Aceptó la invitación de Elena. En Madrid resolvió en unos cuantos días los asuntos para los que se había fijado un plazo de varias semanas. Unas vacaciones en el mar le caerían de perlas; hacía tiempo que no se tomaba un descanso. Pero el lugar no era, ni con mucho, lo que le habían prometido. Sandoval hubiera podido encontrar mil sitios más atractivos en la costa para construir su estudio. De cualquier manera la villa era estupenda, amplia, soleada, con un gran jardín y terrazas que daban tanto al mar como a la montaña. ¡Lástima sólo que no estuviera más al norte y que Masnou no fuera Tossa o Cadaqués!

Al enterarse de su presencia en la casa fue a saludarlo. Charlie estaba encamado con una infección de laringe. No podía comer; sufría al hablar. Se mantuvo casi mudo, distante, como si apenas lo conociera, durante los momentos que permaneció sentado al borde de la cama. Chiara Marusso, la eslavista italiana, le dijo después, a la hora de cenar, que cuando se ponía así (en los últimos años las infecciones de garganta se le repetían con frecuencia) le resultaba muy desagradable recibir visitas; tenía que violentarse para hacerlo. En varios días no se había podido bañar, ni siquiera afeitarse. Le horrorizaba que lo vieran desaseado.

El tiempo era ideal, y Elena estaba muy bien. Carlos se dedicaba a convalecer apagadamente. Lo encontró muy deteriorado, pero supuso que debía tratarse de algo pasajero, el efecto de las fiebres. Ya tenía en mente marcharse a Belgrado. Una tarde le contó que había hecho un viaje no hacía mucho por Yugoslavia, invitado por una organización de periodistas, y había vuelto francamente entusiasmado. Quería instalarse allá lo más pronto posible. Pero fuera de algunas anécdotas de viaje, y de dos o tres vaguedades referidas a los huéspedes de Sandoval, al clima, al paisaje y a la antigua arquitectura románica de Cataluña, no le oyó hablar de otra cosa. Era un fastidio su voluntaria marginación, una especie de resistencia pasiva que ponía de mal humor a todo el mundo. De habérselo propuesto, habría sido capaz de poner en movimiento, y hasta de obtener resultados brillantes, al híbrido grupo convocado por el pintor. La única presencia que parecía tolerar era la de su amiga italiana, con quien hacía paseos diarios por la playa o los pinares vecinos. Tampoco tenía tiempo ni oportunidades para enfadarse por aquel despego. Elena lo hacía recorrer, casi con saña, cuanto punto histórico, arqueológico o turístico —aun las ruinas más insignificantes, la masía menos garbosa— existiera en la región. A menudo iban a Barcelona; nadaban por las mañanas; en las noches iban a bailar a alguna discoteca de la costa; hacían el amor a todas horas. El tiempo se le evaporaba, no era, pues, asombroso que apenas viera a Carlos. Los Sandoval no lo conocían. Nadie, salvo Chiara que en cierta forma se los había impuesto, sabía bien a bien qué hacía, quién era. Se suponía que si en un principio no hablaba era debido a sus molestias físicas, pero luego, al mejorar, siguió tratando a todos con la misma indiferencia. Era una sombra, una molestia, una gran lata. En una ocasión en que hablaban de aquel absurdo convidado, no fue él, sino Sandoval, quien salió en su defensa. Comentó que su aire cansino era un disfraz, que había entrado dos o tres veces en el estudio y que sus observaciones habían sido sorprendentemente sagaces. Pero él esa noche deseaba hundirlo; contó algunas anécdotas con eficaz crueldad, habló del eterno work-in-progress que había terminado por disolverse en el vacío, de sus fracasos de todo tipo, de la chatura de sus crónicas; y entonces, al advertir de pronto que su silencio le irritaba más de lo que se hubiera querido confesar, al ocurrírsele que una cosa era que sus vacaciones resultaran magníficas, que se dedicara a tantas actividades como para no dejarle casi un minuto libre, y otra, que Carlos, que por lo visto no hacía nada, pues por las noches se quedaba en casa y por el día no salía sino para hacer aquellos ralos paseos por el pinar o bajar al pueblo a tomarse un café, no hubiera hecho el menor intento de aproximación, ni tratado de reanudar un diálogo que formalmente hasta entonces no se había interrumpido (la correspondencia, por decepcionante que fuera, seguía funcionando), que no le interesara saber nada sobre su divorcio, por ejemplo, o sobre sus nuevos proyectos, y con un súbito arranque de magnanimidad, con el sentimiento de pagar en forma principesca la frialdad de la acogida, trató de borrar la impresión sembrada, hablando de algunas circunstancias memorables que habían vivido juntos, para encontrarse con que ya nadie lo escuchaba, que la atención general seguía otro curso. Supo en ese momento que era absurdo matar —porque dejarla morir por simple inercia era matarla— una amistad de tanto tiempo y se propuso enfrentar la situación al día siguiente. Sin embargo, por la razón que fuera, ni en ese ni en los ulteriores hubo mayor acercamiento. Con un desinterés ofensivo, como disco rayado, Charlie volvía a perderse en el recuento de las excursiones que se podían emprender por la región, en la descripción de algunos pueblos del interior, o a lamentarse de la calamidad que significaba conocer la costa de Montenegro, pues en comparación el mar español no era sino una tina de agua remansada, sin otro atractivo que el de sus tonalidades, o bien, de lo postrado que lo habían dejado los antibióticos, hasta que Chiara Marusso llegaba a rescatarlo de una conversación que evidentemente no le interesaba.

Una mañana, la víspera de la partida, había que precisarlo, apareció Carlos mientras él tomaba su café en la terraza. Era la primera vez que lo veía a esa hora. La banda se dispersaría al día siguiente y sólo quedarían en Masnou, Sandoval, Chiara, Carlos y quizás algún otro invitado. Elena había ido desde muy temprano al salón de belleza. Por la noche celebrarían la despedida en Palamós. Carlos le preguntó si lo quería acompañar a Barcelona; irían en el coche de Sandoval, que estaba por salir, comerían allá y regresarían por tren a primera hora de la tarde. Aceptó. El primer rato en Barcelona fue bastante tedioso; al llegar entraron en una agencia turística a recoger unos folletos que, según dijo —con el tono con el que alguien podría referirse a una labor no exenta de intensidad y hasta de grandeza—, le servirían de base para la redacción de unas crónicas de la ciudad. Necesitaba ponerse al corriente en el periódico; la enfermedad le había causado algún retraso. Luego recorrieron con lentitud el Barrio Gótico. Carlos tomó una que otra nota, y a la hora de comer se dirigieron rumbo a las Ramblas; por primera vez en aquella temporada lo vio animarse, comenzar a revivir. Entraron en la Plaza Real, el lugar que, según decía, más le gustaba de la ciudad. Se sentaron en los portales a tomar un aperitivo; celebró aquel trago desmesuradamente; era el primero que tomaba en varias semanas, ya que los antibióticos le habían impedido probar una gota de alcohol. Quería comer allí; él en cambio deseaba un lugar mejor; le parecía aquél un local anodino como los que podían encontrarse en cualquier ciudad.

—¿Ah sí? —replicó al instante—. ¿Conoces Oslo? ¿Viste allí algo parecido? ¿Te parece igual a cualquier sitio de París, para no ir tan lejos? ¿En cualquier parte de Europa encuentras estas palmeras, estas arcadas y esta atmósfera? —y le reprochó poseer la cegazón típica del turista romo que agoniza de pasión ante la taberna cuajada de cerámicas, jamones y ristras de ajos, los meseros vestidos de las alpargatas a la boina con los colores regionales, todo prefabricado para hipnotizar al turista. No tenía caso discutir; conocía bien sus ondas. Si hubieran estado en una tasca, habría hablado del enraizamiento de los pueblos mediterráneos en su tradición. De cómo a la presión corruptora de los bárbaros, los habitantes se oponían, sin darse siquiera cuenta de ello, una serie de recursos secretos. Lo mismo que en Sicilia, en Grecia, en Yugoslavia.

Y mientras tomaban los aperitivos, y luego, durante la comida, Carlos le volvió a contar sus impresiones de Yugoslavia, su estupor ante las ciudades del litoral, la hospitalidad de la gente, la radiante majestuosidad del paisaje de Montenegro, el viaje en ferri de Bari a Bar, la vaharada de espliego y lavanda que descendía de la montaña inmensa, negra, donde los picachos de unas rocas parecían a la luz de la luna estratificaciones de plata.

—Me enamoré del país. Unos amigos me están tratando de conseguir empleo, en Zagreb, en Belgrado o en Sarajevo, donde se pueda, en el departamento de español de alguna universidad. Ya es hora de que siente cabeza y me dedique a una profesión en serio, ¿no crees? El periodismo, tal como lo he practicado, ha sido la más lamentable de las jodas.

En ese momento su figura, sus sienes grises, sus ojos que miraban borrosamente hacia la plaza, su voz empecinada, su mano que señalaba una palmera cuajada de palomas, todo, configuraban una imagen perfecta del desamparo. Vio cómo la vejez le había caído encima y se cargó de odio. ¿De qué carajos le había servido el talento? Comenzó a darle consejos vulgares, groseros. Le hablaba sin piedad, convencido de no poder ser ya condescendiente. Mimarlo, como Chiara, como Paz Naranjo en otra época, equivalía a terminar de hundirlo. Recuerda que tomaban ya el café, que bebían un coñac y él seguía insistiendo en lo mismo. Le recordó sus cartas, el pueril entusiasmo anterior por mil otros lugares, la también pueril decepción que le produjeron todos. Charlie asentía, decía que no era lo mismo, que no acababa de entenderlo, que aquélla sería su primera experiencia real. El mundo cambia, ¿cómo negarlo? En el fondo, sin que hubiera podido percibirlo, siempre había estado contra el capital.

—¡El único camino que le queda al mundo es el del socialismo! —afirmó dos o tres veces con énfasis.

Pero ni uno ni otro se hacían caso; cada quien argumentaba por su cuenta; Charlie exaltaba la revolución y él insistía en que Yugoslavia debía ser un país agradable sólo para hacer turismo; el idioma, por lo pronto, sería una barrera infranqueable. Luego, cansado de exponer argumentos que de ninguna manera borrarían la confusión en que por propia voluntad se hundía su amigo, perdida igualmente la arrogancia, el triunfalismo de cuarentón feliz, bien conservado y próspero, comenzó a decirle que nunca se lo había podido imaginar del todo fuera de Londres, que en los encuentros posteriores había faltado cierta nota que sólo aquella ciudad proporcionaba, que Londres era, sin duda alguna, su ciudad; y descubrió, alarmado, que su tono era casi implorante y que no podía remediarlo.

—Siempre que pienso en ti te imagino en el viejo departamento de Hampstead.

—¿En la casita de Adelaide Road? Ya no existe. Volví hace poco. Te conté que estuve en Londres, ¿no? Han construido allí una serie de edificios monstruosos. Derribaron muchas de las viejas casas. Te escribí, ¿verdad?, sobre mi estancia en Inglaterra.

—¿Y no sentiste deseos de quedarte?

Obtuvo una sonrisa huidiza. Lo vio perderse en la contemplación de las palomas, arrojar un trozo de pan en dirección a una rama que, por supuesto, no alcanzó, y fue a dar sólo a unos cuantos metros de la mesa, a mitad de la calle.

—La enfermedad me mató toda energía.

—¿No te dieron ganas?

—¿De qué?

—De quedarte en Londres.

Parecía que una vez concluido su alegato en favor de la revolución, la charla le hubiera dejado de interesar. Observaba el movimiento de las personas que vagabundeaban por la plaza, el tránsito en los portales, los grupos de turistas alrededor de las mesas. Al lado de ellos, unos marineros griegos bebían cerveza. Cinco o seis muchachas con aire de empleadas de comercio irrumpieron de pronto en el portal; sus risas y voces parecieron por un momento permear el ambiente, flotar e imponerse sobre la sordina que se elevaba de las mesas. Una de ellas se rezagó y simuló comprar, o tal vez de verdad compró, algo en un puesto de dulces y luego se acercó de prisa al grupo de griegos; saludó a uno, le entregó un papel, se rió nerviosamente y se echó a correr para reunirse con las otras. El marinero leyó el recado y se lo pasó a los demás. Una sonrisa en la que se pavoneó un diente de oro le desfiguró la cara. Charlie los observaba sin la menor discreción. Luego se volvió hacia él y le dijo:

—Le escribió en inglés; alguien debió escribirle el recadito. Dice que volverá a eso de las nueve; le pide que la espere.

—¡Qué carajos me importa lo que diga! —respondió irritado—. Te pregunté si no te gustaría volver a vivir en Londres.

—¿En Londres?

—Sí, en Londres. Volver a Londres. Vivir en Londres. Eso es lo que he estado diciéndote. Lo pasaste muy bien en Inglaterra. Siempre has hablado de los estímulos de Londres fuera de aquel tiempo en que Paz y Roma te produjeron un marco intolerable. Además, te movías allá como pez en el agua; debes tener aún amigos. En Londres te dedicabas a escribir una novela. De haberte quedado estoy seguro que la habrías terminado. Lo que la arruinó fue ese peregrinaje en que luego te perdiste.

—¿Se arruinó qué? ¿Qué crees que se perdió? ¿Mi novela? ¡Estás loco! ¡Nunca he dejado de trabajar en ella! Escribo por lo menos tres horas al día. Aquí mismo, en Masnou, a pesar de la fiebre, he seguido escribiendo. ¿Quién te dijo que la había abandonado?

—Tú mismo. Me lo has escrito. Y me lo has dicho varias veces.

—No debes haberme entendido. Lo que se estropeó fue el proyecto inicial; con eso la novela salió ganando. Ahora sigue cauces en los que no podía ni soñar cuando la concebí. De hecho ya es otra cosa. Intento hacer una novela de la descomposición, un relato en que todo se fracture, las escenas, los personajes, las motivaciones, los ademanes mismos y, por supuesto, el lenguaje. Necesito tranquilidad; un lugar como la casa de Sandoval, sólo que sin él, sin sus parties, sin el tropel de gente imbécil de que necesita rodearse. Eso es lo que voy a buscar en Yugoslavia.

—¿Y en Londres? —siguió insistiendo.

—Estuve hace poco.

—¿Y no te dieron ganas de quedarte? —trataba de hacerlo volver al tema, a pesar de que era evidente que Charlie hacía todo lo posible por escabullirse.

—No, ni siquiera me quedaron deseos de regresar. Londres dejó de ser desde hace mucho mi ciudad. En unos cuantos años de ausencia, se convirtió en algo para mí incomprensible. Me imagino que para todos. Es ya otro mundo.

—También yo estuve hace poco. A fines del año pasado.

—Es un lugar muy sórdido.

—¡Qué dices! ¿Y la actitud de los jóvenes? ¿Y su música? ¿No te pareció formidable su manera de expresarse?

—No, para nada. Fuera de vestirse con colores estupendos, no vi que hicieran nada medianamente interesante... Pasé unos días más bien siniestros... una búsqueda triste del tiempo perdido.

Algo, no recuerda qué, tal vez el viento, comenzó a fastidiarlo. Se levantaron. Él se dejó conducir por estrechas callejuelas: "Ven, vámonos tú y yo, iremos a perdernos por oscuras callejuelas", murmuró de repente. ¿De quién era eso? ¿A quién se lo había oído muchos años atrás? ¿Por qué lo repetía? "¡Iremos a perdernos por oscuras callejuelas!" Entraron en distintos bares. Siguieron bebiendo. No acababa de abrirse. La conversación parecía haberlo molestado; veía en cambio arrobado a las parejas de putas y marineros, a los grupos de golfos, a los vocingleros andaluces apoyados en las barras. Al final, se encontraron sentados en el fondo de una taberna sucia, oscura y desagradable. De cuando en cuando se le nublaba la vista: había bebido una barbaridad. Carlos arrastraba la voz; se le trababa la lengua. En varias ocasiones pensó que era hora de volver a reunirse con los Sandoval, prepararse para la salida de la noche, pero una absurda necesidad, un empecinamiento podría decir, de enterarse de lo que le había podido ocurrir a su amigo en Londres lo retuvo en el local. Por supuesto que los amigos a quienes había vuelto a encontrar —¿en qué, le gustaría saber, se habría convertido en esos veinte años el perverso Ratazuki?— debieron haber esperado algo distinto, la vuelta del triunfador que entonces se insinuaba. Era posible que hubiera vuelto a ver a Paz.

—Me enteré de que también la Naranjo vive ahora en Londres —le dijo, tratando de sondearlo.

—Sí, al parecer pasa más de la mitad del año cerca de Londres y el resto, como siempre, en su casa de Roma. Por primera vez desde nuestra pelea volví a sentir deseos de verla. ¿Leíste su último libro? Es sorprendente. En Londres conocí a un sobrino suyo, mexicano por cierto, Ángel Rodríguez. ¿Lo conoces?

—¿El pintor? No sabía que fuera sobrino de Paz.

—Bueno, sobrino a medias; en verdad lo era de Gabino Rodríguez, el de la Voz, ¿te acuerdas?, aquel primer marido de quien tanto nos hablaba. ¿Conoces a Rodríguez?

—Personalmente no, pero sé quién es. He visto sus cosas.

—No me extraña que tenga éxito; hoy día, hasta Sandoval lo tiene —pidió otras copas. Permaneció en silencio un momento como si recordara algo—. Me dijo que había conocido a Paz por accidente. Obra y gracia de la Voz, me imagino. Insistió en asegurarme que se preocupaba por ella, que la cuidaba, pero no lo creo, es un tipo muy duro, como todos, a fin de cuentas, los que se proponen triunfar. No me explico por qué tenía que darme tantas explicaciones. Por lo que me han dicho, Paz lo adora; la pobre debe andar frisando los setenta, ¿te das cuenta? A esa edad las pasiones suelen ser espantosas. Yo estoy convencido de que yo era su gafe; cuando nuestra amistad se fue a pique comenzaron a solucionarse sus problemas. Llegó hasta a recobrar parte de aquella nebulosa herencia. Rodríguez le dijo que estaba yo en Londres y que deseaba saludarla. Me dio una cita y me plantó; después me envió excusas y una invitación para comer; al poco rato me llegó una nota desinvitándome. ¡Qué gran joda, las mujeres! Según Rodríguez no se sentía preparada, el estado de sus nervios era delicado, para el encuentro, y me pidió que no insistiera. No tienes idea del tono repugnante con que me lo dijo. Regresé sin verla. Fue mejor. Me hubiera deprimido hablar con ella. O tal vez no. Su libro es francamente bueno. Good old Peace encontró en la vejez una sabiduría que ni en sueños hubiésemos podido sospecharle entonces.

—Y el desencuentro te hizo agarrarle tirria a Londres; lo comprendo muy bien. A mí, por ejemplo, Cuernavaca…

Le respondió que no entendía nada, que se había tratado de otra cosa, de la edad, para decirlo rápido. Sólo la sensación de vejez lo había expulsado. No era grato volver a los lugares amados en la juventud, eso lo sabían hasta los perros. Por eso no permitía dejarse llevar a México; le habían hecho, especificó, ofertas realmente buenas, pero no las había aceptado.

—Provence that you praised so well will never be the same

Provence to us

now you are gone…

declamó con patética comicidad. En Londres había descubierto que al volver a un sitio uno se convertía en un cachivache, en basura urbana. A eso lo había reducido la confrontación con la muchacha exhibicionista que pululaba en todas partes. Y luego, sin transición, le preguntó:

—¿Tienes idea si entre los drogadictos se desarrolla un exhibicionismo parecido al de ciertos maniáticos sexuales? Rodríguez me habló de un matrimonio de pintores jóvenes que se inyectaban cada vez que tenían visitas —para esos momentos el local estaba a reventar. El estruendo era intolerable. En medio de los gritos y las carcajadas, el murmullo de ellos era una especie de tanteo, eso lo puede percibir apenas ahora, un intento de evadir o aproximarse a ciertos temas. Luego lo oyó murmurar—: No puede uno negar que es un tipo interesante.

—¿Quién?

—Rodríguez. ¿Dices que has visto sus cosas?

—Sí, algunos cuadros. Es muy bueno —luego añadió, recordando el comentario de otro pintor—. Lo que a veces lo hunde es su necesidad de efectos.

—¿Conoces esos cuadros que se llaman *El mundo de Peter Lorre?*

—Vi fotos en México. Era una exposición que se llamó historia o vida de Peter Lorre, o algo así. La presentó en Inglaterra. ¿No es ya efectista hasta el título?

—¿Qué te parecieron?

—Vi sólo reproducciones, te digo. Es difícil juzgar. Para algunos es lo mejor que ha pintado.

Le duele, le duele en esos momentos de un modo intolerable recordar la escena: el bar, la conversación, el humo también intolerable que los envolvía, el río de palabras que no desembocó en ninguna parte, y enterarse que lo que de importante ocurrió en su vida lo había tenido que descubrir esa tarde a través de una película japonesa. En medio del estruendo de un bar de Escudillers le contó la escena de la estación de Temple. Comenzó a decir que había llegado a despreciar a Rodríguez, que al principio se preguntó si serían celos, sí, no debía reírse, celos, ¡a esas alturas de la vida!, por su intimidad con Paz Naranjo, pero luego había descubierto que se trataba de algo mucho más sencillo. Todo se reducía a la incompatibilidad que sentía con esa clase de personas que le hacían sentir al interlocutor —¡y como interlocutor Charlie debió haber conocido con cada vez mayor frecuencia ese tipo de reacciones!— que le está robando algo precioso, que la conversación le resulta en extremo agradable pero que está dilapidando minutos que le debe al trabajo. Luego le relató la víspera de su salida de Londres. Rodríguez lo había citado para despedirse en un restaurante no lejos del King's College a las diez y media. Pintaría durante la tarde; por la noche debía ver a alguien en la universidad, y por eso había elegido aquel rumbo para cenar. Dijo que hubiera sido mejor plantarlo. Durante la entrevista, y en las otras dos o tres veces que se vieron había hablado de la angustia que le producía la mecanización, la tortura de someterse a ciegas a las presiones circunstanciales. Pero, afirmó Carlos, todo eso le parecían sólo palabras, era un joven incapaz de concebir un mundo preadámico, para ello hubiera sido necesario, como en los cuplés, sentir algo, cualquier cosa, y para Rodríguez el sentimiento era coto vedado. A la postre sus logros se reducirían a un mero dominio técnico; su posibilidad de triunfo consistía en llegar a ser verdadera y radicalmente gélido. En fin, lo detestaba.

—Me bajé en la estación del Temple y presencié un espectáculo atroz. En ese momento me cayeron encima un montón de cosas, la vejez, odio, miedo, sobre todo estupor. Pero no tiene caso hablar de eso ahora. Cuando llegué al restaurante, apenas podía hablar. Le conté lo que acababa de ver. Se me quedó mirando sin expresión. Quizás lo único que le sorprendía era que alguien pudiera todavía sorprenderse ante esas cosas. No era siquiera lidiar con el abuelito victoriano, ¿comprendes?, sino con el tío recién desempacado de Cuajimalpa. Tuve que decir, casi disculpándome, que no tenía opinión formada sobre el fenómeno, que lo que ocurría era que aquel caso individual me había impresionado, que era difícil no conmoverse ante la desesperación de aquel muchacho. Sólo me respondió algo como: "¿Así que a eso han llegado? Debería usted ver las colas alrededor de la farmacia de Picadilly a eso de las doce de la noche". Me habló del matrimonio de pintores que acostumbraba inyectarse frente a sus visitas y, sin más, con la misma ausencia de pasión me describió una exposición de cinéticos vista en la Tate.

En la película, la escena era magistral. Hayashi planteaba todo lo que de ambiguo había en aquel retorno y en su consecuente fuga. No se trata de que el mundo organizado rechace a Carlos, sino a la inversa, él se exilia por su propia voluntad, aunque, por supuesto, tampoco eso era del todo claro. Carlos rechaza el mundo, sí, pero cuando ya ha sido colocado en un sitio ínfimo dentro de la escala humana. Su única opción, de no marcharse, es convertirse en elemento de desecho. El reencuentro con Tokio, la ciudad donde transcurrió su juventud, la escena de la estación del metro, lo arrojarían al pueblo de pescadores en busca de una forma de vida inencontrable. ¿Podía decirse, acaso, que lo visto en ese andén del metro es lo que lo ha decidido? ¿No se trata, por el contrario, de otro de sus muchos subterfugios?

La última jornada en Tokio transcurre bañada por una luz espectral. Llovizna. El protagonista, vencido por la fatiga, trata de resucitar lugares que su juventud cargó, y hasta inflamó, de sentido. En una casa de té pregunta por un viejo camarero: ha muerto; por amigos que acostumbraban frecuentar el local y beber y charlar y discrepar hasta la madrugada: hace años que dejaron de asistir. La poetisa Akedo se suicidó con cianuro. Obtiene la dirección de Kurakawa, amigo de los tiempos universitarios, y va a visitarlo. Era la gran promesa de su generación, un poeta brillante, anarquista, lúcido y generoso. Lo encuentra oscuramente envejecido; hace años que dejó de escribir, trabaja en una agencia de seguros; por las noches, en el hogar, lleva la contabilidad de algunas empresas. Le presenta a su mujer y a sus hijos; la reunión no puede ser más abrumadora; nadie sabe qué decir; pregunta al fin por otros amigos, Kurakawa ya no los trata. Le habla con amargura y desprecio de sus desvaríos juveniles. El mundo, grazna admonitoriamente, es algo más serio de lo que entonces pensaban. Sale de ahí malhumorado. Deambula por jardines espectrales y perfectos que nada le dicen. Por la noche verá a un sobrino de la mujer con quien viajó a Macao hace muchos años, un joven pintor cuyas obras ha visto en el extranjero. Está citado en un restaurante occidental. La luz se ha vuelto del color de la ceniza. La lluvia ha menguado. No sabe cómo matar el tiempo. Atraído por un letrero luminoso entra en un local de jóvenes. Unos adolescentes escuchan cerca de la puerta una cinta magnética. El local es amplio, rectangular y sórdido; los muros de ladrillo están cubiertos de ejemplos infames de pintura pretendidamente sicodélica. Los rostros transparentan un tedio funeral. Llevan el pelo largo; visten ropajes multicolores, chaquetas afganas, pantalones de cuero. Se sientan en cajones de madera, en bancas destartaladas, en el suelo. Hay chicas con minifaldas, con largas túnicas tradicionales, con faldones victorianos. En un rincón se percibe cierta vivacidad. Un nutrido coro rodea a un muchacho malayo que extrae sonidos perturbadores de un instrumento de cuerdas. El músico se concentra con intensidad maniática en la melodía que laboriosamente rasguea. Las caras de quienes le rodean son tan poco entusiastas como las del resto de sus compañeros dispersos en el local. Descubre, con asco, que las dos únicas mujeres que bailan en torno al joven emiten provocativos maullidos, agitan los brazos, tratan de incitar a los demás a imitarlas. Bajo unos rostros cubiertos de afeites es fácil descubrir la desesperación, el miedo, de que esa ola que por un instante las ha vuelto a lanzar a la circulación pase y deban quitarse la colorida ropa que las cubre, resignarse, agazapadas en departamentos convencionalmente bohemios, a las sórdidas veladas de la gente madura, al erotismo alcoholizado y lúgubre de los adultos. Sale del local muy fastidiado. Es evidente que aquél ya no es su mundo. Su fatiga es más trágica, se dice, que la de esos muchachitos, por ser radicalmente individual. Se mete al metro. Los andenes de la estación son inmensos, están mal iluminados y, a esa hora, casi vacíos. Ha viajado en el último vagón. Advierte que las tres o cuatro personas que lo anteceden desvían la mirada de una banca alineada a la pared, un matrimonio murmura algo y la mujer vuelve la cara con un rápido gesto hacia los rieles, como si tuviera por fuerza que ignorar lo que ocurre. Un estudiante vestido de negro se agita en la banca con movimientos convulsivos, como si se estuviera masturbando. Se acerca; pasa a una distancia no mayor de un metro de la banca. En ese instante descubre que el muchacho intenta, con muchas dificultades, introducirse una hipodérmica en el brazo. Sigue caminando rumbo a la salida; está tan impresionado que teme sufrir un mareo y rodar por la escalera eléctrica. Decide esperar, tranquilizarse. Se acerca otro tren. El joven prosigue su operación. La salida de los demás pasajeros parece no importarle. No lejos del protagonista, tres o cuatro personas observan concentradamente, pero a la vez con fingida indiferencia, la escena. Camina alucinado hacia la banca donde el solitario se busca las venas. Lleva tal vez zapatos de goma, porque el muchacho sólo advierte su presencia cuando está frente a él. Le grita un insulto. El protagonista retrocede. Ha sentido un miedo bárbaro ante aquellos ojos rabiosos, ante la sanguinolenta jeringa de plástico. Teme que el joven arremeta contra él, que le clave la aguja, que lo arroje a las vías. Regresa al pie de la escalera. Las otras personas siguen contemplando el espectáculo. Un anciano se encoge de hombros cuando lo ve volver.

—Sólo quería decirle que le podía ayudar a ir al baño, a cualquier lugar menos expuesto —murmuró, pero el anciano simuló no oírlo.

Sigue viendo la espalda, la nuca, la cabeza inclinada, los espasmos. Al fin, el adolescente se levanta, se busca algo en la pierna. El espectador no llega a saber, por lo menos no él, si se está pinchando a través del pantalón o si sólo se rasca. Pasa un nuevo tren. Al abrirse las puertas, el joven se arroja al interior del vagón. Se mueve como si las extremidades se le hubieran desarticulado. Salta por el andén como si el esqueleto estuviera a punto de salírsele del cuerpo.

Minutos después sale a la calle. Llega al lugar donde le ha dado cita el pintor, pero pasa de largo, necesita caminar, airearse un poco. Prosigue su deambuleo por calles desiertas, y un poco después vuelve sobre sus pasos y entra en el restaurante. En la secuencia siguiente toman café y licores. Por lo visto el protagonista no ha dejado de rumiar lo ocurrido.

El pintor se conforma con decirle:

—¿Conque a eso han llegado? No me extraña. Debería ver las colas que forman a media noche en una farmacia a la vuelta de mi casa. Ahí les permiten recoger su ración siempre y cuando se hayan registrado en un hospital de toxicómanos.

—¡Pero es terrible!

—Perdone el lugar común, pero me puede decir qué cosa no es terrible hoy día.

Se despiden. El pintor acompaña al otro en su automóvil al pobre hotel donde se hospeda. Le dice en un tono que trata de ser casual que su tía ha decidido no verlo, no se siente bien de los nervios, tal vez la excitaría demasiado el encuentro. Lo que ella necesita, afirma, es una temporada en la montaña o el mar; de paso le recomienda unos pueblos casi solitarios, ideales para el descanso o la creación. Él mismo piensa construirse en uno de ellos un estudio donde poder refugiarse buena parte del año. Anota en su libreta todos los datos. Comenta que está harto de vivir en grandes ciudades; lo único que quiere es encontrar un lugar tranquilo donde pueda darle fin a su novela.

Nada de eso le había contado. ¿O se lo había dicho aquella noche y no puede recordarlo? Está seguro que no. Estuvieron hasta el amanecer en aquel bar. Hablaron con mucha gente. Al final, en un estrecho corredor frente a la barra, mientras él pagaba, unas mujeres viejas que durante la noche habían permanecido desparramadas en la taberna se les aproximaron y rodearon a Carlos. Vio que una le besaba la mano y que él la retiraba con horror, que otras le hablaban, le hacían guiños y muecas, manoteaban y sonreían astutamente. Decidió esperarlo afuera; le dijo en inglés que cortara a todas aquellas brujas y, entonces, inexplicablemente lo perdió de vista. Su desaparición se produjo en cuestión de segundos. Él se había alejado sólo unos cuantos metros para comprar cigarrillos en un puesto, cuando volvió ya no estaba. Los demonios no quisieron responder a sus preguntas. Regresó en un taxi a Masnou. Elena estaba furiosa. Apenas tuvo tiempo de preparar la maleta. Cuando salieron al aeropuerto, Carlos aún no había vuelto.

Comenzó a recordar la conversación en el bar sólo unos cuantos días después, en el avión que lo condujo de París a México. Recordó entre brumas cabos sueltos, trozos del diálogo sin principio ni fin, frases absurdas. Aun ahora se acuerda, por ejemplo, de un fornido francés que decía que no le gustaba el vino, que cuatro años atrás, cuando era estudiante en la naval, había hecho un viaje de prácticas, que había pasado una tormenta pavorosa y que durante toda la travesía, o quizás sólo durante el temporal, no había hecho sino beber vino, día y noche, y después había quedado sin poder ni olerlo, por eso prefería el coñac. Recuerda que Carlos les explicaba a unos tipos su convicción en la unidad de la especie humana, diciendo que la prueba definitiva la ofrecía la traductibilidad de las lenguas, la posibilidad de equivalencia entre todas ellas. Se acuerda de otro tipo, oliváceo, de mejillas chupadas, que le respondía con aire lúgubre:

—Es verdad, estamos muertos. ¿Qué es el tiempo? ¿Qué, la historia? ¡Nada! Debemos vivir por nuestra civilización. ¿Mujeres? ¿Buen tiempo? Eso no es nada, debemos vivir…

Y que de pronto Carlos se volvió hacia él y le dijo:

—Si pudiera saber qué pasa en el interior de esta gente, qué sienten, cómo conciben el universo; no a lo que aspiran, eso es fácil de imaginar: dinero, comodidades, puestos fáciles y buenas hembras; lo que en verdad me importa saber es cómo se organizan en su mente los datos visibles del mundo, qué se sedimenta en ella, qué se mueve y hacia dónde. Si lo supiera habría logrado entender el sentido de la existencia.

Y él con bastante incongruencia lo había interrumpido.

—¡Ni siquiera sabes extraerle tañidos a una flauta y pretendes saber lo que es el hombre!

—¡Idiota, en la ignorancia de una cita, abstente!

Veinticuatro

No hubo durante esas visitas, las que podía llamar del primer periodo, una sola donde la niña no estuviera presente. Minúscula, fea, desamparada, patética, teatral, había logrado intuir todas las necesidades emocionales de la enferma. Cuando ésta leía, la niña se tendía en un tapete de piel frente al radiador a colorear cuadernos de dibujo o a hacer planas caligráficas, atenta al momento en que la anciana diera la menor muestra de fatiga o de hastío, para al siguiente trepar a la cama a conversar con ella. Le conmovía oírlas canturrear viejas canciones con sus voces desentonadas. Su tía quería saber cómo se había portado en la escuela, la auxiliaba en las tareas, la reprendía, le contaba historias truculentas en que ambas aparecían como protagonistas de aventuras prodigiosas, le comunicaba proyectos de viajes fantásticos que emprenderían tan pronto como se repusiera.

Según se enteró por su tía, por Flor, a través de los secos comentarios del médico, al principio la anciana apenas podía tolerar la presencia de Juanita. La niña entraba muy rara vez a su habitación. Sólo cuando ayudaba a Flor a servir la comida. Llevaba los platos, vasos y demás utensilios, pero se detenía en el umbral de la puerta, desde donde se los entregaba a su madre. La anciana le hablaba con dureza, la repelía. Más tarde, la niña, sin darse cuenta, fue venciendo el temor que le inspiraba la enferma. En el invierno comenzó a hacer en silencio sus tareas cerca del radiador, por ser aquella la habitación mejor caldeada de la casa. Durante meses habían sólo coexistido, detenidas por una radical desconfianza. La anciana la reprendía con el menor pretexto, quizás como medio de aproximación, como forma de romper el hielo. La niña, acostumbrada a la brusquedad de Flor, resistía pasivamente las embestidas. Cualquier oportunidad era propicia para humillarla. La anciana comentaba frente a ella sus deficiencias, el mal estado de sus dientes, su desaseo, pereza y mal aliento. Una noche, cuando el médico subió a inyectar a su madre, la encontró con unas copas de más jugando con la niña y enseñándole a cantar trozos de antiguas melodías. A partir de esa ocasión, rotas las reservas, la anciana se rindió al afecto y a la asistencia de Juanita. Le mandó comprar ropa adecuada, hizo que le extrajeran los dientes cariados. La tenía a su lado desde que salía de la escuela hasta la hora de dormir.

—De verdad la quiero; tal vez sólo ella me mantiene en vida. La lectura, los discos, todo eso no son sino formas de entretenimiento trivial; a mi edad leer es pura chifladura, matazón de tiempo. Me hice subir aquí los libros que me interesaban, los que no había leído, los que quería releer. Me imaginaba que tendría tiempo y disposición hasta para llegarle a *La montaña mágica,* a *La guerra y la paz,* a *La comedia humana.* ¡Imagínate! Fue otra de tantas figuraciones con que la enfermedad me nubló el entendimiento. A los pocos días advertí que ese esfuerzo lo único que lograba era malhumorarme. Sí, de vez en cuando leo algo de Balzac, vuelvo a Dickens; la verdad es que me paso las mañanas enteras leyendo novelas policiales, son las únicas que tolero; me entretengo con eso y jugando solitarios hasta que llega la hora en que sale la niña del colegio.

—Es una compañera —comentó para halagarla.

—Ya lo creo. No sé si te habrás fijado —dijo complacida— pero me prefiere a su madre. Le asiste toda la razón. Flor es sórdida, sensual a morir, no piensa sino en la carne. Cuando supe, después de tantos años de trabajar aquí con nosotros, que estaba embarazada me quedé atónita. ¡Flor en estado! ¡Con sólo verle la cara puede uno imaginarse la clase de tipos a los que atraerá! ¡A saber qué horrores no habrá visto la pobre criatura en el cuarto donde antes vivían! Por eso insistí en que se mudaran a esta casa. Nunca he logrado que Juanita me cuente nada. He buscado formas indirectas para saber hasta dónde está enterada de las diabluras de su madre y si quedó lastimada. Pero ésa es su zona tabú. Al menos he conseguido hacer de una niña triste y tímida el encanto que es ahora. Sí, no necesitan decírmelo, sé que le faltan juegos infantiles, pero el trato con los niños de su edad lo tiene en la escuela. En las tardes de todos modos, ya ves cómo llueve aquí, no podría ir a ninguna parte. No pueden acusarme de sacrificar su niñez, he logrado hacerle perder los miedos que la tenían tan maltrecha. Cuando Flor la trajo llegué a pensar que era débil mental. Y era sólo un caso de timidez. Sé que el día menos pensado puedo morirme, pero la dejaré bien provista, para que más tarde, cuando tenga la edad necesaria, si quiere hacerlo, pueda seguir una carrera. A Flor también le dejo algo. Hice testamento en forma muy cuidadosa, pues no confío en la generosidad de tu tío. ¡Capaz de que si no arreglo bien las cosas el sepulcro blanqueado las pone en la calle la noche misma en que me estén velando!

La repartición de bienes se había realizado en vida de la anciana, tan pronto como su tía logró recuperarse de la segunda intoxicación. Se había salvado por puro milagro, pero ya no quiso volver a la casa. A él le donó una casa en Veracruz, a Flor un terreno, a la niña muy poca cosa, y se internó en una clínica de la capital, donde se negó a recibir a cualquier familiar, incluso a él.

Veinticinco

PODÍA HABERSE imaginado todo, menos aquel flujo de verborrea incontenible. Comenzaba a desarrollar una idea y a los pocos minutos parecía perder el hilo. Aquella historia sobre Dragan Le Parc y Zoran Paolozzi ¿no había surgido como un intento por demostrar una tesis y acabado por afirmar la contraria? Al hacer su aparición el perro de aguas, con su aire deportivo y su sonrisa triunfal, Carlos pareció olvidarse del monólogo emprendido. Fue una tregua necesaria. Cuando trató de hablar del viaje, le respondió sólo con vaguedades; habló de ciertas islas, del antiguo hotel de Dubrovnik; dijo que por la mañana reservaría las habitaciones. Charlaba con el joven en un francés mucho más deteriorado del que le recordaba. Hubo un momento en que, repudiado, decidió concentrar su atención en la mesa de al lado. Un grupo de emigrantes volvían a reunirse con sus familiares servios; los más jóvenes hablaban sólo inglés. Se enteró de que llegaban del Canadá, que volvían por primera vez, después de muchos años, al país. Comenzó a sentir los efectos del vino. Hubo un momento en que estuvo tentado de agacharse y mirar por debajo de la mesa los zapatos de Carlos. No lo hizo, pero sintió una oleada de júbilo rencoroso al recordar aquellos zapatones sucios con gruesas suelas de goma.

Los emigrantes invitaron a la vieja cantante, al final de una tanda, a sentarse en su mesa. Le sirvieron un whisky, hicieron comentarios elogiosos que la mujer aceptó con fingida modestia y luego, sin transición, se olvidaron de ella. Escuchaban a un individuo de cara ancha y ruda que contaba una larga historia, dando de vez en cuando golpes en la mesa. La diva, con la sonrisa congelada, en el vacío, sorbía lentamente por una comisura de la boca su whisky. Le sonrió, pero ella no respondió a su manifestación de solidaridad. Parecía, igual que él, estar muy ebria; igual que él se sentía vejada.

—Dragan es de verdad inteligente —la voz de Carlos lo devolvió de pronto a su mesa. El muchacho había desaparecido—. Ha publicado unos ensayos que crearon aquí mucho revuelo.

—Al menos podía haberse despedido —contestó con sequedad.

—Ahora vuelve.

—¿Acá?

—Por supuesto. Debemos pedir otra botella; andas como muy bajo de ánimo.

Iba a decirle que le interesaba concretar el viaje. No era ya un adolescente para tomar un avión sin saber siquiera adónde iría, qué vería, cuándo regresaría. Carlos se lo impidió. Continuó su monólogo voluble y distraídamente. Era exasperante. Si se pensaba bien, Morales podía ser más entretenido, ¡lo que ya era decir! ¿No comprendía que también él sabía hablar? No había vivido en vano. Pero cada vez que abría la boca, Carlos le quitaba la palabra para hacer un comentario banal. Lo saludaron desde otra mesa, y él se levantó. Estaba a punto de marcharse cuando reapareció el muchacho. Fue difícil reconocerlo en el primer momento. Llegó a pensar que el alcohol no le permitía ajustar la visión. Había sustituido la playera a rayas, la vieja chaqueta de cuero y los tenis por un smoking y un par de zapatos negros. La larga cabellera cobriza le bailaba sobre las solapas. Pensó que en el caso de volver a filmar algo le gustaría tenerlo como actor. Podía por lo menos constituir un elemento decorativo de primer orden. La intensidad de la sonrisa lograba vencer el efecto desastroso de una mala dentadura. El perro de aguas (nunca supo con precisión por qué le llamaba así, tal vez por la pelambre) pareció adivinar sus pensamientos.

—Me dijo Carlos que es usted director de cine —comentó. Movía demasiado los labios al hablar en francés, como si se esforzara por pronunciar correctamente.

—No, no es del todo cierto. Trabajo en el cine, en cuestiones más bien administrativas. Dirigí hace años una película.

—¿Vino por asuntos profesionales?

—En parte. Al festival de Pola; llegué hoy apenas a Belgrado; saldremos mañana a la costa, pero volveremos dentro de unos días —luego añadió—: ¿Por qué se puso tan elegante?

Cuando Carlos volvió comenzó a hacerle reproches. Le dijo que siempre lo había caracterizado por su necesidad de mistificar y confundirlo todo, pero que a su edad eso ya no le hacía ninguna gracia. Descubrió que desde la llegada de Dragan había sentido ganas de zaherir a su amigo.

—Tal vez por eso te ha ido tan mal en la vida —concluyó.

Carlos lo miró sorprendido. No comprendía. Fue más explícito. Se refirió al engaño sobre la personalidad del muchacho. ¿A qué conducía aquello? ¿A quién beneficiaba que presentara a un mesero como a un brillante filósofo?

—No voy a discutir contigo eso ahora. ¿Crees que me avergüenza ser amigo de un mesero? ¿Y presentártelo? O los años te han jodido, hermano, o el circulito de pacotilla en que debes moverte te contagió su arribismo. ¿Te abochorna que te vean sentado al lado de un mesero del local?

El enfado de Carlos lo tranquilizó. Quizás también la sonrisa de Dragan, quien, frente a él, parecía no explicarse la repentina furia que acometió de golpe a los mexicanos. Respondió que le importaba un bledo la profesión de su amigo, lo que le parecía estúpido era tener que atribuirle otras actividades. Parecía que fuera él quien se avergonzara de tener un amigo mesero y presentarlo como tal. Se volvió hacia el muchacho y le preguntó qué estudiaba.

—Filosofía, ¿por qué? —había advertido que su presencia en la mesa se relacionaba de algún modo con la discusión. Le preguntó con la misma sonrisa, pero con una mirada dura, si le molestaba que estuviera con ellos. Había sido una estupidez haberse puesto a discutir. Carlos se había convertido en un cretino; nada de lo que le habían dicho al respecto era exagerado. Su sola presencia era un fastidio. Llenó las copas, y al pasarle una al joven le dijo:

—No creía que estudiaras filosofía, no tienes cara de filósofo —le dijo, tuteándolo.

—¿Cómo es la cara de un filósofo? —el muchacho se rió—. ¿Tienen los filósofos mexicanos una cara distinta a la de los balcánicos?

Carlos no atendía el diálogo; escuchaba los violines con expresión de dignidad ofendida. A él, en cambio, la cordialidad agresiva del joven le hizo recobrar la seguridad.

—No —mintió con desenvoltura—, sólo que al verte vestido así me imaginé que eras actor y que tendrías algo que ver con el espectáculo del local. Tienes aire de actor escandinavo.

—Me parezco a Kierkegaard, ¿no es cierto? Todos me lo dicen en la Facultad.

—Claro, y parecerse a Kierkegaard significa parecerse a un actor de Bergman. Con esa ropa y esos pelos me imaginaba que de un instante a otro saltarías al escenario para decir un monólogo trágico.

Carlos no disimulaba el fastidio que le producía la conversación. En cierto momento comentó algo en servio con el propósito de marginarlo y entonces, mientras los otros dos conversaban, pudo contemplar con mayor detenimiento el rostro del joven. Su palidez, la vena palpitante en la sien derecha, la piel tensa, los huesos, le recordaron de pronto el rostro angustiado de Paz Naranjo. Al verlo concentrar la atención, fruncir el entrecejo para tratar de entender las imbecilidades que sin duda debía estarle diciendo Carlos, no pudo contenerse e interrumpió la conversación. Le dijo que podría interpretar una nueva versión de *Gösta Berling*.

—¿Qué es eso?

—Una de las primeras películas de Greta Garbo.

—¿Me parezco a la Garbo?

—No —dijo titubeante—, te pareces al protagonista. Era un pastor ebrio y atormentado, con toda seguridad un swedenborgiano. Recuerdo muy mal la película y nunca leí la novela; de cualquier manera tienes un aire lóbrego de sacerdote culpable.

La verdad es que le recordaba a la Garbo y no a la de *Gösta Berling,* sino a la Garbo travesti de *La reina Cristina.* Imposible decírselo. Y en aquel momento, Carlos citó la escena de Stendhal y el joven oficial ruso y el comentario de Thomas Mann, y fue como si le arrojaran agua helada en el rostro. A partir de ese momento, al menos por un buen rato, todo se le vuelve confuso. Recuerda con certeza que en una ocasión fue al baño y se empapó la cara, que regresó un poco más sobrio y que de nuevo quiso interrumpir la conversación, pero que los otros no lo permitieron. Habían vuelto al francés. Con toda seguridad Carlos no manejaba el servio tan bien como decía. Veía cómo las mangas del smoking se cubrían a la altura de los bíceps de ligeros pliegues. Le oía decir al joven que la metafísica de Kant le resultaba en los últimos tiempos más interesante que la de Hegel. También que en el último periodo de Schelling se hallaba la raíz de un auténtico existencialismo. Carlos emitía una estupidez tras otra. Insistía en hablar de Broch, sin saber bien lo que decía. Le enfureció que no advirtieran su cólera, su voluntaria marginación, que prescindieran de él con tanta facilidad. De pronto Dragan se volvió hacia él. Lo que su sonrisa tuvo de sinuoso, de ambiguo y a la vez de profundamente masculino, le produjo repulsión.

—Carlos —comentó el joven— trata siempre de hacerme leer las novelas que le interesan con el señuelo de que en ellas voy a encontrar la verdadera esencia de la filosofía existencial.

—Carlos se ha acostumbrado —respondió con sorna— a creer que puede hacerle tragar a los demás todo lo que le viene en gana.

Un mesero se acercó al joven y le dijo algo.

—Comienza mi turno —se levantó—. Hasta mañana. A las tres estaré sin falta en el aeropuerto.

Le tendió la mano y se marchó.

—Se ofrece a acompañarnos —dijo Carlos antes de que él pudiera hacer ningún comentario—. Si vamos a las islas lo mejor sería hacerlo con alguien que las conozca bien.

—Podías habérmelo dicho.

—¿Qué estoy haciendo? Apenas ahora lo he logrado convencer.

—Tengo poco dinero.

—¡Momento...! ¿A qué viene lo del dinero? ¿He viajado alguna vez a tus expensas?

Salieron casi inmediatamente. Carlos lo dejó en un taxi; quedó de pasar a recogerlo en el hotel a la mañana siguiente.

Se levantó de un humor más negro que el de la víspera. Le parecía absurdo haber hecho aquel viaje a Belgrado; encontrarse con una persona que ya no existía, con un fantasmón ridículo. Le dolía la cabeza. Las mezclas ingeridas la noche anterior le habían sentado fatalmente; sentía que las piernas le bailaban. En el restaurante del hotel lo esperaba su amigo. Lo encolerizó hasta lo indecible verlo sonreír, descansado, rozagante, como si hubiera dormido doce horas seguidas. Apenas si hablaron esa mañana. Fueron juntos a la oficina de la empresa cinematográfica. Luego se dirigió a la embajada mientras Carlos compraba el tercer billete, hacía las reservaciones en el hotel e iba por su maleta. Recuerda que en el aeropuerto caminaba de un mostrador a otro, discutía con los empleados, llamaba por teléfono. El día era magnífico. Carlos insistía en que en Dubrovnik sería aún mejor. Propuso tomar una cerveza para bajarse la cruda. Estaba impaciente, sorprendido seguramente por no haber encontrado a su amigo ya allí. Alguien le dijo que el avión no saldría sino después de que llegara otro autobús de la empresa que por alguna razón se había retrasado. Eso lo tranquilizó.

—Tal vez tu amigo pensó que sería imposible conseguir billetes y por eso no vino.

—No, me habría avisado. Con toda seguridad va a llegar en el autobús de la compañía.

Llegó el autobús. Entró por la puerta central un grupo de pasajeros. Carlos se levantó y salió a su encuentro. El perro de aguas no apareció.

—No le vi ninguna gana de hacer este viaje —insistió.

Charlie no respondió de momento. Se volvió hacia él. Luego le dijo con aire apesadumbrado que había estado pensando en la conversación de la noche anterior. Tenía razón. Belgrado era un lugar impenetrable; no comunicaba con nada. No recordaba haber afirmado nada parecido. Cuando iba a protestar anunciaron por el magnavoz la salida del avión. ¡Qué grotescos fueron los últimos minutos! Lo vuelve a ver en el vehículo que los conducía al avión darse un golpe en la frente. Un recurso barato, tonto. De repente recordó que debe ir esa tarde a la universidad. Se trataba nada menos que de un examen profesional; sin su presencia se suspendería y eso podría acarrear un sinfín de dificultades. Las consecuencias personales no le importaban pero sí el daño que le causaría a la alumna; una chica magnífica. ¡Había hecho la tesis con tantos esfuerzos!

—Okey. No necesitas dar explicaciones —silbó con los dientes casi trabados. Quería evitar a toda costa el desbarrancamiento en el circo. Si lo dejaba continuar sería capaz de afirmar... No, ¡que se fuera de una buena vez al carajo!

—¡Cómo pudo habérseme olvidado algo así! —repetía Carlos desesperado. Luego añadió—: Si esta noche sales del hotel entre las diez y las once déjame una nota diciendo dónde te puedo localizar. Tomaré el avión de las nueve.

No llegó esa noche, ni al día siguiente. Tampoco telefoneó. Decidió no preocuparse. Tenía la seguridad de que no volverían.a verse. Se quedó sólo dos o tres días en Dubrovnik; luego voló a Roma, regresó a México donde encontró una carta con excusas muy tontas. Meses después le llegó la otra ya de Kotor. Había abandonado la universidad. Quería escribir. Si en aquel paraíso medieval no lo hacía ya no lo haría nunca; luego, la última, muy triste. Había llegado el invierno, no tenía amigos, sólo un viejo poeta, en busca como él de una inencontrable Arcadia. No contestó a ninguna de esas cartas.

Veintiséis

¿HABRÍA SIDO sólo la muerte del perro lo que de golpe destituyó el equilibrio obtenido en aquella convivencia? Durante algunos días la anciana había permanecido casi muda, lo recibía con desgana, a veces le mandaba decir que pasara al día siguiente, no podía recibirlo, no se sentía bien, no tenía ánimos para hablar, le habían vuelto los dolores, su cansancio era mortal. Cuando lo hacía pasar, apenas hablaba, se mantenía tercamente silenciosa, perdida. Se dejaba inyectar por el médico sin protestar. Sabía que Tirso, el perro de Gloria, había enfermado; ya era muy viejo, no quería comer. Su hijo opinaba que estaba por morir. Una noche la anciana se levantó, comenzó a hurgar entre los cajones superiores de un armario hasta que encontró un frasco; sacó de él dos pastillas, las envolvió en un pedazo de papel y le pidió a Flor que las moliera y mezclara con un trozo de carne picada. No podía tolerar que el animal sufriera. Le pidió que tuviera cuidado, que tirara después el traste donde había puesto la carne; se trataba de un veneno muy activo. Era el mismo con que habían matado a Persa, la yegua.

Cuando le comunicaron la muerte del perro su desolación fue aún mayor.

—Aunque no lo viera, oír sus ladridos de cuando en cuando me mantenía próxima al pasado, al recuerdo de las chicas. Se lo regalé a Gloria el día que hizo su primera comunión. Me lo vendió una profesora americana que estaba por irse del país. No se trataba de un cachorro sino de un perro ya hecho y derecho. Imagínate lo viejo que ahora sería. A la muerte de las muchachas se puso como loco, igual que cuando se marchó su otra dueña; le costó adaptarse a nosotros, pero las chicas lo domaron. Me parecía oírlo gemir anoche bajo mi ventana; de golpe volvía a vivir muchas cosas, los paseos a Veracruz, las comidas en el rancho de los Arauz, mi agilidad de otros tiempos, mi jardín… Lo terrible de la muerte de alguien, aunque se trate sólo de un perro, es hacernos evidente que en nosotros mil cosas estaban ya muertas, que nadie logrará resucitar.

Comenzó a sollozar.

Él se levantó y puso en el gramófono un disco, intentó contarle anécdotas divertidas sobre las excentricidades de Paz, cosa que siempre la divertía, pero esa vez no obtuvo ningún resultado. Nada lograba disolver la melancolía de la enferma. Al día siguiente salió a México. Estuvo fuera algo más de dos semanas. En México fue a fiestas que le hicieron olvidar el lúgubre ambiente en que había estado viviendo; volvió a reunirse con muchos conocidos. Le parecía que sus contemporáneos y los aún más jóvenes pintaban de una manera extraordinaria, que tenían un talento especial para la luz, para el rigor o la libertad, según fuera el caso, para experimentar con formas nuevas, frente a las cuales la temática en que se había sumergido le resultó de golpe triste, relamida y anecdótica y, sobre todo, violentamente anacrónica. Pasó los dos últimos días en el pequeño jardín de su hotel, probando sobre un lienzo unos nuevos tubos de pintura. Descubrió que debía apoyarse en el color más que en cualquier otro recurso en la serie en que trabajaba; podía obtener con él, sin necesidad de ningún otro sostén, los efectos de lejanía y proximidad que le interesaban, lograr con el color la relatividad necesaria, no establecer ninguna diferencia en los cuadros que no fueran las cromáticas, repetir exactamente el mismo modelo con tonalidades diferentes; una determinada vibración del amarillo podía hacer retroceder al verde más intenso; tal color pizarra era susceptible de convertirse en una llamarada ante ciertos tonos del negro. Un color se adelanta o retrocede gracias a su vecino. Sintió nacer un amor tiernísimo por los colores. No pudo continuar en México. Regresó de pronto a su estudio, urgido por la necesidad de copiar el cuadro en que trabajaba en tres telas distintas y destruir los otros bocetos sobre la anciana y la niña.

Cuando llegó a Xalapa, su madre lo sorprendió con una noticia. La anciana estaba muy grave; la habían encontrado días atrás casi muerta. Todo hacía pensar que se trataba de un intento de suicidio. Su hijo había puesto en práctica todos los recursos posibles para salvarle la vida, y lo estaba consiguiendo.

—Si se muere —opinó su madre— seguramente no va a condenarse; ya no está en total uso de sus facultades, su estado mental la absuelve del pecado.

Al parecer, había ingerido el mismo veneno con el que mandó matar a Tirso, y años atrás a Persa.

Cuando unas semanas después pudo volver a visitarla, ella negaba con acaloramiento la versión del suicidio. La oyó repetir una y otra vez los mismos argumentos. Que no fueran a creer sus familiares, sus amigos de otros tiempos, sobre todo su hijo, que no sabía hacerle frente a la vida. ¿Quién sino ella era la fuerte en esa casa? Por primera vez Juanita había cometido un error con las medicinas; la culpa, debía reconocerlo, era toda suya. Por un descuido injustificable había puesto el frasco del veneno junto a los otros medicamentos. De estupidez, de inconsciencia, de lo que se les antojara, podían acusarla, y de buen grado se reconocería culpable, pero no de cobardía. Por supuesto el acto no volvería a repetirse. Su hijo se había llevado el frasco al consultorio. La niña, asustada pero firme, seguía negando su error. Afirmaba que el frasco que se había llevado el doctor no estaba con las otras medicinas cuando le dio las pastillas de siempre.

—¿Para qué discutir, Juanita? La culpa fue mía por no guardar en su lugar el frasco; por favor no discutamos que eso sí me enoja.

La vida no volvió a normalizarse. En aquellos días su tía insistía en que fuera a visitarla. Prolongaba las conversaciones, no quería permanecer sola. Juanita ya casi nunca iba a la recámara. Se enteró de que ya no comían juntas. Un día le pidió que le preguntara a Flor (ella, dijo, no quería intervenir en asuntos de criadas) por qué había dejado de poner en la mesa el cubierto de la niña, y aquélla le respondió que la criatura se había impresionado mucho después de lo ocurrido con las medicinas y que por eso, por vergüenza, ya no quería comer con la señora. A lo mejor con el tiempo se le pasaba, a lo mejor, pero por el momento no quería forzarla. La anciana no insistió.

Las pocas veces que la niña iba al cuarto se dedicaba a colorear sus cuadernos o a construir casas con cubos de madera. La intimidad entre ellas estaba perdida. Las canciones, los cuentos, la risa, los proyectos de viaje eran ya el pasado. Apenas se hablaban; de vez en cuando las descubría observándose; furtivamente y con aflicción, la anciana; furtivamente también y con resentimiento, la niña. Se estudiaban, se escudriñaban con cuidado cada vez que la otra se encontraba absorta en alguna ocupación, procurando que nunca coincidieran las miradas. Era una situación muy triste. Lo más extraño fue la aproximación que empezó a producirse entre Juanita, Flor y el médico. El viento soplaba en una nueva dirección. Las alianzas habían cambiado. A veces, después de la inyección, la niña consultaba al médico sobre el color que debía aplicar a algún dibujo. Era la peor vejación que le podía hacer a la enferma. El médico permitía que la niña se acercara a su sillón, le acariciaba, distraídamente, la cabeza:

—Píntalos de negro o de café. Los zapatos son siempre negros o cafés, Juanita.

—¡Vaya imaginación! Tienes a tu lado a un pintor que te podría aconsejar mejor, ¿no crees? Yo de colores no sé nada, por eso no me imagino cuáles puedan convenirle a los zapatos de un ratón. Pero si de algo estoy segura es de que los ratones tienen zapatos de colores distintos a los nuestros. Yo a un ratón le pintaría los zapatos de rojo, de azul, de amarillo, en fin, de cualquier color que no fuera ni negro ni café.

—¿Cuál es el café? —le preguntó en ese momento Juanita a don Eduardo, mostrándole los lápices, sin hacer caso de la perorata de la enferma. Luego se tendió sobre la piel y comenzó a pintar los zapatos del ratón.

La frialdad de Juanita y la repentina timidez de su tía le revelaron de pronto la verdad. Era inconcebible que su tío, por obtuso que fuera, no hubiera advertido lo que había ocurrido, lo que a él comenzó a parecerle tan claro que no permitía confundirse. Tal vez lo sabía y no creía conveniente revelarlo, aunque, por lo visto, había tomado las precauciones necesarias. No sabía si debía hablar o no con el doctor. Temía que la melancolía en que reptaba la anciana la precipitara de nuevo al vacío. Lo indicado sería que una enfermera la vigilara día y noche. Tal vez debiera hablar con ella, decirle que lo sabía todo, tratar de forzar una reconciliación con la niña, procurar que la anciana le diera una explicación, que inventara excusas, hacerle entender que lanzar sobre Juanita aquella responsabilidad había sido también, de otra manera, un acto suicida. La niña lo conmovía. La irresponsabilidad de la anciana al calumniarla, su obstinado amor propio, la habían dejado por entero desamparada. Era imposible no sentirse de su lado. Pero también pensaba que quizás no valiera la pena aclarar la situación; aquel fatigoso jadeo no era sino un simulacro de algo que a duras penas podía llamarse vida.

En una ocasión, antes de subir a ver a su tía, se detuvo en el jardín. Era una tarde espléndida. Se tendió en los bordes del estanque a tomar el sol, quizás sólo por repetir inconscientemente prácticas de su infancia. De pronto vio a Juanita cerca de la puerta del consultorio. Le extrañó la presencia de la niña en una parte de la casa que nunca antes le había visto frecuentar. La llamó. Juanita se desconcertó. Espantada, intentó caminar más de prisa, como si no lo hubiera oído. Luego se echó a correr, pero él hábilmente le interceptó el paso.

—¿Qué haces?

—Nada.

—¿Está mi tío en el consultorio?

—No, debe estar en el cuarto de la señora Amelia.

—¿Qué andas haciendo por acá?

—Nada.

—¿Qué buscabas en el consultorio?

—No es cierto.

—¿Qué no es cierto?

—No estuve en el consultorio. Fui a hacer mis necesidades en el patio de hasta atrás.

—¿Por qué no fuiste al baño?

—No sé.

—¿Qué no sabes?

—En la casa donde vivía las niñas hacían sus necesidades en el patio.

Según parece cada situación está sometida a un desarrollo que se rige por cánones propios. Ciertos signos, a veces apenas visibles, advierten la aproximación del desenlace. En aquellos días trabajó con pasión. Pasaba horas enteras encerrado en el estudio, donde todas sus impresiones fueron tomando rápidamente forma, como si presintiera que el tiempo de disfrutar de la atmósfera y personajes de que se nutría, estuviera por agotarse, como si el drama que se desarrollara en el palomar de la otra casa le transmitiera algo de su tensión y necesitara liberarla encerrándola en aquellas imágenes que se encadenaban unas a otras en una atmósfera turbia y densamente luminosa. Dejó de existir para el mundo; no hablaba prácticamente con nadie. Sólo registraba dos sitios, la casa de su tía a la que iba todas las noches, y su estudio en donde organizaba las visiones recogidas en aquella alcoba, hasta que un día le dieron la noticia de que volara porque su tía estaba agonizando y quería hablar con él.

Cuando llegó estaba inconsciente. Alrededor del lecho vigilaban su tío, otro médico, dos enfermeras y Flor. Las enfermeras la preparaban mientras llegaba la camilla. Cuando se la llevaron, Flor le informó que su tía había confesado que también la vez anterior había sido ella la responsable, que no podía más con la vida, que había acusado injustamente a Juanita porque le costaba trabajo y vergüenza, mucha vergüenza, reconocer su cobardía; que la niña había sido inocente, que antes de que el doctor se llevara el frasco del veneno había guardado unas pastillas y que, esa tarde, cuando la niña le sirvió el chocolate, las echó en la taza, que entendieran que ya no podía más, que no quería pedir perdón a nadie, que la dejaran terminar en paz. Flor hablaba entre sollozos. Comenzaron a llegar los familiares. Él, fatigado, se dejó caer en un sillón al fondo de la habitación; a su lado, casi escondida, descubrió a Juanita. Cuando la niña lo vio sentarse desvió la mirada y se concentró en su cuaderno de dibujo. Era el mismo cuaderno de los ratones; pintaba de verde los zapatos de uno de ellos.

Luego comenzaron a expandirse las habladurías sobre el veneno; algo que dijo una de las enfermeras agitó la imaginación de la familia. La anciana había estado muy poco clara durante la convalecencia, se contradijo muchas veces; algunos afirmaban que en la taza no había restos de veneno, que se lo habían administrado de otra manera. Cuando salió del peligro, su tía se obcecó en internarse en una clínica de la capital. El doctor cerró el consultorio. La piqueta comenzó a demoler la parte trasera de la casa.

Flor fue a visitarlo un día. Le acompañaba Juanita. Pensaba vender el terreno que le había donado doña Amelia; con ese dinero abriría una fonda. La niña apenas lo saludó. Sabía que él sabía. Trató en esa ocasión de convencer a Flor de que se marchara a Veracruz e instalara allí un negocio. Él podía ayudarla. Comentó que a la niña, tan encariñada que había estado con la anciana, le convendría cambiar de aires.

Hacía dos meses de esa visita. No volvió a verlas. Los tres cuadros estaban casi terminados; debía darles algunos retoques, acabar el lienzo que lo contemplaba desde el fondo del cuarto, precisar ciertos reflejos en las máscaras de cristal. El año estaba por terminar. La conversación con Mina, caída de sorpresa en aquel lugar, su malevolencia, la discusión, la pelea, la bofetada, todo había vuelto a intensificarle de manera tremenda su repudio a Europa. Tampoco tenía caso quedarse en Xalapa. No exhibiría esos cuadros en México. Recuerda que ha estado a punto de revelar esa misma noche, en plena ebriedad, la verdad sobre el caso. Ésa hubiera sido la peor, la única verdadera traición a su tía. A tiempo logró deslizarse hacia las anécdotas graciosas. Era imposible culpar por entero a la niña… en un momento la habían desposeído de lo que le proporcionaba seguridad; no estaba preparada para soportarlo; pero tampoco era fácil absolverla con la mano en la cintura.

Quizás le vendría bien acompañar a Mina en su viaje por Yucatán y Guatemala; pero pelearían desde el primer día. Lo mejor sería tal vez comenzar las obras en el cafetal, construirse un estudio, olvidarse de todo, iniciar una nueva relación que nunca podría ser igual, pero que quizás tuviera la virtud, precisamente por incompleta —cualquier otra relación amorosa sería ya incompleta—, de avivarle el pasado, de recordarle a toda hora que en otro tiempo había sido feliz, que Irena, Irka, Irenne, Irenka, la hermosa hebrea nacida en Londres que hablaba con nostalgia de lugares nunca conocidos, existió alguna vez y compartió su tiempo, que viajaron juntos por Italia, que combatieron y se amaron en hoteles de nombres irrecordables, que un día le presentó a una tía que compartía con ella la misma sonrisa, los mismos dientecillos pequeños y separados. Las imágenes se agolpaban, el miedo de nuevo, la pálida fofez de su tío Eduardo, la niña, el ruido, el baño, el sueño, los ojos huidizos, la última vez que oyó cantar a la anciana, los ladridos de Tirso, las novelas policiales apiladas en el suelo, la vieja actriz bebiendo vodka, los dientes de Irka envilecidos por la boca de su tía, la niña en la puerta del consultorio, una tarde de espera en la baranda del Swiss Cottage, el cafetal, los zapatos verdes de un ratón, el industrial japonés y su yerno, la risa de Paz Naranjo, los frascos de medicina. Comienza a dormir… la máscara… sí…

Veintisiete

———

TODO TIENDE a asegurarle la tranquilidad, el buen reposo. Manos competentes, ojos previsores, mentes consagradas a imaginar sus exigencias y deseos y a procurar satisfacérselos, se han esforzado en crear aquel ambiente, tan necesario en los momentos en que una reafirmación se vuelve indispensable. El teléfono a la mano, las cortinas de brocado espeso, la rugosa colcha de cretona con rayas de un verde suave que combina con otro más suave, con otro todavía más suave, imperceptible casi; una reproducción de Guardi, otra de Carpaccio; algún broche de cromo o de aluminio inteligentemente entreverado en los muebles oscuros. Todo en la medida necesaria para recordarle al turista que no está solo, que no se ha derrumbado en otra época, que el Carpaccio, el Guardi y el falso brocado que reviste los muros son exclusivamente atmósfera, que continúa inmerso en su siglo, que una de las puertas conduce a un baño donde brilla el azulejo, el plástico, los metales cromados. Hacerle saber, en fin, que basta oprimir un botón para que surja un camarero y minutos después sobre una mesa aparezca el whisky, el hielo y, también, si uno lo desea, un buen risotto al pesce, la cassata, el café.

Carlos hablaba con frecuencia de las ventajas de vivir en hoteles. En realidad buena parte de su existencia transcurrió en ellos; conoció toda la gama, desde hoteles de ese tipo hasta las casas de huéspedes más inmundas, cuartos de alquiler de aspecto y hedor inenarrables. ¡A saber cómo sería aquel sitio en que pasó sus últimos días!

En la película aparecía un viejo caserón de madera de dos plantas. En el piso de arriba se hallaban los cuartos. Habitaciones rectangulares con seis o siete camastros. Abajo, una sala de té donde se reunía la gente de la localidad a comentar las noticias, a jugar a las cartas, a matar el tiempo. Llueve sin interrupción. La lluvia torrencial forma, como en *Rashomon,* cortinas sólidas, grises, densas, que no sólo incomunican a las personas sino hasta a los objetos. El hotel está casi vacío. No es temporada. En su cuarto es el único huésped. La humedad y el frío lo torturan, lo hacen sentir permanentemente enfermo. Ha llamado varias veces a la encargada para mostrarle las dos goteras del techo, pero la vieja se conforma con gruñir. Termina por poner un recipiente de lámina bajo una, y bajo la otra la toalla; cada cierto tiempo debe levantarse para exprimir la toalla por la ventana. Recoge las mantas de las otras camas para cubrirse. Sus días transcurren en una neurastenia casi intermitente. Pasa horas enteras en la cama, acurrucado bajo la montaña de cobijas, pensando sólo en el frío que le atiere las manos. Su imagen es la de un animal enfermo; a momentos gime suavemente: un animal que se recoge para morir. Sabe que apenas ha empezado el invierno, que deberá resistir esa canallada de la naturaleza durante largos meses y que los peores aún no se presentan. Abre un bote; mastica unas galletas untadas con una pasta que humedece en un vaso. Hace movimientos de gimnasia para tratar de entrar en calor; a veces toma su libreta y baja a la sala de té. Los tres o cuatro campesinos que acuden al lugar apenas hablan; el frío y la penumbra los reconcentran, los aíslan. Tiene la precaución de esquivar a la otra inquilina de la pensión y a su nieto; en días pasados se había sentado a tejer a su lado para espetarle un discurso nauseabundo sobre sus padecimientos: diarreas, resfriados, punciones, los nervios, el hígado, la pus que no cesa, inyecciones, lavativas, baños de azufre. La cámara hace prodigios para recrear ese mundo de oscuridad en que de golpe hay uno que otro destello luminoso: las gotas que rebotan en la acera como balas sobre una superficie metálica, el viejo desvencijado automóvil oscuro que cruza por un momento el pueblo en medio de un derrumbe de cielos. Tras el auto, el poeta menesteroso, envuelto en un abrigo harapiento que le llega a los pies, se abre paso a la carrera; agita los brazos como si luchara contra la misma sustancia espesa de la vida. En una mesa, cerca de una estufa de hierro, cuyo calor no parece beneficiar a nadie, el obeso protagonista (¡qué lejos ya del atildado joven de las escenas de pasión en Macao!) intenta trazar, con desgana, algunos signos en su cuaderno. Las ideas no fluyen. Escribe unas frases, las tacha; el plumón comienza a bailar, a titubear, traza líneas, dibuja flores, perfiles de mujer, números, vuelve a detenerse; recomienza la tarea de esbozar un párrafo que se niega a avanzar. Arranca al fin la página, la estruja y la tira. Pide una botella de licor y llena un vaso. En ese momento irrumpe en el local, empapado, tembloroso, el viejo bardo.

Es evidente que el modo de manejar la luz entraña una intención simbólica. La atmósfera psicológica, al menos, se concentra o se detiene con su ayuda. En las primeras escenas, las de la juventud, la claridad es radiante y va en aumento hasta la parte de Macao donde la luminosidad se vuelve a momentos intolerable. Todo contribuye a ello, no sólo el sol, siempre a plomo sobre los personajes; los trajes claros y vaporosos de la bella actriz que reproduce a Paz Naranjo, los sombreros de paja de los jóvenes, los toldos color crema de los cafés al aire libre.

—Ciega esta luz —dice ella en el momento de embarcarse. Se marcha de Macao sin rescatar sus bienes.

Luego la luz disminuye gradualmente hasta desaparecer casi del todo en las últimas escenas: en la aldea de pescadores donde se ha terminado por refugiar el protagonista. El sol, las pocas veces que aparece, es como su triste parodia. No hay sino niebla, lluvia y frío: una grisura que cae del cielo, mancha los plafones, se filtra por las paredes. Aun en la sala de té parece flotar una nube húmeda que rodea a los escasos parroquianos.

Algo recuerda de la última carta. ¿La conservará todavía en México, entre sus papeles? Era una carta larga, quejumbrosa, irritante. Hablaba de la melancolía que se había apoderado de aquella diminuta ciudad tan pronto como el otoño comenzó a dar paso al invierno, de la oscuridad, la lluvia y la falta de incentivos, de la carencia de personas con quienes conversar. De su encuentro reciente con un viejo poeta desdentado de barba sucia rala que había preferido la soledad de un escondrijo en la montaña; su único compañero, no de paseos porque el tiempo ya no los permitía ("el pinche frío ha sentado la garra en este que aún hace una semana parecía un inmutable paraíso solar al margen de las leyes climáticas. De repente, a la hora del crepúsculo, una helazón bestial bajó de la montaña…"), sino de copas, de taberna.

Por más que ha intentado pasear, perderse, despotricar de sus compañeros, ser absorbido por la ciudad, leer un poco, dormir, pensar en la conversación telefónica con Emilia, la película lo tiene por entero poseído; le ha avivado la mala conciencia. Vuelve a repetirse que él y otros amigos debieron haberlo obligado a volver, enviarle un mensaje, meterlo en una clínica de desintoxicación si era lo que necesitaba; en fin, algo seguramente hubiera podido hacerse, cualquier cosa menos dejarlo morir en aquel pueblo perdido, olvidado de todos. Es imprescindible que concierte un encuentro con Hayashi, que le informe cómo pudo enterarse de aquellas circunstancias finales; decirle a pesar de que no le creerá (como buen oriental fingirá que sí, sonreirá cortésmente, pero sin ocultar del todo una expresión de tedio) sino hasta que comience a darle nombres y detalles; tendrá que decirle que no sólo fue amigo de Carlos, sino que es el original de aquel muchacho un tanto absurdo, el joven ofuscado que aparece en un pasaje de su película, el que una noche, por poquísimas horas de una noche, fue el amante real de una mujer real que vivía ahora, si es que aún vivía, en una maniática decrepitud, empecinada sin duda en su resentimiento hacia Carlos, en una combinación de hotel y clínica de lujo en los alrededores de Londres. Que por favor le diga si la muerte de Charlie, de cuyas circunstancias nadie logró enterarse, fue tal como la describía en su película. Añadirá (¡si tuviera a la mano aquella carta para poder mostrársela!) que estaba enterado de la existencia del viejo poeta harapiento que abandonó la gloria literaria para refugiarse en una choza en las montañas, que por favor le explique cómo fueron las últimas semanas de su amigo en las Bocas de Kotor.

En la película, después del encuentro de los dos hombres de letras, las visitas se repiten siempre en la taberna, junto a la ventana, no lejos de la chimenea, desde donde contemplan la lluvia. La primera vez el poeta se dirigió hacia la estufa, dejando a su paso un arroyo. Se sentó en la mesa vecina a la del protagonista, el supuesto Carlos.

Cambian unas cuantas palabras; algo los lleva a identificarse como escritores; hablan un poco de literatura, mucho sobre los pros y los contras del lugar, del paisaje, y también de sus sueños, aspiraciones y proyectos. ¡Dos muchachones decididos a conquistar y a transformar el mundo, el arte, la literatura, la vida nada menos! Entrechocan los vasos con frecuencia, se saben hermanos, cofrades, aedas incomprendidos por los tiempos que corren. En un momento maldicen su época y al siguiente la califican de extraordinaria, germinal de algo que está a punto de aparecer. Una época grandiosa a pesar de la fatiga y el desaliento que sabe producir.

Y un buen día al poeta le confía que se encuentra en dificultades; le habla de su miseria, del raquítico cheque que no llega. La patrona lo ha amenazado con incautarle el equipaje y expulsarlo del hotel; no sabe qué hacer, no le queda dinero ni para poner un telegrama. Desearía vender algunas prendas de ropa, pero no conoce a nadie en el lugar. El poeta le asegura que no obtendrá gran cosa por los trajes; por el reloj, en cambio, podrían darle una considerable suma. Pero él se resiste, se excusa diciendo que es un antiguo regalo; además, no saber la hora lo hace sentir mal, le produce mareos, náuseas. El poeta insiste. Le asegura que conseguirá el dinero en menos de media hora. Por fin se desprende del reloj. Luego espera; se encuentra profundamente postrado. Está seguro de que otra vez lo han timado, que esa noche lo echarán de la pensión; el reloj era lo único con que contaba para que algún chofer lo devolviera a la civilización. Cuando el otro regresa con el dinero apenas puede creerlo. Llaman a la patrona, paga la cuenta; le sobran aún unas monedas. Piden una botella de licor, luego otra. Se emborrachan. El protagonista escucha cómo aquel viejo desdentado, sucio, desaliñado hasta lo imposible, que no ha dejado, ni siquiera en los momentos de mayor fraternidad, de producirle cierta repugnancia (pues en cierto modo es como verse reproducido en un espejo que le obsequia su imagen futura, una imagen que casi le pisa los talones), con gran locuacidad y un enorme despliegue de muecas, de carcajadas que dejan al desnudo las encías y los restos de dientes putrefactos, con guiños que ponen todo el rostro en movimiento hasta formar un crucigrama de arrugas, suciedad y pelos, le confecciona un porvenir despojado de preocupaciones económicas. Lo oye, al principio, con asombro, luego con un tembloroso deseo de participación, al final con entusiasmo, narrar sus experiencias en aquella cabaña donde escribe cuando le viene en gana, sin preocupaciones de ninguna especie, y de la que de tarde en tarde bajaba al pueblo para comprar algún periódico, aunque ahora lo hace más a menudo para conversar con él, pues no era frecuente encontrar en esos tiempos personas de la ciudad, mucho menos de su categoría, y lo invita a compartir con él su casa. Encontraría por fin la calma que buscaba, podría terminar esa novela de la que en varias ocasiones le ha hablado.

Siguen bebiendo.

Luego, tambaleantes, con paso inseguro, suben al cuarto. Con la ayuda del poeta recoge sus cosas y las guarda en la maleta. Meten la ropa revuelta, las latas de alimentos, un par de zapatos de lona; ponen los libros, las carpetas y los papeles dispersos por el cuarto en una cesta que cubren con periódicos. Después, bajo una lluvia fina, en medio de la oscuridad, caminan por la larga y estrecha calle principal (la única) del pueblo, al lado del mar. Comienzan a ascender la montaña por una vereda empedrada. La lluvia los ciega a momentos; caen de cuando en cuando, maldicen estrepitosamente, se detienen a tomar aliento. La botella pasa de mano en mano con cierta regularidad. Siguen caminando. Al final aparece el reducto de su amigo, unas grandes peñas mal arracimadas, como gajos desprendidos de la misma montaña, cubiertos con un techo de paja. El poeta empuja la puerta y lo invita a pasar. En ese momento, fulminado, se da cuenta de todo. Contempla el montón de paja húmeda que compartirán esa noche, los restos de una fogata, el suelo de tierra empapada. Advierte, con indecible horror, que la vida ha logrado aprehenderlo. Sabe que aquel viejo inmundo ha sido el cebo que lo condujo a la trampa, que el mundo ha logrado por fin desembarazarse de él, ponerle, ¡y con qué rigor!, los puntos sobre las íes, excluirlo definitivamente.

Sabe que no podrá vivir en aquella pocilga, pero que tampoco le permitirán volver al hotel; que ha trascendido esa etapa. La modesta pensión es ya para él tan inaccesible como los restaurantes de Tokio, como el hermoso jardín de su casa en Macao, como un buen sastre, como el champaña. Sabe que a partir del día siguiente deberá buscar ramas secas para calentarse, que se ha convertido en el criado del poeta. De vez en cuando bajará al pueblo a mendigar y comprar víveres y alcohol. Para la gente del lugar no será sino otro loco más. También a él se le pudrirán los dientes. Sale de la cabaña, comienza a correr, equivoca el sendero. La lluvia se ha vuelto, otra vez, torrencial. Corre al lado del acantilado, resbala, emite un grito breve, más bien un gemido. La cesta queda flotando sobre el agua. Ícaro ha vuelto a hundirse en el mar. En la cabaña, entretanto, el poeta hurga en la maleta. Se prueba con muestras de júbilo los pantalones, las camisas, un suéter. Olfatea con deleite la bolsa de tabaco.

Por un instante el recuerdo de aquella escena le hace sentir la necesidad, la urgencia, de volver a oír la voz de Emilia. Está a punto de pedir otra llamada a México. Pero después de un momento de incertidumbre resuelve que sería insensato llamar por segunda vez, daría una falsa impresión. Lo mejor, pues, será acostarse, tratar de leer un poco, tomar un luminal, dormirse a buena hora. El día siguiente será, puede asegurarlo, atroz. Tiene la agenda copada de compromisos de la mañana a la noche. Ni siquiera podrá hablarle a Hayashi. Será mejor dejar eso para otro día. A fin de cuentas, ¿qué importancia podría tener enterarse de algún nuevo detalle sobre la muerte de Charlie? Oprime el botón de la lámpara. El paisaje de Guardi, las rameras de Carpaccio, los brocados, *The Towers of Trebizond,* el teléfono, son absorbidos por la oscuridad. Está exhausto. Mete una mano bajo la almohada y de inmediato se sume en un sueño que borra toda la fatiga, el estupor, la culpa o el rencor que aquel abigarrado día le había producido.

Después, por un instante, se presenta una breve alteración en su sueño, un inicio de pesadilla.

Veintiocho

EN EL SUEÑO aparece una Venecia abandonada. Las góndolas y los vapores se deslizan a la deriva por el gran canal; la corriente los une en grupos que chocan ruidosamente contra los muelles; aquella fantasmal caravana de embarcaciones es sólo el preludio de la gran catástrofe. En efecto, con imprevista celeridad se enferman los muros y se cubren los chancros. La humedad trepa por ellos con su cohorte vil de sabandijas y musgos. Desaparecen en el fango los Giorgiones y los Tizianos, los tres Masaccios del cardenal Chioglia, los leones de bronce que siempre consideró como un símbolo de la eternidad. La escayola se convierte en una papilla blanda, luego en un líquido espeso hasta dejar al descubierto la piedra y el maderamen. Se desvencijan con estrépito los grandes portones.

Venecia sería traicionada por sus piedras que, primero en secreto, más tarde abiertamente, se confabularían con el agua y el viento. Los airosos campanarios empezarían por inclinarse con coquetería, proclamando una ascendencia pisana, para después desplomarse sin gracia, pesadamente, al toque vibrante de las trompetas de sus ángeles de bronce. Las aguas los recibirían con beneplácito. Hordas de rapaces cangrejos se lanzarían sobre los últimos escombros de la ciudad leprosa. De cuando en cuando una llamarada devoraría una iglesia aún en pie, o un conjunto de palacios, para extinguirse tan inexplicablemente como había surgido. Y él contemplaría la escena desde el pequeño canal donde estuvo esa tarde, desde la minúscula ventana de jambas y dinteles retorcidos, único reducto a salvo de la furia destructora. Una góndola se acercaría a su casa, la góndola que vio, la del mascarón roto, el cisne negro degollado. Los renos surcarían pesadamente el canal. Con alegría advierte que no está solo en el mundo, que en medio de ese mar de escombros queda otro sobreviviente. Corre al muelle, lanza una cuerda hacia el mascarón decapitado, tiende una mano para sujetar un brazo lechoso que emerge de la góndola. En ese instante descubre, presa del terror, la identidad de quien va a ser su única compañera en la vida.

—¿No es una maravilla? ¿Se da cuenta de que por fin estamos solos? —exclama con arrobo la Falsa Tortuga.

Belgrado, julio 1968 / Barcelona, julio 1971

JUEGOS FLORALES

I

YA LA PRIMERA NOCHE, cuando después de cenar volvieron a casa de Gianni y se pusieron a hojear los viejos ejemplares de Orión, él comentó que varias veces había intentado escribir, sin lograrlo, una novela sobre Billie Upward; bueno, sobre un personaje que reproducía vicisitudes de Billie y que compartía con ella el mismo final.

—¡Una muchacha muy dulce, Billie! —fue el escueto comentario de Gianni.

—¿Dulce? ¿Billie? —respingó.

Al salir de México, él y su mujer habían decidido pasar buena parte de sus vacaciones en Sicilia. Pero, casi sin advertirlo, tuvieron que enfrentarse al hecho de que el verano estaba a punto de concluir y no habían salido de la ciudad, "ya que Roma, sabedora de todos los recursos y añagazas necesarios para atrapar a los incautos" —como habría dicho Billie la insoportable, quien en tales circunstancias se revestía de un aire de ave sapiens, un pajarraco de pescuezo largo y mirada penetrante dispuesto siempre a graznar frases lapidarias y a repartir picotazos a diestra y siniestra—, "la astuta Roma, disimulada bajo un ropaje a la vez fastuoso y provinciano, había acabado por engatusarlos". Y ellos de buen grado sucumbieron a su hechizo.

Leonor no dejaba de repetirle durante los primeros días que lo desconocía, que se había convertido en otro, en alguien más joven, más osado, un bello aventurero, un joven discípulo de Marsilio de Padua que acabara de tocar con sus dedos impuros las páginas gastadas de un supuesto texto platónico hallado en la biblioteca de un convento anodino, un ardiente condottiero al servicio de algún príncipe feroz y refinado, un hombre del sol. un pagano, y, en efecto, ese reencuentro con la ciudad parecía facilitarle de nuevo el trato con la vida. ¡Sorber otra vez la leche oscura de la vieja loba, respirar su vaho pegajoso, gozar de la contemplación de las palmeras insolentes que, recortadas a un costado de la Trinità dei Monti, sobre fachadas color sepia, solferino o de un rojo vino desteñido lanzaban ante un paisaje vuelto de pronto metafísico un alarido de procacidad y dicha, la plenitud procedente de otras tierras: "Porque Roma es la capital del África —había dicho un día Raúl—, como la del Oriente es Venecia". ¡Perderse gozosamente en un laberinto de callejones y pasadizos que de pronto desembocaban en plazas principescas o en algún atrio recóndito frecuentado sólo por una legión de gatos y alguna vieja escueta, bizca, bigotona: un puñado de osamenta y nervios, un bulto envuelto en una especie de arpillera negra que varias veces al día atravesaba aquel recinto para abrir y cerrar una borrosa cripta, remover flores, encender o apagar unas veladoras, quitar una hoja seca y un poco de polvo!... A veces ese espeso tejido de callejuelas podía, después de prometer el Paraíso, desvanecerse en una avenida que por anónima hacíales recordar con aprensión que su tiempo —como todos los tiempos— sufría la obsesión de emparejarlo todo: Roma, La Paz, Londres, Dallas, Bath, Samarcanda, Monterrey, Venecia.

¡Qué vergüenza el océano de palabrería que una ciudad como Roma podía producir y filtrar para fatal e impunemente anegarle a uno el alma!, se repitió mil veces ese verano. Imposible permanecer mudo ante la Sixtina, el Capitolio, el retrato de Inocencio X o la Paolina Borghese. Aun en el caso de que se viajara solo y por lo mismo pudiera uno darse el lujo de no hablar, el lugar común, no dejaría de insistir, nublaría obtusamente la conciencia, entorpecería todo embrión de idea, disminuiría o pospondría cualquier razonamiento que pretendiera no quedarse sólo en la superficie como con desmayo lo supo hasta el propio Berenson apenas poner un pie en Italia. Y si, como en su caso, lo acompañaba una esposa que por primera vez tocaba Europa, el torrente de frases hechas, de asociaciones fáciles, surgía como un río desbordado para anegarlo todo: Sant Angelo y el triste fin de Tosca, la Piazza del Popolo y su mural del Caravaggio, la Fornarina y Rafael, el Pincio y el paseo fatal que deshonró a Daisy Miller, a lo que debía añadirse el aluvión sociológico, la historia de paja y a retazos, el periodismo, el cine.

Cuando Leonor, entre ruinas, intentaba recordar pasajes de algún manual de historia del arte leído con fervor antes de emprender la travesía, las imágenes que la asaltaban, ¡polvo de memorables lodos!, procedían de alguna lectura juvenil del *Quo Vadis* arropada con tropel de leones y turba de cristianos y un Nerón de seguro Charles Laughton, y de entre los pliegues de su memoria resucitaba con majestuosa languidez una Cleopatra Claudette Colbert, por supuesto en nada parecida a la reina que sembró Roma de obeliscos y gatos, y entonces desgranaba tal retahíla de adjetivos que si la pobre tuviera posibilidades de escuchar su discurso en una cinta grabada moriría en ese mismo momento de vergüenza. Cuando lo toma del brazo, por ejemplo, y le murmura casi al oído que hay elementos en la arquitectura diocleciana que la trastornan (él no entiende si ha dicho diocleciana o diocesana, sólo la ve señalar con gesto vago y amplio un trozo de paisaje donde hay pinos, un arco completo, unas columnas truncas y la torre de una iglesia que surge por encima de un espeso laurel), expresa un placer tan hondo, habla con tal calidez que él se contagia y casi siente vértigo. ¡Ah, la felicidad pura y simple de contemplar esos pinos, ese arco, las columnas, el laurel y la torre y afirmar para sí, sin pronunciar palabra, que está dispuesto a amar todo elemento, sea diocleciano o diocesano, que encuentre en su camino!

El viaje había surgido del deseo de conocer Sicilia, una de las regiones de Italia que, por habérsele escapado en la juventud, se convertiría más tarde (él no viajaba ya, a menos que lo obligara una razón profesional) en una especie de obsesión. En el último semestre había leído todo lo relacionado con Sicilia que encontró en la biblioteca de la Universidad. Pero en Roma fueron dejando que el tiempo jugara con ellos y de día en día aplazaron el viaje al sur hasta volverlo irrealizable.

Ya al comienzo de sus vacaciones había decidido no oponer su voluntad a nada, dejarse sumergir, devorar y moldear por la realidad, eximirse de toda posibilidad de opción; no elegir, que las circunstancias decidieran por él, de manera que poco antes del final de las vacaciones no sólo la isla había quedado eliminada, sino también la mayoría de los lugares prefijados, salvo las ineludibles Florencia y Venecia, que visitarían en un viaje relámpago camino a Frankfurt, donde los esperaba el avión a México; al paso de los días Leonor comenzó a jugar con la idea de también prescindir de esas ciudades. Por las mañanas amanecía con un vago remordimiento: ¿Sería posible dejar de conocer Venecia? ¡Mejor hubiera sido no salir de plano de Xalapa! ¡Irían! ¡Por supuesto que irían! Aunque sólo fuera por pasar unas horas. ¿Marcharse de Italia sin ver *La tempestad* del Giorgione, por ejemplo? Pero a medida que el día avanzaba sus propósitos cedían, Roma la iba ganando minuto a minuto, gangrenándole todo vestigio de voluntad.

—Sí —acababa declarando—, ¿tenía caso marcharse de ahí? Le exprimirían a la ciudad hasta la última gota. ¿Estaba de acuerdo? No sólo les faltaban sitios por conocer, sino que deseaba volver a paladear algunos de los ya explorados y, si tuviera que confesar la verdad, en el fondo sólo aspiraba a sentarse tardes enteras a un lado del Galopatoio, a la sombra de un pino, ver a los niños jugar en la arena, a los soldados cortejar a las niñeras, a la gente pasar, o, de plano, no ver nada, recibir el sol en la cara, aspirar la fragancia del lugar. Sí, lo mejor sería volar directamente a Frankfurt, no salir del aeropuerto, tomar el avión que los condujera a casa y después encerrarse a seguir pensando en los crepúsculos romanos. Sí...

Pero estaba visto que para Leonor nada resultaba fácil. A la hora de la cena, Gianni comenzaría a decir, como si quisiera desembarazarse de ellos:

—De ninguna manera pueden dejar de ver Mantua. No sólo por el palacio de los Gonzaga y los frescos de Mantegna, sino por la atmósfera del lugar. La ciudad no ha dejado de ser campesina; allí uno puede advertir todavía lo cerca que estaban de la naturaleza las cortes renacentistas.

Y cuando no de Mantua, hablaba de Piacenza, de Bari, de Ravena, hasta de Trieste, como si deseara que se marcharan al día siguiente, tener su casa libre de mexicanos que perturbaban el flujo emocional de su mujer y la llenaban de añoranzas inconvenientes y tal vez hasta de insatisfacciones. Pero Eugenia se recostaba entonces misericordiosamente en su hombro y le pedía que los dejara en paz ya que deseaban quedarse en Roma, y ella, además, quería disfrutar del matrimonio mexicano el mayor tiempo posible, de modo que mientras menos salieran...

Leonor suspiraría por no haber vivido en esa ciudad con su marido veinte años atrás, o tal vez por no haber vivido sola allí. (¿Cómo habrían sido sus días? ¿Habría conocido a Gianni antes que Eugenia? ¿A quién habría él preferido?) Y volvería a suspirar al no contemplar oportunidad alguna para instalarse allí por una temporada larga y al escuchar las incitaciones de Gianni para lanzarlos a la legua a conocer lugares que de ninguna manera la tentaban. Ni Gianni ni Eugenia, de eso estaba convencida, sabían apreciar la belleza del crepúsculo cuando las copas de los pinos se volvían súbitamente negras y las rojas paredes ardían con un fulgor de intensidad sorprendente. ¡Vivir una temporada en Roma! ¡Qué prodigio! ¡Tenderse durante horas en una terraza para ver los techos de otras casas y el ramaje lejano de unos árboles! ¡Disfrutar de las siestas en que sin fatiga repetía juegos a los que casi se había desacostumbrado, de los paseos, las pastas, los vinos, el café y la conversación de sus anfitriones! Eugenia era la primera mujer de quien no sentía celos, no obstante saber que entre su marido y ella había existido una historia levemente amorosa durante la estancia juvenil de él en Roma.

Él la observa, adivina lo que piensa, lo inventa, seguro de que no apunta lejos del blanco, y de que sólo necesitaría ser un poco más desarticulado para reproducir el flujo de imágenes con que Leonor trata de asirse a esas vacaciones, a ese sitio donde comen, a los recuerdos que tendrá que dejarle, y durante las breves e inesperadas pausas en silencio, lanzarse a comparar las imágenes actuales con las que conserva del primer viaje, cuando tenía veintidós años y pensaba que moriría en Roma, para al cabo de unos cuantos meses, recuperar en cambio la salud y sentirse con ánimos suficientes para comerse al mundo.

¡Roma jamás volvería a ser la misma! ¡Nadie, nunca, podría volver a tener veintidós años!

¡Si se hubiera quedado allí más tiempo! ¡Si no hubiera aceptado la invitación para trabajar como lector en una universidad inglesa! En principio está en contra de las lamentaciones, por eso corta de tajo cualquier autorreproche tardío. Todo pasó como debía pasar. Se fue de Italia, se dice, cuando le llegó la hora de marcharse, lo que no implica que la noche en que él y Leonor llegaron no haya dejado de sentir una especie de sed oscura cuando poco antes de acostarse hojeaba uno de los viejos Cuadernos de Orión. No lamenta tener que marcharse de Roma. Es más, hay momentos en que le urge llegar a su escritorio, buscar viejos papeles y aplicar esa corriente de energía que lo invade. Por un momento suda frío ante la idea de que pudieran no existir los borradores del relato que escribió en su juventud sobre el encuentro de una mujer con su hijo adolescente después de una larga separación, pero eso era imposible, una de sus manías es el orden. Encontraría el relato en alguna gaveta. Sería interesante ver si algo trabajado con tanta pasión durante sus primeros tiempos romanos había podido resistir el peso de los años. Había rehecho algunas páginas hasta una docena de veces. Tal vez fueran necesarias unas mínimas enmiendas para dejarlo listo.

¡Publicar un nuevo cuento! Él sería el primer sorprendido. En aquella ocasión Billie le aconsejó olvidarlo.

—Ese relato podía ser escrito, de hecho ya ha sido escrito muchas veces en Inglaterra, en Francia, en los países nórdicos, y, para ser franca, de una manera mejor. Orión debe ser otra cosa, quiere impulsar a cada uno de los participantes a volver a sus fuentes.

Lo que no logra explicarse es por qué después, en México, no había publicado nunca esa historia. Le parece que la leyó una vez al poco tiempo de instalarse en Xalapa y que volvió a sentir una enorme simpatía por su heroína; no dejaba de ser una anomalía que hubiese vuelto a sepultar aquella pequeña novela en un cajón de su escritorio. Está seguro de que volverá a trabajar en ese texto. No se detendría ahí, reharía la novela que sobre la propia Billie Upward había esbozado más tarde. Sencillamente por esas incitaciones el viaje había valido la pena.

Por eso y por tantas otras cosas. En eso convenía con Leonor. Hubiera bastado la hermosa tarde en que llegaron, cuando se dirigieron al hotel que la agencia de viajes les había indicado en México para descubrir que la reservación que suponían hecha varias semanas atrás no existía, aunque quedaron íntimamente convencidos de que el untuoso recepcionista, regordete y tristón, que tantas explicaciones daba sin sostenerles la mirada, la había anulado en favor de otros viajeros, así que tuvieron que echarse a recorrer una Roma que sumaba a sus visitantes habituales las legiones de peregrinos asistentes a una festividad eucarística, sin que, no obstante la fatiga del viaje, les preocupara mayormente que de un hotel los enviaran a otro, y, ante la misma imposibilidad de aceptarlos, los remitieran a otro más con igual carencia de resultados; porque la emoción y el placer que les proporcionó la contemplación de la ciudad a través de las ventanillas del taxi fue más intensa que su cansancio. Al fin, al anochecer, agotados los recursos, terminaron por telefonear a Gianni y a Eugenia, a quienes no pensaban anunciar su llegada sino días después, cuando hubieran asimilado las primeras impresiones y descansado de ellas y del viaje, y acabaron por hospedarse en su departamento, el mismo en que veinte años atrás vivía Raúl y a la vez contenía las oficinas de la editorial, donde Billie llegaba todas las mañanas a fin de cubrir estricta y puntualmente el horario descrito en la placa fijada en la puerta. Hubiese algo o nada que hacer ella permanecía en ese despacho las cuatro horas anunciadas porque le encantaba pregonar su seriedad, su sentido del deber y de la responsabilidad, sus hábitos estrictos de conducta. ¿No era raro que siendo Raúl y ella amantes desde hacía más de un año vivieran separados, y que sólo durante algún fin de semana, cuando viajaban a otras ciudades se alojaran en un mismo cuarto de hotel?

Que Raúl compartiera el departamento con las oficinas creó una serie ininterrumpida de equívocos. Algunas decisiones arbitrarias de Billie, su negativa a recibir a ciertos autores, el dique inevitable ante el arribo sorprendentemente copioso de manuscritos, su repudio de algunos apenas hojeados o no leídos del todo por imaginar que el tema o su tratamiento no correspondían a los principios de Orión, produjeron innumerables resentimientos contra Raúl por no limitarla de alguna manera en sus poderes. La salida de Emilio del comité editorial, el caso más notorio, que sorprendió hasta a la misma Billie, fue quizás el único que podía imputársele por entero a su amigo.

Él pasaba por allí casi todas las noches a tratar de cortejar con éxito más que precario a una Eugenia universitaria aún no casada con Gianni. En ese departamento se reunía noche tras noche un inquieto, ruidoso y a momentos bastante divertido grupo de jóvenes procedentes de varios países, con notoria abundancia de latinoamericanos; a casi todos les esperaba un futuro bastante mediocre; abundaba una especie de termitas dispuestas a devorar el tiempo, la energía y el humor de los demás, muchachos deseosos de estar reunidos con quien se les asemejara, temerosos de sí mismos y de los demás, sin recursos para vencer la soledad o imponer su presencia en un medio extraño, o, en fin, jóvenes gregarios por naturaleza, ávidos de aprender algo, de hablar, a veces sólo por el placer de oír sus palabras, de política, cine, literatura, de su vida, su pasado y sus nebulosos proyectos, entre quienes destacaban los cinco o seis responsables activos en la preparación de los hermosos

Cuadernos de Orión: Raúl, Billie, Gianni, Emilio y él mismo (la salida de Emilio creó tal reacción en contra de Raúl y Billie, quien, como ya dijo, era en ese caso absolutamente inocente, que estuvo a punto de arruinar el proyecto editorial), Cuadernos que una venezolana caída del cielo, Teresa Requenes, había hecho posibles.

Apenas dejaron las maletas en casa de Gianni y Eugenia y someramente se asearon, salieron con el matrimonio a cenar al aire libre frente a los altos muros del Palacio Farnese y ahí mismo comentaron lo que muchas veces volvería a repetir después, o sea, que aunque fuera por el amplio recorrido de la tarde, el encuentro con tan buenos amigos, la espléndida cena de esa noche, la visita de la plaza y el palacio sabiamente iluminados y la vivacidad de la abigarrada multitud que desfilaba al lado de las mesas, el viaje había tenido ya sentido, tanto que si a la mañana siguiente recibieran la orden de regresar a su país se habrían dado por satisfechos y la experiencia de ese primer día les había permitido rumiar el gozo durante largo tiempo.

Curiosamente, en ese éxtasis inicial en que comenzaron a apuntar los recuerdos de su primera estancia en Roma, se insinuaron ya ciertas frases de Billie, algunos gestos que luego volvió a ver magnificados de una manera desastrosa en Xalapa, pero que en ese periodo juvenil de ningún modo se hubiera atrevido a calificar de obtusos o desordenados, sino tal vez de apasionados, porque hasta a esa violencia le habría tratado de encontrar algún paliativo. Las represiones de la educación inglesa, por ejemplo, enfrentadas al cálido desorden andaluz (Billie había pasado la infancia en un pueblo cerca de Málaga donde vivían retirados sus padres) y luego a la desidia italiana, podían tal vez explicar aquellas explosiones, caprichos inverosímiles que Raúl insistiría en considerar como meros fenómenos de adaptación al medio, o como manifestaciones claras de una personalidad muy definida que contrastaba con una sociedad distinta a la que se negaba a hacer el más mínimo esfuerzo por comprender. La presencia de Billie se le impuso con vehemencia extraordinaria desde esa primera noche. En cambio, los recuerdos de Raúl aparecieron y fueron esclareciéndose más tarde. Al principio, aunque se lo propusiera, no lograba rescatar sino el rostro de palo habitual en su amigo, la tiesura almidonada de sus rasgos y las carcajadas que de repente la rompían. Rostro raro el de Raúl: oscuro, inexpresivo, somnoliento, displicente, dispuesto siempre a hacer el gesto necesario para desposeer de gravedad el exabrupto de su amiga o la frase inconveniente emitida por alguno de los presentes. Le extraña la poca inexistencia de Raúl en su memoria, ya que el inicio de su amistad se perdía en los sueños de la infancia: habían hecho juntos la primaria, compartido una atmósfera familiar semejante; un día comenzaron a intercambiar los consabidos libros, Verne, Twain, Stevenson, Dickens, que debieron estrechar aún más la amistad, para saltar después, al comenzar el bachillerato, a las largas y afiebradas discusiones sobre literatura, música, cine y algo muy rudimentario y confuso que suponían era filosofía. Así fue. A Raúl lo recuperó ulteriormente, si vislumbrarlo en sus recuerdos equivale a una recuperación; su imagen surgía lenta y precisa, a medida que día con día la Billie de aquel entonces le resultaba más indeciblemente repulsiva, al grado que le resulta difícil creer en la admiración que decía haberle profesado.

Billie era ya entonces una reverenda tonta, pero él no lo sabía y la admiraba con fervor. Recuerda haber asistido a una conferencia en un centro de cultura hispánica, un local nada acogedor situado no lejos del panteón, donde en un español chirriante y gruñón habló del Cid y de la figura de don Juan en Mozart, Tirso y Byron... ¿Qué habría sido aquello? Posiblemente una disquisición sobre la carga mitológica en la figura individual. No logra precisarlo, sólo se acuerda de que el público era muy escaso, que eso había enfurecido a Billie, quien leía con aire de regañar a los pocos concurrentes como si fueran responsables de la escasez de oyentes. Él la escuchaba con tal atención que parecía que de la boca de aquella mujer pedante, angulosa y estridente emanaba la sabiduría más decantada. ¿Era cierta o no esa admiración? La verdad, esas preguntas lo dejan tan confuso que no logra hacer claridad en sus propios sentimientos. A veces podía sentir una irritación sin límites, pero, sobre todo, debía confesárselo, lo que predominaba en él era el miedo. Lo había esclavizado por medio del terror. Temía que un día expusiera ante los demás la amplitud y la profundidad de su ignorancia, que revelara por ejemplo su incapacidad para definir lo específico de un cuadro de Sassetta o su desconocimiento en materia de vinos, que declarase que su cultura, casi meramente literaria, no lo facultaba para frecuentar el medio en que ella se movía por infinidad de méritos, de los cuales el menos significativo, cosa que le encantaba puntualizar, era haber introducido en el grupo a Teresa Requenes, la opulenta venezolana que le permitía atender el despacho de las nueve de la mañana a la una de la tarde. Billie es el ejemplo más neto que ha conocido de un ser autocrático, un personaje temible y despiadado que un día podría obligarlo, como con un lujo de crueldad lo había hecho ya con varios asistentes a su tertulia, a opinar en público sobre algunas cuestiones que a ella le parecían vitales: ¿Por qué había introducido Mozart ciertos aires en óperas a las que evidentemente no correspondían como era el caso del *Non più andrai farfallone amoroso* en la cena de don Giovanni celebrada poco antes de que el protagonista descendiera a los infiernos? ¿Qué opinaba de la petrificación del periodo romano de Sebastiano del Piombo y su relación con la tonificante frescura de su anterior trabajo en Venecia? ¿Qué podía decir sobre ciertos planos de Brunelleschi, cuya paternidad estaba en discusión? ¿O del enigma del Giorgione que tan importante papel jugaba en el relato veneciano que tan concienzudamente ella pulía en ese tiempo, un texto que entonces le resultó inexpugnable donde la Porcia de *El mercader* era, amén de mil otras encarnaciones, el modelo del retrato de un joven personaje de Giorgione actualmente colgado en un museo de Berlín? Nunca dejó de sentir el pavor de ser excluido por insuficiencia cultural de los proyectos editoriales de Orión, cuando lo cierto es que en aquella época ni él, ni Eugenia, ni Gianni, ni ninguno de los miembros del grupo, con excepción tal vez de Emilio o Raúl, hubiesen podido pasar con éxito las arbitrarias pruebas a que sometía a quienes había decidido suspender de su gracia, la expulsión de Emilio había sido el resultado de un conflicto del todo diferente, debía señalarlo; el colombiano había herido en lo vivo una fibra muy sensible de Raúl. Al recordarlo, con la distancia que ofrecían los muchos años transcurridos, sentía que ese conflicto explicaba la vida posterior de la pareja y su rápida descomposición.

Todo podía hacer pensar que durante la cena frente al palacio Farnese no había hecho sino recordar el periodo juvenil vivido en Roma. No fue así; el vislumbrar aquella época y la gente que la poblaba: algunas caras, ciertas situaciones, determinadas frases aparecían de modo fugaz para diluirse al instante y ser sustituidas por otras sin que por ello desapareciera el mundo circundante. Más vigoroso era el deseo de hablar esa noche inicial de lo que veía, lo que pretendía hacer durante esa temporada en que creía que Sicilia los aguardaba como meta del viaje, la posibilidad de disfrutar con plenitud esos cuantos días que pensaban quedarse en Roma. No fue sino bien entrada la noche, ya de regreso en casa de Gianni y Eugenia, mientras tomaban unas copas de grappa que decían tener guardada especialmente para ellos, cuando sacó de unos estantes los viejos, hermosos, empolvados Cuadernos y recordaron con entusiasmo a Teresa, la excéntrica venezolana que de repente aparecía en ese mismo piso para invitarlos a acompañarla en un imponente Hispano-Suiza de antes de la guerra, cuyos asientos había hecho tapizar, guiada por un gusto bastante dudoso, con piel de leopardo, a cenar en algún sitio espléndido de los alrededores de Roma.

Fue también al final de esa primera noche, mientras hojeaba y aspiraba con deleite el polvoso aroma de un Cuaderno, cuando en un tono que resintió como poco amistoso, Gianni le preguntó si era cierto que había abandonado la literatura. Aunque él mismo había empleado esa expresión en varias ocasiones para indicar que ya sólo escribía ensayos, desconcertado, tardó un poco en responder:

—Lo último que me propuse hacer fue un relato de brujas, de brujas verdaderas, donde su víctima, la protagonista, de alguna manera se inspiraba en nuestra

Billie Upward, la misma Billie que conocimos aquí pero que en mi país se volvió otra mujer; bueno, tal vez sólo se permitió ser uno de los personajes que albergaba. El proyecto no funcionó; mi novela pretendía ser una especie de gótico tropical, yo estaba muy entusiasmado, veía con gran claridad todas las situaciones, hasta que de pronto me encenegué y tuve que renunciar. La verdad es que nunca pude con Billie.

Eugenia parecía no haber puesto atención a sus palabras. Sin embargo lo interrumpió para preguntarle si creía que alguien podía vivir varias vidas.

—¿Tal como creía Teresa Requenes? Por supuesto que no.

—No me refiero a eso. Decías que Billie se volvió otra mujer, una de las personas que existía ya en ella —insistió—; precisamente hace unos días una amiga me contó que había sido tres personas por completo diferentes. Existe un personaje en Chéjov, una mujer…

Y la conversación cambió de tema. Eugenia habló de Chéjov y también de su amiga, una mujer bastante mayor que ella, quien había sido una persona cuando vivía con sus padres y otra del todo diferente con cada uno de sus dos maridos, porque las circunstancias, el ambiente, el paisaje, todo se modificaba a su alrededor. Enviudaba y comenzaba otra vida, lo que a ella no le había sucedido a pesar del cambio de país, porque en México como en Italia había tratado al mismo tipo de personas, etc., etc., y él ya no pudo concluir lo que había comenzado a confiarle a Gianni, es decir que no por haber abandonado desde hacía algunos años todo lo referente a tramas, personajes y diálogos, dejaba de sentirse escritor, que sólo había mudado de género, encauzando su trabajo a formas que, todos lo sabían, siempre le habían interesado: el ensayo, la crítica, la investigación literaria. Sus cursos en la Facultad de Letras le potenciaban esa experiencia. Sus ensayos sobre literatura hispanoamericana le habían ganado un prestigio que no obtuvo como narrador, y eso era fácil medirlo por las invitaciones que recibía para dictar conferencias e impartir cursillos en universidades americanas. Sí, había dicho, estaba recluido, gozosamente recluido si le permitían decirlo, en un mundo de coloquios y simposia e intereses académicos que pensaba extender a Europa. En esas vacaciones se pondría en contacto con algunos hispanoamericanistas italianos. No pudo continuar porque el anfitrión se puso de pie, diciendo que imaginaba lo fatigados que debían sentirse después de un viaje tan largo y que lo mejor sería descansar. Ya en la puerta, Eugenia se volvió y le dijo, riéndose:

—¿Te derrotó Billie? ¡Me alegro! ¿Te imaginas lo horrible que debe ser hablar con alguien, ponerte al desnudo y descubrir después que un personaje repite eso mismo en la novela de un amigo? Me alegra saber que ya no escribes novelas para que no hables mal de Gianni ni de mí, ni de Raúl y Billie. De Teresa Requenes —añadió con incoherencia— sí; tienes todo el permiso para hacerlo.

Durante esa temporada no sólo se acordó muchas veces de Billie sino que también, como ha señalado, empezó a vislumbrar a un Raúl a quien con los años tenía por completo desdibujado, vencido por las absurdas imágenes posteriores; un Raúl feliz, desconocido, diferente al de Xalapa (tal vez porque en Xalapa el mismo trato diario les había impedido conocerse realmente), que escribía infatigablemente y con un júbilo loco una historia deshilachada, voluntaria y regocijadamente absurda, donde los personajes eran la esposa de un presidente mexicano de mediados del siglo XIX y su hija natural, una truculenta enana saltimbanqui que le había sido sustraída por sus familiares al poco tiempo de nacer y entregada a un viejo apache eternamente ebrio, quien la hacía cantar y bailar en los campamentos fronterizos. También aparecía la hermana de la Primera Dama, poetisa épico-romántica que amenizaba las veladas de Palacio con poemas cívicos que celebraban con exaltación las efemérides patrias y que en la soledad de su alcoba escribía décimas de una obscenidad indescriptible. La trama consistía en la búsqueda de la enana por una serie de políticos voraces que esperaban obtener importantes concesiones de aquella melancólica Primera Dama a quien el marido había perdonado el desliz de juventud; el encuentro de la desapacible pareja, el apache mezcalero y la enana, en un pueblo minero de California, su entrada triunfal en México y un Gran Final con todos los personajes reunidos en una memorable fiesta en Palacio Nacional donde ante el dolido corazón de una madre los personajes revelaban su rostro menos favorable: la enana bailaba polkas indecentes con abundancia de gestos procaces y la hermana aeda, embriagada previamente por el apache, recitaba escalofriantes poemas dedicados a exaltar la virilidad de su cuñado, el Señor Presidente. Aquel relato produjo un paroxismo de indignación en Billie. Según ella, Raúl estaba destinado a géneros más nobles. Éste acabó por no publicarlo y seguramente perderlo en cualquier parte, poniéndose a trabajar en una especie de monografía, que más bien era una serie de evocaciones personales muy líricas y delicadas sobre las casas de Palladio. Recordó las conversaciones con su amigo, y no pudo sino asombrarse y tal vez por primera vez resentir en toda su profundidad el inmenso despilfarro que aquel muchacho había hecho de su talento. ¿Viviría aún? ¿Dónde? ¿Bajo qué circunstancias? ¿Cómo compartir esa visión con Leonor, quien sólo vio el estruendo final? ¿Cómo hacerle comprender la alegría que sabía producir en torno suyo, cuando ella únicamente había conocido las historias de su vuelta a Xalapa a rematar las propiedades de su madre? No podía sino remitir todo lo que le contaran sobre la calamidad en que Raúl se convirtió más tarde. Y las tensiones que le producía el no poder compartir con nadie su experiencia —pues quienes lo habían conocido en Roma no habían presenciado su final, y viceversa— lo llevó al extremo de jugar en algunas ocasiones con la idea de volver a escribir, de contarle al mundo en forma puramente documental, como en un principio se lo había propuesto, la relación entre aquellos dos seres, su primera separación en Roma (que él no presenció), la persecución que ella emprendió después, el reencuentro en Xalapa, y describir todo lo que le tocó observar: el desvarío de la inglesa, la muerte del hijo, hasta llegar al viaje que hicieron a Papantla para celebrar unos juegos florales.

—Se iba a tratar de un relato de brujas —volvió a explicar otro día, poco después de descubrir que había en Roma ciertos lugares que creía muy amados por él, cuyo recuerdo había acariciado, guardado codiciosamente durante veinte años, y comprobar que no le significaban nada, que pasar frente a ellos o penetrar en ellos lo dejaba tan frío como si estuviera en un sitio del todo desconocido, y que de repente otros, en especial un restaurante anodino no lejos de la Piazza del Popolo, le producía una emoción muy fuerte, sin que lograra explicárselo, pues por más que pensaba y trataba de recordar lo que había podido acontecer en él no hallaba sino vaguedades: una que otra reunión intrascendente con gente poco interesante. Sin embargo, cada vez que pasaba frente a ese local le acometía una súbita parálisis de la voluntad, una tristeza bárbara; se podía echar a llorar agobiado por el sentimiento de haber perdido allí algo precioso y por desdicha irrecuperable. ¿Habría podido ser diferente? Pero, ¿diferente en qué? ¿Cuántas veces tenía que decir que vivía feliz tal como era? Y acababa por apartarse de allí, herido y fastidiado, sin poder agarrar bien el paso durante un buen trecho, sin poder hacerle entender nada a Leonor porque tampoco él lo entendía.

—Sí —repitió—, una novela donde lo sobrenatural tenía una importancia decisiva; donde la protagonista, una europea, tal vez alemana (le parece ofensivo ofrecer señas de identidad, aunque ya nadie podía resentirse, pues, salvo un grupo minúsculo de personas que recordaba quiénes fueron Billie Upward y Raúl Bermúdez, nadie advertiría que se trataba de personas que realmente existieron. Una alemana estaría bien; la conciencia de una diferencia racial, por más que la protagonista pretendiera llamarla cultural, era muy importante), horrorizada desde el momento de llegar a México, terminaba sucumbiendo a los poderes de lo desconocido. Alguien que en sus pocos momentos de relativa claridad definía sus descalabros como problemas de transculturación, cuando en realidad, según él pretendía comprobar, aunque sólo se tratara de una sospecha, detrás de su sentimiento de superioridad racial, yacía algo más profundo y embrollado, un deseo subterráneo de sucumbir ante lo abominable.

Se refiere con cautela a la nueva tentación de rehacer la novela. Habla de sus fracasos previos. Se pregunta, les pregunta, si acaso no se trataría de una historia a la que concedía una importancia desproporcionada por herir zonas imprecisas de su propia personalidad, como ese lugar de Roma que lo hace detenerse siempre sin lograr precisar el porqué, o de una obcecación en no querer admitir la banalidad de un tema que exigía un tratamiento muy diferente, menos grave del que había empezado a imprimirle, que lo hacía reacio a convertirse en literatura. ¡Todo era posible! Hacía diez años que había comenzado a trabajar en ese relato; es decir, poco después del desenlace real. Había hecho entonces un sinfín de notas y bosquejado todos los capítulos. Cuando se acercó por primera vez al tema con el ánimo de apropiarse de él y transformarlo, lo que le había atraído era el aspecto esotérico e incomprensible de la historia. No veía manera de apartar su relato de los cauces del "realismo mágico" del que tanto se hablaba por aquel entonces; había, por ejemplo, destacado de manera especial el hallazgo de una especie de muñeco de tela traspasado por una aguja en el horno de la cocina de Billie cuando la visitó por primera vez en Xalapa, y a partir de allí relató su curiosa relación con Madame, la sirvienta india de ojos verdes, que culminaría con el encuentro y la pasmosa desaparición de ambas mujeres durante la celebración de los juegos florales de Papantla. Había deseado hacer un poco de "gótico tropical". Pero a las pocas semanas abandonó el proyecto. Sus compromisos con la Universidad se intensificaron, le exigieron la entrega de una traducción a la que irresponsablemente se había comprometido y que le llevó más tiempo del que en el primer momento supusiera. Luego, el matrimonio. Leonor comenzó a dar un curso de literatura dramática en la escuela de teatro y él se puso a leer a los autores de la Restauración para hacerle resúmenes, pues el curso, cuando ella lo tomó, había quedado detenido en ese periodo, del que no tenía la menor idea. En fin, la vida cotidiana, todo, lo fue llevando por otros rumbos. Sus ensayos, volvió a insistir, eran ahora muy celebrados; precisamente en una revista universitaria de Trieste había publicado uno reciente sobre algunos iniciales y poco conocidos poetas modernistas mexicanos.

Pero si Billie lo había vencido póstumamente en el intento de ser su biógrafo, cosa que de alguna manera comprendía, no logra en cambio explicarse por qué entonces no sólo se sometía como un cordero cuando en tono comisarial imponía su criterio sobre lo que debía ser la editorial, lo que había que publicar, lo que cada quien debería escribir, y menos aún entiende por qué al llegar a México no hizo el menor intento de publicar la novela corta que ella había rechazado. ¿Tan fuerte era la opresión que Billie ejercía sobre él? (Quizás por eso no sintió la menor piedad cuando más tarde la volvió a hallar en Xalapa, cuando la oyó gimotear y proferir alaridos, enemiga declarada del mundo, asimismo escarnecida y vejada por todos.)

¡El relato que había querido editar en Orión! Se había enamorado de la protagonista mientras lo escribía. Por una decisión que nunca comprendió pero que tampoco cuestionó no fue publicado. ("Esa historia podía escribirse, de hecho ya estaba escrita muchas veces en Inglaterra, en Francia, en los países nórdicos, y, para serle franca, de una manera mejor", había sido el veredicto.) Cuando lo escribió estaba seguro de que se trataba de una especie de despedida no sólo de la literatura sino del mundo. Había pasado una tarde de profunda melancolía sentado en una silla reclinable en la cubierta del *Marburg,* el barco que lo condujo a Europa, cuando después de dormir una siesta que no supo si había durado horas o unos cuantos minutos tuvo una especie de iluminación, de radiante visión donde aparecía una mujer, una transposición de Delfina Uribe, que se le reveló como la síntesis de todo lo grato, suave y a la vez complejo que contenía el género humano. Una mujer muy erguida, muy tersa y bien plantada, en aparente total armonía con el mundo, los objetos y las personas que la rodeaban, enfrentada con un hijo a quien no ha visto durante los dos o tres años en que éste había dejado atrás la adolescencia.

—Sí, todos llegamos a ser varias personas en esta vida —dijo una noche en la trattoria, en una especie de exabrupto, cuando ya nadie se acordaba del tema, y luego, mientras los demás lo miraban con cierta expectación, en espera del complemento de aquel inicio tan contundente, él permaneció en silencio, pensando que había vivido varias vidas, que había sido por lo menos dos hombres, y que se sentía encallado en alguien muy diferente al muchacho enfermo que sentado en la baranda de un barco carguero sentía que la vida quedaba atrás, y que a pesar de ello una noche antes de dormir, ya casi de madrugada, había logrado delinear a los protagonistas principales y a algunas figuras secundarias de un relato, establecer algunas de las posibles tramas subyacentes, trazar a grandes rasgos el cuadro familiar de su heroína, imaginar su divorcio, su amistad con un pintor, sus relaciones con un muchacho de la edad de su hijo con quien había estado casi a punto de cometer la locura de casarse, y con su hijo que se le presenta acompañado por una muchacha cuya tontería no logra soportar. El mundo se le abrió esa noche, y el resto del viaje trabajó con la sensación de haber recibido como último regalo un personaje, a esa réplica de Delfina a quien no podía sino amar. Ese alguien que viajaba en un barco con la certidumbre de dirigirse a Europa a morir, era diferente al que años después meditaba en Roma sobre el extraño fenómeno de envejecer y las distintas muertes que ese proceso implica, tan diferente al joven llegado veinte años atrás como la protagonista de su relato lo era del torvo pajarraco angloalemán en torno al cual giraba *Juegos florales*, la novela que intentó escribir más tarde en Xalapa sobre el amplio caudal de situaciones lamentables que le tocó presenciar y, tal vez como una barrera defensiva ante las impertinencias sin límite de Billie, caricaturizar groseramente.

Todo parecía señalarle que a él le estaba reservado narrar la historia de la inglesa. Pero, como si se tratara de una venganza de la ausente, al intentar establecer el trazo de la novela fue mellando sus armas, perdiendo seguridad en su estilo, enmoheciéndolo, percudiéndolo, al grado de que nunca pudo encontrar la forma satisfactoria para contar esa historia que no sólo no terminó sino que le impidió volver a escribir el cuento más simple. En sus *Juegos florales* la protagonista aparecía siempre en Xalapa, con un breve intermedio en los portales de Veracruz y un final extravagante en Papantla. No quiso describir su vida en Roma, pues quizás el terror que allí le inspiraba no se había desvanecido del todo. El despotismo cultural que había ejercido sobre quienes la rodeaban, su frialdad, su pedantería, su triunfalismo eran elementos ajenos al relato; en cambio una y otra vez se repetían las caídas en la insania: la persecución a Raúl, el misterio tejido en torno a la muerte del hijo, su trato con los pájaros, las agresivas borracheras cuya contemplación le llegaba a producir no sólo asombro sino a veces perturbaciones nerviosas. Al evocar la preparación de aquellos *Juegos florales,* surgidos quizás del puro rencor a la protagonista, como si necesitara el contraste, no lograba desprenderse de la nostalgia del relato sobre la madre y su hijo, el escrito en el *Marburg* y terminado en Roma, nacido de la fascinación por una mujer que era un compendio de todas las mujeres que había amado. Le fascinaba su versión de Delfina, con la espesa madeja de afectos, lealtades, caprichos y costumbres tejida a su alrededor, que la relacionaban con un pintor, amigo de toda la vida, a quien ofrece una fiesta para celebrar el triunfo de una exposición, y la llegada del hijo cuya independencia comenzaba a temer. Posiblemente esa nostalgia subconsciente por el personaje creado en la juventud hizo que el retrato de la otra mujer, la que llegó a Xalapa a sufrir, adquiriera tintes más siniestros. Es posible también que ese combate entre dos tramas distintas le hubiera frenado sus impulsos creadores y por ello hubiese dejado pasar muchos días, a veces semanas, antes de buscar los dormidos borradores donde contaba las tribulaciones de la inglesa y ampliar tal o cual fragmento insuficientemente elaborado, intensificar los detalles que iban encauzando una crónica de realismo casi fotográfico hacia un terreno cada vez más próximo a lo sobrenatural.

En una de las variantes había intentado reproducir la sorpresa del narrador ante el hecho de que el mundo entero aceptase como absolutamente natural la desaparición de la protagonista y su sirvienta, de que a nadie le interesara el desenlace final de la guerra entablada por ambas mujeres. A él le pidieron acompañar a un licenciado y a un par de policías a escudriñar los papeles dejados en el departamento para buscar direcciones de posibles familiares; las encontró y escribieron un resumen sucinto, lo más verosímil posible, de lo ocurrido; pidieron indicaciones sobre lo que debía hacerse con las pertenencias de la desaparecida sin obtener respuesta. Algún tiempo después, cuando se decidió a escribir la historia, le pareció descubrir la total incoherencia del caso. Parecía que el mundo entero, los posibles parientes en Inglaterra, sus conocidos en Xalapa, sus alumnos y compañeros universitarios, quisieran librarse a toda prisa de esa presencia incómoda, de esa naturaleza radicalmente desordenada y tiránica, para poder ocuparse de gente y asuntos que cupieran más dentro de lo normal.

Había comenzado el relato de varias maneras. Nunca dejó de llamar a la protagonista por su verdadero nombre, Billie Upward, en aquellos informes borradores, aunque se proponía cuando el relato hubiese quedado armado transformarla en una etnóloga de ascendencia prusiana, colocarla en algún instituto indigenista de San Cristóbal en vez de hacerlo en Xalapa, y transformar Papantla en Comitán de las Flores. ¡Juegos florales en Comitán! En todos los esbozos pretendía relatar puntualmente las anécdotas con la única alteración de la nacionalidad y los lugares donde la acción transcurría, ser exacto, ya que la historia requería —¡le era imposible concebirla de otra manera!— un rigor de cronista, una voluntaria ausencia de inventiva.

Una de las versiones, por ejemplo, se iniciaba con el desafortunado primer encuentro de Billie con la familia de Raúl; fue la torpeza de la forastera o esa premeditada necesidad de desagradar, de tratar de situarse en un nivel que ella juzgaba superior al de los demás, lo que produjo el primer conflicto serio con Raúl, pues una cosa era romper con Emilio, su amigo colombiano, por causa de Billie, y en un arranque de ira espetarle que a partir de ese momento uno de los dos debía dejar de colaborar en los Cuadernos de Orión, que mientras él tuviera posibilidad de veto no se publicaría ni una línea de su pretencioso trabajo sobre Wittgenstein por considerarlo una mera farsa, olvidándose de la admiración que hasta ese día había profesado por el joven filósofo, y otra, muy diferente, vivir un conflicto de lealtades como el que le planteaba el inicial y radical desencuentro entre su mujer y su madre. ¿Pero es que en algún momento había podido creer Raúl que su madre iba a dejarse conquistar —y en ese caso el vocablo revestía una acepción literal— por la extranjera, de la misma manera que él había elegido serlo?

Otras veces, el arranque se daba en el momento en que Raúl atravesaba Xalapa en un jeep sin capota, llevando al lado a Madame (con sus jaulas cuajadas de pájaros), a quien había ido a buscar a Xico, a Teocelo o a cualquier otro pueblo cercano, y se regodeaba (su mujer llevaba ya varias semanas de vivir en la ciudad) con la escena inminente en que la adusta extranjera de ojos azules y la jacarandosa mestiza de ojos verdes iniciaran su trato funesto, si le era permitido usar ese término, trato que, curiosamente, sobreviviría a la relación matrimonial. En tal encuentro, la primera, la europea, de algún modo intuía que de golpe había sido derrotada, aunque tratara de negarlo con obstinación porque el profundo amor, la devoción que sentía por el mando, le creaba la ilusión de haber llegado a un país que reunía todo lo deleznable que se podía concebir en la existencia, y que era su obligación domeñarlo, civilizarlo y dirigirlo a su manera.

Las más de las veces se constreñía a relatar la historia como si la hubiera visto un narrador como él, no implicado pero tampoco ajeno del todo a los acontecimientos, quien, sin intentar explicaciones psicológicas ni de ningún otro tipo, comenzaba a trenzar los hechos varios años después de ocurridos e intentaba crear con ellos un tejido cerrado, oscuro, refractario a ser comprendido de manera racional.

Y un día en que habló de sus intentos fallidos en el curso de esas vacaciones romanas que habían revivido a su mujer al punto de hacerle renacer atractivos que él ya tenía olvidados, o que quizás eran nuevos, lo que le permitía mantener con ella un diálogo que era vivo, distinto a las rutinarias conversaciones de sus últimos años en Xalapa, les dijo a sus amigos que también él como los demás integrantes de aquella delegación que viajó a Papantla, comentó con horror durante algunos días lo sucedido, para después, como si le hubieran pasado una esponja por la memoria, desinteresarse en absoluto del caso. Al menos eso creía entonces, hasta que un día despertó con la sensación de que todo eso por fuerza debía de tener algún sentido, al menos una explicación, y que él debería buscarla escribiendo detalladamente la crónica de los hechos.

En Roma vuelve a ser consciente de que ese olvido, ese desinterés inicial era sólo aparente, pues sin proponérselo sigue tropezando con el recuerdo de aquel rostro iracundo, los ojos acosados, los brazos hirsutos siempre en movimiento, la larga melena primero sospechosamente rubia y luego de una negrura cuya falsedad resultaba aún más evidente, sus frases inoportunas e insensatas, su impertinencia sin límites, y confiesa honestamente que si nunca escribió esa novela fue, entre otras cosas, por no acabar de entender ciertos aspectos de su relación con Billie. En el fondo, lo único que comprende, dice, aunque en la primera estancia en Roma no se atreviera a reconocerlo, es que despertaba en él una irritación poco natural, y que después en Xalapa, por la necesidad de resarcirse y desquitar viejas ofensas, típica del hombre que acumula frustraciones, trató de aprovechar todos los elementos que estaban en sus manos para domar a la dominadora, convertirla en su discípula, en su secuaz, y, al no obtener la incondicionalidad que exigía, contribuyó a convertirla en un objeto risible, ese fenómeno de circo en que Billie se transformó antes de desaparecer del todo. Ni siquiera eso le queda claro. Recuerda ocasiones en que a mitad de una clase, entre párrafos de una lectura, en una función cinematográfica o aun entre cucharada y cucharada de sopa, se descubría imaginando y afilando frases con que abatir de antemano las posibles impertinencias de la inglesa, palabras hirientes, escarnecedoras, que sabía deslizar con actitud de perfecta ingenuidad, de aparente gentileza para castigarla por sus desmanes, y más tarde reprocharse lo absurdo de esa obsesión, y volver a quedar asombrado por la manera en que aquella mujer lo obligaba a un diálogo donde siempre resultaba envilecido.

Y también en Roma, un día en que explicaba por qué dejó de escribir obras de ficción, comenzó a pensar que tal vez los desarreglos de aquella que siempre se había resistido a ser su protagonista eran mucho más sencillos que todo lo que había imaginado y se relacionaban con un sentimiento de soledad personal. Recuerda, por ejemplo, las raras veces en que ella le habló, con un rostro que era todo sinceridad y desdicha, de su timidez, su inseguridad, su incapacidad de relacionarse normalmente con sus semejantes. Se debía sólo acentuar ese elemento, distanciarlo y potenciarlo hasta que contaminara la atmósfera de todo el relato. Tal vez fuera la única manera de derrotar a Billie: trivializarla, señalar que su destino no tenía nada de excepcional, que era igual al de millares de mujeres, un mero asunto de estadística endocrinológica, a pesar de que en su final se advirtiera alguna diferencia.

Cada vez que encontraba una nueva posibilidad de transformar a Billie en literatura, sentía la incitación de revisar los antiguos borradores. En esa ocasión, mientras cena con los demás, le entra una gana enorme de mandar al diablo el Coliseo, las infinitas plazas y el Pincio y largarse a su casa para comenzar a trabajar, invadido de pronto por una intensa sed de zozobras, un ansia romántica de agonía, la misma que afligía a la inglesa, y liberarse así de esas reuniones nocturnas en trattorias situadas por lo general frente a panoramas espléndidos donde, hacia finales del verano, dos matrimonios celebran ceremoniosamente su pequeño bienestar, su mediana sabiduría, la mezquindad de sus proyectos, donde si Gianni habla de las obras de restauración de Viterbo en las que colabora, Eugenia analiza con la suficiente ración de energía y optimismo la situación del mundo, bien provista de datos estadísticos contundentes, de menciones a teóricos de prestigio y economistas irrefutables, y explica lo que va a ser de Italia en un futuro próximo así como los fenómenos sociales que se presentan en Irlanda, Irán, Albania y el Congo, en tanto que Leonor delira presa de un éxtasis, auténtico sí, pero que a partir de cierto momento comienza a resultarle monótono, predecible, cursi e intolerablemente provinciano. En esas ocasiones él sólo los oye, hace alguna pregunta cuando considera oportuno preguntar, y sigue con atención moderada los razonamientos de los demás, colocando casualmente una que otra observación sobre lo que ve u oye, lanzando miradas de curiosidad a la colorida fauna que los rodea, pero deseando con intensidad, ya que no podía estar en su despacho, metido en sus papeles, que aquellas personas desaparecieran y volviera a surgir la Roma pobre de 1960, la vida áspera, cruda y hermosa que conoció entonces, o por lo menos el paisaje dorado de Sicilia adonde hubieran debido marcharse después de aquella noche, la de su llegada, cuando descubrieron los viejos Cuadernos, y ante una mención casual del nombre de Billie Upward, Gianni deslizó un incomprensible elogio a su dulzura. Le basta recordar eso, cuando el verano está por terminar, para que lo acometa una intensa nostalgia de sufrimientos, un deseo de penetrar en el alma torturada de aquella pobre diabla, una tristeza por la juventud perdida, por los años que median entre el profesor que es ahora y el joven que llegó a Roma con la idea de estar a punto de morir. Trata de no detenerse en esa comparación; piensa vagamente en la jamás sospechada cualidad de Billie.

—¿Dulce? ¿Billie?

Es posible, se dice, mientras casi se le atraganta el helado. Es posible que él hubiera ignorado zonas importantes de su personalidad. Hubo en ella muchas capas que ignora. Acepta que nunca pretendió conocerla. Por el contrario, ¿no ha confesado una y mil veces las dudas que el personaje le impuso cuando trató de escribir esa especie de crónica a la que con tanta frecuencia se refiere? Sí, de ella podía decirse todo lo que se quisiera, pero... ¿dulce?... ¡No! ¡Eso sí le resultaba demasiado!

Lo mejor sería fijar algunas fechas. Sin ellas, le resulta imposible ver los *Juegos florales* en conjunto. Si alguna vez llegara a escribir la novela, el inicio debería situarse en Roma y no en Xalapa como había ocurrido con los varios intentos frustrados. Es necesario formular un amplio repertorio de datos: el reencuentro con Raúl en Italia, el trato con Billie, las labores de la pequeña editorial, las razones de su viaje a Europa. Es más, tal vez por haber desdeñado ese periodo, el proyecto ha resultado siempre cojo. Piensa mucho en eso, sobre todo una tarde al regresar de Villa Adriana, cuando aprovecha una siesta de su mujer para rumiar la conversación mantenida con ella durante el paseo:

—Hace veinte años llegaste a Roma —dijo Leonor—, ¿te das cuenta? Como el de Dumas, tu libro podría llamarse *Veinte años después*. ¡Roma revisitada! Debes contar qué y quién eras, lo que te pareció esta ciudad, describir a tus amigos, señalar qué hacían y en qué los encuentras convertidos. ¡Veinte años, Dios mío! Yo aún no terminaba la secundaria.

—El año próximo, en junio, se cumplirán veinte años. Si al llegar a Xalapa comienzo a trabajar, podré tener lista para entonces la novela. Te lo juro, esta vez me lo propongo en serio. Tengo muchas ideas. Terminaría, por supuesto, con nuestro viaje a Papantla.

—No resultaría lo mismo. Lo ideal sería que abarcaras veinte años, el tiempo que tuvo mi generación para crecer y contemplar las cosas de una manera diferente a la tuya. ¿Cuándo fuimos a los juegos florales? ¿En 1970? No, no resultaría bien ese final, te lo digo desde ahora. La acción debería arrastrarse hasta este verano. Siempre te dejaste dominar por Billie, por eso la novela nunca ha resultado. Haz que ella no sea sino un personaje más en el conjunto. Lo importante es fijar un punto de partida, tu viaje, por ejemplo, y registrar todo lo ocurrido en los veinte años posteriores: nuestra vida en común, la Universidad, tus conferencias, el viaje a Berkeley, por ejemplo, que resultó tan divertido, el aburrimiento de nuestras cenas en casa de las Rosales, esta tarde en Italia, tus observaciones sobre Gianni y Eugenia. Ni siquiera sabía que la habías conocido en México. ¿Llegó a Roma antes que tú? ¿Cuándo se casó con Gianni? En fin, describir todo lo que tuvo un inicio, lo que se quedó en el camino, lo que definitivamente concluyó. Nada menos que la revisión que un autor, tú en este caso, hace de sus últimos veinte años.

Más valía decirle que sí. Quizás lo único que deseaba era no quedar fuera del relato, pero decírselo hubiera significado discutir durante horas. Leonor, cuando se lo proponía, era capaz de enloquecer a un santo. Fue mejor cambiar de tema, volver a explicarle las vicisitudes de aquel viaje, aclararle algunos puntos sobre su estancia en Italia. Nada le gusta tanto, a no ser que finja, como oírle contar los motivos de su destierro juvenil. ¡La asimilación romántica del viaje a la espera de la muerte! De tanto repetirlo, había llegado a creer que, como Keats, había viajado a Roma sólo para morir en su sagrado seno.

Las palabras de Leonor no han dejado de perturbarlo. Tiene de pronto la sospecha, la convicción casi, de que después de regresar de Papantla al final de aquellos juegos florales de 1970 donde Billie desapareció de su horizonte, él no ha conocido sino un apagado simulacro de vida, que la inglesa lo ha encaminado a una suerte más cruel que la suya, reduciéndolo a cenar una vez por semana en casa de las Rosales, a sus conferencias y clases, a una sarta de lecturas emprendidas sin pasión, a una sucesión de largas y fúnebres tardes familiares.

¿Tendría que pasar así el resto de su vida?, se preguntó despavorido, para teatralmente responderse: "¡Oh, Billie aborrecida, mil veces preferible tu destino y el de Raúl y el de Madame al mío!" ¡Qué farsa!

Ese mismo día, el del paseo a Villa Adriana, poco después de haber conversado con su mujer sobre los motivos que lo forzaron a largarse de México y quedarse un tiempo en Roma, puso en duda la causa que según ha repetido durante años provocó tal decisión. ¿Realmente creía entonces que estaba a punto de morir, o había sido sólo un motivo literario creado para su lucimiento personal? ¿Se había familiarizado con la posibilidad de morir después de la segunda operación y se sentía atraído de manera enfermiza por ese desenlace? Tal vez todo fuera más simple, más natural: una mera necesidad de alejarse de México después de su ruptura con Elsa, por ejemplo.

Al final de cada uno de los primeros paseos por Roma tenía la sensación de apenas haber sobrevivido a otro día. Se preguntaba entonces cuántos le estarían aún destinados sin excesivo temor al supuestamente próximo final. Su único pesar era saber que la labor de aprendizaje recién iniciada tendría que interrumpirse. Los deseos de vivir se identificaban con una necesidad feroz de ampliar sus conocimientos. La aceptación de que los placeres proporcionados por el mundo se limitaban a un periodo muy breve, no interfería con aquel súbito, afiebrado y para el caso incongruente deseo de cultivarse.

Al salir de México no era sino una promesa literaria. En su haber tenía dos libros de cuentos que el público dejó pasar sin advertirlos, aunque algunos críticos, los que en especial le interesaban, habían elogiado casi sin reservas. Trabajaba en la sección de publicaciones de Bellas Artes. En general no lo pasaba mal. Un día, al bañarse, descubrió una pequeña inflamación detrás del lóbulo izquierdo, un granito duro, insignificante, que permaneció varios días en estado estacionario; supuso que en cualquier momento su organismo lo absorbería. De pronto, aquella excrecencia comenzó a abultarse, a endurecerse, a dificultarle los movimientos del cuello y aun los faciales. Reír podía convertirse en una tortura. El médico opinó que era necesario operar. Se trataba de un tumor insignificante de la parótida. Mientras más pronto se deshiciera de él, mejor. Fue una operación muy fácil; tuvo lugar un mediodía y la noche siguiente durmió ya en su cama; a los pocos días ni siquiera recordaba las molestias sufridas. En esa época se enamoró de Elsa. La vio por primera vez una mañana en que pasó a visitar a Miguel Oliva, con quien él compartía la oficina. Debía tener unos diecisiete o dieciocho años. Fue su última amante adolescente.

Era una especie de figura neoclásica absolutamente perfecta. Si le preguntan con quién querría compararla, respondería de inmediato: con la Paolina Borghese del Canova o con algún retrato de Ingres. Una hermosa adolescente de largas y maravillosas piernas y sonrisa inmediata. Aún hoy mantiene el parecido con la Paolina, sólo que la suavidad de líneas se ha desvanecido. Una especie de fachada glacial logra ocultar la violencia que a veces la acomete. Fue una relación muy breve; cuando terminó descubrió que estaba verdadera, dolorosamente enamorado. En los últimos tiempos apenas la ve. De vez en cuando escucha anécdotas escalofriantes que se refieren a actos de violencia casi demencial. Han coincidido en reuniones de amigos alguna que otra vez, aunque va a México muy poco. Admira la forma en que conserva su belleza y el aire casual de su elegancia, que es perfecta; disfruta en esas ocasiones de su humor ácido, de sus anécdotas crueles, de la manera desencantada en que acostumbra hablar de su vida, de la que paradójicamente parece esperar mucho, sin saber exactamente qué. Un fuego vive en ella y la corroe. Es como una pantera que sólo conociera el reposo cuando no está enamorada. Entonces, entre hastiada de la vida, esperanzada, deprimida y jovial puede contar con gran desparpajo algunas de sus desdichas personales y esbozar con toda solemnidad sus complicados proyectos inmediatos. A pesar de que la violencia ha regido sus matrimonios, sus tres maridos, hasta donde sabe, igual que él, le siguen guardando gran afecto.

Se extiende en esos pormenores porque de algún modo le parecen necesarios para una mejor comprensión de la historia. Si, como se lo propone, al regresar a Xalapa escribirá la novela que tantas veces ha intentado, deberá explicar por qué fue a Roma, su estado de ánimo cuando buscó a Raúl, su trato con la mil veces mencionada Billie Upward. Debe volver a esa época, sencillamente para comprender un punto que nunca le ha quedado claro: las razones del viaje a Europa en 1960.

A los pocos días de conocer a la hermosa muchacha que pasó una mañana a recoger a Miguel Oliva, éste lo invitó a acompañarlos a una proyección de *Redes* que debía presentar en una sala sindical a beneficio de alguna causa política que no logra precisar. Se decidió a ir con ellos para ver más de cerca a Elsa. Oliva se levantó de su asiento, subió al estrado y comenzó a describir las virtudes del filme. Él aprovechó su ausencia para decirle a la joven que le gustaría seguir viéndola, invitarla alguna vez a tomar un café, una copa...

—¿Hace mucho que sales con Miguel? —le preguntó.

—Lo conocí hará unas tres semanas. No tienes idea de lo que me gustan sus artículos. Es el mejor crítico de México, ¿estás de acuerdo?

—¿Estás enamorada de él sólo porque es el mejor crítico de México?

—No estoy enamorada de él; entre nosotros no existe nada. ¡Nada de nada! Salgo a veces con un estudiante de Costa Rica, pero es muy primitivo y no se interesa en lo que hago. Miguel Oliva —una de las características de Elsa fue la de llamar a sus maridos, a sus amantes, a sus amigos más íntimos, con nombres y apellidos— me prometió presentarme a algunos intelectuales. Yo pinto, ya te lo habrá dicho, me imagino. Estoy por entrar en la Esmeralda.

Y se extendió a hablar de sus ambiciones en una especie de cuchicheo que no parecía molestar demasiado a los vecinos, mientras que Oliva desde el escenario se esforzaba en explicar al público la estética de Eisenstein y su influencia en el cine mexicano de los años treinta. Le dijo que había pasado uno o dos años con sus padres en Italia; se podía decir que lo único que hizo fue ver pintura. Regresó entusiasmada con los frescos de Benozzo Gozzoli y Luca Signorelli. Dijo que no creía demasiado en las escuelas de pintura. Preferiría trabajar un tiempo en el estudio de un pintor, ver lo que hacía, cómo organizaba su trabajo, consultarle si era necesario alguna solución técnica y seguir sus propios impulsos. En lo único en que creía era en la intuición del artista. De cualquier manera, concluyó con incoherencia, había decidido inscribirse en la Academia. En unas cuantas semanas comenzaría los cursos.

Su voz carecía de ese dejo de niña no crecida tan frecuente entre las jóvenes de su ambiente. Hablaba con convicción y sencillez; los ojos le brillaban. Sí, era evidente que se trataba de una chica con personalidad. Le preguntó si Oliva estaba muy enamorado de ella. Él sabía que lo estaba. ¿Era posible que alguien tropezara con aquella joven hembra sin enamorarse perdidamente de ella?

—Te dije que no. No me has entendido —murmuró—. Miguel Oliva vio en casa de unos amigos suyos algunos de mis dibujos. Le gustaron. Dice que necesito trabajar más y conocer a la gente adecuada. Se ha propuesto relacionarme con pintores y críticos. El otro día, por cierto, me hizo comprar un libro tuyo; lo comencé a leer. Hay cosas que no acabo de entender; me han dado una educación horrible. Un día tendrás que ir a ver mis cosas y explicarme tus cuentos. Mi amistad con Miguel Oliva no puede ser más inocente. Él conoce a Rubén Ferreira, el tico con el que ando. No le intereso de otra manera.

—Eso te imaginas, pero yo lo conozco mejor. De cualquier modo un día podríamos comer juntos...

Regresó Oliva, que había terminado su introducción, de la que ellos no oyeron sino una que otra palabra. Las luces se apagaron. Oliva ordenó:

—¡Vámonos! ¡No hay necesidad de quedarse!

Y luego, en el café Viena, se decidió a aclarar las cosas entre los tres. Para no tener problemas con su amigo sería mejor que Elsa se refiriera expresamente a la inexistencia de compromisos sentimentales con Oliva. Hizo algunas bromas que la obligaron a mencionar la existencia de Rubén, el amante costarricense, y el papel de enamorado platónico o de mero aspirante a algo más de Oliva. La joven era capaz de una jubilosa y escalofriante obscenidad en sus relatos, sin perder la sonrisa infantil ni la mirada feliz, entre perpleja y segura. Oliva fue perdiendo el buen humor. Trató de iniciar una discusión sobre Eisenstein y el desarrollo y ulterior eliminación del concepto de vanguardia en la Unión Soviética para desplazar a Elsa de la conversación, pero ni él ni ella se lo permitieron, decididos a permanecer en el terreno de las confidencias.

Y al día siguiente la tenía de visita en su apartamento; almorzaron juntos, visitaron galerías por la tarde, volvieron a su casa e hicieron el amor hasta las diez de la noche, hora en que la acompañó a la esquina a tomar el autobús que debía conducirla a Coyoacán. Se inició una relación que duró varios meses sin ningún contratiempo, agradable aunque a decir verdad demasiado tranquila, hasta que un día al levantarse advirtió nuevamente el dolor en el cuello. En el mismo sitio en que poco antes lo habían operado comenzó a surgirle una nueva inflamación. Esperó con mal humor varios días para ver si aquello desaparecía, pero no fue así. La protuberancia comenzó a adquirir la misma forma que la anterior, sólo que se desarrollaba con mayor rapidez y era más dolorosa. Elsa debía salir con su madre y unos tíos a

Acapulco; habían convenido en que él iría y se alojaría en el mismo hotel; se comportarían delante de los familiares como desconocidos para luego encontrarse y pasar las noches juntos. Pensó que era necesario ver al médico antes de salir, ya que el dolor se volvía a ratos intolerable.

—Verás que no tiene importancia —le respondió la muchacha sin prestarle al asunto mayor atención—. A todo el mundo le salen en un momento u otro ese tipo de granos, en el cuello, en las ingles, en cualquier parte. A mi papá le brotó uno en la axila cuando viajábamos por Italia y le dio una lata tremenda. La curación fue muy sencilla, paños de agua caliente con sal. Necesitas el sol de Acapulco y el agua de mar. Regresarás como nuevo.

Sin embargo se obstinó en visitar al médico. Elsa debía recoger la ropa de verano en casa de su costurera. Se encontrarían al anochecer en el restaurante Chapultepec.

Fue a la clínica; tenía cita con el mismo médico que lo había operado unos cuantos meses atrás. Éste pareció preocupado al examinar el grano. A sus preguntas respondió que no, que de ninguna manera era natural la reincidencia del tumor. Sería conveniente efectuar una biopsia antes de cortar, y, a decir verdad, había que prepararse para lo peor. Apenas comprendió lo que añadió el doctor en una abstrusa terminología clínica; no era necesario, le bastaba saber que había riesgo de un cáncer, aunque por exterior podría no ser grave; lo único delicado era la proximidad del tejido ganglionar. Recuerda aún el rostro adusto y comedido del cirujano pertrechado tras una máscara de preocupación, mientras le anunciaba la necesi...' de una intervención inmediata. Por supuesto el viaje a Acapulco era un desatino; nada había peor que los baños de mar. Si estaba dispuesto lo operaría tan pronto como le entregaran los resultados de la biopsia. A menos que ya no tuviera caso intervenir.

Caminó hasta el restaurante con emociones muy encontradas. Lo invadía un terror difuso, mitigado apenas por la sensación de importancia que su mal le haría revestir ante su amante. Le repitió a Elsa la conversación con el médico; ocultó su nerviosismo con algunas bromas sobre la posibilidad de que el cáncer fuera contagioso por vía venérea. Ella decidió de inmediato renunciar al viaje. Se fingiría enferma y se quedaría por lo menos hasta que la operación hubiera tenido lugar. Él se opuso. ¿Qué caso tenía jugar al martirologio? A la primera oportunidad volverían juntos a Acapulco, sin madre ni tíos. Ante su sorpresa, Elsa no insistió, trató de ocultar sin demasiado éxito una expresión de alivio, sacó luego de su bolsa unas muestras de tela y las tendió sobre la mesa; le habló del traje de baño, de los vestidos que le estaban preparando y los dibujó en una servilleta. Tal vez él necesitaba compasión: de pronto le asustó morir; no lo había percibido del todo mientras estuvo con el médico, pero sí al ver a Elsa devorar con fruición una inmensa rebanada de pastel de dátil. La oyó hablar de mil trivialidades como si no comprendiera que podía tratarse de la última ocasión en que estaban juntos, y que la muerte había ya elegido como albergue su organismo, que al regresar de la playa él podía haber dejado de existir. Se enfureció. Le dijo que con aquella ropa iba a ser la muchacha más atractiva de Acapulco, que le auguraba un éxito bárbaro, que los turistas americanos sin duda enloquecerían por ella.

—¿Tú crees? —le preguntó con ingenuidad.

—Sí, todos querrán acostarse contigo, y tú querrás acostarte con varios de ellos.

Fue el comienzo del fin. Elsa aceptó que no descartaba la posibilidad de hacer el amor con algunos turistas. Y en una discusión muy agria, tal vez la única de ese género en que incurrieron, se enteró de que no sólo pensaba acostarse con alguien sino que durante los meses que habían sido amantes se había encontrado algunas veces en un hotel con Rubén Ferreira, el estudiante tico, y que en una ocasión había pasado la noche con un primo.

Cuando le dijo que jamás le hubiera imaginado tal capacidad de putería, que en esos meses para él no había existido nadie más, Elsa le respondió con absoluta convicción:

—Nunca te lo exigí, y además es distinto, ¿no te das cuenta? Tú has tenido muchas amantes, has salido con tus putas amigas cuantas veces te ha dado la gana. Yo, en cambio, carezco de esa experiencia; me es necesario vencer mis complejos físicos. Durante años imaginé que no podía gustarle a nadie.

No recuerda los términos en que se despidieron. Cuando volvieron a verse todo había terminado. A él le habían hecho la operación; la biopsia, según el médico, no mostró nada alarmante. Le parece que fue Miguel Oliva quien arregló el encuentro, aunque no está seguro; ella preguntó escrupulosamente por su salud. Le pareció bellísima vestida de blanco, con la cara y los brazos aún dorados. Le contó que la estancia en Acapulco había resultado muy divertida; como de paso se refirió a una aventura con un canadiense; nada del otro mundo, añadió. Fueron muy civilizados. Por esos días se enteró de que al fin Oliva se había logrado acostar con ella, quien, al parecer, estudiaba con gran aplicación en la Esmeralda. A veces caía inesperadamente por su oficina y almorzaban o cenaban juntos. La madre de Elsa le había comprado un automóvil, lo que la hacía sentir muy importante y libre de movimientos; recuerda con placer una alegre excursión a Chapingo y otra menos divertida a Tepoztlán; terminaban siempre en la cama. Y un día, ante su propio estupor, descubrió que estaba perdidamente enamorado de aquella criatura y se lo dijo, pero Elsa prefería su libertad; se había decidido a estudiar en serio, a pintar todo el tiempo. Por eso había exigido un taller en su casa. Las experiencias amorosas que hasta hacía unas cuantas semanas le parecían tan importantes habían dejado por el momento de tener sentido. El poco tiempo que le dejaban libre la Esmeralda y su taller lo ocupaba en leer; estudiaba la *Estética* de Hegel con un maestro español. Quería ser alguien. Y él no la estimaba, no la tomaba en serio. A ver, ¿podía explicarle por qué se había reído cuando la oyó mencionar a Hegel? Nunca la había considerado sino como un cuerpo. En ese sentido era igual que Rubén Ferreira. Una relación así no podía ser estimulante, insistió. ¿Desde hacía cuánto no escribía una línea? Según había oído decir, sus dos libritos de cuentos no estaban mal del todo; ella misma los había encontrado interesantes, pero ya andaba cerca de los treinta años y no podía conformarse con haber hecho sólo eso. No se podía vivir en espera de la inspiración como se espera a Godot. ¿Se daba cuenta por qué no podría vivir nunca con él? Por eso. ¿Por qué tenía que reírse si citaba a Godot?, protestó con furia. No volvería con él, de eso estaba segura; no quería andar con nadie…

Después de esa conversación todo le pareció desprovisto de sentido. Un día se subió a un autobús. Carecía, como la mayor parte de sus conocidos en esa época, de automóvil. De pronto le pareció que hasta ese momento había visto a la gente como envuelta en una especie de celofán que la aislaba, protegía y notoriamente mejoraba su aspecto. En esa ocasión, a bordo del vehículo, vio a los pasajeros como si tal cobertura les hubiera sido arrancada de repente. Vio rostros, gestos y ademanes que hacían presentir una monstruosidad no sólo física sino espiritual. Nada era como hasta ese momento había creído. Se movía, se había movido siempre, sin advertirlo, en un mundo porcino. Detrás de las blanquísimas fachadas hozaban los cerdos. La realidad demostraba ser radicalmente hostil a la voluntad. En una esquina cualquiera, sin poder tolerar el espectáculo, se bajó del autobús. Caminó a pie hasta su apartamento en la calle de Sena y permaneció en cama varios días.

Tenía fiebre. Comenzó a sospechar que no había quedado bien de la operación, a percibir una infinidad de síntomas de que su mal avanzaba y se desperdigaba con voracidad por su organismo. El trabajo se le volvió intolerable; comenzó a tener problemas debido a los descuidos que cometía. Sus amigos lo irritaban; por las noches se encerraba en su casa a jugar solitarios, levantándose con frecuencia a escudriñar en un espejo su pecho, cuello, las ingles, las axilas. Pidió en el trabajo un permiso por razones de salud y se fue a pasar unos días a Xalapa. Cada vez se entendía menos con su padre; su estrechez de visión, su cerrazón lo exasperaban. Conversar con él le resultaba imposible. La reciente revolución en Cuba lo tenía como loco; en una huelga de estibadores en Tampico, o una manifestación de maestros en Baja California, una protesta por el alza del maíz, veía gérmenes insurreccionales; temía la expropiación de sus fincas, del beneficio de café, de las casas; un antiguo amigo, cubano, socio suyo en otro tiempo en una fábrica de licores, le escribía desde su exilio en Tegucigalpa cartas aterrorizadoras. Años atrás se hubiera puesto a hablar con él de viejas películas, de actrices del pasado, lo que siempre parecía suavizarle el humor, pero no le daba la gana hacerlo. Más bien le agradaba exasperarlo, entontecerlo de ira y miedo. Por otra parte, desde hacía algún tiempo el cine parecía haber perdido para él todos sus prestigios. Los nombres repetidos durante años con un aura de magia se le habían olvidado. La única pasión que le quedaba se reducía a cuidar de sus rentas. Un día, a mitad de una discusión, le anunció que pensaba visitar Cuba. Sabía, dijo, que moriría pronto y antes de que eso ocurriera quería ver más de cerca lo que ocurría en el mundo. Renunciaría al trabajo e iría a pasar unas semanas a La Habana para ver qué era esa revolución que tanto espanto producía. Sólo la mención de una próxima muerte evitó que estallara una tempestad. Después de eso le quedó la impresión de que también sus padres parecían estar seguros de que su cuerpo estaba invadido por el cáncer, de que el tumor de la parótida se volvería a repetir y que esa vez sería incombatible.

Volvió a México y al pensar en el próximo viaje decidió ampliarlo. ¿Por qué no conocer Europa? La avaricia de su padre se lo había impedido hasta entonces. Recorrería el continente, mientras aún pudiera moverse (tal vez lo guiaba el propósito de pasar una temporada donde había vivido Elsa, de conocer también él los frescos de Benozzo Gozzoli y Luca Signorelli). Casi sin darse cuenta de lo que hacía, sacó sus fondos, desmontó el apartamento y vendió muebles y cuadros. Tan seguro estaba de que emprendía el viaje final que remató su biblioteca a un precio irrisorio. Volvería sólo a morir. Tres o cuatro libros eran más que suficientes. Compró un pasaje en el *Marburg*, un carguero alemán que aceptaba pasajeros y que lo depositaría en Bremen; con la prisa de un condenado a muerte arregló todos sus asuntos. A fin de cuentas no conocería La Habana, Camagüey, Santiago, ni su fervor revolucionario, se dijo con cierto pesar, pero tal vez prolongara el viaje a alguna capital socialista; sabía que valía la pena conocer Budapest y Praga.

La enfermedad, la proximidad de la muerte, seguramente la ruptura con Elsa y su incapacidad para reconquistarla (aunque no quisiera reconocerlo) le habían hecho ver de repente su país, su carrera, su pasado con un desencanto extremo. Nada había hecho que pudiera enorgullecerlo. Su trabajo, por improductivo, no era sino una de tantas maneras de estafar el erario. Su obra literaria: dos minúsculos libros de cuentos que apenas se atrevía a mencionar. Había empezado a escribir con entusiasmo, con pasión; sin embargo, en ese momento podía advertir que lo logrado era ridículo; no había alcanzado nada de lo que pretendía y casi tenía perdida la gana de repetir el esfuerzo. Lo desalentaba el roce cotidiano con un medio que consideraba esencialmente corrupto. En ese sentido el ejemplo de Guillermo Linares, un historiador a quien años atrás había admirado, un joven maestro al cual se sintió ligado durante los años universitarios por una estrecha comunidad de ideales, le reveló la minucia de sus ambiciones. Se le volvió un espejo detestable. Lo dejó de estimar, como a mucha gente, como a tantas cosas a partir de la segunda internación en el hospital; tenía la certidumbre de que a su amigo le habían dejado de interesar las ideas, que sólo lo movía el afán de situarse. Para Linares todo podía convertirse en moneda de cambio. Ya no aspiraba a lograr el ensayo esclarecedor, ni siquiera el prestigio que aquél pudiera otorgarle, sino el artículo de efecto momentáneo que lo acercara al triunfo. Cualquier elogio o ataque suyo debía producir un efecto inmediato. Temió convertirse en Linares. Desanimado por esa actitud dejó de escribir, esperaba a Godot, como en varias ocasiones se lo reprochó Elsa, aunque tal vez ni siquiera fuera eso, sino mera holgazanería, o, para hablar con franqueza, por falta de talento.

Los días en el hospital y los inmediatamente posteriores tuvieron algo de purga, de verdadero despojo de ilusiones. Y mientras esperaba su salida (ya que en esa segunda ocasión no pudo irse al día siguiente a su casa, sino que debió esperar más de una semana a que la herida cicatrizara en el cuarto de un sanatorio donde a diario lo visitaba un médico, cuya mirada adusta y parquedad de palabras contribuyó en mucho a convencerlo de lo incurable de su mal y de la necesidad de una pronta tercera intervención, la definitiva); en los ratos que le dejaba la lectura de Dickens y Galdós, a quienes se asió como a tablas salvadoras, todas las circunstancias que lo rodeaban le parecieron tan cargadas de oprobio, y su vida a los veintisiete años tan malgastada, perdida, hueca y mentirosa, como hueca y mentirosa era la retórica que asfixiaba a la nación.

Tal vez le ocurría —pero eso no lo pensó sino hasta estar a mitad del Atlántico— lo que a todo hombre que pierde el camino, quien al descubrir su fracaso trata de imaginar un vacío semejante en todo cuanto lo rodea: intentar restarse culpas, atribuyendo a la realidad circundante la razón y el motivo de todos sus fracasos.

El viaje por mar duró poco más de un mes. Al desembarcar en Bremen tomó un ferry a Londres, ciudad cuyo disfrute estuvo fundamentalmente ligado a sus lecturas literarias. Sucedió luego el pasmo inevitable ante París, del que se defendió saliendo de allí lo más pronto posible, y al fin llegó atontado y muerto de fatiga a

Roma, donde se instaló en un pequeño departamento de la vía Vittoria. Tenía previsto quedarse allí unas cuantas semanas.

Se pregunta si algún elemento real lo habría hecho aceptar con tanta certeza la proximidad de la muerte. Hasta donde recuerda todos los médicos que consultó estuvieron de acuerdo en que el suyo no era un caso maligno. ¿Se había dejado impresionar sólo por las palabras del médico de la clínica cuando tácitamente aludió a la posibilidad de un cáncer? ¿Era una mera casualidad el hecho de que a los seis o siete meses un nuevo tumor hubiese surgido en el mismo sitio en que el otro había sido extirpado? ¿Era el resultado de un proceso neurótico? ¿No estaría más bien ligada esa continua presencia de la muerte a un deseo de abolición del mundo que le hiciera olvidar varias cosas aborrecibles, entre otras que Elsa ya no lo amaba, que en cualquier momento podía estar haciendo el amor con el estudiante de Costa Rica, con su primo, con Miguel Oliva o con algún desconocido? A veces, cuando al atardecer se sentaba en las terrazas del Pincio a contemplar la ciudad, repetía con retórica tristeza que se encontraba allí haciendo tiempo hasta que llegara la muerte, pero, a pesar del elemento novelesco que eso pudiera implicar, tal espera ocurría con vitalidad sorprendente. Se le revelaba como una mera escasez de tiempo para conocer todo lo que debía conocer, ver y leer. Hasta escribir. En el barco mismo comenzó a hacerlo. Asombrado, contemplaba el proceso de formación de un nuevo relato, el primero en mucho tiempo. Luego, ya en Italia, realizó viajes relámpago, fatigosísimos por lo mal trazados, a Florencia, a Nápoles, a Orvieto y a Trieste; visitaba bibliotecas donde por lo general leía viejas crónicas sobre la Roma renacentista; escribía en parques y cafés. Por las noches llegaba a la Piazza del Popolo, se instalaba en una mesa del Rosati o el Canova, se contemplaba con curiosidad en los espejos para comprobar su existencia, se acariciaba frente a ellos el cuello con la sorpresa y el regocijo de haber vivido otro día sin que se presentaran aún señales del fin. Llegó el momento en que esa sensación oscilante entre el naufragio y el triunfo de sobrevivir desapareció. Pero para que eso ocurriera fue necesario que en Xalapa tuviera lugar un acontecimiento inesperado.

Tras las visitas a museos, cines, teatros y mítines —la discusión política italiana se le presentó como una verdadera fiesta—, sus largos recorridos por los obligados sitios artísticos e históricos, el vagabundear sin rumbo por las calles, a veces por el mero placer de encontrar placas que señalaran quién había vivido o muerto en dicho lugar, dónde había escrito Mann antes de comenzar el siglo sus famosos Buddenbrook, dónde se habían hospedado Goethe o Gogol, comenzó a desvanecerse la sensación de que su vida se reducía al hecho de sólo hacer tiempo hasta que la enfermedad reapareciera. ¡Cultivarse para morir! En los relatos de los años de peste, cólera y exterminio, las reuniones que pretenden agotar el mundo de los sentidos antes del final inevitable son frecuentes. Esos festines orgiásticos previos a la muerte le resultaban totalmente ajenos; los casuales encuentros eróticos de esos primeros tiempos con las inglesas, escandinavas o alemanas que iba conociendo, pues las locales le resultaban casi inaccesibles, fueron más bien determinados por lo que consideraba exigencias de salud. De tarde en tarde lo abatía alguna racha de depresión; un mínimo dolor de garganta, una jaqueca o una carga bronquial lo tendían varios días en la cama, sin levantarse más que para comer algún bocado y prepararse innumerables tazas de café.

Localizó a Eugenia y comenzó a tratar a varios latinoamericanos residentes en Roma; a través de ellos se relacionó con italianos y extranjeros interesados de una u otra manera en preocupaciones semejantes a las suyas. En ciertos momentos, antes de que Billie y Raúl llegaran de Venecia, donde pasaban el verano, descubrió que recordaba pocas temporadas tan agradables como la transcurrida en Italia, que las traiciones de su joven Cressida estaban perdidas en el inicio de los tiempos, añoranzas sin cuerpo ni presente, que escribía con un placer que le renació en el barco y que no sólo no se extinguía durante sus viajes por Italia sino que se encauzaba, se organizaba, le ocupaba casi todas las mañanas, y que finalizado el relato escrito en el *Marburg* sobre la fiesta que una madre le ofrecía a su hijo, comenzó a esbozarse otro, nutrido en recuerdos de las vacaciones que durante la niñez pasó en un ingenio cercano a Córdoba. Fue el texto que más tarde publicó en los Cuadernos de Orión.

El nacimiento de ese relato surgió de un acontecimiento que lo dejó muy perturbado, y de su asombro ante ciertos imprevisibles mecanismos de la memoria.

Un telegrama le anunció la extrema gravedad de su padre. Llamó por teléfono a Xalapa; con voz apenas reconocible, su tía Carolina le anunció que lo peor había ocurrido y que su madre estaba muy angustiada, deshecha. Insistió en hablar con ella. Al parecer mantenía mejor presencia de ánimo que su tía; le habló con una entereza que no le sospechaba del infarto sufrido al amanecer por su padre. Dijo que poco después el peligro parecía haber pasado; el médico pensaba que se había tratado de un ataque ligero. No obstante, el infarto se repitió por la tarde. Murió sin advertirlo, instantáneamente, sin confesión. Ya le había mandado a poner un nuevo telegrama.

Cuando se despidió de sus padres, estaba muy lejos de imaginar ese desenlace. El último día comieron en un ambiente más bien hosco; su padre no entendía la necesidad de ese viaje, como no había comprendido nada de lo que hacía en los últimos años. Podía admitir que estuviera harto de la capital, ¡quién no! Lo que debía hacer era instalarse en Xalapa; él le procuraría un buen puesto en la Universidad, en el departamento de turismo, en cualquier dependencia de gobierno, algo mucho mejor pagado que el empleo que acababa de dejar en México. En vez del absurdo viaje que se proponía emprender, debería pensar en abrirse camino en su tierra. ¡Que descansara un poco si la salud se lo exigía! ¿Qué mejor que unos días en el rancho de Teocelo? Luego podía dejar todo en sus manos. En cualquier momento podía hablar con el gobernador.

Siempre que empezaba por reprocharle su resistencia a trabajar en Xalapa, acababa haciéndole una serie de cargos que terminaban en arranques de furia senil. ¡La falta de organización de su vida! A su edad ya él estaba casado y tenía dos hijos. Lo de escribir era un capricho, peor, una estupidez. No le habían gustado nada las cosas que le había leído, tampoco a sus amigos; nadie encontraba en ellas el menor rasgo de ingenio; todo era disolvente. Por ese camino no llegaría a ninguna parte. Desaprovechaba su carrera de leyes en el desempeño de cargos insustanciales. Se complacía en el trato de gente bohemia. Para no dar pie a la discusión, él volvió a insistir en la gravedad de sus males y en que había advertido cuán poco conocía del mundo. Quería hacer ese viaje mientras aún estuviera en condiciones, disfrutarlo antes de que fuera demasiado tarde.

El padre se le quedó mirando en silencio, como si sopesara lo dicho y lo confrontara con el aspecto que su hijo le ofrecía, para acabar al fin por decir con voz derrotada:

—No es conveniente preocuparse demasiado. Pensar en las enfermedades es atraerlas. De mis amigos muchos han muerto por no tener otro tema: su corazón, sus arterias, su páncreas… Tal vez tengas razón y el viaje por mar te siente bien.

Y de repente, con el teléfono en la mano, oía la voz de su madre anunciar sin ninguna estridencia, sólo con acento de gran fatiga, que no había sufrido, que todo había ocurrido en cuestión de instantes, que ya le habían enviado un segundo telegrama que debería recibir de un momento a otro, que había sido una pena que nunca les hubiera enviado su número de teléfono (¡no podía faltar algún reproche!) para comunicarse con él. Ya había llegado su hermana María Elena con su marido. Pensaban que él, único hijo varón, querría estar presente en el entierro. Lo habían diferido para dos días más tarde. Contestó con esas frases vagas que resultan siempre absurdas a quien las emite, algo sobre la resignación, la necesidad de descanso, los sedantes para conciliar el sueño. Pensó con horror que no iría a México, que abandonaba a su madre en esos momentos, que no iba a moverse de Roma pues también él era un enfermo y esperaba la muerte; se llevó la mano al cuello y sintió un dolor ganglionar que en ese momento le resultó casi balsámico. Por otra parte, no tenía dinero para pagar el pasaje; una antigua compañera de trabajo le enviaba cantidades mensuales de la suma reunida antes de salir de México. Debía recibir todavía cinco mensualidades, además del dinero del pasaje. Aun en el caso de que le enviaran la suma necesaria por telégrafo, era casi seguro que cuando llegara a Xalapa el entierro hubiese ya tenido lugar. Supo que si Raúl o Teresa le prestaran la cantidad necesaria, aunque tuviera ya el dinero en el bolsillo, tampoco iría. No lo harían salir de Italia sino cinco meses después, tal como se lo había propuesto. Volvió a llamar más tarde, pidió hablar con su hermana, le dio una explicación confusa sobre un resello de su pasaporte que no estaría listo sino hasta varios días después, según le acababa de comunicar un amigo de la embajada; había enviado sus documentos al consulado en Milán para que allá se hiciera el trámite. Que no lo esperaran, que se lo hiciera saber a su madre, que tuviera mucho cuidado con ella, y sin permitir casi la respuesta colgó y comenzó allí mismo en el correo a escribir una carta que le ocupó mucho tiempo. Ya muy tarde, antes de regresar a casa, se detuvo en un bar abierto al lado de la Piazza Navona para tratar de salir de la especie de atrofia moral, de parálisis emocional en que por el momento había caído.

Permaneció en el bar hasta la hora de cerrar. Lo normal hubiera sido llamar a Raúl, sin embargo no lo hizo. Prefería hablar esa noche con alguien a quien conociera poco, aun con un desconocido; contarle lo que para él habían significado sus padres, su casa, su niñez sobre todo, porque a cada momento la certeza de la muerte de su padre se le manifestaba con la repetición de dos imágenes que lo retrotraían a la niñez y a la adolescencia:

Una tarde hurgaba revistas en un armario en busca de números viejos del *Leoplán*. Debía tener diez u once años, y en esas pilas de revistas amarillentas había encontrado la fuente de sus primeras lecturas no infantiles: cuentos de Somerset Maugham; *El final de Norma,* de Alarcón; *Safo,* de Daudet; esta última novela lo había perturbado tanto que algún día se proponía releerla y cotejar sus impresiones con la vaga visión que le quedaba de aquella primera lectura. Su padre coleccionaba revistas. Prefería las de frivolidades cinematográficas, *Cine Mundial* y *Cinelandia.* Sabía que no le hacía la menor gracia que alguien le manoseara los tesoros de aquella primitiva hemeroteca, por lo que procuraba buscar los Leoplanes cuando no estuviera en casa. En esa ocasión lo vio aparecer de improviso y fue descubierto con las revistas en la mano. Antes de que su padre comenzara a hablar, él tomó la palabra. Abrió una de las revistas de cine y señalando una foto le preguntó si había visto *El jardín de Alá.* Su padre tomó la revista, se quitó despaciosamente los lentes, contempló la foto y dijo que aquélla no era la Dietrich, sino Mary Astor posiblemente en *El prisionero de Zenda.* Volvió a preguntarle, leyendo casi el título de un artículo, si prefería a Joan Blondell o a Kay Francis. Su padre respondió, todavía con aire retraído y severo, que era una barbaridad comparar a la Blondell, una chica eminentemente americana, con la Francis, cuya elegancia, igual que la de Constance Bennet, era de estilo muy europeo; tan absurdo como confundir la cerveza de Orizaba con un buen vino francés; luego se soltó a hablar con algo parecido al frenesí durante un rato, que a él le pareció eterno, de las películas y artistas cuyas fotos aparecían en aquellas revistas, de la gracia de Janette McDonald en *La luciérnaga,* de la afortunada conjunción de la Garbo, la Crawford y los hermanos Barrymore en *Gran hotel.* Ya para entonces cualquier malestar se había disipado y él logró escabullirse a su cuarto y tenderse en la cama a leer las novelas del *Leoplán,* mientras su padre pedía con impaciencia que le llevaran el programa de los cines para decidir a cuál función iría esa noche.

Trata de recordar momentos de mayor significación, se obliga voluntariamente a ello, los reproduce, pero la memoria, obcecada, vuelve a ese armario, a la rebusca de añosas revistas, a oír monólogos interminables sobre las excelencias de *El desfile del amor* y *La reina Cristina.* La otra imagen que se le aparece de manera obsesiva lo retrotrae a las vacaciones que pasaban durante una época en un ingenio de la tierra caliente donde hasta el aire parecía arder. Se ve enterrando y desenterrando pájaros todas las mañanas, los que sus primos habían cazado el día anterior, tordos negros, de plumas relucientes con plastas de sangre coagulada, que él había guardado en cajas de zapatos o envuelto en periódicos. Pero entonces era mucho menor, debía tener cinco o seis años, quizás menos; había fundado un cementerio de pájaros en un extremo del jardín, detrás de una enorme piedra que lo ocultaba de la casa. Esa mañana, después de hacer los servicios fúnebres a la nueva ración de tordos, desenterró algunos que había sepultado en días anteriores y, para su estupefacción, los encontró cubiertos de espesas costras de gusanos blancuzcos, desprendiendo una pestilencia insoportable. No se explicaba cómo se habían podido introducir los gusanos ya que había envuelto muy bien los pájaros y guardado en cajas que ató con cordeles, o metido en bolsas de papel muy bien cerradas. ¿Por dónde entraban? ¿Cómo lograban atravesar el cartón? Estaba absorto en ese enigma cuando vio a su lado un par de largas piernas; reconoció los zapatos; levantó la mirada y encontró la cara perpleja de su padre, asombrado al descubrir sus actividades matutinas. Enrojeció de vergüenza al advertir que su cementerio y sus funciones de sepulturero habían sido descubiertas; sólo se le ocurrió preguntar por qué les sucedía eso a los pájaros. Su padre lo ayudó a levantarse, lo llevó a una toma de agua para que se lavara las manos, le prohibió continuar con esos juegos porque los gusanos podían transmitirle alguna enfermedad. Mientras hacían un largo paseo, le habló de la descomposición de la materia orgánica y la putrefacción de la carne, un tanto abstraído, sin parecer darle demasiada importancia a lo que decía. Llegaron al cine del ingenio; allí lo vio sonreír radiantemente. Su padre le dijo que esa noche exhibirían una auténtica joya; le resultaba increíble que pudieran anunciar una película que aún no se había exhibido en Xalapa; lo llevaría a la función si prometía abandonar sus juegos funerales; vería *Mares de China* nada menos, y fue explicando con orgullo de conocedor, al lado de cuatro o cinco obreros que miraban con algo de vacuidad y desinterés los carteles, quién era cada uno de los actores y cuáles sus mejores películas. Luego, sin transición, continuó con el tema de la descomposición que todos albergábamos y que nuestra muerte sólo aceleraba.

Siguió recogiendo los pájaros que sus primos mataban por las tardes para enterrarlos por las mañanas, pero nunca volvió a abrir ninguna de las tumbas, porque la explicación de su padre le había producido una extraña repugnancia, una sensación más amedrentadora que la visión de aquellos animales putrefactos.

Fueron, si se atenía a la persistencia y la reiteración de los recuerdos, esos dos momentos banales y absurdos los únicos en que se había establecido un contacto real entre ellos. Y era extraño, porque desde el momento en que tales actos tuvieron lugar no había vuelto siquiera a pensar en ellos. ¡Un armario con viejas revistas! ¡Unos pájaros descompuestos! ¡La verdad, qué absurdo!

"¡Lo estarán velando!", pensó cuando regresaba con paso apresurado a su departamento por la vía del Corso, ya del todo desierta.

Unos cuantos días después desaparecieron el cuello y la parótida; dejó de llevarse la mano con aprensión a la parte riesgosa y a observarse en los espejos cada vez que pasaba frente a uno. Sin darse cuenta comenzó a hacer la vida normal de un extranjero sano residente en Roma, interesado en su cultura, su pasado, su futuro, en el que imaginaba transformaciones casi inmediatas. Leía y escribía sin cesar. Ni siquiera la frialdad de las primeras cartas de su madre logró alterar su alegría y la fiebre de actividades que lo invadió de repente.

I I I

ANCLÓ EN ROMA. En apariencia hubiera sido más lógico que se quedara en Londres, dado que para esa fecha sus lecturas eran en lo fundamental inglesas y aun a distancia estaba familiarizado con la ciudad y sus usos, o en París, cuya belleza lo había dejado anonadado y de la que, quizás por eso mismo, escapó a los pocos días. Ninguna de esas ciudades poseía la melancolía y la sensualidad de esa Roma pobretona y preindustrial previa al milagro económico que tan bien se avenía con quien sólo vivía para aguardar el fin. Tal vez influyera el deseo de compartir con Raúl su experiencia de vida en el extranjero. También, aunque de eso sólo fue consciente después, el hecho de que Elsa hubiera vivido allí.

Al pasar por Xalapa había tenido la precaución de recoger la dirección de Raúl. Habían sido, ¿cuántas veces tiene que repetirlo?, amigos desde la infancia, compañeros de escuela, aunque Raúl fuera dos o tres años mayor. Tenían algunos parientes comunes. En la adolescencia intercambiaban libros. Fue quizás él quien lo sacó del *Leoplán* y de las novelas de Feval que esporádicamente leía su padre para ordenarle y actualizarle las lecturas. Lo hizo comenzar por Dickens y Stevenson y, a lo largo de los años, retroceder a los isabelinos y avanzar hasta la generación de Auden. Raúl tenía cualidades socráticas; ponía a todo el mundo a trabajar, lo intranquilizaba, lo hacía intentar rescatar lo mejor de sí mismo. Era un organizador y un maestro nato. En la preparatoria formó un círculo de discusión, donde cada semana hablaban de obras y autores. Allí aprendió, al redactar notas y discutirlas con sus compañeros, más que en cualquiera de los cursos de literatura que siguió más tarde, cuando alternaba los estudios de leyes con algunas clases en Filosofía y Letras. Luego, en México, a saber por qué razones, se vieron poco. Raúl salió dos años antes que él a estudiar arquitectura, y cuando llegó a la capital apenas coincidieron en una que otra fiesta. Nunca se pusieron de acuerdo para comer juntos, para ir al cine o correrse alguna parranda. En cambio, durante las vacaciones, en Xalapa, volvían a ser inseparables. Raúl, nunca ha dejado de reconocerlo, fue en todos esos años su maestro; fue él quien lo incitó a escribir. Raúl mismo hacía pastiches cómicos muy divertidos. Se proponía trabajar, decía ya entonces, más que como arquitecto como ensayista, como investigador de las formas. Antes de salir de México, su cultura artística era ya impresionante. No cabe duda que su presencia en Roma contribuyó en mucho a detenerlo allí y a no proseguir el periplo turístico que antes de salir de México se había marcado. Cuando llegó, a mediados de ese verano abrasador de 1960, se dirigió casi de inmediato a la dirección obtenida. Raúl no estaba. La portera, después de estudiarlo con la mirada más impertinente que uno pudiera imaginar, le dijo que su amigo pasaba el verano en Venecia. Buscó una anotación en una libreta y le confirmó: toda su correspondencia se la enviaban al American Express; no había dejado dirección porque quería trabajar y no permitía que la gente lo interrumpiera —añadió con tono y mirada acusadores—. En uno de sus viajes, cuyo itinerario y circunstancias recuerda como si lo hubiera realizado apenas ayer, que comprendió Ferrara, Padua, Venecia y Trieste, le dejó una nota en el American Express veneciano, en donde le pedía sus señas o un teléfono para poder localizarlo al regresar de Trieste. Cuando a los dos o tres días pasó de nuevo por allí, encontró una tarjeta firmada por alguien llamado Billie Upward, indicándole una dirección. Raúl, le escribía, se encontraba por el momento en Vicenza, pero esperaban su regreso para cualquier día de esa semana.

Fue a la dirección: un palacio escondido tras altos muros en uno de los canales alejados del centro.

—No se puede entrar por la fachada principal, como sería lo debido, por causa de la inundación de la planta baja —le dijo con cierto dejo extranjero una mujer de piel muy tostada y cabello de color canario, después de que la sirvienta lo condujo a una terraza interior del edificio—. Es una lástima pero parece que la restauración resulta muy costosa. El riesgo es que los cimientos se echen a perder al grado de que el palacio entero se derrumbe —y emitió una risa áspera, semejante al graznido de un pájaro, que dejaba evidenciar cierto placer ante el posible desastre—. ¿Usted es el paisano de Raúl, verdad? Sí, eso me imaginaba. Él sigue en Vicenza, pobre muchacho laborioso; prepara una tesis sobre el Palladio. Nos pide que lo retengamos a usted hasta su regreso.

—Pregúntale si quiere tomar una copa, Billie —dijo otra mujer, ciertamente mayor, con voz espesa y cálida y un acento que la relacionaba con algún lugar del Caribe, una mujer oculta tras enormes gafas negras, cremas de colores, y una variedad de telas de tonos brillantes que no dejaban mostrar sino los brazos y una mínima parte de la cara. Estaba tendida en una especie de camilla de aluminio y cuero. Era Teresa Requenes—. Ofrécele un trago en vez de complacerte en imaginar la destrucción de mi casa.

—No es del todo su casa, quiero precisárselo. Teresa tiene un contrato por noventa y nueve años sobre el inmueble. Pero el municipio no le da permiso para iniciar las obras de restauración —explicó innecesaria, gratuitamente la mujer de pelo color canario—. Toda la planta baja ha tenido que ser evacuada con pérdidas enormes. Quieren implantar un plan global de salvación de Venecia... Pero usted conoce a los italianos, es posible que cuando se hayan puesto de acuerdo y quieran ponerlo en práctica, Venecia ya no exista, no sea más que un hermoso recuerdo, otra Troya.

Billie vestía pantalones blancos y una blusa oriental de un amarillo tenue que hacía contrastar más aún el tinte de su pelo. No era muy joven, como lo pretendía su ropa. ¿Le pareció hermosa? No del todo; tanto el marco como las mujeres le resultaban demasiado extravagantes, y el estilo de la tal Billie en exceso petulante y redicho. Movía los brazos de una manera desaforada. Cuando servía el whisky parecía que todo su cuerpo se sacudía como agitado por una descarga eléctrica.

Era la primera vez que se encontraba en el jardín de un palacio. ¡Y en Venecia! No había modo de no sentirse en un escenario cinematográfico. El comportamiento artificioso de ambas mujeres contribuía a intensificar la sensación de irrealidad.

—La vista desde aquella logia es magnífica. Me gusta ver el revoloteo de las gaviotas; me imagino que son los loros de mi tierra —dijo la mujer de gafas sin moverse—. ¡Acompáñalo, Billie! ¿Quieres?

Caminaron hasta un ángulo del jardín, donde se levantaba una pérgola que daba al pequeño canal por un lado y a una mínima y hermosísima placita por el otro. Minutos después se les reunió Teresa.

—En esa Fondamenta —añadió—, la de l'Annunziatta, quemaron a una bruja, a pesar de que aquí nunca abundó la especie. Venecia es demasiado carnal para poder comunicarse con el otro mundo. Sus misterios son mínimos, espejismo puro para el consumo de alemanes e ingleses. Hay demasiado color, demasiada frivolidad para que se pueda concebir la existencia de otra vida. Tal vez me equivoque; es posible que uno pueda avanzar hacia adentro, que aquí se logre un tipo especial de búsqueda interior, pero no el contacto con lo extrasensorial.

—No le haga usted caso. Mi amiga me quiere hacer rabiar. Se lo propone a diario. Todo porque estoy escribiendo una especie de *nouvelle* basada en el sustrato mágico que sostiene a Venecia.

Lo invitaron a almorzar. Teresa desapareció durante un buen rato. Cuando se presentó en el comedor le costó trabajo reconocerla. Desaparecidas las cremas, las gafas, las telas de colores, era una hermosa mujer de poco más de cuarenta años, de espléndido y macizo talle, animado por un terso, impreciso y constante movimiento que parecía casi un jadeo sensual de todo su cuerpo. Le dijeron que Raúl hablaba casi todas las noches desde Vicenza. Si las llamaba al día siguiente le podrían decir con exactitud cuándo regresaría; había dicho que tenía mucho interés en verlo. Dentro de unas semanas todos volverían a Roma. Salió de aquella casa deslumbrado. Desde el puente más próximo contempló la fachada magnífica con la puerta principal descerrojada por donde implacable y monótonamente entraba el oleaje que producían las barcas. Las ventanas cubiertas por espesas cortinas no permitían ver nada, salvo una de ellas, una habitación con un balcón, donde se vislumbraba un gran candil de cristal, un sillón que parecía de mimbre, un pequeño cuadro y la parte superior de un librero. Comenzó a imaginar cómo podría concebirse la vida desde aquellos cuarteles. Estaba bárbaramente impresionado. Acababa de conocer a Billie Upward y a Teresa Requenes. Sin embargo decidió no quedarse. Toda la tarde la pasó en su hotel con un atroz dolor de cabeza; cuando ya no pudo más se dirigió a la estación y compró una litera en el nocturno a Roma.

Por supuesto, después del verano se volvieron a ver. ¡Muchas veces! A medida que se fueron tratando, se acentuó la sensación de extrañeza que en el primer encuentro le produjo Billie. En el tren a Roma, asombrado aún de haber penetrado aunque fuera por unos minutos en un recinto que hasta aquel entonces supuso le estaría vedado, recordó la artificiosa intensidad de la inglesa, o, mejor dicho, ese énfasis colocado donde no debía existir; le pareció también que se complacía demasiado en señalar adversidades posibles. Sus comentarios sobre el triste destino de Venecia contrastaban con la placidez con que la venezolana lamentaba la escasez de brujas quemadas.

Llegó un momento en que pasar un día sin visitarlos le hubiera resultado inimaginable. La generosidad de Teresa Requenes les permitía mantener una pequeña editorial. Publicaban a poetas americanos e ingleses, a jóvenes narradores italianos, y, sobre todo, a autores hispanoamericanos. Eran unos cuadernos muy sobrios, en papeles de excelente calidad, muy bellamente diseñados, ninguno de los cuales debía exceder las ciento veinte páginas. Habían comenzado los trabajos el otoño anterior y tenían ya mucho material preparado. Estaba a punto de aparecer el episodio veneciano de Billie. Raúl lo invitó de inmediato a publicar y a formar parte del comité editorial.

La publicación de un Cuaderno al mes le daba a Teresa la oportunidad de dar empleos y sueldos a varias personas que le eran simpáticas. Las ediciones eran bilingües; a veces la traducción se hacía al español, otras al italiano. Emilio Borda, un filósofo colombiano, se encargaba del trabajo tipográfico y de las traducciones al español; Gianni vertía los textos al italiano. La primera crisis de la editorial surgió con la salida de Emilio. Había sido él quien propuso la idea de crear los Cuadernos de Orión. Cuando Emilio se marchó, él pudo advertir por la reacción de los demás colaboradores y amigos la intensa antipatía que todo el mundo sentía por Billie. Nadie hizo responsable a Raúl de la ruptura sino a ella. Cuando Emilio rompió con Orión, ya él llevaba más de un año de vivir en Roma. A partir de ese momento se dejó sentir una marcada desgana y una falta de convicción en todos los trabajos. Cuando el cierre final se produjo, él ya se había marchado, pero supo que a nadie le sorprendió demasiado; la comunidad se había destruido desde hacía bastante tiempo.

¡Qué irritante podía ser, qué desesperante y necia! Quizás influya el trato posterior en Xalapa para calificarla de esa manera. Colaborar con la editorial equivalía a oír sin cesar sus comentarios, los que a medida que la empresa avanzó se fueron tiñendo de un insoportable y autocomplaciente triunfalismo.

Su personalidad no resultaba fácil a la clasificación. El mismo Emilio, tan difícil de dejarse subyugar por nadie, reconocía la originalidad de algunos de sus juicios, la seguridad de su inteligencia, la amplitud de su cultura: la ópera, en especial las de Mozart; la música romántica, Schumann sobre todo; la literatura medieval española; Shakespeare; la cultura italiana entera; toda la pintura del mundo. Ha hablado ya del pavor que Billie le podía inspirar, pero también existió una admiración que se nutría en parte del hecho de haberla conocido en el jardín interior de un palacio veneciano y de lo mucho que contribuyó en su formación al proseguir la labor iniciada por Raúl en la adolescencia, sólo que Raúl le había hecho concebir el placer del aprendizaje y Billie las asperezas de la disciplina. Es posible que su conocimiento de Italia se intensificara y depurara, que lo que ahora puede disfrutar de la pintura, hasta de la contemplación del paisaje, le deba mucho a su trato. Pero esos entusiasmos nunca prescindieron en su momento de un intenso sentimiento de incomodidad. Billie era demasiado absurdamente inglesa, demasiado institutriz.

—Me remordería la conciencia casarme con un extranjero. Cuando me dicen las cifras de nacimientos de paquistanos o jamaiquinos en Inglaterra, pienso que mi deber sería darle al país un hijo blanco, auténticamente inglés —fue por ejemplo un comentario que no dejó de repetir con mínimas variantes el día en que Teresa Requenes invitó a un matrimonio de dominicanos de aspecto amulatado muy amigos suyos. Ése era el tipo de expresiones de Billie que llegaban a irritar a Raúl, cuyo color azulenco y configuración del rostro lo asemejaban más a un paquistano que a un indio mexicano. Ya para entonces tenía más de un año de sostener relaciones con ella.

Una tarde esperaban a una eslavista de Milán que alguien les había recomendado. Se encontraban Emilio, Raúl y él en un café muy pomposo y antipático de la vía Venetto. Raúl estaba de pésimo humor. La conversación recayó en un momento sobre la reacción de los dominicanos ante la actitud francamente hostil de Billie. Raúl opinó que no era para tanto. Se trataba de unos pobres acomplejados. Sólo faltaba que no se pudiera hablar con naturalidad del tinte de la piel. ¿Qué esperaban? ¿Pasar por arios? ¿Por qué no asumían con naturalidad su condición de mestizos?

—¿Y por qué no la asumes tú si es tan sencillo? —fue la respuesta de Emilio—. ¿Por qué debes siempre acatar lo que ordena tu diosa blanca?

Emilio Borda advirtió que había tocado un punto de trato imposible. Intentó volver, con un tono humorístico, a algunos temas de su ensayo sobre Wittgenstein. Raúl no opinaba nada, parecía apenas escuchar las disertaciones del otro. Él, por su parte, quiso disipar la tensión que de pronto sintió incubada, haciéndole algunas preguntas a Emilio sobre los escritores contemporáneos del filósofo vienés. En aquella época había leído sólo a Kafka y a Schnitzler, pero había conocido a unos jóvenes escritores italiano a quienes sólo parecían interesar los austriacos. Llegó al fin la eslavista, la señorita Steiner-Lemmini, una mujer alta, huesuda, de sonrisa tímida. Se pusieron en pie para saludarla. Raúl hizo las presentaciones.

—Emilio Borda, especialista a su entender en Wittgenstein. Cree comprenderlo todo. Ya lo verá, va a resultar que sabe más de rusos, checos y polacos que usted. A su manera, además de eslavista es musicólogo, matemático, entomólogo, filósofo de la ciencia, medievalista —sonreía mientras enumeraba las disciplinas ⸳ puestamente dominadas por Emilio—. No se le escapa nada; pero si de alguna manera hubiese que definirlo —añadió con súbita ferocidad— yo le diría que es el mayor pobre diablo que he conocido.

La señorita Steiner-Lemmini reía nerviosamente. Comenzó a hablar de manera precipitada de sus investigaciones. Dijo que colaboraba en una editorial muy importante. Trabajaba como un asno; apenas dormía, traducía, prologaba, hacía reseñas. Su colaboración era muy buscada por las editoriales italianas. Sin embargo la idea de los Cuadernos le era simpática. Sugería la publicación de dos piezas teatrales de Lev Lunz, un formalista ruso de lo más interesante, absolutamente desconocido dentro y fuera de su país.

Raúl dijo que le gustaría leer los textos. Si ella lo sugería era seguro que esas obras de teatro les convendrían. Necesitaban juicios de especialistas y no las recomendaciones de improvisados que hasta el momento regían la pequeña empresa que habían acometido. Y sin transición, lanzó una diatriba feroz contra el ensayo de Emilio sobre Wittgenstein, que apenas conocía, y terminó declarando, perdidos por completo los estribos, que consideraba incompatible la participación de ambos en el consejo directivo de los Cuadernos. Si el colombiano se quedaba, él estaba dispuesto a partir. La señorita Steiner-Lemmini recogió los papeles y libros que había desplegado sobre la mesa, los metió con precipitación en su cartera y se despidió; Raúl la acompañó a la calle y ya no regresó. Emilio no volvió a poner un pie en los terrenos de Orión. Unos meses más tarde se marchó de Roma.

Pero antes de ese incidente, el cuidado que cada quien ponía en su parte de labor para editar los Cuadernos, y en su propia obra, había sido para los participantes una experiencia comunitaria, jubilosa y por entero creativa.

Si el autor del proyecto había sido Emilio, fue Raúl quien se convirtió en el verdadero motor de la empresa, quien descubrió y asoció a los colaboradores, quien estudió formatos y eligió papeles, quien fijó las características fundamentales de la colección: el idioma básico sería el español, ya que en lo fundamental se trataba de una experiencia de latinoamericanos. Publicarían de doce a quince Cuadernos al año. Teresa Requenes, quien desde la sombra vigilaba la empresa, les proporcionó una lista de amigos que, para sorpresa de los jóvenes editores, se suscribieron en su casi totalidad, lo que les permitió manejar sumas considerables. Teresa proporcionó el capital faltante.

Al principio había un consejo directivo. Billie fue designada más tarde como gerente. Raúl insistió en la necesidad de que alguien fungiera como responsable para efectos fiscales y demás molestias administrativas. ¿Quién mejor que ella?, con-cluyó. Se trataba de un mero requisito formal. Pero en la práctica no fue así; Billie se fue convirtiendo en una típica gerente y el trato con los demás adquirió el tono de la relación clásica entre jefe y subalternos.

Pensó en publicar el relato que había iniciado en el *Marburg* y terminado en sus primeras semanas de Roma, tendrían que hacerle unos ajustes, eliminar quizás unos episodios incidentales, la historia que tanto ha recordado durante ese verano tardío de su vida en que realiza con Leonor una también tardía luna de miel en Roma, un cuento largo sobre la reunión que su protagonista, basada en Delfina, la hija del licenciado Uribe, organiza en honor de su hijo que ha llegado a visitarla y de un pintor, amigo de toda la vida, que ha inaugurado una exposición. Pero Billie, apenas leídas las primeras páginas, le hizo abandonar toda esperanza. Tenía que escribir sobre temas más mexicanos; él se dejó convencer sin mayores dificultades y esa noche llegó a casa y comenzó a desarrollar las imágenes almacenadas desde la infancia que tanto lo perturbaron durante los días siguientes a la muerte de su padre. Revivir aquel periodo tuvo el efecto de disiparle la sensación de culpa que a veces lo ensombrecía por haber sobrevivido a su padre, por saberse en Roma gozando de una óptima salud y no haber estado al lado de las mujeres de su casa cuando ocurrió la desgracia.

Raúl también trabajaba. Un día les leyó aquel relato sobre la búsqueda emprendida por una Primera Dama mexicana de una enana, la hija ilegítima que le había sido arrebatada al nacer. El humor de algunas escenas era tan desbocado, que todos los asistentes a la lectura reíamos a morir con excepción de Billie, quien sentada con el talle enhiesto, como cadete de una escuela militar, y una expresión tal de sufrimiento en el rostro que la asemejaba a los pájaros fúnebres de algunos crucifijos medievales, dijo al final:

—Yo no quisiera hablar, caro Raúl, porque me doy cuenta de que todos ustedes estarán en desacuerdo. Pero me parece un texto demasiado local; a ustedes los hace reír por ser mexicanos, conocen sus graves defectos e identifican a los personajes. A mí sólo me pareció una historia cruel, sin compasión por nadie y, lo que es peor, el extranjero que lea ese cuento no entenderá que está escrito con intención satírica, creerá que se trata de un ataque al sentimiento maternal de una mujer.

Como sucedió tantas veces con Billie, después de un rato de discusión nadie sabía bien de qué hablaba ni qué tesis defendía. Todo en esa sesión fue absurdo y confuso, porque los planteamientos desde un principio estuvieron desenfocados. No hubo modo de hacerle comprender a Billie que lo que allí se buscaba era la creación de una forma, lograr una mínima y jocosa interpretación del mundo a través de esa forma.

—Yo prefiero callarme; les parecerá anticuado pero no puedo soportar que se burlen de una mujer por el solo hecho de haber tenido una hija enana. Por más que digan no lograrán convencerme.

Días después, en un momento en que estuvieron a solas, le dio a él un argumento que no pudo sino sorprenderlo, que debería haberlo hecho comprender ya entonces que en realidad no hablaban la misma lengua:

—Si me opongo a que Raúl publique ese cuento es porque no lo beneficiará en nada. Daría una idea falsa de sus posibilidades. Él tiene otras metas en la vida y las está realizando. Raúl, no sé si te has dado cuenta, puede llegar a convertirse en uno de los grandes teóricos de la arquitectura. En un organismo internacional podrá encontrar en su momento una buena proposición. No me gustaría que más tarde tuviera que arrepentirse de estos errores de juventud.

Y a los pocos días, Raúl comentó de manera casual al terminar una comida:

—Me parece que en el fondo Billie tiene razón. ¿A quién carajos le pueden importar las historias que uno inventa sobre los personajes de nuestro folklore? He decidido publicar mejor unos apuntes sobre Palladio en los que trabajé este verano.

No, no se trata de un estudio teórico, casi puede decirse que es una aproximación poética a la Casa Rotonda y su paisaje.

—¡Raúl, tú serás rey! —murmuró burlonamente Emilio, pues el incidente ocurrió en la época en que una aparente armonía regía aún las empresas de Orión.

Una de las primeras publicaciones fue el episodio veneciano de Billie. Leyó el relato con devoción. Se sumergió en él como en un texto críptico que requiriese varias lecturas para entregar su verdadero sentido, o, mejor dicho, alguno de sus verdaderos sentidos. Si algo le hace saber lo inmaduros que eran entonces sus juicios ha sido releer en casa de Gianni ese relato.

—No es posible —le comentó a Leonor— concebir tanta estupidez… ¡Qué de lugares comunes en sus alucinaciones! ¡Pensar que entonces lo leíamos como si fuera un texto sagrado!... ¡Dios mío, qué mezcla de presunción y de recursos ramplones!

Sin embargo, no puede dejar de detenerse en algunos párrafos; encuentra en ellos un acorde profundo y misterioso. Tal pareciera que Billie hubiese ya presentido su fin.

Su situación económica había mejorado. Su madre había decidido pasarle la renta de algunas casas que había dejado su padre. Eso le permitió prolongar su estancia en Europa, quedarse dos años más en Roma en condiciones muy holgadas, viajar después por Grecia, por Turquía y Europa central, y luego instalarse en Londres, donde fue durante un año lector en la Universidad.

En Inglaterra le llegaron noticias muy confusas de Raúl. Había abandonado la arquitectura, la historia del arte, su trabajo sobre la evolución de las formas. Se había refugiado en Xalapa donde daba un cursillo, no en la escuela de arquitectura sino en la de teatro, la misma donde en la actualidad enseña Leonor; un curso muy menor sobre historia de la escenografía. Alguien le hizo saber que bebía mucho. Billie se había quedado en Roma, había tenido un hijo y luego se lanzó tras su hombre a Xalapa, decidida a legalizar su situación.

Años después, lo volvió a ver en México, en casa de los Rueda, unos amigos comunes. Cuando llegó, ya Raúl estaba muy borracho; le reprochó con resentimiento no haberlo buscado. Se defendió como pudo; había ido a Xalapa sólo una vez a visitar a su madre y a arreglar algunos asuntos y no los había encontrado. La sirvienta le explicó que él y Billie pasaban unos días en Veracruz. Raúl dio muestras de no creerle: estaba desencajado, prematuramente envejecido, muy nervioso, vestía mal, casi como un mamarracho. Le sorprendió con desagrado el color negruzco de los labios. Había, dijo, abandonado las clases.

—Eso no fue sino una vacilada —comentó y añadió que había conseguido después un trabajo muy cómodo en la biblioteca, una especie de asesoría para la compra de libros de arte y arquitectura. Le volvió a reprochar con insistencia de borracho no haber ido a verlo. Dijo que sabía que viajaba con frecuencia a Xalapa (lo cual no era cierto) y no había sido capaz de ir a conocer a su hijo.

Cuando le preguntó si le había resultado fácil a Billie la adaptación a las nuevas circunstancias, le respondió con furia que no tenía por qué preocuparse de ella. Si en realidad le hubiera interesado saber cómo estaban los habría visitado. Estaba francamente imposible; después de vociferar un buen rato y de beber casi hasta la inconsciencia, alguien tuvo que acompañarlo a un sitio de taxis, pues no quiso subir al coche de ninguno de los presentes.

Supo después que Billie había ido a México y tratado de localizarlo. Sin embargo no hizo ningún intento de comunicarse con ella. Hubiera sido fácil conseguir su teléfono y llamarla, pero se la imaginó igual de deshilachada que Raúl, y si ya como señorita sabihonda le había resultado un fastidio, la nueva encarnación que le suponía resultaba aberrante.

Un día en que fue a Xalapa a arreglar los trámites de su nuevo puesto universitario le habló ella por teléfono. Le pedía que fuera a visitarla esa noche, le era absolutamente necesario hablar con él.

Lo enteró de que Raúl se había marchado de la ciudad. Al parecer cuando lo había encontrado en México iba ya de huida. Billie daba clases de inglés y de literatura inglesa en la Universidad, hacía traducciones. Se ganaba, según le dijo, a duras penas la vida. La acompañó hasta una casita de dos pisos en las afueras, bastante agradable, donde vivía con su hijo y con una sirvienta a quien llamaba "Madame", una india de ojos verdes muy vivos.

Su hermana le dijo, cuando le contó el encuentro con Billie y la visita a su casa, que aquella Madame era una curandera muy conocida en la región. No tenía buena fama; la habían corrido de varios pueblos, de Xico, de Banderilla, por prácticas de brujería.

I V

———┬———

LA HISTORIA que comenzó a escribir en el barco y terminó en Italia no fue bien acogida. Billie lo desanimó de inmediato. No tenía raíces, pontificó, todo en ella era muy abstracto. Imposible ubicar el lugar donde la acción transcurría. Orión tenía otras exigencias. Revelar a un público cultivado aspectos del mundo que el mundo desconocía. Unos días antes, añadió, le habían llevado la traducción de un relato islandés. Limpio de localismos y de folklore y sin necesidad de glosarios especiales, el autor había elaborado un drama moderno que cualquiera de los presentes podía protagonizar, pero que a la vez dejaba sentir un olor a mar diferente al de todo otro mar. Era posible imaginar una luz que sólo los nórdicos veían. Paladear un arenque de sabor distinto al habitual, sin que él (ese muchacho de pelo color de paja que asistía regularmente a las reuniones, apenas hablaba y bebía inmoderada y silenciosamente) mencionara en absoluto esa luz y esos sabores; todo estaba implícito en una narración intimista que transcurría en un departamento igual posiblemente a ése, el de Raúl, donde la conversación tenía lugar.

Terminó dándole la razón, porque en su relato la protagonista debía haber pasado una temporada en el extranjero, en Nueva York para ser más precisos, ofrecer una fiesta para celebrar la exposición de un viejo amigo mexicano convertido en un pintor famoso, y a la vez recibir a su hijo, a quien no había visto en una larga temporada. Para que se planteara el conflicto que le interesaba desarrollar era necesario que vivieran en países distintos y que madre e hijo se hubieran tratado muy poco en los años anteriores. Apenas conocía Nueva York, tenía una visión meramente turística de la ciudad, nunca había pasado en ella más de diez días seguidos, y por eso le era difícil lograr que los personajes se movieran con soltura. De seguir los consejos de Billie hubiera debido rehacer el texto por completo, lo que de ninguna manera se le antojaba. Si en aquel tiempo envidiable algo le sobraba eran historias. Tenía cuadernos llenos de apuntes, de esbozos, de proyectos más o menos desarrollados. Tal vez los vaivenes del viaje siempre le produzcan ese efecto. En esos días de Roma, no se le ocurren nuevos temas, pero sí soluciones atractivas para aquellos relatos que se le quedaron a medias.

Un sueño fue decisivo para echar a andar los mecanismos de la creación. Debe haberlo padecido una noche no demasiado posterior a la muerte de su padre, cuando intentaba olvidar que no había acompañado a su madre en aquellos días luctuosos, y los sueños lo agobiaban sin cesar.

Escribió el cuento como entre fiebres, en el interior de un café carente de gracia donde oía caer los chubascos de otoño; quedaba muy cerca de su apartamento, un café bastante sórdido donde por las tardes se reunía una clientela juvenil a oír una sinfonola. Un café en la vía Vittoria cerca del Corso, la quintaesencia de cierta Roma populachera y desabrida. Lo único parecido a ese pueblo mexicano en el que de pronto se sumió eran los chaparrones.

En sus sueños hay apenas acción; a veces tiene la impresión de estar soñando en cámara lenta, de tan estáticas como son las escenas. Alguien comienza a hablar, y, aunque después sólo recuerda una frase o unas cuantas palabras, le queda la impresión de que la persona habló durante horas enteras. Las reuniones no terminan nunca. Hacía apenas unos días, por ejemplo, soñó que su pantalón nuevo, el del traje azul a rayas que le hizo comprar Leonor a los pocos días de haber llegado a Roma, tenía un boquete en la rodilla; cuando despertó sintió el efecto de haber pasado un tiempo infinito contemplando con estupor los destrozos del casimir. Cualquier sueño puede aproximarse a la pesadilla debido a esa duración desusada. Le exaspera que aquello no termine nunca, lo que puede convertir la situación más idílica en una verdadera tortura.

En cambio el sueño al que parcialmente atribuye el nacimiento del relato estuvo colmado de movimiento y de contrastes. Soñó que era niño y que vivía en el campo en una casa de amplios tejados, una serie de espaciosas habitaciones alineadas en torno a un patio interior, y soleados corredores con macetas de helechos y geranios. Hay mucho de abandono y descuido en aquella casona, donde vive acompañado de sirvientes y trabajadores del rancho. De vez en cuando aparece por allí su abuelo. A partir de cierto momento comienza a presentarse estrambótica y caricaturescamente disfrazado de millonario. Ostenta una levita, sombrero de copa gris perla, polainas, fistol en la corbata y guantes grises, atuendo que por fuerza contrasta con el sobrio y natural deterioro que reina en la casa. El nieto observa regocijado las apariciones y transformaciones de su abuelo y la opulencia cada vez más notoria en su atavío. De pronto la acción sufre un vuelco. Desaparece la casa y en su lugar aparece un hermoso palacete situado en la zona residencial de una capital europea, posiblemente París. Junto al niño viaja don Panchito, un antiguo sirviente de la casa, su amigo y confidente. A veces el palacio es visitado, lo que no deja de sorprenderlo, por Vicente Valverde (en la vida real Valverde era un antiguo compañero de trabajo, un tipo cuya capacidad de intriga le permitió crear en unas cuantas semanas tal desconfianza e incomodidad entre el personal de la oficina que si en verdad era policía, como se rumoraba, le debía resultar fácil obtener la información que necesitara: todo el mundo rastreaba a todo el mundo. El clima de abyección donde uno chapoteaba era tal que cuando Oliva le propuso ocupar una plaza bastante mediocre en la Secretaría de Educación no dudó un instante en aceptarla). En el sueño, Valverde llegaba de visita casi siempre en ausencia de su abuelo e interrogaba a los sirvientes. A veces lo veía registrar en una libreta el nombre y dirección de los remitentes de la correspondencia acumulada en una mesa del despacho. El niño sabe por instinto que debe desconfiar de aquel gordo que no para de hablar, y en su presencia es en extremo reservado. Algunas veces sale a pasear con su fiel don Panchito en uno de los automóviles del abuelo, un Rolls Royce imponente. No puede menos que comentarle que le intriga el origen de la fortuna que disfrutan. Los dineros que su abuelo gasta a manos llenas no pueden ser legítimos. Le recuerda la modestia con que originariamente vivían en el campo, los problemas económicos del anciano, sus apuros hasta para pagar las cuentas más elementales. ¿O acaso no había sido así su vida antes de que apareciera con levita y sombrero de copa? No se había ganado la lotería, ni realizado ningún negocio espectacularmente afortunado. Lo único que podía explicar esa bonanza... Y ahí le revelaba a don Panchito sus sospechas: se trataba de ciertas actividades criminales que al día siguiente, cuando reconstruyó el sueño, sintomáticamente no logró precisar. Recuerda que apenas manifestó sus sospechas, el hipócrita Valverde, oculto tras el respaldo del asiento, se levantó, abrió la portezuela, y una vez dueño del secreto, saltó del automóvil aún en movimiento. A los pocos días el abuelo apareció muy sobresaltado, con el ropaje de guardarropía mal abotonado sobre su voluminoso cuerpo y dio órdenes para que empezaran a empacar los objetos más valiosos. A él lo envió en el Rolls Royce a un taller mecánico donde inmediatamente lo desmantelaron y convirtieron en un coche pobretón de modelo anacrónico. Por las conversaciones de los mecánicos se enteró de que, tal como sospechaba, las actividades del abuelo encubrían una vasta organización criminal. Eso no le asusta tanto como tener que reconocer que por su culpa, por haber hablado delante de un soplón, perseguían a su abuelo. De pronto, al asomarse por la ventana del cuartucho que le han acondicionado como dormitorio, descubre que el taller estaba situado en los alrededores del ingenio donde pasó sus vacaciones infantiles.

No dejó de sorprenderlo la presencia recurrente e incomprensible de ese ingenio, tanto cuando intentaba recordar a su padre como en el sueño.

La tarde siguiente al sueño la pasó haciendo notas sobre aquellas lejanas vacaciones en el café al que bajaba todas las mañanas a desayunar y a leer el periódico, un café, ya lo ha dicho, de muros desnudos por entero diferente al Greco o al bar del Albergo d'Inghilterra, desprovisto del prestigio de esos otros recintos, de antecedentes literarios, de atmósferas concentradas y de esa especie de elegancia opaca que tan bien suele armonizar con las letras. En el suyo (ni siquiera recuerda el nombre… ya no existe, ha pasado varias veces por allí y ahora el local lo ocupa un anticuario…) no había nada que ver fuera de algún manchado calendario en las paredes, o las tres o cuatro mesas de patas metálicas y superficies de baquelita color naranja, sobre una de las cuales empezó a enumerar los elementos distintivos de aquel remoto pueblo tropical de su infancia. Esa misma tarde vislumbró la trama de su cuento.

Imaginó a un narrador sentado en un escuálido cafetucho de Roma lanzado a la reconquista de los espacios donde transcurrió su niñez. Un escritor que a su vez imagina a un niño, a su familia, vecinos y amigos, y describe el momento en que por primera vez conoce el mal, o, mejor dicho, el momento en que descubrió su propia flaqueza, su carencia de resistencia al mal.

Cuando salió del primer trance había llenado varias páginas de su libreta con una letra minúscula y segura y había tomado tantos cafés que sentía que los músculos faciales estaban a punto de disparársele. El ruido de la sinfonola había cesado, y un mesero, desatando las cintas de su largo delantal blanco, le avisaba que había llegado la hora de cerrar el establecimiento. Advirtió que había pasado unas cinco horas encerrado en aquel antro, que había dejado desde hacía mucho tiempo de llover, que no había ido, como todas las noches, al departamento de Raúl y que tenía ya una idea más o menos clara de lo que se proponía escribir.

En cierta forma se trataría de una investigación sobre los mecanismos de la memoria: sus pliegues, sus trampas, sus sorpresas. El protagonista tendría su edad. Muy niño, a la muerte de su abuelo, un ingeniero agrónomo, la familia se había dividido; una hermana de su padre, casada con el licenciado de la empresa, se había quedado a vivir en el ingenio. Sus padres y su abuela se habían instalado en México. Todos los años pasaban las navidades juntos. Él y su hermana llegaban con la abuela mucho antes y pasaban con sus tíos las vacaciones completas. Los primeros recuerdos del lugar eran muy confusos. De eso se trataba, de esbozar con la imprecisión de una mente infantil una historia donde el narrador quería ser testigo y a la vez se sabía cómplice.

Aquel protagonista, sentado en una mesa de un café de Roma, trataría en primer lugar de establecer aunque fuera a grandes rasgos la oscura cronología de sus viajes al ingenio. Está casi seguro de que conoció el lugar antes de entrar a la primaria; debía haber pasado allí sus vacaciones de invierno durante seis o siete años. Pero hablar de invierno y referirse al ingenio era ya en sí un desvarío, porque el calor era un tema permanente que suscitaba profundos lamentos, causa de sufrimientos constantes para su abuela, su madre, su tía, comienzo y fin de cualquier conversación, el tizne ardiente que intermitentemente desprendía la alta chimenea lo acentuaba. Miles de cosas se le confunden; no sabe con exactitud en qué viaje ocurrió tal o cual incidente. Las conversaciones, los hechos, todo se aglutina en una especie de tiempo único que suma esos meses de diciembre de los varios años en que fue y dejó de ser niño. Sobre todo porque desde hace mucho ha dejado de pensar en esa época, la tiene enterrada en la memoria, casi podía decir que la detesta, no obstante haber sido en otro tiempo lo más semejante al paraíso que podía concebir. Se ve con el pelo casi blancuzco de tan rubio, una camisa de manga corta, pantalones también cortos, las piernas llenas de arañazos, raspaduras en las rodillas y en los codos y unos pesados y espantosos zapatos de minero de punta chata. Se ve corriendo entre huertos de naranjos, jardines perfectamente cuidados con manchones de adelfas, buganvilias, jazmines, flores de Pascua que separaban entre sí las casas de los empleados del ingenio. Un largo muro rodeaba la fábrica, la casa y los jardines que las ceñían, así como los centros de esparcimiento: el hotel para huéspedes, el club de damas situado en los altos del restaurante, las canchas de tenis cuyo objeto era separar aquel flamante oasis del resto del pueblo. Del otro lado del muro vivían los obreros, los peones y los comerciantes; gente de otro color y otro pelaje. Las sirvientas constituían uno de los pocos puentes entre ambos mundos. Otro, las excursiones al río; a menudo un grupo de niños y adolescentes salía a nadar en las pozas del Atoyac ante la curiosidad de los de afuera, quienes se aproximaban para aconsejar tal o cual modo de bracear, de vadear la corriente o indicar los mejores lugares para practicar clavados. Pero no es de la separación de esos dos grupos humanos y sus furtivos contactos de lo que iba a tratar el relato. La acción sucedería pura y exclusivamente en la zona interior, a pesar de que figuren el gordo Valverde y los chinos, hijos de los empleados del restaurante a quienes se les trataba como a gente de afuera.

El protagonista se inclina a creer que si revisitara el ingenio descubriría que todo era mucho más modesto de como lo veían sus ojos infantiles. Está seguro de que el jardín era menos espectacularmente hermoso que la visión conservada en su memoria, que las casas no eran tan amplias, ni tan modernas como una serie de artefactos entonces casi desconocidos se lo indicaban: las estufas y los calentadores de baño eléctricos, por ejemplo. Los idiomas extranjeros, en especial el inglés que oía constantemente, le imprimían al lugar otra nota de extrañeza, pues buena parte de los técnicos eran norteamericanos.

Anotó, anotó todo lo que la memoria le arrojaba, sin preocuparle la calidad de materiales que ese aluvión incontenible le ofrecía, sabedor de que sobre algunas de esas anécdotas en apariencia triviales se edificaría el relato cuyo germen vislumbró al recordar el sueño en que por imprudencia, por descuido, traicionaba a su abuelo revelando a sus enemigos el carácter delictivo de sus empresas.

Trazó, por ejemplo, a grandes rasgos una crónica de aquella misa en memoria de su abuelo que acabó en una riña entre el rústico sacerdote del pueblo y sus feligreses, quienes se sentían timados por supuestas anomalías en la colecta para comprar una campana, lo que a él le libró de asistir a misa el resto de sus vacaciones, pues su familia, muy ofendida, dejó de frecuentar la iglesia. Anotó cosas más placenteras, las cacerías de pájaros a las que a veces acompañaba a sus primos, los frecuentes paseos a los pueblos cercanos con un viejo velador del ingenio, un borrachín impenitente que les daba a probar unos refrescos cuya botella tapaba con una canica engarzada en un aro metálico que hacía girar con los dedos, refrescos a los que añadía unas gotas de ron para darle a la infatigable parvada de excursionistas la sensación de haber alcanzado la mayoría de edad. Escribió sobre los combates feroces que sostenían los muchachos del ingenio convertidos de pronto en "aliados" y "alemanes", cuando, enardecidos por los rumores que circulaban de un peligro inminente, cuyos primeros indicios los daba la presencia de submarinos alemanes cerca de Veracruz y la declaración de guerra al Eje —cuyo significado ninguno de ellos entendía—, sentían acercarse el espectáculo de carnicerías atroces que cada semana les proporcionaba el noticiero cinematográfico. Anotó algunas conversaciones típicas de la época, los monólogos del esposo de su tía, abogado de la empresa, ante una mesa cubierta de cascos de cerveza; imprecaciones violentas e incoherentes contra su enemigo principal, el sindicato, que luego extendía al gobierno en general y a la escuela de la localidad en particular, la demagogia de cuyos maestros, decía, le producía vómito. Y también las conversaciones trémulas de las damas. Su añoranza de las castañas sin las cuales ninguna cena de Navidad lo sería ya del todo, el horror ante la noticia de que las medias, y no sólo las de seda, serían retiradas del mercado; doña Charo, la inmensa esposa del agrónomo en jefe, declaró a voz en cuello que primero se envolvería las piernas con vendas que salir a la calle al descubierto. Los hombres hablaban de dificultades cada vez mayores para obtener llantas y temían que con la gasolina fuera a ocurrir lo mismo. Parecía como si los mayores penetraran de pronto en un mundo cuajado de aprensiones e incertidumbres mientras que para los chicos el estímulo de los riesgos por venir hacía que sus juegos fuesen más plenos y salvajes y más amplias las horas de permiso para sus hazañas nocturnas.

Anotaba todo aquello, pero de cuando en cuando volvía atrás para retocar algún párrafo o añadir nuevos detalles referentes a la misa en memoria de su abuelo, por ejemplo, estropeada por la contienda que se entabló entre el sacerdote y su grey. Le extrañó la importancia que en sus recuerdos tomaba aquella ceremonia religiosa atropellada por una riña surgida de la compra de una campana. No era la anécdota misma, la misa terminada en forma tempestuosa, se dijo, lo que le interesaba, sino el hecho de que en aquella ceremonia aparecía el elenco completo de personajes de la historia que se proponía relatar: él y su hermana; los niños chinos con quienes construía ciudades de corcholatas al lado de pequeños canales de riego; el gordo Valverde con su aspecto santurrón, los ojos en blanco, las manos unidas ante el pecho; el ingeniero Gallardo, ese hombre seco de piel áspera a quien en su casa llamaban el lobo estepario; su mujer, a la cual no le gustaba tratar con nadie, y sus hijos, Felipe y José Luis, sus vecinos, quienes durante años se convirtieron en sus más adictos compañeros de juegos. En un rincón, a la entrada de la iglesia, se hallaba, y eso como una mera deferencia a su familia, pues ella no acostumbraba ir a misa, Alicia Compton, aquella muchacha que tanto había cambiado desde la muerte de su padre.

Cuando piensa en esa época, le parece que siempre estuvieron al lado de los Gallardo. Pero de pronto recuerda que durante los dos primeros viajes que hizo al ingenio, el chalet vecino a la casa de su tía Emma estaba vacío. Rememora una casa sombría en mal estado y un mínimo y descuidado jardín.

Es posible que todo ello no sea sino producto de la imaginación, que se deje influir por los acontecimientos que ocurrieron más tarde y que sean ellos los que tiñan su imagen del lugar. No le cabe duda de que en el último año (había entrado ya en la secundaria y fue la última vez que la familia se reunió en casa de su tía para celebrar la Navidad) los Gallardo ya no fueron al ingenio. Es posible que la imagen lúgubre de un chalet deshabitado en medio de un jardín enmarañado corresponda a la realidad de las primeras vacaciones, cuando el ingeniero Gallardo aún no vivía allí.

Él y su hermana aparecían siempre en el ingenio antes que los Gallardo; apenas terminadas las clases su abuela los acompañaba al ingenio, sin esperar a sus padres que llegarían mucho después, como los Gallardo, quienes se presentaban en vísperas de la Navidad, para, a diferencia de sus padres que sólo pasaban allí las fiestas, quedarse hasta finales de enero. Había veces en que Felipe y José Luis ni siquiera pasaban la Navidad en el ingenio. Recuerda una noche memorable, aquella en la que por primera vez le permitieron beber vino en la cena, y en que alguien, tal vez su madre, al asomarse al balcón y ver iluminadas las ventanas de la casa vecina comentó que habían sido poco generosos, que debían haber pensado en el pobre ingeniero. No era justo que aquel hombre pasara solo la Nochebuena, seguramente bebiendo, ¿pues qué otra cosa podía hacer a esa hora? Su tío comentó que no tenía caso invitarlo; les hubiera respondido con una aspereza, era el hombre más antisocial que había conocido, un verdadero lobo estepario. El comentario debió haber sido hecho con mucha anticipación a la historia que se proponía narrar. Esa noche pasaron a última hora por su casa todos los hermanos Compton, incluida Alicia, quien a la muerte de su padre, y por un breve periodo, se acercó mucho a sus tíos.

Al autor en Roma, igual que a su protagonista, le ocurre concebirse por momentos como un personaje dividido por lealtades muy diferentes que no le hacen sentirse del todo a gusto en los varios mundos que frecuenta, y que dando en apariencia la sensación de que en ellos se mueve como un pez en el agua tiene intermitentemente la certidumbre de que sí, que es cierto, pero que se trata de un agua equivocada, no la de la pecera o el río que le corresponden. Es consciente de que el relato trata de evadirse antes de siquiera permitirle una aproximación a la historia que pretende contar. Apenas se ha referido a Alicia, al lobo estepario, nada ha dicho aún de su esposa, ni de los chinos o del villano Valverde fuera de simples menciones de paso. Lo que trata de decir, para explicar por qué se intensificó su amistad con los Gallardo, y de ahí la reflexión sobre su ambivalente situación entre Roma y su país, es que su infantil protagonista, por un proceso indefinido y subterráneo, se fue convirtiendo cada año más en un niño urbano que veía en el ingenio un lugar exótico y divertido, totalmente distinto a como lo podían concebir los chicos que allí vivían. De pronto se descubrió diferente a ellos, desconocedor de las claves que hacían del grupo de residentes un grupo cerrado, compacto y a ratos hostil.

Come un sándwich de huevo picado, toma su capuchino, trata de entender lo que unos gandules de pelo indeciblemente sucio que rodean la sinfonola le dicen a dos chicas esmirriadas, que se hacen las muy finas, emiten una risa hueca, se llevan la mano, una a la cabellera burdamente rizada, otra a una falda de estambre, incongruente con el bochorno de esa tarde, como si tratara de bajársela a las rodillas, y piensa en lo que fue alejándolo de sus primos y los otros muchachos del ingenio: su aire citadino, cierta manera de ver, de actuar, movimientos distintos procedentes de la calle de Independencia o de las Balderas, tal vez del hecho de conocer las escaleras eléctricas de los grandes almacenes, de pasar más de media hora en un autobús cada vez que sus padres iban de visita a Coyoacán o a San Pedro de los Pinos; el sosiego de una existencia transcurrida en interiores, mientras que Alfredo, Huberth, Daniel, y también Mirna, Janny y Mariana, renegridos por el sol, sudorosos, no participaban de esa experiencia, y podían en cambio pasar una mañana entera en una carreta de caña, andar varios kilómetros a caballo, viajar en los furgones que comunicaban las diferentes dependencias del ingenio, hablando con los fogoneros en una jerga a momentos incomprensible; bien podía ser, pero también los volvía diferentes la amplitud de sus casas, el espacio que ni él ni los Gallardo, empacados en departamentos del centro de la capital, conocían, y también el hecho de que tanto la familia de éstos como la suya carecían del elemento de extranjería que había en las del ingenio. Pero no piensa desarrollar esas líneas en el cuento porque sabe que eso lo llevaría por cauces cada vez más ajenos al tema que se propone tratar, y que, en cambio, se prestaría a largos e inoportunos interrogatorios de Billie, a discusiones sin sentido el día que le entregara el material si es que al fin y al cabo algo resultaba de él, y por eso de plano prefiere dejar afuera todas aquellas afinidades y discrepancias que hicieron que poco a poco se integrara a un grupo y se distanciara de otro, el de los de más adentro, o sea el de los de adentro *stricto sensu*.

Jamás podría ser un escritor de viajes en el sentido clásico de la palabra. Tarda años en aprender la configuración y en entender las coordenadas de una ciudad; las más simples relaciones entre un edificio y una plaza cercana, entre un monumento y su propia casa, situada a unas cuantas cuadras, le son inaccesibles. Describir eso le resulta punto menos que imposible, es una labor para la que no ha nacido. En el caso del ingenio, para los efectos del trazo que le resulta necesario hacer, puede pensar, por más que el ejemplo tenga mucho de grotesco, en el mapa medieval de un pequeño burgo crecido a la sombra de un castillo. La inmensa fábrica del ingenio y sus dependencias, los trapiches, la destilería de ron, equivaldrían a la mole del castillo; a su alrededor crecía un parque, donde se hallaban las casas del gerente, los técnicos y empleados de confianza, el médico, el abogado, los administradores, los distintos ingenieros, el lugar de las actividades sociales, la cancha de tenis, el hotel para los visitantes, el restaurante atendido por los chinos, más nuevos jardines y otras casas hasta llegar a las bardas que harían la vez de antigua muralla medieval. Dos portones, perpetuamente custodiados por un grupo de porteros, daban acceso al otro mundo, el del pueblo. Las casas de los de adentro rodeaban el club de damas que fungía como eje social del lugar; todos, en algún momento, grandes y chicos, se encontraban en sus inmediaciones. Pero detrás de la fábrica y las oficinas de la administración quedaba, aislado de todo lo demás, otro mínimo oasis, una arboleda, una casa de dos pisos, la de sus tíos, con un amplio jardín y dos chalets al lado, en uno vivía el padre de los Gallardo y en el otro un viejo matrimonio italiano que visitaba con mucha frecuencia a sus tíos. Cuando don Rafael no hablaba de abonos y variedades de caña lo hacía de la situación en los frentes europeos y asiáticos que parecía conocer de memoria. Ella, doña Charo, una mujer enorme y bondadosa, hablaba de alcaparras. Bueno, de cocina, de salsas y escabeches donde la alcaparra parecía tener un lugar preponderante. De su lejana juventud en Sicilia sólo recordaba el corte de la alcaparra que podía contemplar desde su ventana, y en el que, según decía, a veces solía participar. Le parece, mientras redacta sus notas, que con la edad aquella mujer confundía la planta de la alcaparra con los olivos.

En un momento siente que su narrador corre el riesgo de sumirse horas enteras en trivialidades, en recuerdos que en nada contribuyen al desarrollo de la anécdota y que tampoco creaban por sí una significación. Que don Rafael hablara de fertilizantes y doña Charo de la manera de moler unas cabezas de ajo con un pomo pequeño de alcaparras para después rociar los macarrones, ¿a quién carajos podía importarle? O de que sus primos mayores, que hacían ya la secundaria en Córdoba y que como ellos pasaban las vacaciones en el ingenio sólo pararan en casa a la hora de comer y a veces la de cenar, de que salían muy temprano, con sus raquetas, sus rifles y dividían su tiempo en la cancha de tenis, en la cacería por el campo, en el río, o en casa de los Compton, donde por las noches oían discos, bailaban, tomaban ron y enamoraban a las muchachas de la casa o a sus amigas, eso ya tenía más sentido porque acercaba a los Compton a la trama. Eran éstos una legión de hermanos y hermanas; su padre había sido un americano, administrador del ingenio, muerto de un infarto, dejando a los hijos y a una viuda, una mexicana a quien había conocido en San Francisco y que parecía no hablar bien ni español ni inglés, una mujer a quien uno fácilmente podía tomar por muda, a la cual vio muchas veces sentada en una mecedora, infinitamente frágil, delicada, de enormes ojeras, envuelta en un chal, meciéndose acompasadamente horas enteras, sin hablar, sin fijar la mirada en parte alguna, emitiendo de cuando en cuando profundos suspiros. Tal vez, si se lo piensa mejor, fuera un caso de debilidad mental, una naturaleza que no había salido de la infancia y que padecía de profunda melancolía. Era madre de un tropel de hijas e hijos perpetuamente bulliciosos, algunos de los cuales trabajaban en el ingenio. Una vez los hijos de Víctor Compton, el mayor de los hermanos, lo llevaron a su casa y él se quedó pasmado. No ha vuelto a ver un lugar parecido. Recuerda un inmenso salón donde se hubiera podido hasta andar en bicicleta. Había libreros por todas partes, no alineados a lo largo de las paredes como hubiera sido lo normal, sino en medio del recinto, dividiendo el espacio, y, por todas partes, conatos de salas que no lograban integrarse; en los sitios más inesperados había macetones con helechos y plantas tropicales, baúles, un restirador donde algunas veces trabajaba Huberth, y, según le parece, hasta camas. Alguien oía un radio en una esquina de ese hangar mientras en el extremo opuesto un grupo se apelotonaba alrededor de un tocadiscos. La gente entraba y salía sin cesar. Doña Rosario Compton, la madre, permanecía sentada en una mecedora con algunos periódicos y revistas en el regazo o a los pies; nunca la vio leerlos; suspiraba, se mecía, muy de cuando en cuando, llamaba con voz que era casi un susurro a una sirvienta, a alguna de sus hijas, a sus nietos, y les pedía que mandaran a comprar queso, o refrescos, que le encargaran a los chinos un pastel de limón, que sacaran las macetas a la terraza y las regaran. Daba la impresión de que nadie le hacía demasiado caso. Ella seguía meciéndose, jadeando; si la obedecían tampoco daba señales de satisfacción; apenas parecía enterarse de lo que ocurría a su lado. Por eso su extrañeza cuando no una sino muchas veces le oyó a Alicia, a Edna, a Sara, o a cualquiera de los Compton comentar que su madre estaba siempre en todo. Nunca la vio fuera de casa, a no ser en el jardín, sentada en otra mecedora, suspirando, gimiendo, con los ojos muy abiertos, como de lechuza, acentuados por ojeras enormes cuya negrura posiblemente era artificial; le pedía al jardinero con voz inaudible que podara tal planta, que segara el pasto en tal o cual parte del jardín que se había convertido en algo peor que un monte, que bajara las guías de la buganvilia o de la copa de oro y las hiciera trepar a un lado de la escalera. Hasta para enunciar sus breves y monótonos pedidos parecía apenas abrir la boca.

Cuando los conoció debía vivir aún el señor Compton, pero no recuerda su aspecto. Alicia acababa de llegar de un colegio de Estados Unidos donde había pasado algunos años. Se había convertido desde su regreso en el alma de cualquier reunión. No era hermosa, carecía de la belleza de las mujeres de su casa, no tenía, por ejemplo, ese aire perverso, de carnívora orquídea tropical, de Edna, de quien después del divorcio todo el mundo decía horrores, ni la elegancia de Sara; tampoco poseía el atractivo natural de la juventud que caracterizaba a sus otras hermanas y cuñadas. Alicia tendía a la obesidad, su ancha cara de niñota estaba cubierta de pecas; sus labios eran grandes, abultados, y a pesar de ello nada sensuales. Era en cambio simpática y dicharachera, la consentida de su padre, de sus hermanos, hasta tal vez de doña Rosario, si es que ésta podía tener alguna preferencia. Le gustaba verla pasar a caballo como una ráfaga en dirección al portón que comunicaba con el resto del pueblo. Había en ella algo loco, demasiado incontrolable, demasiado provocativamente opuesto al gimiente estatismo de su madre.

En una ocasión los visitó en México. Había muerto su padre y no acababa de reponerse. Era una Alicia distinta, delgada, vestida de luto, intranquila, que fumaba anhelantemente un cigarrillo tras otro.

—Me parece que volveré al ingenio —anunció—; no porque mi madre me necesite, ustedes la conocen, es un roble. Pero estoy convencida de que en México no tengo nada que hacer. No sé cuanto tiempo me quedaré allá; creo que les hago falta a mis hermanos. ¿Por qué no podría trabajar en la gerencia, aunque sea traduciendo o contestando correspondencia? Sí, no pongan esa cara, de quedarme en México, se los aseguro, buscaría también un empleo.

Comentaron en mi casa que sus proyectos eran absurdos, que había envejecido por fumar demasiado, que no le sentaba haber adelgazado tan de golpe. Ese diciembre en el ingenio sus tíos contaron que para los Compton el choque había sido brutal por lo inesperado, sobre todo para ella, tan dependiente de su padre. Además, en cuanto a dinero no habían quedado nada bien, tanto que Jenny y ella trabajaban. Lo mejor para Alicia, pensaban, sería casarse con alguno de los técnicos solteros que llegaban, de otro modo nunca iba a sentar cabeza.

Había llenado casi un cuaderno de notas. Tenía clara la historia y podía vislumbrar con bastante nitidez a los personajes. Seguía sintiendo un odio visceral por el gordo Valverde. Le parecía repugnante que las tragedias, tanto las grandes como las pequeñas, pudieran desencadenarse por gentuza de esa calaña. Llegó el momento en que el narrador comenzó a ordenar sus materiales.

Tres posibilidades se le ofrecían para iniciar el relato:

La primera: un niño desentierra una caja de zapatos y contempla sorprendido cómo los pájaros sepultados unos cuantos días atrás se convierten en una masa fétida y blancuzca, pues, para su estupor, no obstante haber cerrado la caja con tela adhesiva, los gusanos habían penetrado y hecho presa de los tordos cazados por sus primos. En cierto momento advierte una presencia a su lado; ve unos zapatos cafés de suela gruesa y la parte inferior de unos pantalones: levanta la cabeza y encuentra el ceño hosco del ingeniero Gallardo, quien observa con curiosidad sus funciones de sepulturero.

—No sé por dónde pudieron entrar los gusanos —el niño explica el cuidado que tuvo en cerrar la caja para que no volviera a ocurrir lo de otras veces, y, sin embargo, los resultados estaban a la vista—. Bajo cada una de estas piedras tengo enterrado un tordo —añade un poco cohibido.

El ingeniero diría algo que el chiquillo no entendería del todo sobre la descomposición de la materia: le explicaría que aunque la caja fuera de metal y no tuviera rendijas cualquier animal muerto se agusanaría, porque era el cuerpo quien contenía los gérmenes de putrefacción y no el exterior quien los introducía.

—Me gustaría que alguno de mis hijos estudiara biología —añadió—. Tengo dos hijos que están por llegar. Vendrán a pasar las vacaciones conmigo. Esta misma semana estarán aquí. Van a ser ustedes muy buenos amigos. Pero me gustaría que no practicaran estos juegos.

Aquél era uno de los inicios posibles. Luego seguiría la llegada de los Gallardo con su madre, el principio y la evolución de la amistad. De ahí se desprendería el resto.

Otro comienzo podría arrancar de la noche en que después de una función de cine Alicia y Huberth, su hermano menor, pasaron a cenar con ellos. Toda la familia había ido al cine a ver *La viuda alegre* y regresado de óptimo humor. Alicia estaba radiante, imitaba los movimientos de la Viuda, tarareaba el vals, giraba con su hermano por la sala, se soltaba, se deslizaba hasta el balcón, volvía a entrar cantando, olvidada ya del luto, convertida de nuevo en la alegre muchacha de un año atrás, sólo que no era ya la niñota hermosa de entonces, sino una joven delgada y, esa noche, hasta hermosa.

De alguna manera Alicia se las ingenió para que se hablara de los vecinos: el ingeniero y su familia. Su padre comentó la desagradable conversación que él había tenido con la mujer, la tarde anterior. Se había acercado y encontró a la señora del ingeniero. Él y su hermana estaban en el quiosco del jardín de los Gallardo. Hojeaban los libros que el ingeniero había comprado días atrás en Córdoba y observaban con fascinación las ilustraciones de unos volúmenes de Verne. Pudieron oír el diálogo absurdo entre su padre y la mujer. Los Gallardo enrojecieron de vergüenza, y se concentraron en sus libros para no mirarlos, mientras su madre respondía a un comentario del padre de ellos sobre la película que exhibirían la noche siguiente, lanzaba los naipes, una carta tras otra, sobre la mesa y estudiaba las posibles simpatías y diferencias que establecían entre sí.

—Vamos poco al cine y nunca a ver ese tipo de películas —recogió algunas cartas; formó un nuevo mazo con ellas y empezó a barajarlo; luego, mientras las iba tendiendo sin separar de la mesa la mirada, añadió—: según me han dicho, el ambiente del cine no es nada alentador, todo está allí muy revuelto.

—No, no lo crea —dijo su padre, ya un poco impaciente, arrepentido sin duda por haber iniciado la conversación—. Rubén Landa, el hermano del jefe de bodegas, organiza las funciones y siempre nos reserva tres o cuatro bancas. Uno no tiene que mezclarse con los trabajadores.

—Ya lo sé; precisamente a esas filas me refería; ahí es donde me imagino todo muy revuelto… ¡Tres de espadas! —movió las cartas de toda una hilera, las dispuso en varios lugares para hacerle campo al tres de espadas—. Hay gente que yo no trataría en México, no veo por qué tendría que hacerlo aquí.

Y sin más pareció olvidarse de su interlocutor y se concentró en su juego.

Su padre no reprodujo el diálogo. Dijo sólo que pocas veces había conocido a una mujer tan antipática y ridícula, que podía explicarse muy bien por qué a aquel hombre se le había agriado el carácter. No era para menos. Alicia comenzó nuevamente a bailar, como si no oyera la conversación que había provocado. Parecía que el vals de la Viuda no la dejaba en paz, que se le hubiera clavado en el cuerpo y la afiebrara…

La tercera posibilidad de un inicio de relato podría desarrollar la idea de un niño que sin ser consciente de las causas se va apartando de sus primos y sus antiguos compañeros de juego. Al comenzar a intimar con los Gallardo se forma una liga entre extraños al lugar, potenciada no sólo por la vecindad y el hecho de que sus casas quedasen relativamente aisladas de las otras, sino también por compartir un lenguaje urbano, ciertos puntos de referencia comunes; tal vez por un fastidio que las veces anteriores no percibió ante la actividad de amos del mundo que asumían los locales; comenzó a irritarlo, por ejemplo, la falta de curiosidad de éstos por todo lo que sucedía fuera de sus dominios. La separación se fue acentuando gradualmente, no porque el intercambio de libros de Verne y Jack London o la conversación sobre sitios de México que sólo ellos conocían les confiriera un sentimiento de superioridad cultural. Se trataba de una voluntaria marginación a secas.

Sus juegos consistían en abrir pequeños canales desde la toma de agua que servía para regar el jardín y construir en sus márgenes complicadas ciudades con corcholatas proporcionadas por los hijos de los chinos, o el gordo Valverde, que luego dividían en ciudades del Eje y ciudades aliadas y bombardeaban por turnos desde una y otra fortalezas, con saña a las del Eje y tal benevolencia y parcialidad hacia las aliadas que casi siempre resultaban indemnes después del bombardeo. La necesidad de corcholatas les llevó a admitir en sus juegos a los hijos de los chinos que atendían el hotel y a Vicente Valverde, quien con su sonrisa estúpida y su palabrería infinita no cesaba de repetir sandeces hasta llegar a marearlos. Parecía tener horror al silencio y una necesidad de atropellarlo siempre con interminables e incoherentes relatos. Era impensable que Valverde y los hijos de los chinos jugaran al tenis, al billar, al beisbol con los de adentro, pusieran los pies en casa de alguno de ellos; sin embargo, tal vez por su carácter de tránsito en el ingenio, resultaba normal que él, su hermana y los Gallardo compartieran sus juegos con ellos.

Un año los Gallardo se retrasaron. Fue la vez que en su casa estuvieron tentados de invitar al ingeniero a compartir la cena de Navidad y su tío comentó que no tenía caso hacerlo, que era un lobo estepario y únicamente lograba sentirse a gusto cuando estaba a solas.

Habían suspendido el riego y por lo tanto durante unos días no hicieron canales. Por las tardes comenzaron a explorar, siempre con los chinos y el nefasto gordo, un terreno que quedaba muy retirado de las casas y del centro social del ingenio, un arroyuelo situado al lado de las oficinas administrativas, donde a veces pastaban los caballos del gerente, por supuesto dentro del muro que los separaba del pueblo. Cerradas las oficinas no se veía un alma por aquellos lugares. Ellos bajaban a la hondonada por donde corría el arroyo a buscar una especie de tomates silvestres. Soñaba en esos momentos en realizar hazañas que lo pusieran al nivel de los hijos del capitán Grant o los pequeños tripulantes del *Halifax,* y envidiaba la vida aventurera de los otros chicos del ingenio.

A veces veían a Alicia salir de su oficina. La veían despedirse de los demás y seguir un camino que conducía a la fábrica de ron. Horas después, al salir de la hondonada, la encontraban ya de vuelta, sentada en una piedra, con una vara en la mano, golpeando el pasto, tratando de empujar un pequeño guijarro o de escribir algo en el suelo (es posible que la haya visto así sólo una o dos veces, pero ésa era la imagen más precisa que conservaba de ella). Su expresión no era de felicidad, sino más bien de preocupación, de ausencia, mientras el ingeniero Gallardo daba vueltas a grandes zancadas a su alrededor, y hablaba en voz queda, también con un aire ausente, igualmente preocupado y doloroso, sin que ni uno ni otro pareciera advertir la presencia del grupo de chiquillos que salían del barranco. Él no hubiera reparado en el carácter excepcional de esos encuentros de no haber sido porque en cada ocasión el gordo Valverde no escatimaba comentarios procaces.

Por fin llegaron los Gallardo. No volvieron a ir al arroyo. Comenzaron a jugar en un naranjal vecino a la cancha de tenis donde los jardineros habían transportado las mangueras de riego. Para aquel entonces se trataba ya de dos grupos por entero diferenciados. El de los locales, fundamentalmente deportistas, capitaneados por Víctor Compton, chico, el sobrino de Alicia, y el de quienes jugaban a "las ciudades de corcholatas". Y éstos comenzaron a recibir cada vez con mayor frecuencia muestras de hostilidad de los primeros. ¿Los despreciaban por haber admitido como compañeros a gente a la que difícilmente registraban como iguales, o era el hecho de haber ideado juegos más sedentarios y menos riesgosos lo que los disminuía frente a los otros? Lo cierto era que ya para esas fechas no andaban en edad de tales pasatiempos infantiles. En efecto, habían pasado varios años desde el comienzo de su amistad con los Gallardo, y él estaba ya por comenzar la secundaria.

De las tres posibilidades la segunda le resultaba la más atractiva para iniciar su relato:

Tarará tarará tarará…

Su padre hablaba del toque Lubitsch, nunca mejor expresado que en *La viuda alegre.*

Alicia seguía tarareando el vals, se acercaba a don Rafael, a sus sobrinos, a Huberth, daba vueltas en torno a él, deslizándose, alejándose, hasta que le tendía los brazos y su hermano debía tomarla por el talle y comenzar a hacerla girar.

"¡No cantes, no bailes! ¡Sobre todo, por favor, no te asomes a ese balcón!", tenía ganas de gritarle, mientras la miraba angustiado manifestar ante todo el mundo su felicidad. Miró a su hermana y encontró en sus ojos la misma mirada de temor que esa tarde le dirigió después de hablar con la madre de los Gallardo. "¡Deja de cantar! ¡Sal del balcón si no quieres tu ruina!"

Su imploración pareció haber sido escuchada. Poco después vio a Alicia, con el rostro contraído, volver a la sala. Se había oído un disparo no lejos de allí, e inmediatamente después otros dos. Al primero siguió un bullicio confuso, un ruido abigarrado y espeso producido por el aleteo y los gritos de miles de pájaros enloquecidos que abandonaban las copas de los árboles cercanos. Alicia se vio de pronto rodeada por un halo de tordos que aleteaban y graznaban sobre su cabeza y que transformaron su papel de Viuda en el de Reina de la Noche. Un pájaro enorme, cegado por la luz de un reflector, se estrelló contra un vidrio, lo rompió y cayó sangrando a sus pies. Alicia lo apartó asustada con un movimiento brusco del pie. Cuando volvió a la sala se dejó caer en un sillón y durante el resto de la noche apenas habló.

Le repugna la maledicencia. Esa ofensiva permanente con que los mediocres, los frustrados y los cerdos tratan de encubrir la mentira que es su vida, su pobreza íntima. Y en ese momento, desde el café de Roma, le divierte imaginarse a Valverde niño con su cara de luna, su culo enorme, su cháchara de loro, sus ojos que parecían concentrarse en algo con esa expresión que en el cine adoptan los malos actores cuando pretenden una mirada aguda, su tendencia a la obesidad que hacía que sus camisas parecieran estar siempre a punto de estallar, y la enorme capacidad de maledicencia que acumulaba y podía desgranar sobre cada una de las personas que trabajaban en el ingenio, sobre sus esposas, familiares y sirvientas, y la estupefacción que sus revelaciones le proporcionaban a él, a su hermana, a los Gallardo, quienes un poco por inercia no se atrevían a romper su trato, y también por la necesidad de corcholatas que acarreaba en grandes bolsas. En cierto sentido, Valverde les hizo perder una especie de virginidad al darles a conocer muchos infiernos personales, considerándolos como algo del todo natural. Pero a la vez que la curiosidad lo llevaba a tratarlo, percibía algo repugnante en él, se imaginaba a duras penas el medio pelo en que aquella criatura florecía, el resentimiento de sus padres, dueños de la única tienda importante del pueblo, por no ser invitados a ninguno de los festejos que tenían lugar en el club o en las casas que quedaban del otro lado de la barda que marcaba el sitio que a cada quien le correspondía en el ingenio.

Una vez delineado el personaje, regocijado por ese algo de esnobismo con el que lo condena, el autor vuelve a abrir el cuaderno y a recrear el día posterior a la llegada de los Gallardo en que habían trasladado el espacio de sus juegos al naranjal situado entre la cancha de tenis y la fábrica, cerca de donde se reunía el otro grupo que consideraba suyo aquel terreno, y donde, quizás fastidiados por la presencia de aquel gordo santurrón, atinaron a asestarle en el transcurso de la tarde dos o tres bien apuntados naranjazos. Aquella vez, la conversación se basó sobre todo en temas de México, de la escuela, de la última vez que habían hablado (porque para entonces se llamaban de vez en cuando por teléfono), de películas y libros. Los chinos se retiraron, aburridos de que todo se fuera esa tarde en palabras, pero Valverde permaneció hasta el final, tratando de vez en cuando de introducir en la charla sus comentarios sobre la avaricia de la señora Rivas, una española acabada de llegar al ingenio, o sobre Carmela, la antigua cocinera del gerente, quien había sido despedida y no se había marchado por voluntad propia como decía, pues sospechaban que se había robado un par de gallinas de Guinea; decía saber muy bien que no sólo se trataba de gallinas sino de botellas de vino que le vendía después al jefe de la estación, y al final comentó que los Compton vivían por encima de sus medios —había sido precisamente Víctor Compton quien la había emprendido con él a naranjazos esa tarde—, que el caserón donde vivían no les correspondía porque eran empleados de poco rango, y esa casa era digna de un gerente, que andaban tan mal de dinero que hasta Alicia con todo y sus aires de princesa se había visto obligada a trabajar.

—Igual que tu mamá. ¿No trabaja ella en la tienda? —preguntó José Luis.

—Sí, pero mi mamá no se enreda con nadie —dijo con incongruencia Valverde—; mi mamá se pone sólo lo que mi papá le compra; mi mamá está casada.

—¿Y qué tiene eso que ver? —insistió José Luis Gallardo.

—Que Alicia perdió ya la vergüenza. Por eso se volvió querida de tu papá —dijo el gordo, fingiendo no dar demasiada importancia a sus palabras—. Le regaló un anillo de oro. Por las tardes se encontraban cerca de las caballerizas; todos los hemos visto. No había tarde en que no lo hicieran; quién sabe hasta qué hora se quedarían, quién sabe dónde pasarían las noches.

Felipe, el menor de los Gallardo, se levantó y le dio un puñetazo, luego otro y muchos más mientras el gordo manoteaba sin saber defenderse ni cubrirse siquiera la cara. Hizo uno o dos intentos de lanzar patadas, pero Felipe le agarró un pie, lo tiró y luego a su vez comenzó a patearlo. Lo tuvieron que detener porque la boca de Valverde había comenzado a sangrar. El gordo salió de ahí casi arrastrándose. Su hermana se echó a llorar, y luego, sin transición, comenzaron a hablar de las navidades que los Gallardo habían pasado con sus abuelos en Pachuca y los regalos que habían recibido. La respiración de Felipe era muy agitada; todos fingían no advertirlo.

Esa misma tarde, la víspera de la fiesta de Año Nuevo, el día en que exhibirían *La viuda alegre,* cuando él y su hermana pasaban frente al chalet de los Gallardo, los llamó la madre; deshizo todo el juego de cartas que tenía sobre la mesa y dijo, mientras con aparente concentración volvía a tender los naipes:

—¡Al fin se nos hizo conversar! —la voz quería ser amable, pero él recuerda o imagina recordar un sonido repelente entre metálico y untuoso que parecía deleitarse en la dicción de cada sílaba, en la enunciación de cada vocal—; me gustaría saber qué fue exactamente lo que le dijeron a José Luis y a Felipe sobre su padre.

—Nosotros no dijimos nada —respondió de inmediato su hermana.

—Mis hijos no tienen secretos conmigo. Felipe me lo dijo todo. ¿Qué le contaron sobre mi marido?

Recordó la antiquísima conversación en el cementerio de pájaros, cuando ella y sus hijos no habían aparecido aún en el lugar.

—El ingeniero me dijo un día que los pájaros tienen siempre gusanos; que llevan en su interior huevos de gusanos, y nosotros también; nos acabaremos pudriendo aunque nos entierren en cajas fuertes. Un día hablé de eso con José Luis y Felipe.

—¡No te pases de listo! —la mujer volvió a barajar el mazo de cartas; su tono era aterrorizador, aunque la compostura del rostro no cambiaba, y las sílabas seguían desgranándose intactas, perfectas, con cada una de las vocales en su sitio—. ¿Qué le dijeron a mis hijos sobre la mujer con quien veían a su padre?

—No dijimos nada —insistió su hermana—. Vicente Valverde siempre cuenta cosas muy feas, por eso le pegó Felipe.

—¿Cosas muy feas? ¿Quién es Vicente Valverde?

—Nosotros no dijimos nada —insistía ella un poco desesperada, como en espera de que él saliera en su defensa—. Su papá es el dueño de la tienda donde paran los camiones. Su mamá está siempre en la tienda…

—Dijo que ustedes los veían…

—Íbamos a comer tomates a un arroyo.

—¿Y era allí donde se reunía con la muchacha? ¿Quién era?

—Sí, allí —dijo, y le pesó de inmediato la aceptación del hecho. Trató de atenuar su respuesta, diciendo que era el sitio por donde salían todos los que trabajaban en la gerencia, de modo que era casi obligatorio que se encontrara en ese sitio con Alicia.

Al oír ese nombre, la mujer echó la cabeza hacia atrás con un gesto teatral. Todo en ella le pareció cruel, los huesos tan poderosamente marcados, la boca de labios salientes como esculpidos, el larguísimo cuello. Al fin concluyó:

—No quiero que mis hijos vuelvan a saber nada de esto. Ni siquiera comentaré con ellos nuestra conversación. No se va a volver a hablar más del asunto. ¿De acuerdo?

Se fueron cabizbajos, disgustados, humillados, cargados de culpa, sin comentar nada. Esa noche no salieron; jugaron dominó con Víctor Compton, mientras esperaban que los demás regresaran del cine.

Los acontecimientos se produjeron con rapidez, en cadena. A todo el mundo le extrañó ver la noche siguiente al lobo con su loba en la fiesta que ofrecía el gerente. Era la primera vez que la pareja asistía a un acto social. Ella vestía como siempre falda y blusa, sin collares, adornos o afeites de ninguna especie, con un rostro que parecía recién lavado. No sabe junto a quién se sentaron, si hablaron, si permanecieron juntos, ya que a los chicos los colocaron en un extremo del club. Al recordar en Roma aquel ambiente le resultaba de una extrañeza radical: nada de eso tiene al parecer que ver con lo que él es, con lo que conscientemente ha sido.

Y luego…

Ante la sorpresa de todos, el matrimonio pareció entrar al orden, como si al fin comprendiera sus obligaciones con la sociedad. Se les vio jugar en distintas reuniones a las cartas, él cada vez más lúgubre, ella muy conversadora, tanto que hasta parecía haber ablandado el tono, condescendido a pronunciar menos nítidamente las palabras. Alicia, en cambio, se eclipsó y durante una temporada apenas si apareció en público.

¿Sabrían los demás lo que ocurría? Trataba de captar las conversaciones de los mayores, sin el menor resultado. Preguntó un día con fingida curiosidad si Alicia estaría enferma ya que no se le veía por ninguna parte. La respuesta fue del todo natural: No, no estaba enferma, tal vez cansada. Parecía que trabajaba demasiado; quizás sus hermanos no lo advertían, ni su madre, que era una déspota, pero el trabajo la estaba matando.

Un día (y él afinó de inmediato el oído), al terminar de comer, su abuela comentó:

—Ese hombre sufre horriblemente. Te digo que hay momentos en que parece estar a punto de volverse loco —pero de ahí no pasó el comentario.

¿Cómo era posible, aún no acaba de explicárselo, que nadie estuviera enterado de las relaciones entre el ingeniero y Alicia si lo sabía Valverde y la tienda de sus padres era una especie de radioemisora local? ¿Estarían hasta tal punto incomunicados el mundo de adentro y el de afuera? ¿O era que el de adentro se empeñaba en mantener las formas, proteger al matrimonio, hacer a un lado a la intrusa no obstante las simpatías de que gozaba, y defender los derechos de la mujer legítima por odiosa que fuera?

Unas tres semanas después de la fiesta tuvo lugar el día de campo anual. Decían que en el lugar al que irían, el ojo de agua cerca de San Lorenzo, había nutrias. Se organizaría una cacería. Don Rafael, el agrónomo, comentó el día que se discutió el proyecto que debía inspeccionar unos cañales de esa región y aprovecharía la ocasión para verificar el estado de los caminos y los puentes y arreglar todo lo que fuera necesario. El ingeniero Gallardo se ofreció a acompañarlo.

—Está pésimamente informado de lo que ocurre en el mundo —comentó don Rafael a su regreso—. No debe oír la radio, ni leer los periódicos. Quién sabe cuáles sean sus ideas, pero no cree que el final de la guerra esté próximo. Ni siquiera el hecho de que Francia haya caído parece convencerlo. Estoy de acuerdo en que con los americanos no puede uno hablar a fondo, pero entre nosotros es distinto. Cada vez que le preguntaba algo me salía con unas barrabasadas que o no me oía o no entendía de qué hablábamos. ¡No saben cómo le gustó el campo! No hacía sino fijarse en todo. Le dije que no se preocupara, que en los pasos difíciles cargaríamos a los críos. No, no hay por qué asustarse, mis hombres conocen bien el camino. Claro, uno de los puentes es dificilillo, pero ya he mandado reforzar los cables.

Le da pereza escribir lo demás, hasta pensar en ello. Más que establecer los materiales para un relato y trenzarlos le complace recordar detalles insignificantes, describir, por ejemplo, las grandes cestas cuadradas de mimbre que no ha vuelto a ver desde la niñez, en que llevaban la comida. El movimiento del día fue inaudito. Los Gallardo quedaron divididos. A él le tocó viajar en el mismo coche con Felipe pero apenas hablaron. No sabía si estaba enterado del interrogatorio al que había sido sometido. Estaba furioso con él; no lograba entender cómo podía haberle repetido a su madre las palabras de Valverde, aunque después, al recordar lo mal informada que la mujer estaba, comprendió que más bien aquélla debió haber sorprendido una conversación entre sus hijos.

Pensó en hacer, a partir de allí, una enumeración de hechos lo más breve posible, sin perderse en reflexiones sobre cualquier elemento exterior. El convoy de coches los llevó hasta un lugar donde terminaban los cañales y comenzaban las barrancas, de donde tuvieron que proseguir a pie, y pasar dos puentes colgantes, uno normal sobre un río ancho y sosegado, y otro menos tranquilizante, un puente seguramente muy poco utilizado, un grueso tronco colocado sobre un abismo muy angosto, pero tan profundo que le parecía que apenas podía verse el fondo: sólo se oía el ruido terrible de los rápidos al golpear las piedras. Ellos pasaron montados a espaldas de los cargadores; hubo muchos gritos, muchas protestas. Las voces estrepitosas y la confusión que producían le creaban un aire total de diversión al día de campo. Algunas mujeres convinieron en desistir de la excursión, pidieron regresar a los coches aunque al final se dejaron persuadir y pasaron. Los maridos, obligados por la reacción de sus mujeres, comenzaron a protestar… Nadie les había advertido sobre los riesgos de la excursión… Don Rafael insistía con voz seca y cascada en que no había ningún peligro, sólo había que tener cuidado; cada persona debía pasar atada, aquel tronco era muy sólido, él mismo había hecho cambiar el cable del cual podían sujetarse.

Mientras los demás discutían, todos los chicos del ingenio habían pasado ya, igual que varios empleados y técnicos jóvenes, las hijas del gerente, las sirvientas, los cargadores con las cestas y los cartones de cerveza; a él alguien se lo subió en los hombros y cuando lo advirtió ya estaba del otro lado, compartiendo la excitación con su hermana, con todos los demás que se felicitaban por haber corrido el riesgo y salido victoriosos, mientras oían gritos advirtiéndoles que no debían acercarse al desfiladero, que podía haber desprendimientos de terreno. Los gritos se confundían con el ruido violento del agua, muy al fondo, al chocar con las rocas.

Siguieron caminando, llegaron a los manantiales. Él había esperado encontrar las nutrias, los famosos perros de agua de la región, verlas nadar, ahuyentar a sus crías ante la invasión de sus dominios, quizás hasta combatir contra ellos, pero no apareció ninguna. Abrieron las botellas, tendieron los manteles, armaron una mesa para los cocteles. Doña Charo, a quien le había tocado la preparación del arroz, hablaba de lo mucho que podía mejorarse el sabor con una salsita de alcaparras. Él se echó a reír porque en su casa se había vuelto un motivo de broma la afición culinaria de la obesa vecina; y ésta lo tomó del brazo y con toda seriedad le dijo:

—Recuerda que un gato con guantes no caza ratones —frase que aún ahora le intriga. Tal vez lo estaba confundiendo con algún otro muchacho para quien esa frase tuviera sentido, o se refería a que aún no se había desnudado y quedado en calzoncillos como los demás. ¿Su ropa, los guantes? Tal vez. Los otros ya chapoteaban en el río. Víctor Compton, sin pérdida de tiempo se había subido a un árbol y desde una rama situada a unos tres metros de altura, ante la admiración de todos, realizó uno de sus clavados perfectos.

A él le extrañó ver juntos, hablando con animación, quizás con cierto falso énfasis, a Alicia y al ingeniero. Era la primera vez que los veía juntos desde la llegada de los Gallardo. El ingeniero tenía vendada la mano derecha con un pañuelo. "Ese gato no cazará ratones", pensó.

Nadaron un rato; algunos se alejaron en busca de las cuevas anunciadas por don Rafael. Quiso acercarse a Víctor; pero éste se había golpeado un hombro con una raíz oculta bajo el agua y yacía tendido, quejándose e insultando a todo el mundo. De pronto, Felipe preguntó por su madre y comenzó a buscarla. Nadie recordaba cuándo la había visto por última vez, ni con quién. A todos les parecía que acababa de estar al lado. Había viajado en el coche de los Bowen.

—Al bajar del coche se separó de nosotros —declaró John Bowen—. Estábamos seguros de que había pasado el puente y hecho el resto del camino con su marido.

El ingeniero y don Rafael salieron en su busca. Cuando volvieron la comida había terminado y algunas personas se habían tendido a dormir junto a la poza. Don Rafael se había enterado de que el camión en que transportaron las canastas y las cajas había regresado a San Lorenzo, pero que no tardaría en volver.

—Es probable que mi mujer haya regresado en él. Es un poco nerviosa, aunque no le gusta dejarlo ver. Lo más seguro es que haya vuelto a casa sin decir palabra. En Paraje Nuevo no le debió ser difícil encontrar un medio de regresar al ingenio. No es agradable que no nos lo haya advertido. No es su modo de actuar. Es una persona nerviosa, pero una cosa así no es habitual en ella, sobre todo porque preocuparía a los niños.

Y no fue sino hasta el día siguiente cuando conocieron la verdad. ¿La había intuido él ya ese mismo día? ¿La supo su hermana? Es posible. En algún momento se cruzó entre ellos esa mirada cohibida y acusadora que le conoció el día del interrogatorio; una mirada que le ha descubierto varias veces después, ya adulta, casada, y que le hace pensar que algo le oculta, que tiene miedo de él, de un descuido verbal, de una delación.

El día siguiente y los que le sucedieron fueron tan extraordinarios que hasta delante de ellos los mayores hablaban sin el menor cuidado.

El cadáver había sido encontrado. La muerte se había producido por un desnucamiento. La corriente había arrastrado el cuerpo varios cientos de metros y éste había quedado detenido entre unos troncos.

¿Cuándo se produjo la caída? ¿Quién la había visto por última vez? Las conversaciones giraban en torno a las relaciones del matrimonio. ¿Cuándo había cruzado el lobo el puente? Nadie estaba seguro. Los testimonios fueron de lo más contradictorio. Sí, en el camino el ingeniero había hablado con varias personas a quienes apenas conocía, como si deseara hacer notar su presencia. También su padre comentó que habían hablado sobre algunas películas; no era tan ajeno al cine como pensaba, pero su gusto era de lo más impredecible.

Rápidamente comenzaron a aparecer las virtudes de la occisa, su pulcritud, su inteligencia, su exactitud en el hablar; claro, era un poco excéntrica, tenía manías, como la de pasarse el día entero echando la baraja. Por cierto, había algo que resultaba muy extraño, ciertos objetos de su bolsa de mano habían quedado desparramados a un lado del puente; un peine, unas monedas, algunas cartas de la baraja, ¿se trataría sólo de un rumor o de un hecho verídico? Era difícil saberlo con precisión.

Recordó el comentario de su madre cuando se habló de aquello.

—Allí debió haber quedado, en el suelo, el siete de espadas, que significa muerte —dijo, llevada por su afición a los efectos melodramáticos.

Todo resultaba muy confuso. ¿Un accidente? ¿Qué hacían esos objetos junto al puente? ¿Se le había caído el bolso y luego al tratar de recogerlo se había desbarrancado, dejando en el suelo algunas cosas? Don Rafael decía no haber visto nada de eso cuando llegó con el ingeniero hasta el barranco.

—Entre esos objetos estaba la carta que le anunciaba la muerte —insistió su madre.

—¿Y la herida inexplicable en la mano del ingeniero? —se preguntaron algunos.

Curiosamente nadie aludió a Alicia. ¿Sería posible que los encuentros que había presenciado se iniciaran apenas y por lo mismo aún no habían sido advertidos? ¿Serían de tal modo inocentes que nadie los interpretaba como el inicuo Valverde, salvo la muerta, quien podía muy bien ser víctima de arranques patológicos de celos?

Al día siguiente llegaron unos familiares de los Gallardo para llevárselos a México. El ingeniero, se decía, había tenido que ir a Atoyac para cumplir ciertas formalidades judiciales. Un vigilante la vio desde una loma cercana llegar al puente "como a escondiditas", cuando ya todos habían pasado. Se sentó en una piedra como buscando algo en su bolsa. El hombre se acercó para ayudarla, pero no la encontró; pensó que había ya pasado el puente. Al ingeniero, en cambio, lo vieron unos u otros durante el trayecto. Sin embargo nadie demostraba ninguna simpatía por su duelo. Una sombra de desconfianza manchaba todo el episodio.

Poco después se le atribuyeron ciertas irregularidades en el trabajo y fue despedido.

Él no volvió a hablar con su hermana del diálogo que habían sostenido con la víctima. Mucho menos lo hizo con sus padres o sus tíos. Alguna vez estuvo a punto de hablar con su abuela, porque aquel secreto le pesaba como lápida mortuoria. Pero apenas había empezado cuando su hermana cambió con brusquedad el tema, como para recordarle que no tenía derecho a volver a ser débil.

Al año siguiente, cuando fueron por última vez al ingenio, en el chalet en que vivieron los Gallardo hallaron instalado a un técnico en alcoholes que trabajaba en la fábrica de ron, un hombre joven, soltero, rodeado siempre de gente; oían música hasta la madrugada, bailaban, bebían y discutían casi a gritos. Todo lo contrario al tono mortecino que siempre había caracterizado a aquella casa.

No echó de menos a los Gallardo. En México tampoco los había llamado. Le preguntó alguna vez por ellos a su tía y de lo único que se enteró fue del despido del ingeniero. Esas vacaciones se aburrió muchísimo. La ausencia de sus antiguos aliados no mejoró las relaciones con los locales. Alguna vez jugó con ellos, pero demostró ser muy torpe en el beisbol. Fue un intento fallido. Alicia Compton ya no vivía en el ingenio. En su casa decían a veces que se había ido a vivir a México, otras que a los Estados Unidos, donde los Compton tenían parientes.

Terminó el cuento; lo rescribió varias veces, acentuó el aspecto esotérico: la mujer que leía las cartas y que tal vez por ellas se enteró de su muerte, las circunstancias totalmente casuales, el peso de la culpa. Estableció algunas relaciones entre el sueño donde delataba a su abuelo y la confirmación a la mujer de las relaciones entre el ingeniero y Alicia. Y un día, cuando lo consideró adecuadamente terminado, se lo mostró a Raúl.

Raúl opinó que era diferente a todo lo que había escrito, más lineal, lo que tal vez significaba que se estaba gestando en él un cambio de estilo, que al fin abandonaba ciertas influencias faulknerianas que se le habían endurecido como costras y que ese cuento podía abrir el camino que lo llevara a encontrar su verdadera voz. Añadió que lo que más le había gustado era la descripción del sueño inicial, la historia del niño que sin advertirlo delata a su abuelo, y que el tema onírico le parecía más suyo que el resto del relato. Aludió a una página del diario de Pavese que equiparaba el sueño a la vuelta a la infancia, pues en la literatura ambos elementos no son sino un intento de evadir las circunstancias ambientales, es decir, de negar la realidad. Como elogio aquello era un tanto dudoso. Billie tuvo una reacción que no pudo sino sorprenderlo. Dijo que la atmósfera estaba bastante bien lograda, le recordaba escenarios del primer Conrad, pero encontraba el mensaje cargado de un nacionalismo atroz, cuajado de un odio malsano a los extranjeros. ¿En qué? ¿Cómo que en qué? En el hecho mismo de que el ingenio, un símbolo del mal, una especie de castillo de aire rarificado y ominoso, fuera un enclave de extranjeros en el trópico. Insistió, además, y con ahínco, en no aludir que la mujer de Gallardo había escenificado su suicidio como un asesinato para comprometer y destruir a su marido, por razones tan complicadas que él nunca entendió. La obedeció a costo de anular un efecto imprescindible.

Se inició una discusión absurda en la que acabó, dado lo irreal de los planteamientos, defendiendo posiciones que le eran incompatibles; hizo algunas concesiones, atenuó tal o cual efecto que pudiera implicar una condenación al medio de los Compton, y el relato fue publicado. Veinte años después lo tenía en las manos y podía enseñárselo a Leonor, quien lo hojeó durante unos minutos, sin mostrar demasiado entusiasmo, elogió el formato y luego lo dejó olvidado en cualquier parte.

Sí, piensa mientras revisita ese texto olvidado, fue un puente a otras cosas; allí se inició un despojo de efectos barrocos que lo aprisionaban demasiado. Gracias a él pudo pasar a otras formas; pero por muy poco tiempo, desgraciadamente, pues como ha dicho, desde hacía varios años no escribe sino ensayos, artículos y ponencias. De cualquier manera fabricar esa historia le hizo sentirse libre de la infancia, del pasado, del agobio por no haber estado en Xalapa durante el entierro de su padre, definitivamente curado de la enfermedad que, según él, iba a matarlo. Y, sobre todo, libre por fin del temor a Billie Upward.

V

...TAN INEXPLICABLE le resulta la transformación de una promesa en fracaso. Cada quien cita uno o varios ejemplos. No, no se trata del músico que pudo ser Alban Berg o Stravinski y terminó siendo un compositor de corto aliento, batallador hasta lo indecible por conquistar, sin alcanzarlo, el dominio de formas que nunca cuajaron en composiciones notables. Los grandes acordes se le escaparían una y mil veces. Seguiría componiendo hasta el final, aprovecharía cada uno de los pocos ratos disponibles mientras se ganaba la vida confeccionando música para el cine, música que no siempre firmaba con su nombre. Ya en la vejez comenzaría a aparecer en el estrado en algunas ceremonias, sobre todo en homenajes rendidos a otros compositores. Al final de su vida algunos jóvenes lo citarían como un antecedente valioso de las nuevas corrientes; los periodistas comenzarían a entrevistarlo. Les respondería con entera convicción que creía haber cumplido lo mejor posible su misión, y en una jerga confusa, mezcla de hábiles y torpes subterfugios, le haría saber al lector que si su obra era breve, si se ejecutaba poco, se debía a los esfuerzos prodigados por cábalas de malquerientes para cerrarle todo camino posible a intrigas de aquellos cuya envidia no le había dado en la vida paz ni cuartel. Casos así se encontraban por montón entre músicos, escritores y pintores; todos los habían conocido.

—Los aquí reunidos podríamos ser un ejemplo apropiado —estuvo a punto de exclamar.

Pero esa noche se refirieron en especial a un tipo diferente de personas. Aquellos muchachos conocidos en la adolescencia, en los primeros años de la universidad, animadores de asociaciones culturales, ocupados todo el tiempo en organizar conferencias y mesas redondas, ofrecer recitales literarios, participar en polémicas, quienes publicaban ante el estupor, la incredulidad y la envidia de sus compañeros en las revistas literarias y suplementos de los periódicos importantes. Todos los hemos conocido. Las cantidades que obtenían de sus familias o de ocasionales traba-

jos se destinaban casi íntegramente a la adquisición de libros, discos y a la compra
de billetes en teatros y salas de conciertos. Un día, inexplicablemente, abandonaban
la universidad. No se sabe ni se sabrá el porqué, desde luego no por haber sido re-
probados, ya que ni siquiera estaban en épocas de exámenes. No se despedían de la
manera debida. Le hablaban por teléfono a un amigo cualquiera, a la muchacha a
quien enamoraban, la cual nunca acabaría por entender sus razones, para decirle
que regresaban a sus ciudades, o bien, si eran de la propia capital, que abandonaban
la facultad por el resto del año para dedicarse a otras actividades urgentes, pero se
reinscribirían al año siguiente. Nunca volvían. Y un día, mucho tiempo después,
se los encontraba uno convertidos en grises tenderos, en empleados anodinos de alguna oficina pública, los cuales, cuando se les recordaba un concierto inolvidable
de Rubinstein al que asistieron juntos se ruborizaban, agachaban la mirada, y uno
no sabía si se avergonzaban de que se les mencionara ese pasado poco recomenda-
ble en que leían a Neruda y a Vallejo y oían música de cámara de Beethoven hasta
la madrugada en cuartos que el humo volvía irrespirables, o si tal vez la alusión ya
no les decía nada. ¿Cuál Vallejo? ¿Qué concierto? La verdad, aquella época quedaba tan lejos... ¿Cómo recordar lo que hacía uno entonces?

—Un caso semejante fue Raúl —comienza a decir, pero inmediatamente se
corrige, rectifica. No, de ninguna manera. El suyo fue un caso mucho peor. Raúl había esperado más tiempo y acumulado muchos más dones cuando arrojó todo por
la borda.

A esto, era el cumpleaños de Gianni, y los dos matrimonios habían decidido
abandonar esa noche el restaurante habitual de la Piazza Farnese para cenar en otro
del Trastevere donde solían reunirse en la época de juventud. Esa noche bebieron
más vino que de costumbre. Hablaron mucho, él más que nadie, pues se sintió obligado a ser el expositor del tema, por ser el único que conocía la historia de Raúl y
Billie en Xalapa. Al regresar a la casa de Gianni y Eugenia de alguna manera habían
comenzado a dejar de ser amigos.

¡Hablar de Billie y de Raúl! ¡Qué extraña resonancia tiene en Roma esa historia de amor concluida en medio de las nieblas de Xalapa! ¡Qué difícil hacer surgir
ante los ojos de los amigos romanos la imagen de lo poco que unos cuantos años
después de su instalación en México quedó de quienes fueron Billie y Raúl!

La metamorfosis de Billie, por desconcertante que pudiera parecer, no lo fue
del todo. A fin de cuentas no se trató sino de la agravación de ciertos malos hábitos, un dejarse caer en lo que ya era, una complacencia en exacerbar lo peor que la
habitaba. La vio avanzar por caminos absurdos, fue testigo de cómo se internó en
ellos "hasta tocar fondo" para usar una expresión muy común en sus tiempos de es-

tudiante. La de Raúl, en cambio, por no contar con los antecedentes inmediatos, por no haber visto la evolución, por haber dejado de verlo cuando era esa especie de joven privilegiado por mil dones y facilidades, dueño de su talento, con una elegancia y una desenvoltura que él le envidiaba, capaz de compaginar una severa vida intelectual con necesidades orgiásticas que a sus amigos les parecían a veces desmedidas, le resultó anonadadora. No volvió a verlo sino hasta cuatro años más tarde, convertido en un personaje hirsuto, ríspido y grosero, difícilmente identificable con quien había sido su amigo desde la niñez.

¿Viviría aún?

Recuerdan que ya entonces en Roma la relación de la pareja incluía un elemento de extrañeza. Independientemente de los amores de Raúl con Teresa Requenes, aquel pintoresco personaje que se hallaba en contacto con las potencias que más tarde tanto obsesionarían a Billie.

—Nada me extraña de Raúl. Me parece que un donjuanismo como el suyo, tan enfermizo, tan ostentoso, era señal ya entonces de que algo no le funcionaba bien —dijo Gianni con evidente resentimiento. Y el comentario fue suficiente para que durante la primera parte de la cena no hicieran sino discutir ese aspecto de Raúl, discusión que se repitió en tonos cada vez menos afectuosos el resto del verano. Fue una conversación caótica, llena de inexactitudes, de confusiones y que finalmente los dejó a todos muy fastidiados. Cada quien comenzó sosteniendo algo para terminar, como cuando se discutía con Billie, afirmando lo contrario con igual exaltada convicción. Quien más intervenía, quien hacía retratos completos del carácter de Raúl, vivisecciones rebuscadas y absurdas, era su mujer, sí, Leonor, que nunca lo había conocido personalmente, que sabía de él sólo lo que le oyera a Billie, lo que él le había dicho y lo que se comentaba en Xalapa, pero que, con base en esos rumores, expuso una cantidad tan inaudita de información que él mismo se quedó sorprendido.

Él sostenía que no existía ese pretendido elemento de donjuanismo en Raúl, si por él se entendía una ostentación de sus aventuras. Nada tan ajeno a su carácter como la enumeración de conquistas hechas por un Leporello cualquiera para alimentar la jactancia de don Juan. Casi nadie estaba enterado de las actividades sexuales de Raúl. Jamás hubiera podido sospechar Billie las muchas docenas de veces que Raúl se acostó con otras mujeres. La aventura con Teresa, la única hasta donde se sabe prolongada, sólo la conocieron los amigos al final, y no porque él la hiciera pública. Había en él, tenía que aceptarlo, cierto elemento que lo diferenciaba de todos sus otros amigos. Lo podía decir porque salían juntos todos los días a vagabundear un buen rato por los cafés de Roma. ¿En qué se manifestaba esa rareza? Tal vez en la súbita excitación, en ese incontenible surgimiento del deseo que lo llevaba de inmediato a cortejar a las mujeres que veía, a enamorarlas, a lograr que se acostaran con él; aquello en Raúl era algo espontáneo, inmediato y puramente priápico. Podía salir de un hotel de paso para volver a entrar a los cinco minutos con otra muchacha. Quizás su aspecto tropical, su figura muy de indio, lo hacía sentirse en la obligación de actuar siguiendo el patrón típico del amante latino. En el verano, cuando llegaban las turistas inglesas, las alemanas, las escandinavas, Raúl fornicaba sin cesar. Sí, si a uno le tocaba compartir sus aventuras, recoger juntos a unas jóvenes estudiantes en vacaciones, y, como en su caso, prestarle a menudo el departamento, había que escuchar el regusto con que un rato después hablaba de cada uno de los detalles de su experiencia. Pero no era la jactancia del macho conquistador, sino algo parecido a una especie de reiteración del goce, una reproducción del placer erótico que sólo se extinguía al final del relato.

—A pesar y tal vez por eso, lo repito, Raúl no era un don Juan. Había en él un dominio, una forma de control, una disciplina *poscoitum* que hacía sentir cuando más tarde llegaba al café y hablaba de senos, muslos y cinturas, que mientras fornicaba no hacía sino pensar; pensar en la historia de las formas y su transmutación en el arte. Podía ser, no sé si ustedes lo recuerden, muy libresco y a la vez muy procaz.

—¿Recuerdas, Gianni, el paseo que hicimos por Orvieto?

—¡No!

Y volvieron a repetir, y en eso coincidieron todos, que el episodio romano de Billie y Raúl había concluido de la manera más extravagante posible, que había sido el anticipo de lo que pasó años más tarde en Xalapa, sólo que ejecutado en otra clave, que el elemento de locura introducido por Teresa, el tercer punto del triángulo, se volvería permanente. Sólo que en Xalapa las cosas resultaron graves.

En Roma, a los conflictos de la pareja se habían mezclado la historia truculenta de Teresa Requenes y su sarta de magas y adivinos, la frustración literaria, el despecho amoroso, por poco la internación de Billie en la cárcel, y sin embargo no dejó de ser una historia grotesca y divertida. A él le interesaba en especial que hablaran de ese último episodio por haberlo conocido sólo a través de las versiones deshilvanadas, adulteradas y delirantes que Billie le había relatado en Xalapa, con lo cual nunca había acabado por entenderlo del todo.

Volvieron a contar la historia del comercio de Teresa con toda clase de médiums, videntes y pitonisas. Había recorrido media Europa visitándolas, produciendo en algunas verdaderos espasmos de histeria, ataques epilépticos, aturdimientos, catalepsias, cóleras brutales. En Roma, en Nápoles, en la Calabria y la Puglia la temían como a un flagelo. Acabaron por no recibirla o por negarse de plano a entrar en trance en su presencia.

—El relato que entregó a la editorial —dijo Eugenia— y que provocó la desaparición de la misma era en cierto modo autobiográfico. Trataba de una mujer cuyo objetivo fundamental en la vida era vengarse de un marido muerto. Nunca logré saber si Teresa de verdad creía que en cada una de esas sesiones le infligía un castigo a la pobre alma en pena que tuvo la desgracia de unirse en vida con aquel ciclón tropical, o si sólo alguna vez se le ocurrió pensarlo y luego patológica, maniacamente, repitió la experiencia sin importarle ya la venganza que aducía como pretexto. Únicamente por disfrutar de aquel tipo de relación que lograba establecer con las mujeres que la ponían en contacto con el occiso.

Leonor no comprendía bien de qué hablaban. Comenzaron a explicárselo. Teresa Requenes recorría regularmente Europa visitando las médiums de mayor prestigio. Recibía todas las revistas especializadas donde anunciaban sus servicios. Llegaba a sus estudios, hacía que invocaran al espíritu del marido e inevitablemente lo insultaba. Según parece, bueno, al menos así lo explicaba en su relato, no le perdonaba una traición cometida al poco tiempo de haberse casado y una enfermedad que a consecuencia de esa infidelidad contrajo.

—Su pasión por nosotros, la literatura y la editorial no resultó de ninguna manera desinteresada. No sólo porque exigía que alguien la acompañara a sus sesiones. Eso, a fin de cuentas, era lo de menos, llegaba a ser hasta divertido. ¡Qué extraño! A pesar de lo valiente que se suponía no toleraba quedarse a solas con la Voz.

—De entre nosotros, yo fui una de sus primeras acompañantes —exclamó Eugenia—. Fuimos a Nápoles. La vidente vivía en una calle de lo más sórdido, en un patio espantoso, y un departamento de dar miedo. Yo no estaba en antecedentes, de otra manera no habría ido. Me imaginé todo menos lo que iba a ocurrir. Llegamos al fin al cuarto de la médium. Era una gorda prieta con ojos de cerdo; una figura de utilería como para una película neorrealista que a los pocos minutos se sumió en un trance. De pronto de boca de esa gorda surgió una voz muy rara, como apagada, como si pasara por un filtro de lana; al principio parecía un mero gemido, hablaba entre sollozos, luego tomó poco a poco cuerpo, se volvió ronca, pastosa, engolada. Me sentía tan aterrorizada que nunca he podido recordar lo que la voz decía sino hasta el momento en que Teresa se puso de pie, dijo un nombre, y preguntó si ese nombre le decía algo a su interlocutor. Cuando la voz, después de un breve titubeo, dijo que sí, Teresa, cuyo cuerpo temblaba de furia, comenzó a insultar a quien hablaba. Dijo que sólo lo había llamado para hacerle saber que en vida lo engañó una y otra vez, con quien pudo, hasta con su chofer, con el viejo jardinero, que lo despreció siempre como hombre, que estuviera donde estuviera le quería hacer saber que lo había engañado desde el mismo día de la boda; y así siguió, a gritos, hasta que la pobre médium entre espasmos y convulsiones recuperó su propia voz. Cuando volvió en sí parecía una loca, comenzó a llamar a gritos a sus familiares; entraron unos tipos con aire de matones, unas viejas siniestras que vociferaban en napolitano, y a punta de empellones logramos salir de aquel cuchitril. Tardé mucho en dejarme convencer para acompañarla otra vez.

A él, en cambio, nunca le pidió que la acompañara a pesar de haberse ofrecido en varias ocasiones, de que tenían las mejores relaciones y de ser con quien hablaba con mayores detalles de aquella persecución que realizaba desde hacía quince o veinte años. Era en ella algo cíclico; tal vez coincidiera con las lunas; cuando se acercaban los días en que debía hacer alguna de sus visitas ya no podía estar tranquila ni concentrarse en nada. Se irritaba por cualquier insignificancia, y a la menor provocación comenzaba a hablar como obsesa de sus diálogos con la Voz. Aquella manía le había causado muchos conflictos, malos tratos, problemas judiciales. Varias mujeres la demandaron acusándola de haberles causado trastornos psíquicos y pérdida de facultades. En el fondo esos pleitos parecían producirle un gran placer. Decía que si la médium había sufrido no le cabía la menor duda de que el alma lo había pasado peor.

—Puedo ser tremenda —le confió un día—. Una vez estuve presente en una sesión en el palacio Frondi. Invitaron a una médium de Pescara, un portento de prestigio mundial. Hemos de haber asistido unas cuarenta personas. Varios científicos, gente de la Iglesia, algunos diplomáticos, una pareja de ingleses que mantuvieron oculto el rostro tras unas máscaras, y las Frondi, madre e hijas, ¡qué espanto de mujeres! Todo iba a hacerse de una manera "científica", ¿te imaginas? Colocaron instalaciones de lo más complicado, alambres por todas partes para detectar no sé qué vibraciones. A mí la verdad es que el experimento no me interesaba tanto como la capacidad de la médium. La mujer se durmió y empecé a oír una voz que reconocí al instante. Dijo mi nombre completo, aunque luego ese enjambre de mujerucas, las Frondi, lo negaron por despecho e inventaron a mi costa una serie de historias imbéciles. Perdí el juicio por completo. Era la voz del hombre que no he dejado de aborrecer. No lo dejé seguir. Dijo unas cuantas palabras titubeantes… ¡No sabes lo servil, lo miserable que fue en vida ese infame! Me levanté y comencé a gritarle lo que pensaba, le dije que cuando creía tenerme dominada yo me acostaba con todos sus amigos, con su hermano, que de seguir a su lado me habría vuelto una puta por el mero placer de burlarme de él. No le oculté cuánto gocé al saber que había muerto. Fue un escándalo. Los cables que habían tendido a lo largo de las paredes comenzaron a vibrar; un aparato junto a la médium emitía un graznido cada vez más intenso. La mujer no resistió más y se tiró al suelo; comenzó a babear, a despedir un hedor intolerable. Me parece que… Bueno, no tiene caso entrar en detalles. La voz del hombre que hablaba por su boca se convirtió en el horrible balbuceo de una cacatúa enferma. Los ingleses lanzaban gritos como si estuvieran a punto de ahogarse bajo sus máscaras. Elsa Frondi dejó de hablarme para siempre, y no sabe el favor que me hizo.

No habían sido sólo las relaciones de Raúl con Teresa la causa de la pelea final y de la desintegración de la editorial. El proceso fue más complicado. Billie no tenía la menor sospecha de lo que ocurría. ¿Y entonces los celos de que tanto se había hablado? Por supuesto que existieron, pero fueron de otro tipo. Billie comenzó a creer que Raúl sobrevaloraba a la venezolana desde un punto de vista intelectual, y eso no lo podía tolerar. Le dio por soltarle de vez en cuando algunas impertinencias. Pasaron juntos un último verano en Venecia en el que ambas mujeres comenzaron a reñir por cualquier motivo. La pobre se sentía demasiado segura. Parecía no recordar que la vida de los Cuadernos dependía exclusivamente de la voluntad de Teresa. ¿Tan segura? Sí, convencida de que eran ellos, en especial ella en su calidad de directora de las publicaciones, quienes le proporcionaban a la venezolana un prestigio que sus muchos millones no alcanzarían a comprar. Llegó a creer que la existencia de Orión era fundamental para afianzar las pretensiones sociales de Teresa. Ésta, en cambio, parecía ignorar los exabruptos de Billie y reía a carcajadas como si fueran manifestaciones de humor. Esperaba el momento adecuado para intervenir. Tal vez no se manifestaba porque en ese tiempo debía estar escribiendo su libro, o, al menos, retocándolo.

—La crisis real se produjo cuando Teresa presentó su manuscrito. Mejor dicho, cuando Billie lo leyó.

Un día la venezolana mencionó que una amiga suya estaba escribiendo un libro sobre sus experiencias ultrasensoriales, las de ella, Teresa Requenes. Poco a poco fue ampliando la información sobre la obra. Era la historia de un acto de justicia que se realizaba en el plan astral.

—No se puede decir que se trata de algo biográfico, ni es tampoco un reportaje —decía como aclarándose a sí misma las ideas. Luego añadía con aire un tanto sonambúlico—. Le conté a mi amiga algunas experiencias interesantes que me ha tocado vivir. Me siento capaz de afirmar que se trata de una escritora de sensibilidad muy bien afinada. Es muy tímida; no quiere darse a conocer; se reduce a hacerme algunas preguntas, me deja hablar, y unos cuantos días después me presenta algunas páginas en que recoge mis inquietudes, pero evidentemente transformadas, convertidas en arte. Le he pedido que me deje un día el manuscrito para hacer una lectura. Es muy difícil decir a qué género pertenecen esos diálogos, ni describir exactamente de qué trata. Ustedes, escritores, conocen las dificultades para reducir a unas cuantas palabras el contenido de un libro.

Y un día les presentó la obra. Era tan atroz, que difícilmente se podía dar crédito a su existencia; no había pies ni cabeza; cualquier atractivo que pudiera tener Teresa en la vida real se derrumbaba bajo el efecto de una prosa repulsiva, melosa y moralizante, extraída a momentos de un libro teosófico y otros de la más ínfima novela rosa. Teresa había dicho que era casi imposible describir el tema. No era cierto: la autora relataba la lucha entre dos almas, una sana, jubilosa, enérgica, henchida de pasión y afanes constructivos, perteneciente a un ser vivo en plenitud de sus facultades; la otra, vil y deleznable, cuyo recipiente terrenal había sido un individuo que varios años atrás, al enterarse que una enfermedad vergonzosa no curada del todo comenzaba a afectarle el cerebro e iba poco a poco internándole en el reino de la locura, había optado por el suicidio. Cuando el alma primera acosaba con sus insultos a la segunda no pretendía humillarla, sino sólo crear en ella la convicción de su condición inferior, a fin de inducirla a rebelarse contra su propia mezquindad y alcanzar un nivel más alto.

Teresa insistió al hacer entrega del manuscrito en que ella no podía tomar partido, ni emitir juicio alguno no sólo por la amistad que la unía a la escritora, sino por ser parte interesada en lo relatado; por eso agradecería la opinión de los demás. No quería que el libro fuera calificado por un lector cualquiera, deseaba que por el momento no saliera de la comisión editorial. ¡Lástima que Emilio se hubiera marchado! Le reprochó a Raúl su altercado con el filósofo colombiano. De todos, dijo, era su juicio el que más le hubiera interesado conocer. No, volvía a insistir, para ella era casi imposible emitir una opinión objetiva, lo único que podía anticiparles era que pocas lecturas la habían entusiasmado y conmovido a tal grado. Si intentaba trazar algún parangón tendría que remontarse a ciertos textos sagrados tibetanos. Dada la índole del relato, sugería hacer una edición especial del libro, un Cuaderno de gran formato con tres o cuatro dibujos hechos especialmente para la edición, le gustaría que fueran de un escultor. Al principio había pensado en Giacometti y más tarde se inclinó por Moore. Ella podía volar a Londres en cualquier momento para encargar o seleccionar el trabajo. Cuanto antes lo hiciera mejor. A la aparición del libro ofrecería una gran fiesta en Mantua. Tenía razones muy privadas para celebrarla en esa ciudad.

—¡Claro que Billie estaba celosa! —exclamó Eugenia—. Cuando Teresa comentó que le agradaría viajar con Raúl a Londres reaccionó como si la hubiera mordido. Dijo que si en Inglaterra alguien podía serle útil era ella; sería lo lógico que fuera, no sólo por dirigir los Cuadernos, sino, sobre todo, porque en Londres conocía a todo el mundo. Teresa le respondió con poca paciencia que no se trataba de hablar con todo el mundo, sino de visitar a Moore, a quien ella conocía bien. Invitaba a Raúl porque pensaba que sería divertido viajar juntos.

Desde el primer momento nadie dudó, salvo Billie, aunque posiblemente su actitud fuera fingida, que Teresa era la autora real de aquel alambicado "duelo de almas", lo que no comprendían del todo era que su publicación constituía la razón de ser de los dos años de existencia de Orión, de sus preciosos libros, sus bellas oficinas y sus sueldos. Teresa se los fue poco a poco aunque de un modo inequívoco haciendo comprender. Hubo discusiones enconadas. La opinión general se inclinaba a que la publicación del engendro no dañaría mayormente a la editorial. El tiraje iba a ser limitadísimo y su costo muy alto. A fin de cuentas no lo conocerían sino unos cuantos amigos de Teresa a quienes ella se los obsequiaría o haría comprar. Gente que poco o nada tenía que ver con la literatura. El público normal de Orión ni siquiera se enteraría de esa aventura. Pero Billie fue implacable. Consideró que ceder equivalía a una derrota. Una vez hecha la edición, cualquier amiga de Teresa se sentiría autorizada a enviarle los efluvios de su alma atormentada y a exigir su publicación. El no querer reconocer a Teresa como autora era seguramente una táctica, pues le permitía decir con libertad lo que quería. El día que tuvo que pronunciar su veredicto comenzó a hacerlo de una manera muy oficial, con una prudencia pocas veces vista en ella. Habló de la imposibilidad de publicar la obra, y previno a la venezolana contra amigos y conocidos que aprovechándose de su generosidad pretenderían inundar la editorial con originales cuyo necesario rechazo le produciría, sobre todo a ella, a Teresa, innumerables sinsabores. Luego, ante la defensa un tanto impositiva que la otra hizo del original, Billie perdió los estribos, le dijo la verdadera opinión que le merecía aquella etérea lucha de almas sin escatimar ningún sarcasmo. Todos pensaban lo mismo, sin embargo nadie se hubiera atrevido a hablar tan despiadadamente.

De pronto apareció una Teresa que nadie se imaginaba, ni siquiera quienes la habían acompañado a los estudios de las médiums. Apeló primero a la opinión de Raúl, el cual tartamudeó algunas frases poco comprometedoras. Entonces, delante de todos, le pidió las llaves de su casa, y le dijo con voz destemplada que a partir de ese día no lo recibiría más. No se explicaba cómo había podido invitarlo a acompañarla a Londres, que estaba hartísima de él. Que a quien en realidad él se merecía era a aquella papanatas inglesa, esa ridícula marisabidilla que entendía tanto de literatura como de vestirse; esa cursilona resabida a quien por lástima le pagaba un sueldo. Sí, se merecía una mujer tan mal vestida y tan poco agraciada como esa pobre inglesa.

No sólo los abandonó física, moral y económicamente, sino que estuvo a punto de hacer que Billie fuera a parar en la cárcel, acusada de malos manejos en la administración de la empresa. Ordenó una auditoría, una revisión exhaustiva de los gastos. Luego la suspendió, se conformó con cerrar oficinas y bodegas y se recluyó en su palacio veneciano. La crisis dio al traste con Orión, con los amores de Billie y Raúl, y fue el inicio de la dispersión general.

—Emilio se había ido, te habías ido tú —dijo Eugenia—. A las pocas semanas se marchó Raúl. Billie estaba imposible; no se le podía hablar, parecía una demente. De pronto se declaró embarazada. ¡Y lo estaba! Fue entonces cuando se embarcó rumbo a Veracruz.

Debió haber sido en 1965. No la vio sino hasta dos años después, durante una visita que hizo a Xalapa. Se lo preguntaron, pero pensó que sería largo explicarles por qué dejó la capital, y su trabajo en la universidad, para instalarse en su ciudad natal a la que había jurado no volver en mucho tiempo. Conoció a Leonor, se casó, y en ese momento estaban en Roma. Eso era todo.

A Eugenia le aflige lo que él cuenta de Raúl. A Gianni, en cambio, parece secretamente complacerle ese destino.

Dijo que lo había visto sólo dos veces después del regreso a México. La última, cuando se presentó en Xalapa, convertido en un personaje estrafalario, un auténtico anciano con los dientes podridos. (Como si quisiera seguir un gastado cartabón cinematográfico, le inventa una cicatriz de borde violáceo que le resbalaba por la mandíbula derecha hasta el pliegue de la boca.) Pasó en Xalapa sólo unos cuantos días.

—No sé si me hubiera gustado conocerlo en esas circunstancias —opinó Leonor—. Todo lo que sobre él oí era atroz. Durante su visita yo estaba de vacaciones en Durango, pero unas amigas mías, las Rosales, quienes administraban el hotel, me dijeron que les daba miedo tropezar con él.

Había vuelto para vender la casa y alguna otra propiedad que su madre le había dejado. Casi nadie logró verlo. Apenas salía a la calle. Recibía a su abogado, a quien acabó por venderle todo, en el restaurante del hotel. Tenía el pelo siempre sucio y una mirada de loco. Nadie se explicaba cómo ni quién lo había enterado de la muerte de su madre. Algunas gentes creían que ni siquiera estaba enterado de la noticia, que había llegado tan sólo a pedirle dinero, y cuando supo que había muerto se apresuró a reclamar sus derechos. Su madre no había hecho testamento, pero de cualquier manera daba lo mismo, pues era hijo único. Decían que no había quedado satisfecho con la herencia. Opinaba que su madre poseía mucho más dinero. Una vez lo oyeron gritar como un desaforado. Insultaba al abogado; insistía en que lo habían estafado, que su madre lo había robado, que no tenía derecho a donar ni vender tal o cual terreno. ¿Dónde estaba, por cierto, el dinero de esas ventas? ¿A quién había ido a parar? ¿Al curato? Aquella especie de osamenta recubierta por una piel verdosa temblaba como una hoja (temblaba siempre, sobre todo en las mañanas) mientras agitaba los brazos con ademanes de orate. Amenazaba con abrir una investigación. Hablaba con los parroquianos, con los mozos, con las camareras, con quien quisiera oírlo sobre el robo del que argüía haber sido víctima, todo para al final venderle la casa en una cantidad irrisoria al mismo abogado con quien peleaba sin cesar. Según decía no quería perder más tiempo en trámites. Un buen día se marchó de la misma intempestiva manera en que había llegado.

—Me lo encontré de sopetón —cuenta—. No tenía la menor idea de que estuviera en Xalapa. Leonor se había ido a Durango y yo comía todos los días en el restaurante del hotel. Casi tropezamos al llegar. Iba vociferando, manoteando, al lado de un mesero completamente anonadado. En el primer momento no lo identifiqué. No había relación con el Raúl que ustedes conocieron. ¿Recuerdan su elegancia? Cuidaba hasta el último detalle; quizás su único defecto en el vestir fuera un exceso de conciencia en el vestir. En cambio aquel anciano, porque les juro que de verdad era un anciano, llevaba una camisa a cuadros mal abotonada, una camisola de tipo de leñador; le faltaban botones y se le veían los huesos del pecho. Todo en él, la camisola, los pantalones de pana, eran de una suciedad impresionante. Llevaba unas botas de minero mal atadas. Tardé un rato en reaccionar. Les juro que no lo reconocía. Cuando al fin logré ordenar mis ideas fui a saludarlo a la mesa donde acababa de instalarse. Pero no me hizo caso, siguió reclamándole al mesero unos frascos que decía haber dejado la noche anterior en esa misma mesa. Pareció no reconocerme, y que tampoco quisiera hacer el esfuerzo. Volví a mi mesa muy irritado; luego, cuando salía, pasó a mi lado y me dijo dos o tres improperios en italiano, algo que tenía que ver con la muerte de la literatura; la inutilidad del arte, el cretinismo de quienes suponían que con eso se salva al mundo, y desapareció. ¡Fue muy desagradable! Emma, una de sus primas, me dijo que cuando le habló de la muerte de Rodrigo y de la desaparición de Billie, parecía que oía recitar un texto en sánscrito. No entendía nada, ni se interesaba en entender. ¿Quién era Billie?, ¿de qué hijo hablaba?, parecía decir la mirada vacía y opaca con que la contemplaba. Después de oírla durante unos minutos, comenzó a insultarla por haber aceptado regalos de su madre. Se sentía estafado por todos; gritaba que se habían aprovechado de la vejez de su madre, de su enfermedad, de que él estaba ausente, para saquearla.

No hacía sino pelear. Luego, como les digo, desapareció. Se marchó, según decían, a Sudamérica, a Perú, para ser más precisos. Por lo visto algo había comentado con uno de los meseros. Después no volvimos a saber nada de él.

—¡Pensar que Billie no se marchó nunca de Xalapa en espera de que su marido volviera!

—Tal vez al verlo así su alma puritana se habría regocijado, habría creído comprobar que al fin este mundo le hacía justicia, que Raúl había recibido el castigo correspondiente por haberle causado tantos sufrimientos. Tal vez sencillamente se habría espantado de ese fantasma, se habría desenamorado de él y vuelto a la razón. O lo habría obligado de alguna manera a seguir un tratamiento de desintoxicación que lo devolviera a su estado anterior. Quizás había sido mejor que las cosas ocurrieran como ocurrieron y que el encuentro no tuviese nunca lugar. ¡La ociosidad de entretenerse en inventar y tejer desenlaces posibles!

Cuenta cómo las veces que fue a Xalapa antes de instalarse de modo definitivo allí y de aceptar el trabajo en la Facultad de Letras le sorprendió la uniformidad de los comentarios sobre Billie. Siempre fueron monocordemente los mismos:

—¡Pobre mujer, no tienes idea de lo que sufre! —le dijo el director de la facultad.

—¡La pobre inglesa! ¡Desde que llegó no ha hecho más que sufrir! —comentó un músico de la orquesta.

—¡Pobre!, ¡qué manera de sufrir! ¡No hay nada en que no le haya ido de la fregada! —soltó una de las Rosales.

—¡La pobre! ¡Apenas puede con tantos sufrimientos! —fue el juicio de un vecino.

—¡Pobrecilla! ¡Todo se le va en sufrir!

No había quien no se apresurara a contar las desdichas de la pobre abandonada, para luego, sin transición aparente, relatar una o varias escenas jocosas de las que había sido protagonista. Desde que él volvió a Xalapa descubrió, ¡y entonces le sonó a sacrilegio pues tenía muy fresco en la memoria el prestigio de la Billie de Roma!, que se había convertido en un personaje chusco, ese tipo de siluetas grotescas necesarias en ciertos círculos universitarios muy cerrados para romper la asfixia. No había quien no comenzara compadeciéndola para terminar poco después riéndose desenfadadamente de ella.

La fuga de Raúl le había asestado un golpe definitivo, del que su vanidad ya nunca se repuso. La muerte del hijo la sumió en el colapso total, por ser éste el único cebo con que contaba para hacerlo volver. Le atribuía la culpa de todas sus desgracias a una sirvienta india que Raúl había impuesto en la casa.

—¿Les ha hablado ya de Madame? —pregunta.

Leonor le arrebata la palabra. Todo su arrobo ante la ciudad que visitan, el aire docto que adopta para hablar de algún ensayo de Strebler sobre el último Goldoni, o de Berenson sobre las glorias de sieneses y venecianos, su facha de heroína tropical que se descubre a sí misma ante la presencia del Massacio, el Sasseta o el Mantegna, se derrumba, y apoyada la cara sobre una mano adopta un tono que le conoce muy bien, que le ha visto mil veces en Xalapa desde la noche en que se la presentaron a la salida de una función de cine club, el mismo tono que usa cada vez que, según ella, desentraña el misterio de una personalidad, y según los demás sólo repite rumores, deforma versiones sobre tal o cual acontecimiento y aventura hipótesis sobre la vida privada del prójimo. A Raúl no lo conoció, ya lo ha dicho. Billie, a quien tuvo que tratar en muchas más ocasiones de las que hubiera deseado, la exasperaba hasta lo indecible. A Madame la vio varias veces antes y durante la enfermedad de Rodrigo. Después de la muerte del niño la volvió a encontrar en el mercado. Le encanta relatar ese momento. La halló sentada en medio de un cerco de jaulas. Se estaba deshaciendo de sus pájaros. Les silbaba, como si fuera uno de ellos, a los canarios, gorriones y cardenales que vendía. Los pájaros le respondían en el mismo lenguaje. La conversación parecía muy animada. Se le quedó mirando, hechizada ante la extrañeza de la escena. Madame contemplaba sus pájaros con mirada de loca. Cuando la saludó, aquella india de cabello amarillento y ojos verdes abandonó su charla ornitológica, la miró con ojos húmedos, y le dijo que la noche anterior había decidido vender sus animalitos; ya no los necesitaba porque estaba a punto de irse de Xalapa y en el viaje sólo le servirían de estorbo. Si había seguido trabajando en casa de la profesora era sólo por Rodrigo, pues le había prometido a su padre, es decir a Raúl, cuidarlo siempre. Muerto, no tenía caso quedarse. Xalapa nunca le había gustado demasiado; ella era de tierras más soleadas y el nerviosismo de la extranjera le había hecho mucho mal, tanto que desde que vivía con ella tenía que medicinarse todo el tiempo. Ese día pensaba vender todos sus pajaritos. ¿No quería comprarle alguno? Le recomendaba el azul con la mancha amarilla; en su tierra los llamaban zambos; eran pájaros que traían buena suerte. Por la noche, o más tarde al día siguiente, la emprendería hacia otros rumbos. Le preguntó adónde iría, pero la india no le dio ninguna respuesta precisa. Se conformó con comentar un poco al azar, con cierta desgana, que no le faltaría lugar ni acomodo, que lo único que jamás haría sería volver a servir. Ella conocía de yerbas, de pájaros (el negro era el único que no vendería porque era como su alma, su único compañero), de modo que no le asustaba el futuro. Tal vez hasta volvería a abrir el mesón que había tenido en otra época.

Las versiones de Billie sobre la personalidad, actuación y salida de Xalapa de Madame fueron muchas, todas distintas, aunque ciertos cargos se repetían invariablemente: sus amoríos con Raúl, la muerte del hijo usando prácticas de hechicería, el acoso mental al que la tenía sometida.

Cuando él visitó por primera vez a Billie en Xalapa, poco antes de aceptar el puesto que le ofrecían, la conversación recayó en cierto momento, como después ocurriría muchas veces, en aquel personaje. Según ella, Madame era la única responsable de que Raúl la hubiese abandonado. Lo había iniciado, además, en el uso de ciertas pócimas en las que era experta; ella misma vivía drogada buena parte del tiempo. Era la responsable de la muerte del hijo. Había descubierto a la bruja en el momento de hacer beber al niño uno de sus brebajes. No le cabía ninguna duda de su responsabilidad si pensaba en el desconcierto que manifestó y la rapidez con que le arrebató al niño un vaso lleno de un líquido oscuro que vació en el fregadero. Los estuvo observando durante un buen rato. Salió con el niño a la terraza, se lo sentó en el regazo al lado de sus jaulas y trató de enseñarle a silbar igual que un pájaro. Otras veces musitaba palabras al oído de Rodrigo, y cuando ella se acercaba para saber lo que decía un horrible pajarraco negro comenzaba a chiflar para prevenirla. La iba desposeyendo del cariño del hijo con los mismos métodos con que logró apartarla del padre.

—¡Porque fueron amantes, tienes que saberlo! —gritó—. Aunque te parezca increíble, fueron amantes. Raúl me engañó con ella como antes con Teresa. Se burlaban de mí, me convirtieron en el hazmerreír de la ciudad. Todos, menos yo, sabían que mi marido era amante de esa vieja bruja. La recibí con lealtad y así la traté porque por naturaleza soy leal —adoptó un aire soñador y con una voz transformada casi en un arrullo de paloma continuó—: ¡Nadie ha sabido leer mi alma! El primer atributo de la belleza es la lealtad. Nadie sabe cuánta belleza albergo. Siempre supe que aquí hacían mofas de mí, lo he tolerado por saber que ninguna otra respuesta podía esperar del enjambre de mediocres que me rodea. Desgasto buena parte de mis energías en cultivar esa belleza interior de que estoy dotada, y más aún en combatir las malas artes con que Madame ha tratado de abatirme. Hay quienes no me han abandonado en esta lucha. Aquí creen que estoy sola —hablaba con voz casi inaudible, llevándose la mano a la boca para que su secreto no escapara—, pero no es así. Hay quienes velan y oran por mí —aquellas palabras incoherentes parecían fluir a momentos con mayor rapidez que la capacidad de pronunciarlas, asfixiándola, entreverándose, ahogándola. Con esfuerzos continuó diciendo, si es que él había comprendido bien, que Raúl había huido para escapar de la posesión satánica de Madame. Para librarse al fin de sus yerbas y sus perturbadores efectos.

Quería darle una sorpresa. Volver en plena salud, convertido en otro hombre, el que ella se merecía—. No tienes idea de lo bajo que había caído —prosiguió—, pero ahora que la maligna se ha marchado volveré a recobrarlo. ¡Tuve que despedirla! No me tenté el corazón para hacerlo. Le dije con toda claridad lo que sabía de ella. Le anuncié que si seguía en Xalapa la denunciaría a las autoridades. ¡Se fue! ¡Aterrada! Me tuvo miedo. Puedes respirar profundamente, ya no está contaminado el aire. ¡Aspira, aspira, que se ha vuelto ligero y tonificante! Raúl, tú lo verás, regresará pronto. Sólo por eso, te habrás ya podido dar cuenta, no me he abandonado. Sigo siendo la mujer elegante que fui siempre. El otro día me encontré a una señora, me parece que tía tuya, una tal doña Rosa que vive en Coatepec. No sé a santo de qué me dijo que yo era la dama mejor vestida de Xalapa. "¿De Xalapa, dice usted, buena mujer?", le repliqué, y no pude sino soltar la carcajada. ¡Hazme el favor! ¡La mujer mejor vestida de Xalapa! No quiero ofenderte, xalapeño, pero eso es una de las mayores ridiculeces que he oído. Le dije que yo sería una de las mujeres mejor vestidas en Roma o en París con sólo volver a poner un pie en esas ciudades.

De pronto se oyó en la habitación de al lado el graznido de un pájaro. Sus conocimientos de ornitología, lo confiesa, son mínimos. Difícilmente logra distinguir las especies, salvo las muy evidentes. Puede reconocer un loro, un gorrión, una paloma o un canario. Distingue los tordos de los zopilotes. A las águilas las identifica mejor cuando las ve en reproducciones. Por lo tanto, no supo de qué pájaro se trataba. Ella, sin inmutarse, suspendió un momento su jadeante monólogo, se apretó fuertemente las manos, echó la cabeza hacia atrás y comenzó a imitar el chillido estridente del pájaro. Luego, confundida, explicó con la misma falta de coherencia que le había caracterizado durante toda la noche:

—Si ella tiene pájaros, ¿por qué no había de tenerlos yo? Éste es muy bueno, se llama Pascualito, me quiere mucho, me está enseñando a cantar.

Y durante uno o dos minutos volvió a graznar, los codos en las rodillas, la mirada en blanco, las manos estrechamente asidas.

¿Ha comentado que para ese entonces había dejado de ser rubia? Sí, ante su asombro, la propia Billie le confesó que nunca lo había sido.

—Me gustaría tener algunas fotos que mostrarte. Cuando era niña jugaba a imaginar que era una princesa española, llegada a vivir quién sabe por qué razón misteriosa con aquellos ancianos a quienes debía considerar como mis padres en el norte de Inglaterra. Era la niña más morena de la escuela. Es una tragedia no guardar fotos, yo nunca lo he hecho; se le va debilitando a uno el pasado por carecer de puntos de apoyo. Cuando llegué a México quise deshacer esa ficción de mi cabello de oro, ser realmente lo que soy; creí que tendría más posibilidades de ser aceptada en este país. En Málaga, de chica, me consideraban una españolita. Pero aquí no me dio resultado; más bien me parece que produje el efecto contrario.

Quizás no sospechaba lo cerca que estaba de atinar en el blanco, de llegar al punto sensible que explicara el distanciamiento de Raúl. Pero tampoco, se dijo, aunque la experiencia le había demostrado el valor de los esquemas, debía uno ser tan parcial al respecto. Seguramente las causas eran múltiples, y no podía atribuirse a un mero cambio en el color del pelo el que la convivencia de Raúl y Billie hubiera resultado imposible.

Largos y espesos mechones, que la asemejaban a una ebria imagen de la madre del viento, se sacudían a medida que sus ademanes se crispaban dolorosamente. Hablaba sin cesar, siempre de ella, de Raúl, de Madame, un poco menos de Rodrigo, su hijo muerto. Habló de la amplia gama de enfermedades contraídas desde su llegada, de su lucha incesante contra las maquinaciones de la sirvienta. Se calificaba como la persona más autocrítica del mundo, la más exigente consigo misma, por lo tanto no temía reconocer igualmente sus virtudes, la integridad, por encima de cualquier otra. No hacía concesiones, ¡jamás!; eso no se lo perdonaban los pusilánimes del lugar. Estaba rodeada de nulidades, de gente cuya cultura, si así podía llamársele, procedía del cine. Gente de medio pelo que no le perdonaba haber hecho sus estudios en una de las mejores universidades del mundo, ni perfeccionado sus conocimientos en Viena, en Sevilla, en Venecia y en Roma. ¿No sabía lo de su estancia en Viena? Bueno, había muchas cosas de ella que no sabía, ni siquiera imaginaba. Fue la primera beca que había obtenido, para seguir un curso de musicología. De ahí sus conocimientos a fondo de las óperas de Mozart sobre las que había escrito una tesis. Una época más bien triste, ¡ay!, era muy joven, muy inexperta. Creía en la bondad del hombre. Los viajes posteriores habían sido distintos y de alguna manera la habían endurecido, acorazado. No le perdonaban, ¡y en esos momentos su cara se convertía en la de una verdadera bruja!, sortear las mil y una trampas que le habían tendido desde su llegada a esa tierra hostil.

—No te pido perdón por mis palabras. Sé lo patriota que eres. ¡Nacionalista a morir! Si por ustedes fuera, cincuenta veces habría ya ardido en leña de naranjo. Pero conmigo, ¡te lo advierto!, hay que andarse con cuidado, porque en el mundo existen mentes muy altas que velan por mí, y no permitirán que me sepulte la ignominia.

Tuvo la evidencia, fortalecida en cada nuevo encuentro, de que la serie de desastres vividos había terminado por desquiciarla. A pesar de ello, la parte de razón que aún poseía era lo suficientemente poderosa como para que sus clases fueran aceptables, sus traducciones discretas, y sus notas sobre conciertos y espectáculos relativamente agudas. Es más, a la larga pudo advertir que si uno lograba, ¡cosa que día a día se fue volviendo más difícil!, evitar los tres o cuatro escollos que entorpecían el trato (la fuga de Raúl, la inagotable perfidia de Madame, la muerte de Rodrigo, y algún otro más), se podía encontrar a una persona lúcida, sensata, y, a momentos, hasta agradable. El trato con la mayoría de sus colegas en la universidad no era fácil. El sentimiento desproporcionado de su propia importancia, sus ribetes de superioridad racial, sus obsesiones, podían desvanecer en un instante una simpatía obtenida con grandes dificultades. En ese caso, simplemente se empobrecía la relación, se apagaba el germen inicial de interés de la otra parte y ella se retiraba mustiamente a ocuparse en alguno de los múltiples trabajos que se había impuesto. Cuando no se tenía el suficiente cuidado (y eso sucedió la primera visita a pesar de ir muy bien advertido) y le permitía uno empantanarse en los tres o cuatro pozos de ponzoña, era seguro que se produciría el marasmo y Billie Upward se desbarrancaría hasta el fondo. Como si lo necesitara, ella misma solía provocar el punto inicial de desvarío, la marcha hacia la demencia. Preparaba trampas en las que era la primera en caer, convencida por momentos de sus propias mentiras. Entonces era capaz de todo. Recuerda la vez en que fue a buscar un poco de queso y regresó de la cocina temblorosa, sofocada, con los ojos desorbitados por el pánico y en la palma de la mano una figura de lana atravesada con una aguja inmensa, encontrada por casualidad, según le dijo, en un rincón poco visible de la despensa.

—¡Sigo hallando sus señales! ¡Nunca me dejará en paz! —gimoteó.

Por un momento temió que los sortilegios de aquella bruja, al operar sobre un sistema nervioso tan castigado como el de Billie, hubiesen terminado por destruirla, pero la volubilidad con que a los pocos minutos cambió de tema, la manera como se olvidó del muñeco clavado que yacía en la mesa frente a ella, le hicieron pensar que había un elemento de simulación. Supo después que esa misma escena se había representado ya en diversas ocasiones, y tuvo deseos de reírse de ella igual que los demás, de castigarla por farsante, de escarnecerla.

Imploraba protección; exigía cuidados que nadie podía darle. Sus mecanismos sociales eran muy simples, muy primitivos. Comenzaba por recrear los momentos de mayor esplendor de su pasado, para después, en un viraje inesperado, y a saber por qué necesidad de autocastigo, exhibirse en las agonías más viscosas. Si hubiera sido una mujer normal aquello hubiese resultado trágico. En su caso su desorbitada vanidad, su impertinencia, hacía que el tránsito se realizara sólo de lo patético a lo grotesco.

Cuando trató de escribir su novela, en los borradores esbozados, en las notas que fue copiosamente almacenando, ese periodo de la vida de Billie fue el más difícil de conformar, debido sobre todo al aspecto monótono y reiterativo de las crisis. Su admirada Billie Upward que en Roma pontificaba sobre el pasado y el devenir de las artes, el temible fiscal que hurgaba con encarnizamiento en la incapacidad y las deficiencias de los demás, la inglesa monolítica que desde el primer momento declaraba "no ser simpática" para ulteriormente permitirse toda clase de majaderías, se había convertido en Xalapa en una especie de bufón de un público sangriento compuesto por maestros y estudiantes. Lo más extraño era que fuese ella quien se obstinara en el desempeño de ese triste papel.

—Es posible que se tratara de una forma degradada de su antigua sed de poder —comenta—. Al no poder ejercer el mando ni competir en ese terreno necesitaba desesperadamente un público que estuviera pendiente de los dislates que cometía, de sus escenas y atropellos. De ese modo comprometía a los demás, los hacía responsables por haberla dejado beber tanto vino, por permitirse rozar ciertos temas que la acercaban a la locura. A veces, en medio de una reunión, porque aunque maldijera la mediocridad del ambiente universitario y literario local estaba siempre inmersa en él, comenzaba a graznar igual que Pascualito, el pájaro de su cocina que tanto la quería, a lamentarse de su destino, a reñir con los presentes, a destruir lo que hallaba a mano. Podía arrojar al suelo los vasos de los demás porque en un restaurante alguien se había negado a servirle una copa más de vino. En otro, podía abofetear al mesero por considerarse incorrectamente tratada. En otro más, después de una crisis incontenible de llanto y carcajadas había que sujetarla por los brazos y meterla por la fuerza en un taxi. Tanto como material novelístico como en la vida real todo aquello resultaba una calamidad igual que su perpetuo jadear, su monólogo infatigable, los lamentos sin fin por la pérdida de un reino y su posterior caída en los infiernos.

Vuelve siempre a la misma visita. Ya en el transcurso del día le habían hablado mucho de sus rarezas. Su familia, para empezar, la consideraba como la única responsable de la decadencia moral de Raúl, de sus males, de su desaparición. De su paradero nada sabían. Por alguna razón suponían que vivía en San Francisco. Estaban convencidos de que sólo regresaría si Billie abandonaba Xalapa, aunque, de eso eran conscientes, nunca sería ya lo que había prometido ser. La inglesa había destruido su futuro. Según los familiares, la grosería con que desde el primer momento los trató no tuvo límites. Muchas veces les oyó relatar un incidente, siempre con el mismo trémulo de agravio en la voz. Debió haber sido muy en los comienzos de la estancia de Billie, porque aún vivían en casa de la madre de Raúl.

Los había pasado a saludar Julio Noriega, un pintor español a quien conocieron en Roma y que en esa época realizaba un viaje por el interior del país después de exponer en México. Billie estaba encantada de recibirlo y poder excluir de la conversación a la madre y a las primas de Raúl, quienes, por inercia, habían permanecido esa tarde en la sala. Billie no hizo sino hablar de pintura italiana en un tono muy antipático y pedante. Cuando Noriega se despedía, Raúl lo invitó a volver al día siguiente a comer en casa. Ella, con su voz más estridente, exclamó:

—Pero Raúl, debes advertirle que se come muy mal, que al menos lo sepa...

Raúl trató de interpretarle a su madre esas palabras de mil maneras inocentes, pero por supuesto fracasó. A los pocos días se cambiaron al apartamento donde años después encontraría a Billie. Ella nunca volvió a la casa familiar, ni siquiera acompañó a Raúl el día de la muerte de su padre. Cuando al quedarse sola con su hijo, quiso volver, ya no se lo permitieron. Les parecía un escándalo que siguiera trabajando en la universidad. Nada tenía que hacer allí, sostenían; bastante había hecho con arruinar la vida de Raúl. No daban crédito a la existencia pasada de una Billie mejor, más sosegada, como Raúl quería hacerles creer, tal vez para inducirlos a pensar que se trataba sólo de un periodo de adaptación de su mujer. ¡La presencia de esa loca en la universidad es un escándalo! —repetían—. ¡Que regresara a Inglaterra a ver si sus compatriotas iban a ser tan tolerantes como los xalapeños! ¡Que volviera a Italia, donde afirmaba haber sido tratada como una reina! ¡Que se fuera a donde le diera la gana pero que los dejara en paz, a ver si Raúl se animaba a volver!

—Fui a verla al llegar a Xalapa —reinició el discurso—. Cuando me abrió la puerta me encontré con otra mujer. El gran cambio lo marcaba su pelambre. Cuando la dejé de ver, ustedes se acordarán, Billie usaba un peinado corto, a lo muchacho, y su cabello era rubio pajizo. En cambio, lo primero que me saltó a la vista, y del modo más agresivo, fue la inmensa maraña de pelo renegrido que enmarcaba su cara. Aunque el color original hubiera sido oscuro, era imposible que fuera tan negro, tan evidente, artificiosa y falsamente negro como en esos momentos se mostraba. En otras ocasiones vi las raíces blancas en la raya central que confirmaban el teñido. ¡Pobre!, usaba un tinte desastroso. Tuve que ir gradualmente acostumbrándome a su aspecto, a su cara enrojecida que me pareció haberse anchado con desmesura, a la mirada a momentos de un brillo anormal, otros vacía, a la crispación de sus gestos y ademanes. Descubrí que, de cierta manera, bajo su frialdad de Roma, bajo una leve película de severidad y rigor latía ya todo ese desorden que de golpe me asaltaba. Mi madre y la de Raúl tenían razón cuando afirmaban no creer que Billie hubiera sido diferente. Todo en ella preludiaba desde que la conocimos, seguramente desde siempre, ese desastre. Y la revelación de esa personalidad subyacente hubiera podido producirse de igual manera en Casablanca, en Delhi, o en Taormina, en cualquier lugar meridional donde la pusieran. Había componentes racistas de los que tal vez ni siquiera fuese del todo consciente. A quien vi esa noche en el dintel de su puerta fue a la auténtica Billie; la otra, la de Roma, era sólo su proyecto.

Elogió su aspecto por cortesía. Celebró su peinado. Orientó la conversación hacia los temas sobre los que hablaban y discutían en las veladas de Roma. Le anunció su decisión de instalarse en Xalapa. Aceptaría un contrato de la universidad para dictar unos cursos. No pensaba entonces quedarse más de dos años. Con toda seguridad encontraría allí la calma necesaria para llevar a cabo proyectos hasta ese día retrasados. Le preguntó por su trabajo, quería saber si proseguía sus investigaciones sobre el Renacimiento en Venecia. La atosigó con sugerencias bibliográficas. Más pugnaba ella por introducir en la conversación un elemento personal, las desdichas que le habían ocurrido desde su salida de Europa o, para decirlo con toda claridad, desde el momento de desembarcar en Veracruz, más reciamente se mantenía él en el terreno abstracto de las ideas, los estudios, la creación. ¿Conocía ya el México arqueológico? ¿El colonial?

—Fue tu oportunidad, ya que siempre habías sido su oyente, de mostrarle al fin quién eras, de deslumbrarla con tu grandeza —dijo Gianni con acidez.

—Entretanto Billie —continuó él como si no hubiera percibido la aspereza del comentario—, desconcertada, harta (a él no le importó fastidiarla, pues consideraba la visita como un mero compromiso, el cumplimiento de una deuda social que tan pronto como se despidiera quedaría saldada), no hacía sino llenar los vasos y beber su whisky. Siguió él hablándole de sus deseos de recorrer México, de volver a ver ciudades conocidas muchos años atrás, conocer nuevos lugares, comenzar por recorrer Veracruz e ir tan pronto como tuviera unos días disponibles a Papantla, al Tajín. ¿Había estado ya allí? En la mínima pausa que siguió a la pregunta, ella, que hasta ese momento sólo había respondido a sus preguntas con desgana, se lanzó desbocadamente:

—La verdad es que hasta ahora nadie ha logrado derrotarme. ¿Sabes por qué no les ha sido posible? ¿Quieres realmente saberlo? Porque gozo de protecciones especiales —se cubrió la boca con la mano, como espantada por lo que había dicho, un ademán que después repetiría cada vez que mencionara el tema de sus protectores—. Un amigo canadiense vela por mí, un viejo compañero de mis años universitarios; tú no lo conociste, porque cuando llegaste a Roma él ya se había marchado a Oriente. ¡No podrás conocerlo nunca! Me había seguido hasta Italia. Cuando tocó a mi puerta yo ya había conocido a Raúl. Le expliqué que había llegado demasiado tarde, pero le ofrecí mi amistad —allí por primera vez le oyó ese tono de embeleso infantil que adoptaba a veces cuando estaba muy ebria y que luego repetiría en cada ocasión en que intentó describir la belleza incomprendida o menospreciada de su alma—. Le rogué que aceptara mi amistad, le expliqué que era otra forma, tal vez la más alta, del amor. Se quedó anonadado, parecía no poder reponerse del golpe. Yo era consciente de la crueldad de mis palabras, pero sobre todas las cosas no quería mentirle. "Amo la verdad", murmuré. Tomó mi mano, la besó; sentí caer en ella sus lágrimas. Fue la despedida más triste que te puedas imaginar. Años más tarde supe que se había convertido al budismo, transformado en un swammi milagroso. Vive enclaustrado en un convento del Tíbet —de pronto el zureo de paloma que aterciopelaba su voz desapareció del todo. Sin la menor advertencia se convirtió en un penetrante solo de trompeta. Se puso de pie, recorrió la sala con los brazos abiertos como si marchara hacia alguna sólo visible para ella Montaña de Perfección, y gritó—: ¡Treinta altos sacerdotes, treinta mentes de potencia descomunal lo rodean! ¡Oran por mí! No tengo miedo de nada ni de nadie. Cuando me escribe, me ruega que en los momentos de postración trate de poner el pensamiento en blanco. De esa manera ellos pueden penetrar en mí, conducirme, levantarme. ¡Treinta mentes con un poder inmenso postradas ante el swammi al que veneran me hacen triunfar ante mis enemigos, sin siquiera proponérmelo! ¡Soy invencible! No hay ni habrá quien me derrote, ni los que me dan la cara ni aquellos que desde las zanjas más hediondas, ocultándola, tejen mi desgracia.

Volvió a sentarse. Daba la impresión de que había repetido muchas veces ya ese discurso, y también de que su contenido no acabara de sorprenderla, tal era la tensión, el deleite, con que se oía. ¡Había sobrevivido! Gracias a la ayuda con que contaba eso carecía de méritos, pero jamás se arrepentiría lo suficiente de no haberle escrito a su amigo para que incluyera en el círculo de su protección a Raúl y a Rodrigo.

"¡Pobre mujer, los sufrimientos han derrotado su corazón!", pensó recordando los comentarios que ese mismo día había oído sobre ella.

Ya no podía parar. Se acusaba de haber sido improvidente, se sentía responsable por haber permitido que las malas artes de Madame se los arrebataran. Contó entonces la historia de la india de ojos verdes que Raúl había ido a buscar a un pueblo de los alrededores, podía ser Xico o Teocelo, lo mismo daba, para trabajar en la casa y que había resultado ser, ¡las evidencias sobraban!, una bruja temible. Llegó a enterarse de que el marido de aquella mujer, un agricultor de San Rafael de origen francés, había muerto de una manera que arrojaba sobre ella sospechas atroces. Lo supo pero cuando ya su casa estaba sembrada de desgracias; de otro modo jamás le hubiera permitido compartir su techo, su pan, su sal. Madame acostumbraba velar el sueño de su hijo: fue así como lo condujo al reino de la muerte, donde por supuesto se movía con la familiaridad de una iniciada. A veces, Rodrigo le decía en su media lengua que sentía haber volado toda la noche con Madame, soñaba que a los dos les brotaban alas y aprendían a volar como pájaros. Una mañana el pequeño despertó muy agitado, temblaba como una hoja, no podía hablar, se señalaba la garganta; tenía la mirada fija ya en otra parte. Ella apenas pudo reaccionar. Todos los pájaros de la cocina (en aquel tiempo tenían muchos, no sólo al Pascualito que era un pan de Dios, sino otros muy bravos, los de la maligna, pájaros de patas duras y picos criminales) comenzaron a chillar al unísono para aturdirla. Con un gran esfuerzo pudo salir del colapso y ponerse en movimiento. Llamó al médico, quien ordenó que trasladaran de inmediato al enfermo a una clínica. Madame no se apartaba del niño, quien murió esa misma noche. A los pocos días, como si considerase su misión cumplida, desapareció.

¿Cómo sacarla a flote? ¿Diciéndole con franqueza que estaba enloqueciendo, que no había ninguna posibilidad de que un swammi canadiense viviera en esos días en el Tíbet, que todo lo que contaba no era sino el producto de una imaginación muy afiebrada? Era imposible; en vez de hacerlo siguió sirviéndose y bebiendo whisky, asintiendo a todo ese desvarío e incitándola a continuar.

Así como en un principio quiso evitar cualquier confidencia, en ese momento lo único que le interesaba era seguir oyéndola. El rostro de Billie se volvía más ancho a cada minuto, sus mejillas más carnosas, movibles y rojizas, la mirada más fija. Se llevaba constantemente las manos al cuello; apoyaba la nuca sobre las manos entrelazadas y movía con un ritmo frenético la cabeza. Luego metía las manos en la enorme melena, la desparramaba, la lanzaba en dirección al techo, la dejaba caer pesadamente, y era como si una banda de pequeños cuervos descendiera sobre su rostro, mientras con voz cada vez más pastosa le narraba episodios de su estancia en Roma, como si hablara con alguien ajeno a ellos, tergiversándolos, mutilándolos, inventándolos. Quiso convencerlo, ¡a él!, de que era una escritora ampliamente conocida en Europa en el momento de tropezar con Raúl. Sólo había abandonado la literatura cuando descubrió que estaba embarazada. ¡La vida reclamaba sus derechos! Le habló de inauditos desvelos de los entusiastas de su obra por lograr una entrevista con ella. Un ensayo suyo sobre las hermanas Brontë, que él desconocía, era leído y comentado por los estetas más exigentes. Su relato veneciano fue devorado de un extremo al otro de Europa en cenáculos de elegidos. En los momentos de mayor prestigio sus admiradores la asediaban para ofrecerle premios, pero ella no se había dejado corromper. Nunca puso su pluma al servicio de nadie. Descubrió una manera de narrar que sus pares reconocieron como germinal de una nueva escritura. Lo tuvo todo y todo lo abandonó por obedecer a un ideal. Un día, Raúl reconocería esa nobleza de espíritu y volvería a su lado. Sabría acogerlo y protegerlo, extraería de él todo lo que de innoble se hubiera filtrado a su espíritu. Hizo una larga pausa, en la que fue bebiendo a pequeños sorbos otro vaso de whisky. Él no sentía ninguna necesidad de hablar. La vio levantarse, pero ya sin el estruendo de la vez anterior, y comenzar a maldecir el pozo donde había caído, le contó cómo arrojó de su casa a Raúl cuando descubrió sus relaciones con aquella sirvienta vieja, cómo le cerró la puerta y permaneció allí apoyada de espaldas sobre la madera. Declaró que haría lo mismo cuando volviera, porque si estaba anclada en ese culo del mundo era sólo para darle la lección que se merecía. Olvidada por completo de sus declaraciones de diez minutos atrás, proclamaba que una vez que lo castigara se marcharía de Xalapa para siempre. Tal vez a Málaga, donde había pasado la niñez, donde había ido a la escuela mientras sus viejos padres se olvidaban de ella y devoraban centenares de novelas policiales sentados en una terraza frente al mar de donde casi nunca se movían, sin reparar en la existencia de su hija, que jugueteaba con niños españoles en todo inferiores a ella. Llegó el temido y esperado momento en que comenzó a llorar. Él se levantó, miró el reloj, dijo, y era verdad, que no se imaginó que fuera tan tarde. Se despidió con la mayor naturalidad posible, ante el estupor de su amiga, quien, al parecer, consideraba que el acto no había alcanzado su cúspide dramática, y se marchó de prisa.

Si algo lo ha asustado siempre es la locura. El roce con ella le revive siempre un pavor de su adolescencia: el de acostarse en su sano juicio y despertar demente. Temía seguir tratándola, preveía escenas de monotonía intolerable, cuajadas de recriminaciones sin fin, listas de agravios, un hambre desmedida de apropiarse de su tiempo. Lo inquietó, sobre todo, la lascivia que paulatinamente fue inundando la mirada de Billie. Con toda seguridad, pensó, mientras se protegía de la niebla que a esa hora tardía había bajado sobre la ciudad, sería una lata frecuentarla.

No cumplió su propósito. A los dos o tres días, aburrido, la llamó por teléfono para invitarla a cenar. Durante los tres años siguientes fue testigo de escenas de violencia desmedida. Pero no tenía caso, se excusó, seguir narrando esas historias. Parecía no haber abandonado su rincón, olvidado que estaba en Roma y que era necesario disfrutar de todo lo que por muchos años le había sido vedado.

Se levantaron de la mesa bastante acongojados. A nadie, por distintas razones, le había gustado conocer tantos detalles. Salieron de la trattoria y regresaron caminando lentamente en silencio hacia su departamento.

—Hiciste muy bien en no terminar de escribir esa novela —le dijo Gianni—. Tal vez no has acabado de comprenderlo, pero fue una delicadeza de tu parte. Todo lo que conozco de México me ha hecho comprender que cuando allí se lo proponen pueden hacer polvo al más entero. ¡Y con qué lujo de crueldad! ¡Lo que hicieron con Billie rebasa todo límite!

Sube las escaleras con un incómodo sentimiento de culpabilidad. Ya en el departamento, Eugenia le pregunta a su marido, con un tono ligero que quiere desposeer de cualquier patetismo, si ha sido a través de sus años de matrimonio cuando él ha tenido pruebas de esa crueldad mexicana.

—Sí —responde con gesto taciturno; enciende la pipa, se sienta ante su mesa de trabajo y comienza a ordenar unos papeles—. Sí —reitera—, sí.

VI

TAL VEZ el desagrado de Gianni ante el relato de las tribulaciones mexicanas de Billie Upward lo hace volver, poco antes del fin de vacaciones, a tomar el librito que había muy por encima hojeado a los pocos días de haber llegado a Roma sin que entonces le produjera mayor deseo de meterse en él, dedicar parte de la noche a su lectura y hasta reivindicar a Billie de algunos de los cargos que ha venido haciéndole desde hace años.

La composición tipográfica de aquel Cuaderno era una de las mejor resueltas. Los enigmas del texto se insinuaban ya en la misma portada: una fotografía trunca, oval y borrosa reproducía en sepia la parte inferior de un palacio y su reflejo en un canal de apariencia aceitosa, y, más abajo aún, la innecesaria pero muy efectiva palabra: *Venezia*. En la parte superior, en tipo más grande, el nombre de la autora y el título: Billie Upward, *Closeness and Fugue*.

Leído en el momento de aparición, el texto le resultó oscuro y cargado de reiteraciones e incoherencias. Sin embargo, como todos los demás miembros del grupo, también él proclamó que los Cuadernos de Orión habían publicado su primer gran descubrimiento, que la edición de aquel relato le confería en sí validez a la empresa que habían formado. Llegó a hablarse del nacimiento de un clásico contemporáneo; les sorprendió que el mundo no respondiera a ese entusiasmo con la debida rapidez. Piensa a mitad de la lectura que a él en el fondo pudo haberle alegrado el desinterés de los lectores y que, posiblemente, a pesar de la vehemencia de su elogio, debió digerir con miles de reservas el estrépito creado por Orión en torno a ese relato que por contraste le hacía sentir el localismo y la pobreza de recursos de su propia obra. La lectura de aquella *Cercanía y fuga* le resulta ahora muy nítida, no por el mero hecho de que los años lo hubieran acostumbrado a las dificultades que proponía el estilo de Billie, sino porque descubre que su aparente hermetismo había sido creado con toda conciencia para configurar el clima de ambigüedad necesario a los sucesos narrados y así permitirle al lector la posibilidad de elegir la interpretación que le fuera más afín. Hay algo de libro de viajes; de novela, de ensayo literario. De la fusión o choque de esos géneros se desprende el *pathos,* continuamente interrumpido y con reiteración diferido, del relato. Hay influencias evidentes de James, de Borges, del *Orlando* de la Woolf. Hay también ya cierta profecía de su propio destino.

Es difícil descifrar las intenciones del texto. ¿Qué era? ¿Un combate entre las posibilidades de asociación y desintegración de la conciencia? El recorrido de Alice, la protagonista, por Venecia entraña una incesante búsqueda y al mismo tiempo un siempre presente subterráneo terror. La trama se teje en el subsuelo del lenguaje; intentar relatarla de modo lineal sería una traición a la escritora. A pesar de ello, Billie defendía siempre los fueros de la narración, del, para decirlo de alguna manera, relato sólido. Para ella, la palabra debía someterse y hasta ser el resultado de una trama. *Las olas* o el *Ulises,* acostumbraba decir, eran entre otras cosas producto de las múltiples anécdotas en que descansaban. Decía también que adoraba contar historias y que al no sentirse oralmente dotada había decidido volverse escritora.

¿Qué era pues esa *Cercanía y fuga?* En primer lugar una fisura en el sólido muro de la educación adquirida por su joven heroína en casas de campo y escuelas de Inglaterra, perfeccionada en un internado de Lausanne, fisura producida por el descubrimiento o, mejor dicho, la sospecha, de los placeres y los riesgos del cuerpo, pero también, tal vez a consecuencia de ese descubrimiento, al desgarrar la cobertura de celofán en que vivió envuelta hasta el momento de llegar a Venecia, era también un tratado sobre la certidumbre de la unidad biológica del hombre con todo lo circundante y su fusión mística con el pasado. Todos los tiempos son en el fondo un tiempo único. Venecia comprende y está comprendida en todas las ciudades, y el joven turista danés que, Baedeker en mano y gruesas gafas sobre sus ojos cegatones, se detiene a contemplar una caprichosa fachada en la via degli Schiavonni, levantando el cuello de la gabardina para proteger sus débiles bronquios de la humedad imperante, es el mismo joven levantino de ojos de almendra y rizada cabellera que contempla azorado las riquezas del mercado que se extiende junto al recién erguido puente del Rialto, y también el esclavo de áspera pelambre verduzca cazado en alguna aldea Kaszhube de las costas del Báltico para cavar los iniciales palafitos de aquella que sería después la más colorida, la más excéntrica y espectacular de todas las ciudades. Cada uno de nosotros es todos los hombres. ¡He sido, parece proclamar la protagonista, Troilo y Cressida! ¡Soy Paris y Helena! ¡Soy mi abuelo y quienes serán mis nietos! ¡Soy la basta piedra que cimenta estas maravillas y soy también sus cúpulas y estípites! ¡Soy una mujer y un caballo y un trozo de bronce que representa un caballo! ¡Todo es todas las cosas!, y Venecia, con su absoluta individualidad, iba de alguna manera a revelarle a la autora, y, por consiguiente, a su heroína, ese secreto.

La trama podría reducirse a lo siguiente:

Alice, quien ha sido enviada por sus padres, gracias a la ayuda de una tía, a estudiar en Suiza, realiza con un grupo de compañeras el viaje tradicional de fin de curso a Venecia bajo la guía de una profesora de historia del arte. El día posterior a su llegada comienza el programa con una excursión a Vicenza. La joven se ha resfriado durante el viaje, lo que es advertido por Mlle. Viardot, la profesora, cuando desayunan en el comedor del hotel. Es preferible, recita, un día de encierro a estropearse toda la estancia. Viajarán en barcas que pueden no estar del todo resguardadas de la intemperie. Se perderá las casas de Palladio a orillas de los canales. ¡Una lástima! Pero es preferible no comprometer lo más por lo menos.

En el fondo, a Alice la idea no le disgusta. El viaje la ha cansado. Las pocas horas de sueño pasadas en una cama desconocida estuvieron cargadas de sobresaltos. Además, en los últimos tiempos se ha sentido demasiado acompañada. Se quedará en cama, hará que le suban las comidas, leerá algo (sabe que ese algo no puede ser sino el libro que devoró la última noche en Lausanne y que la aguarda en el fondo de una maleta).

En el colegio saben hacer muy bien las cosas. La elección del hotel es un acierto. El cuarto es pequeño, sobrio y elegante y posee una nota de asepsia distinguida. Pero una vez en la cama, Alice no lee el libro sino que duerme toda la mañana; al mediodía le llevan el almuerzo y una jarra de vino; vuelve a dormir otro rato, y a media tarde decide salir a la plaza. Se promete entrar sólo a una tienda de cristal que ha visto desde la ventana y asomarse a la iglesia que da carácter monumental a la plaza. Sin pensarlo demasiado se viste, se pone un pañuelo al cuello, pues a pesar de todo es cuidadosa con su salud y no quisiera, como vaticinó Mlle. Viardot, enfermarse durante el viaje. Con cierto recelo de que los empleados de la recepción puedan comentar su escapada con la profesora, cruza el vestíbulo y con paso rápido se dirige a la calle.

A esa hora hay poca gente. Después de la sobria vida del colegio donde ha pasado los dos últimos años, la presencia fantástica de los edificios que ciñen el espacio por donde camina, la palmera en el centro, la enredadera de aterciopeladas flores de tonos avinados que penden de la terraza de un palacio de muros de color ocre, la dejan deslumbrada. Admira a la gente, ese aparente abandono de sus cuerpos, la soltura en el andar. Sus pasos le parecen, en comparación, los de una inválida. Cruza la plaza y se detiene bajo un toldo frente al aparador que veía desde su ventana. No es una cristalería como había pensado. Las figuras transparentes y brillantes que veía eran estuches de piedras preciosas. Un día se casaría con un hombre célebre que la llevaría a cenas y recepciones donde podría lucir joyas como aquéllas, o tal vez mejores, porque las que con relativa seguridad heredaría de su tía Ann tenían fama de ser insuperables. De pronto, en un momento en que vuelve la cabeza hacia el portón de la iglesia vecina, una persona la impresiona de modo muy vivo. Se trata de una mujer que debe frisar en los sesenta años. Le llama la atención su esbeltez, su ferocidad, su agobio; camina como sonámbula y a la vez con la firmeza que se podría conceder la reina de Venecia si tal cosa existiera. Frunce el ceño de manera enérgica y sombría, ¡pero hasta en eso es elegante! Es evidente que sufre, como también lo es que trama venganzas terribles para resarcirse de esos sufrimientos. No la reina de Venecia pero sí la de la Noche, musita Alice y piensa en Mozart. La sigue; cruza tras ella la plaza, la ve dirigirse a un callejón y entrar en un portón situado a unos cuantos metros del hotel donde la espera un joven cubierto por una larga gabardina gris. Ambos trasponen el portón tomados del brazo. La joven se sitúa en la acera de enfrente y espera que empiecen a iluminarse las ventanas. El canal que la separa del palacio aparece a esa hora casi desolado. Poco después de cerrarse el portón una góndola solitaria se detiene allí mismo. Un hombre se pone de pie en la embarcación; está a punto de saltar hacia la acera, pero parece reconsiderar su decisión y vuelve a sentarse. La góndola se pone en movimiento.

Alice regresa a su habitación feliz e intranquila. Se coloca en la boca el termómetro que le ha dejado la profesora; la temperatura le ha subido levemente. Apenas ayer, ¡y parece que hubieran pasado siglos!, preparaba sus maletas en el colegio suizo. La noche anterior había estado sentada durante varias horas en el compartimiento del ferrocarril donde el viejo papagayo que obedecía al nombre de Viardot declaraba que la ciudad que iban a conocer (la más inverosímil de cuantas hubieran sido edificadas sobre la faz de la tierra, como dijera un famoso escritor alemán), había sido siempre el pasmo de su tiempo. Se tiende a descansar. En la cama recuerda sus últimos momentos en Lausanne, la carta que escribió a su casa antes de partir, y, sobre todo, le viene a la memoria el viaje: la voz fatigosa y monocorde de la maestra cuya lección no tenía fin. Las previno sentenciosamente: la misma sorpresa que iban a recibir ese día de mayo de 1928 cuando el vaporetto se deslizara por el canal mayor era la que todo forastero había experimentado cualquiera que fuese el periodo histórico en que se le ocurriera llegar a Venecia. Las alumnas la oían con escasa atención, por rutina, sin importarles demasiado lo que repetía desde hacía una semana: Bizancio, El Giorgione, Crivelli, las conspiraciones españolas, la perfidia vaticana, Longhena y Palladio, Wagner, Vivaldi, las máscaras, Goldoni y Guardi, las incursiones de Henry James, de Walter Pater, de Ruskin y antes de Byron y de Shelley, la fúnebre procesión de góndolas tras el ataúd de Stravinski. "La aparente superposición de estilos —decía— era en el fondo falsa. Había un espíritu de entendimiento en la ciudad que hacía menos bruscas las pugnas entre cánones diversos. El Románico, el Renacimiento y el Barroco se integraban gracias a cierto sentido de la decoración, típicamente veneciano. Venecia trazaba el puente perfecto entre Oriente y Occidente. Venecia unía a los bárbaros del Norte con los soñolientos pobladores de Alejandría y de Siria." Alice escuchaba de cuando en cuando alguna palabra o una frase suelta que le hacían recordar lo que en días pasados había leído en su guía. Viajó con los ojos cerrados. Le dolían los párpados por el esfuerzo de haberlos mantenido constantemente contraídos. Más de una hora pasó así, desde el momento en que alguien por error anunció que estaban a punto de llegar. Quería pensar en lo que vería dentro de poco sin permitir que el tono de la profesora destruyera su entusiasmo. Quería pensar en la sorpresa que iba a proporcionarle la ciudad, en todo lo que vería, en las golosinas que iba a devorar para resarcirse del ascético régimen del colegio. ¡Lástima que no fuera Mme. Blanchot, la directora, quien las acompañara! No es que fuera ninguna maravilla, pero tenía la virtud, desconocida por la Viardot, de permanecer la mayor parte del tiempo en silencio. Descubrió en cierto momento que más que pensar en Venecia lo hacía en el libro que llevaba en la maleta, pues en el momento de empacar intuyó que Venecia podría aclararle algunos enigmas; mientras la profesora hablaba del Tiziano y el Veronese, Alice tomó la decisión de no volver a leerlo, consideró que había sido un error guardarlo, que la lectura le había perturbado demasiado, y que a medida que se ampliaba el lapso entre lo que vivía y la lectura de ese libro el recuerdo de ciertas escenas le desagradó más y más. A punto estuvo de asentir en la razón del colegio al imponer una higiene de lecturas. "La sensualidad del color, la calidez de los tonos…" ¿Pero era posible que la palabra "sensualidad" hubiera salido de los minúsculos y áridos labios de la maestra? Casi se sintió tentada a abrir los ojos para ver la expresión de su rostro después de permitirse tales audacias. El libro narraba un episodio de la vejez de Casanova. ¡Un retrato abyecto y repulsivo! ¡Un viejo miserable! Tal era el tema del libro recién leído. Se resiste a creer en la verosimilitud del relato, a menos que se trate de un mero juego de convenciones que intenten alcanzar una verdad poética. Eso ya sería distinto: el autor describía ciertas situaciones para convertirlas en símbolos de algo distinto. ¿De qué? No sabría decirlo, ha pasado mucho tiempo en casas de campo de Inglaterra sentada al lado de tíos viejos, y todos desprendían un olor más o menos semejante. En la narración que leyó, Casanova, a los sesenta años, al no poder conquistar a una joven matemática, una ilustrada, una lectora de Voltaire, consigue poseerla, comprando a un apuesto militar el derecho a suplantarlo en la cama de su amante con el único compromiso de salir antes del amanecer para que ella jamás llegue a enterarse de la sustitución realizada. La joven la descubre porque el viejo Casanova, vencido por la fatiga, es incapaz de despertar a la hora convenida. ¡Pero el olor de la senectud debió habérselo señalado! ¡O la topografía del cuerpo! El autor describía el perfecto cuerpo de veintidós años del amante militar y la evidente decrepitud del viejo libertino. ¿Cómo era posible que aun en el caso de que el olfato fallara, el tacto no hubiese advertido de su error a la joven matemática? Alice creyó que llegaría a deslumbrarse con Venecia y la verdad era que el recuerdo de esa lectura había logrado que se acercara a ella, la más inverosímil de las ciudades, como repetía por enésima vez la profesora, con verdadero pavor.

No acaba de saber si ha logrado dormir un poco o si sólo se ha sumido en un ensueño diurno cuando tocan a la puerta y hacen entrar una mesita con el servicio de té, como había ordenado Mlle. Viardot esa mañana; todos los alimentos le serían servidos en la habitación para no exponerse a cambios de temperatura que le impidieran estar en óptimas condiciones al día siguiente y disfrutar así del resto del viaje. Después de beber dos tazas de un té bastante insípido y comer una tostada con miel, advierte que no ha ordenado su ropa y que la maleta yace aún abierta sobre un banco. Saca una a una sus prendas y las va colocando en el armario. No puede resistir ponerse el vestido de Lelong, regalo de su tía, que aún no ha tenido oportunidad de estrenar. Acaricia con deleite el raso oscuro. Se contempla en el espejo, da unos pasos hacia atrás, se mira de costado. Se siente muy satisfecha. Busca unos largos hilos de oro y sus corales y se los pone al cuello. ¡Es mucho más mujer de lo que se había imaginado! Ataviada de esa manera podía presentarse con su tía Ann donde la pusieran, entrar con ella a una recepción en el Pera Palace de Estambul, llegar al Ritz de París a tomar un coctel. Se siente feliz, y sin pensarlo más toma su sombrero, su gabardina y vuelve a salir de su habitación sin tener la menor idea de lo que se propone hacer esa noche.

Oye las campanadas que marcan las siete al abandonar el hotel. Se detiene y observa nuevamente el palacio en que horas antes se había ocultado la Reina de la Noche. Las ventanas del piso noble están del todo iluminadas. Situada, como horas atrás, en la acera de enfrente, trata de atisbar el interior y sólo logra ver la parte superior de unos candiles de cristal azulenco. Cruza el puente, da unos pasos hacia el portón y descubre desilusionada que no hay grieta alguna que le permita observar el interior. Una voz le pregunta en italiano, haciéndola enrojecer de vergüenza:

—¿También usted participará en la función de Titania?

Es el joven alto que ha visto esa tarde tomar del brazo a la dama que tanto la impresionó. Levanta la mirada con estupor, sin saber qué responder. ¿Es hermoso? Hay algo duro en las mandíbulas, y lo hay también en los ojos hundidos y en los cabellos recios. Sonríe y muestra una dentadura desigual: los de los costados parecen dientes infantiles que no se hubieran desarrollado al mismo ritmo que los demás. Tranquilizada por esa sonrisa puede admirar por entero al muchacho. Ya no lleva el impermeable gris sino unos pantalones y chaqueta de pana de terciopelo azul marino, una camisa a cuadros mínimos de un color verde pálido y una corbata de pajarita también azul.

Descarga dos o tres aldabonazos sobre la puerta, prontamente abierta por un viejo portero de aire rufianesco, a quien saluda con familiaridad:

—¿Comenzó ya el aquelarre, Paolo?

La toma del brazo y ella se deja conducir por un corredor de baldosas de mármol, por una gran escalera que conduce a un vestíbulo del que sólo repara en las alfombras para pasar después a un salón que debe ocupar la mayor parte del piso; las ventanas dan a tres costados, a la plaza, al pequeño río y al gran canal. Parece una caja de maravillas forrada de oro, de paño verde, de caoba y cristal. Todo brilla y cada destello reverbera en los cristales y se multiplica en los espejos. Es difícil imaginar aquella espuma cuando se contempla desde afuera la sobria fachada, el arco del portón de medio punto y los dos ventanucos en ojos de buey a los costados. Se promete estudiar al día siguiente la fachada que da al gran canal.

El joven, al entrar en el salón, se lleva un dedo a la boca para exigirle silencio y luego con la misma mano le ordena con ademán perentorio sentarse en la silla más próxima. Algo en ella se rebela contra ese dominio, pero está tan disminuida que termina por acatar sin ninguna protesta las órdenes. Lo ve alejarse de puntillas y dirigirse al otro extremo del salón donde un conjunto de cámara ejecuta un concierto. Dos criaturas angelicales extraídas de un cuadro de Merlozzo de Forli, con hermosas guedejas rubias ceñidas por coronas de flores de un rosa muy pálido hacen las veces de solistas. De sus amplias mangas de gasa azul emergen las manos delicadas que sostienen las flautas.

Frente a la orquesta un pequeño grupo de mujeres rodea a aquella a quien admiró en la plaza. Están vestidas como para asistir a una reunión de la más alta solemnidad, los hombros cubiertos por chales de encaje o de sedas casi transparentes; los cuellos, las cabelleras, los brazos, consteladas de rica pedrería. Algunas parecen emerger de épocas remotas, del primer glaciar. Dos personajes notables flanquean a la anfitriona. Una de ellas, una mujer inmensa con rostro de mandril, a quien un vestido de brocado negro señala todas y cada una de las capas de grasa que sin mesura le surcan el vientre; escucha el concierto con la partitura en la mano. El pelo cortado al estilo militar, el color sanguíneo de las mejillas y la nariz, las grandes bolsas bajo los ojos acentúan la rudeza de la cara; una mariposa de esmeraldas y brillantes atada sin gracia, con una cinta sucia, sobre sus blancos cabellos cortados casi a ras del cráneo son el único detalle de coquetería que se permite. Describir a la otra, muy flaca, significa desbarrancarse en un vestuario y maquillaje del todo estrafalarios. Su cara de mandíbulas trabadas y boca muy arrugada que implica la ausencia de dentadura está decorada con los colores más vivos; viste unos pantalones bombachos, y de sus hombros cae un torrente de gasas nebulosas. Entre ambas, envuelta en una túnica blanca y coronada con laureles de plata, reina Titania. A Alice vuelve a sorprenderle su belleza, que se potencia ante la proximidad de los dos monstruos. El resto del grupo está compuesto por unas nueve o diez mujeres de diferentes edades, algunas de ellas tan jóvenes que es seguro apenas comienzan a circular en sociedad. Todas mantienen actitudes estatuarias.

El joven se acerca al grupo de mando, se detiene tras ellas para minutos después, al terminar la ejecución del concierto, besar la mano y luego las mejillas de la que, ante lo extraño del ambiente, Alice puede considerar ya como una conocida. La bella mujer coronada de laureles sonríe complacida; se levanta luego como impulsada por un resorte, se acerca a los músicos, acaricia la mejilla de uno de los ángeles flautistas, e inicia una conversación con el director de orquesta. Con un ademán hace que la gorda simiesca se le acerque cojeando, apoyada en un bastón de nudos muy rústicos totalmente fuera de lugar en aquel salón, para entregarle la partitura.

Alice ve a su acompañante besar manos, mejillas y frentes de mujeres, quienes de pronto se sueltan a hablar de modo estrepitoso, como si quisieran resarcirse del silencio impuesto durante el concierto. Comenta algo con la más vieja, la desdentada, la cual empieza a darle golpecitos con su abanico en el hombro en tanto que estalla en carcajadas que hieren el aire como el graznido de una nube de cornejas. Empavorecida ante el espectáculo que ofrece aquel rostro, Alice vuelve la mirada hacia la pared, pero allí un gran espejo se lo reproduce y le hace creer, a pesar de la distancia, que contempla las encías desnudas de la vieja. Cuando con paso ligero y seguro el joven vuelve a su lado, Alice descubre que es aún más hermoso de lo que a primera vista pudo haberle parecido; su cabellera es tan deslumbrante que por un momento siente la tentación de levantar la mano y jugar con ella. Los dientes infantiles clavados en un rostro tan decididamente viril le producen un repentino mareo.

—¿Cómo te llamas? —le pregunta.

—¡Alice! ¡Alice Bowen! ¿Y usted? —responde sin aceptar el tuteo.

—Por estar en casa de Titania puedes llamarme Puck. ¡Puedes llamarme como te dé la gana! Ven, Titania y compañía desean conocerte.

No han dado el primer paso cuando la puerta se abre con estrépito. Entra una sirvienta pálida y marchita, que se ajusta la cofia. Con voz sofocada por la carrera, grita:

—¡Señora! ¡El comendador ha vuelto! ¡Paolo desobedeció sus órdenes! ¡Lo ha dejado entrar, señora!

Las mujeres revelan de pronto una agitación sin límites. Algunas se ponen de pie, se cubren con sus chales, corren y rodean a Titania, quien, sobresaltada por el aviso, deja caer la partitura al suelo. La inmensa mujer de aspecto militar comienza a temblar como una hoja frágil, se apoya en el bastón y corre, cojeando, hasta su asiento, donde con mano torpe se quita de la cabeza la mariposa de pedrería y trata de guardársela en el pecho. Desesperada al no poder introducirla en el escote la oculta bajo un almohadón. Los mismos músicos interrumpen sus movimientos, dejan en su sitio partituras e instrumentos y permanecen inmóviles ante los atriles en espera de una orden. Los nervios faciales de la anfitriona se ponen en tensión. Alice descubre en su rostro la misma expresión de diosa estremecida por la ira que tanto la impresionó en la plaza. La ve levantar un brazo en actitud marcial como para imponer la calma a su grey.

El joven Puck empuja a Alice hacia un costado del salón donde él se oculta tras un biombo, y, en el mayor desconcierto, presencia parcialmente la escena que en ese instante comienza. Tras la amedrentada sirvienta aparece el hombre a quien esa tarde vio a punto de saltar de una góndola. Su respiración revela la prisa con que ha subido la escalera. Es un hombre extraordinariamente alto, cuya silueta afea sólo la presencia de un vientre en forma de pera, que otorga un aspecto ridículo a su chaleco gris. El resto de su atavío es de un negro casi clerical. Parece como si estuviera a punto de sufrir un desmayo; se lleva las manos a los ojos como si surgiera de la total oscuridad y quedase deslumbrado por el exceso de luces, pero también como si no lograra superar el horror ante el espectáculo que se ofrece a su mirada. Sus cejas espesas parecen más hirsutas cuando aparta las manos de la cara. Da unos pasos ebrios en dirección al grupo. La voz de Titania lo detiene; es una voz de contralto, acostumbrada al mando. La nobleza del timbre, la claridad de la enunciación no corresponden a la tensión extrema de sus músculos ni a la cólera de la mirada.

—¿De modo que ha decidido venir? Si mal no recuerdo usted declaró que jamás volvería a poner un pie en mi casa. Tengo la seguridad de habérselo oído jurar.

¡Así es!... ¡Así es!... responde el comendador con incongruencia, sin dar la menor importancia a las palabras, y camina hacia el grupo del que, de repente, se aparta la vieja desdentada, toma el bastón de nudos que su obesa y trémula compañera ha apoyado junto a una butaca, lo ase por ambos extremos, y, cual una endeble nave rompehielos, una frágil barrera ambulante, sale llena de furia al encuentro del intruso. A medida que éste penetra en el salón y se expone más al chisporroteo de la luz que desprenden los candiles revela una fatiga física, una desmadejada palidez, un desgaste corporal que todos sus movimientos se obstinan en negar. ¡Es un viejo! ¡Tan viejo como el Casanova decrépito de su reciente lectura!, piensa Alice, y un escalofrío la recorre. El hombre extiende ambas manos, toma el bastón por el centro y con movimiento rápido y violento hace a un lado a la vieja que lo sostiene por los extremos, quien trastabillea y va a caer como escarabajo vencido junto a un sillón de brazos dorados—. ¡Así es! ¡Así lo había decidido! —continúa, tomando aliento—, pero hoy me enteré de que ofrecerá usted un concierto y que esta tarde se inician los ensayos. La música, es bien sabido, domestica a las fieras, aun a las más dañinas. Esa reflexión me indujo a venir —se acerca a Titania y la zarandea violentamente por un brazo. En el instante de silencio ominoso que sigue sólo se oye el graznido ahogado y furibundo de la vieja derribada. Con voz suplicante que no se compadece con la energía y violencia de sus movimientos, el comendador prosigue—: ¡Titania, abandona a ese paje! ¡Estás aún a tiempo de renunciar a tu locura! ¡Titania, vuelve en ti! —y luego, olvidado ya el tono de súplica, grita ofensivamente—: ¡A tus años, pobre mujer enloquecida, te has convertido en el hazmerreír del mundo!

Desde la vieja que gime en el sillón hasta los ángeles extraídos de Merlozzo de Forli, todos los presentes parecen sólo esperar esas palabras para iniciar la contraofensiva. La gorda de rostro de mandril parece olvidar al fin el repugnante acceso de miedo que le ha acometido. Se pone de pie, busca su bastón, y al no encontrarlo se apoya en el respaldo de una silla. Con voz de carretero comienza a insultar al intruso con los términos más soeces, más inauditamente procaces que pueda permitirse un idioma. La secunda la concurrencia en pleno. Se oyen insultos que forman un rugido contra el individuo que sigue sacudiendo por un brazo a la anfitriona, la única, al parecer, derrotada por sus palabras. La desdentada vuelve a levantarse, se ajusta las babuchas doradas y los múltiples chales y se arrastra con paso de gata hacia la pareja.

En ese momento, un brazo del muchacho emerge del biombo y atrae hacia sí a Alice, quien contempla como hipnotizada la escena; con movimientos impacientes la arrastra hacia una puerta que da a una amplia biblioteca con techo abovedado.

—La condesa Mujtazza es muy valiente, pero su torpeza la pierde y compromete a Titania —le explica—. Llegarán, como siempre, las fuerzas del orden. Es mejor que salgamos de aquí.

La protagonista, perdido todo vestigio de voluntad y de decisión, se deja conducir. Su acompañante empieza a recorrer con el tacto los lomos de una serie de volúmenes hasta, al parecer, encontrar el que buscaba. Lo ve extraer un libro en exceso voluminoso, meter, como si buscara algo, la mano bajo su pasta de cuero, y luego, para su sorpresa, sin extraer llave alguna, volver a colocar el libro en su sitio y comentar:

—Mira, es preferible salir por el canal mayor. No habrá inconveniente en tomar la góndola cubierta. A nadie se le ocurrirá seguirnos.

Alice siente por un momento que el malestar que le aqueja y que tanto alarmó a Mlle. Viardot esa mañana se le reproduce con mayor violencia, que la fiebre le sube, le hace arder los párpados, de repente muy pesados, y doler todas las articulaciones. La asusta la idea de salir a un canal, de sentirse rodeada de agua y niebla; en un mínimo intento de recuperar la voluntad se oye decir con voz agonizante que prefiere quedarse, pedir que la oculte en algún sitio donde pueda pasar la noche, jura que no se moverá, ni hará ruido alguno, que no perturbará a nadie. ¡Que escape él, a quien sus enemigos desean perjudicar! Ella es inocente, no conoce a nadie; si la interrogan, lo único que puede confesar, pero no le parece un delito muy grave, es haberse dejado vencer por la curiosidad y entrar sin invitación al concierto...

—...para dos flautas, de Cimarrosa —concluye él en tono didáctico.

Desesperada, deseando ganar tiempo y reponerse, la inocente Alice le comenta a su acompañante que ha leído la novela de un autor vienés sobre Casanova, pero sin comprenderla del todo, que no logró desentrañar los símbolos, que lo único que obtuvo de ella fue una carga terrible de violencia, porque, aunque humorístico en apariencia, se trataba de un relato colmado de atropellos, sangre, estupros y demás abyecciones; que, a pesar de todo, para ella la perfidia de Casanova (y eso lo comienza apenas a descubrir en ese momento) es preferible a la estulticia, por ejemplo, de un par de ancianos, los hermanos Riccordi, que aparecen en dos pasajes del libro como sombras gimoteantes y borrosas frente a la figura acerada del aventurero veneciano que traiciona, penetra y aniquila.

Hasta el final de la aberrante velada musical Billie Upward había empleado un método descriptivo de exasperante minuciosidad para fijar las impresiones de Alice. Algún valor especial parecía revestir para ella el cabello de los personajes. Es posible que para Billie en lo personal lo tuviera. Y él, al leer la descripción pormenorizada de Titania, del joven que pide ser llamado Puck, de la vieja obesa con el pelo cortado casi a rape y la semicalva desdentada que con sumo artificio trata de esparcir sobre su cráneo unas cuantas guedejas de un detestable color rojizo, no puede sino recordar la extraña mutación que la autora sufrió en ese sentido, del peinado corto de un rubio casi pajizo, que usaba cuando la conoció en Venecia en el jardín de un palacio que posiblemente sirvió de escenario a su relato y que mantuvo durante todo el tiempo que la frecuentó en Roma, a la melena turbulenta de un negro azabache que obtenía después con una tintura de calidad dudosa. A partir de ese momento la linealidad del relato se quiebra y el lector se interna en una especie de delirio brumoso. ¿Sería la primera parte la aproximación y la siguiente la fuga que proclamaba el título? Miles de historias intentan formularse a partir del inicio de la fuga para ser destruidas desde su nacimiento por la aparición de otras nuevas. Al dejarse conducir por su compañero, que no accede a la súplica de Alice de ocultarla en uno de los miles de escondrijos que seguramente poseería el palacio y que la observa con cierta sorna cuando ella le habla de un libro recién leído y del posible significado de la vida, los sentidos de la joven se abren a una serie de sombras y de súbitas iluminaciones. Billie convierte a Alice en la visitadora de una especie de Aleph circunscrito a Venecia. La pareja recorre pasadizos, sube escaleras, salta hasta el fondo de sótanos tenebrosos, penetra en abandonadas mazmorras, en bodegas al parecer olvidadas por sus poseedores donde se pudren cofres y barricas, cruza habitaciones subterráneas hasta llegar por fin a la portezuela que los conduce al atracadero familiar. Allí los espera una góndola y un fantasmal tripulante con el cuerpo cubierto por una ceñida malla negra y una faja escarlata en la cintura; se cubre el rostro con una máscara del mismo color que tiene algo de cómico y mucho de macabro. "¡Qué extrañamente oscurece en Venecia!", piensa Alice mientras contempla los mecheros de gas, diseminados a lo largo del canal. Oye trozos de canciones que se le atropellan en el oído y confunden con los acordes finales del concierto de Cimarrosa que acaba de escuchar; siente que su corazón late con violencia cada vez que una oscilación de la góndola la aproxima a su compañero, cuyo olor se ha transformado del todo; la mezcla de agua de colonia y tabaco que había percibido en el palacio ha desaparecido para dar lugar a un olor ocre y picante a cuero y a lana cruda que la marca, y está a punto de decírselo cuando recuerda que una dama no puede hacer un comentario de esa naturaleza. Parecería que él le hubiera adivinado el pensamiento, pues en ese momento comenta que por la mañana posó para un "concierto campestre" y por eso lleva aún el cabello aborregado y revuelto y esas calzas de cuero que, después de todo, le encantan. Es la última vez que logra recordar que existe un internado en Suiza y una mujer de labios ascéticos llamada Viardot y que una joven puede permitirse ante un desconocido ciertas preguntas y otras no. Una espesa languidez la acoge y se recuesta en los brazos del muchacho, con la cabeza apoyada casi en el nacimiento de su cuello. Siente en el oído el golpe tumultuoso de la sangre del macho. De vez en cuando pasan junto a góndolas cubiertas por toldos y con ventanillas cerradas y oyen salir de su interior carcajadas y música de laúdes, violas y flautas, y, cuando se acercan demasiado, chasquidos de origen sospechoso; ella le pregunta si cree que el sentido de la vida consiste en entender y aceptar que ésta tenga un sentido, o en negarlo, o, simplemente, en permanecer indiferente ante una u otra posibilidad y en ser felices como debe serlo el grupo de enmascarados que juega a las cartas en una pequeña plazoleta, mientras unas mujeres de amplias capas de raso brillante que las cubren de pies a cabeza, igualmente enmascaradas, se cuchichean algo al oído y ríen con risas quedas, y no lejos de ellas las cortesanas alimentan con castañas y queso a los pavorreales atados a sus bancas de trabajo y cuentan historias procaces donde exageran ciertas cualidades de marineros llegados abruptamente de Flandes que las desgajan al poseerlas y las enloquecen de dolor y placer, de canónigos sibaritas que les obsequian golosinas preparadas con especias llegadas del Oriente y les hacen beber vinos calientes y perfumados que les producen tales estados de voluptuosidad que días después aún no logran recuperarse del todo, y hablan también de aquel primer amor desgraciado, del amante que estuvo de paso una temporada y un día, sin decir palabra, se marchó para siempre, del otro a quien un pleito callejero obligó a huir de la ciudad, de aquel a quien la enfermedad terminó por volver loco, del carnicero del barrio, del galopín que apareció en casa como enviado por la Virgen, del pescador, del estudiante, del actor, del viajero. Ríen y lloran con igual facilidad. Más que vivir el amor lo que parece deleitarlas es hablar de todo lo que le es accesorio. Hablan y ríen, hablan y lloran, y todo parece producirles igual deleite, salvo dos o tres situaciones humillantes que jamás mencionan a las que su profesión las ha expuesto.

Las ventanas abiertas le permiten a Alice conocer todos los interiores que existen en Venecia, enterarse de todas las tragedias, los caprichos, los goces. "El mundo se le revela no gradualmente sino de modo simultáneo y total." Oprime con la mano la mano del galán para expresarle su gratitud por esa travesía; él se la lleva a la boca y luego vuelve la cabeza y la besa largamente en los labios; y ella conoce el amor de un joven marinero llegado por la mañana de Alejandría, del jardinero siciliano a quien el marqués de Chioglia había hecho viajar desde las propiedades de su cuñado en Agrigento para aclimatar limones y camelias en sus jardines colgantes, del marqués mismo y de su tío, el cardenal abyecto, del secretario del cardenal que por las noches escribe sonetos libertinos y los coloca bajo los platos en la mesa palaciega, de su amigo, el joven secretario del emisario inglés quien sale tres veces por semana a los alrededores de la ciudad y jinetea de la mañana a la noche. De la misma manera que el joven es todos los hombres que alguna vez han tocado Venecia, frente a ella se despliega, al salir del abrazo, la biografía de la ciudad, desde el momento en que se eligió ese absurdo lugar como sede de su fundación hasta esa noche de mayo de 1928, y ya para entonces no le interesa preguntar a su compañero por el sentido de nada, porque ha aprendido súbitamente que lo importante no es preguntar ni emitir respuestas sino dejar que los sentidos conozcan, se equivoquen, rectifiquen.

Ésa es con toda evidencia la parte más riesgosa del relato; la más audaz en cuanto a experimentación literaria. Un escritor navega siempre al borde del naufragio cuando trata de recorrer todos los tiempos que han compuesto no digamos a Venecia sino hasta a la más polvosa y deslucida ranchería. Y Billie no se libra por entero del ridículo y de los peligros de una retórica un tanto hueca. La protagonista ve a su acompañante salir de una función de ópera del brazo de una diva que ha cantado una Norma perfecta y a quien va a estrangular horas después en esa misma góndola funeraria; lo reconoce cuando es un griego de Siria que intenta hacer subir a las hijas de un notario a su bajel con el pretexto de mostrarles unos paños finísimos; lo descubre en el momento de espiar el baño de sus primas y también en aquel en que con devota unción asiste a las exequias de su primera amante. De pronto se insinúa el amanecer en la laguna. A medida que la góndola avanza bajo una lluvia de oro, Venecia se despoja de su abigarrada historia. Las fachadas se asemejan cada vez más a las de la primavera de 1928; la máscara del gondolero ya no existe, y el joven que viaja a su lado se deshace del espectro de todos los hombres que esa noche ha sido para ser solamente el esbelto muchacho de talle deportivo, pómulos prominentes y dientes infantiles. Cuando al fin atracan en el muelle se abre el gran portón; esa vez encuentran con certeza el camino directo sin tener que perderse en los sótanos y corredores putrefactos que antes recorrieron. Suben en silencio una escalera que los conduce al jardín, una pequeña terraza con dos eucaliptos y unos macizos de rosas, de muros revestidos por enredaderas de flores color vino, donde los moradores del lugar acostumbran desayunar algunas veces. Un sol radiante ilumina la escena. Bajo un toldo de gruesas rayas azules muy pálidas que se entreveran con otras de una blancura ligeramente sucia desayunan tres personas. La sirvienta que el día anterior había entrado en el salón en medio de un desarreglo nervioso pasa a su lado empujando un carrito donde están las frutas, la cafetera y los panecillos. Es una inconveniencia llegar de visita a esas horas cuando la gente aún no está en condiciones de recibir, se dice al ver a Titania con la cara empastelada con una espesa capa de crema blanca y el cabello sujeto hacia arriba por un pañuelo de colores. El comendador, en bata de casa, se sirve una taza de café y luego se hunde en la lectura de un periódico, mientras la condesa Mujtazza, vestida con una túnica y un turbante chillón que oculta su cabeza casi calva, desmorona sobre un plato de leche un gran trozo de pan. Alice intuye que el drama contemplado el día anterior al final del ensayo era falso, un juego inventado por esos tres despojos humanos para fingir que su vida seguía siendo interesante y aún la sacudía la pasión; que lo real, en cambio, es ese momento de armonía matinal en que efusivamente la invitan a compartir el desayuno, pero que esa realidad no dista mucho de ser la misma de los hermanos Riccordi del relato sobre Casanova, los cuales a pesar de su elocuente gesticulación acceden a cumplir las órdenes que los demás les imparten y aceptar los mendrugos que de cuando en cuando les arrojan, y que su acompañante, el bello Puck, al sentarse complacido a la mesa ha optado por el grupo marchito que en ese momento desayuna, por todo lo que en verdad no es. Sin despedirse, y sin que su desaparición sea advertida, Alice se dirige hacia la salida, le pide a Paolo abrir el portón y camina con paso fatigado a su hotel.

Cuando Mlle. Viardot y sus discípulas regresan, llenas de novedades, entusiasmadas por el viaje a Vicenza, encuentran a Alice con una fiebre tan alta que la hace delirar. La profesora llama a un médico, quien confirma la gravedad de la infección. Es necesario que las otras jóvenes no entren a su cuarto a perturbarla. La maestra, con el sentido de la disciplina que la ha hecho famosa, permanece noches enteras sentada al lado de la enferma mientras durante el día recorre con las otras alumnas todos los itinerarios previamente fijados con el fin de aclararles la historia de Venecia y de su arte.

Al llegar los padres de Alice a hacerse cargo del cadáver, cuando con la ayuda de la tía Ann hacen las maletas, recogen los vestidos y objetos particulares de aquella muchacha un poco descuidada, pero quizás más retraída que las demás, la profesora piensa que sería mejor suprimir en el futuro la excursión a Venecia, cuyo clima es fatal en esa época del año, y sustituirla en cambio por el viaje a Florencia y Roma que ha venido proponiendo durante años, desde la vez en que otra alumna, persa en esa ocasión, sufrió un grave accidente y el colegio tuvo mil dificultades con el padre, y este viaje le ha proporcionado el argumento de peso que necesitaba para convencer a la directora. El último día escucha melancólicamente con las chicas la función en La Fenice con que culmina la excursión. Cantan Wagner, a quien ella siempre ha detestado.

Con esa escena operística termina el relato de Billie Upward.

$$V I I$$

—¿O SEA?

Que debía eliminar de su relato los episodios romanos y venecianos de Billie Upward, así como cualquier elemento familiar y universitario. La propuesta de Leonor de novelar los últimos veinte años no era sino una sandez. Debía prescindir de todo elemento biográfico. Olvidarse de la infancia de Billie en Málaga, de las manías de sus padres, de sus estudios en Bath cuyo esplendor tanto le gustaba evocar, de todo aquello que en una y otra ocasión le había contado sobre su pasado, los Mozart de Viena y Salzburgo, la amistad con Teresa Requenes, los Cuadernos. Tal vez hasta hacer abstracción de la existencia de Raúl.

Podría utilizar como narrador a un personaje semejante a Leonor, ayuna de ese conocimiento del pasado de la protagonista. Para una persona así, Billie no sería más que una extranjera detestable con quien de vez en cuando tropezaría en algún acto universitario, en casa de amigos comunes o en un concierto, quien, entre otras peculiaridades, tenía la de haber conocido años atrás a su marido en Europa. Nada más. Habría oído hablar con vaguedad e incoherencia de un anterior prestigio, escucharía de su boca relatos truculentos cuando se le pasaran las copas en alguna reunión, la vería despeñarse una y otra vez en situaciones grotescas. Por supuesto no sentiría por ella la menor simpatía.

Su relato se iniciaría el día mismo del viaje a Papantla para asistir a la celebración de los juegos florales. Viajaría en esa ocasión un grupo de profesores y alumnos ya que el poeta premiado en los juegos era un profesor de la escuela de letras. La narradora, esa mujer que vagamente se asemeja a Leonor, que imparte al igual que ella cursos en la universidad sólo que no de historia del teatro sino, pongamos, de historia del arte, casada con un escritor que ha dejado de ejercer como tal para convertirse en un mero profesor de literatura, un profesor que al principio disfrutaba con cambiar cada año sus cursos, y elegía periodos distintos de la literatura española y mexicana, así como un seminario sobre algún autor universal (el primero fue Conrad, el segundo y último Ibsen), pero que en los últimos años ha prescindido de tales seminarios, y preferido no variar ya de materias, sino impartir año tras años el mismo curso, aprovechar las notas y apuntes de los anteriores para, según él, profundizar más sobre ciertos periodos y obras, con quien vive desde varios años atrás una vida conyugal bastante tediosa. Esa mujer no oriunda de Xalapa, cuya vitalidad se había marchitado con la rutina, no ha estado sino una sola vez en Papantla, en ocasión de los ya mencionados juegos florales a los que asistió con Billie Upward. En su escuela, en su círculo de amigos, en distintas facultades se hablaba con cierto énfasis de los distintos programas que se realizarían durante los festejos. Asistiría buena parte de la gente a quien trataba en la ciudad, participarían el grupo de pantomima y la orquesta de cámara de la universidad. La escuela de teatro pondría dos autobuses a la disposición de los mimos, los músicos y los maestros y alumnos que desearan hacer el viaje. La novela comenzaría con esos preparativos.

Esa mujer, la aparente Leonor, relataría el entusiasmo inicial que le produciría el anuncio del viaje. Desde su llegada a Xalapa había deseado conocer la región arqueológica del Tajín. Sería la ocasión para invitar a su prima Graciela a visitarlos. La haría hablar, para crear la atmósfera que requería la novela, un poco de su vida familiar, las relaciones con su marido, y la manera en que había logrado durante el tiempo de casados suavizar las mil fobias y manías que le había descubierto. En todo caso, si Graciela no llegaba aún para esas fechas, o si no le apetecía hacer ese viaje, podían ir con los Landeros con quienes siempre lo pasaban muy bien. Describiría cómo, a pesar de sus previsiones, acabaría por no ir con Graciela ni con los Landeros sino con Billie Upward, quien la mañana del día que debían viajar se presentó en su casa cubierta con un sombrero de paja de alas enormes atado al cuello con un pañuelo de colores.

—Fue el momento más irritante de nuestro trato —comentaría en algún momento la narradora al recordar esa intrusión.

La noche anterior Billie había llamado por teléfono para preguntar si podía hacer el viaje con ellos. Le habían avisado —anunció— que tenía un lugar reservado en el autobús de la universidad, pero se resistía a aceptarlo.

No había más que registrar las situaciones y diálogos que a partir de ese momento se produjeron para crear la novela. La crónica de un viaje. ¡Así de simple! Podría tomarse algunas libertades en cuanto a las posibles reflexiones de la narradora sobre la vida universitaria, su situación existencial, el ambiente que la rodeaba, pero no se permitiría ninguna en cuanto a los movimientos de la protagonista. En unas tarjetas que tomó del escritorio de Gianni, reproduce, tratando de ser lo más fiel a su memoria, el diálogo:

—Me es imposible viajar con esos actores —se apresuraría a decir al percibir un inicial titubeo en el otro extremo del teléfono—; me arruinarían el viaje; no sabes cómo me descompone su vulgaridad. En tal caso preferiría quedarme. No tolero sus conversaciones, sus bromas, sus carcajadas. Imaginarme diez minutos encerrada con ellos me enferma. No los soporto, te lo juro. Pero si no voy le daría un disgusto al rector, y eso no puedo hacerlo. Me hizo saber a través de distintas personas el interés con que veía mi presencia en este evento. Seguramente no se le ocurrió pensar que sus subordinados me colocarían en el mismo lugar que a los de la pantomima. Estoy segura de que esto ha sido idea de…

La relatora la interrumpiría. Ya sin ninguna duda, con tono firme, le explicaría que les era del todo imposible acogerla en su automóvil. Con ellos viajarían los Landeros, además de su prima Graciela, recién llegada de San Luis. Cinco personas; una más haría el viaje incómodo para todos. Trataría de disculparse de la manera más convincente posible. Viajar en esas condiciones le resultaría mucho menos confortable que hacerlo en el autobús. Quedaba siempre la posibilidad de otros coches. ¿No había hablado con los Torres? ¿Con las Rosales?

—No logro entender por qué los Landeros no viajan en su propio automóvil. ¿Se proponen ahorrar gasolina?

El tono de la pregunta le enfurecería. Y el marido, ese alguien que sería él mismo pretendidamente visto por Leonor, compartiría su irritación cuando ella de regreso a la sala le repitiera la conversación. Le parece oír el tono seco, perentorio e impertinente de Billie que tan bien conoce y que en muchos momentos llegó a resultarle intolerable.

Nunca había pensado en ese recurso. Escribir la novela empleando a una mujer, a su esposa, como narradora. Aprovecharía la oportunidad para pintar, vistas por sus ojos, todas las pequeñeces del medio. Crearía tres o cuatro personajes que resumieran a quienes le habían hecho si no insoportable la existencia sí al menos muy desagradables ciertos momentos; pensó en componer a un personaje equivalente al Valverde que trató en su juventud y a quien ya había aprovechado para crear al villano de su cuento sobre el ingenio azucarero y los Gallardo, o a alguien que tuviera la misma pequeñez espiritual de Rosas, ese periodista ramplón incrustado por obra de quién sabe qué razones en el engranaje universitario. No, eso podía resultar divertido durante unos cuantos minutos, como un desfogue a la irritación que le producían las mezquinas maniobras de esos cabrones, pero acabaría por desnivelar el libro, le añadiría un tono de rencor gratuito, ajeno al tema central, lo desviaría de las peripecias de Billie, y, a fin de cuentas, no haría sino alimentar sus malos humores.

Podía hacer también hablar a la falsa Leonor de su novela de sus impresiones al llegar por primera vez a Xalapa, del noviazgo y el correspondiente matrimonio, de su pena ante la falta de hijos. De repente, le asalta la idea de que la narradora pueda sentirse defraudada ante la metamorfosis del marido. Se había casado con él al comenzar a dejar de ser una promesa para convertirse en un escritor real cuando de pronto, por el mero hecho de haber concebido un tema que le resultaba imposible, las andanzas mexicanas de Billie Upward, una historia irreal que le regaló la realidad y que él con el mayor candor trató de transformar en una novela hasta ser derrotado, se redujo a escribir crítica ocasional, uno que otro ensayo, ponencias para congresos universitarios en Estados Unidos que no eran sino una perpetua enunciación de lugares comunes, y a caer de la manera más lamentable en la ociosidad que significaba complotar contra Torres y Rosas. ¡Un desastre! Y la idea de que la narradora se extendiera en el relato de su frustración literaria, que contemplara al marido con un incipiente desprecio, con condescendencia piadosa, sin atribuirle ninguna característica especial que lo situara en un nivel superior a los otros que tanto desprecia, lo altera y enfurece de tal modo que prefiere dar marcha atrás, volver a centrarse en la manera en que ella describiría ese día memorable en que salieron rumbo a Papantla y el siguiente, cuando tuvo lugar la coronación de una reina y la entrega del premio al ganador de los juegos florales.

Volvería pues a esa mañana en que con inmensa sorpresa vieron entrar a la inglesa en el antecomedor con un sombrero y una maleta inmensos, sentarse a la mesa donde ellos y Graciela tomaban el desayuno para declarar con voz casi estrangulada por la prisa, atropellando las palabras, jadeante casi, mientras se quitaba con dificultades el sombrero cuyas cintas se le habían enredado en el pelo, que acababa de resolver el problema de los Landeros. Les había explicado que Graciela iría también a Papantla por lo que su presencia en el automóvil haría muy incómodo el viaje. Los Landeros, recalcó, eran capaces de cualquier cosa con tal de ahorrarse algo, gasolina, esfuerzos. En un primer momento habían tratado de resistirse pero al fin acabó por persuadirlos de que viajaran en su propio coche; la habían invitado a que los acompañara, se lo habían casi rogado, pero se negó, pues para ella la palabra dada se volvía compromiso de honor.

—Nadie me aburre tanto como esa pareja —continuó después de una mínima pausa, al parecer inconsciente de la ira que hacían nacer sus palabras—. No sé de qué conversar con ellos. Pero lo que me decidió fue sobre todo pensar en esta joven recién llegada a Xalapa. Un pariente nunca deja de sentirse un estorbo cuando viaja con un matrimonio. Lo sé por experiencia. Dos mujeres ya es otra cosa…

En ese instante entrarían los aludidos. Habría una especie de confusión general. Landeros declararía no haber entendido bien el día anterior la idea del viaje. Pero no habría problemas. Irían en su auto. ¿Por qué no se detenían en Veracruz a comer juntos? La narradora relataría su furia ante la impertinencia de la intrusa. Describiría con pasión la manera en que Graciela reaccionaría ante la intromisión, gozaría al describir el rostro tenso de Billie Upward, sus pálidos pómulos más acentuados ese día, el nerviosismo de sus movimientos, la mala calidad del tinte del cabello, la mirada entre untuosa y rapaz con que contemplaría a los demás mientras con el mentón apoyado sobre las manos cruzadas adoptaría una postura de orar; oía, sin pronunciar palabra, cómo Graciela comenzaba a aclarar el error, cómo la narradora la acusaba ante los Landeros de ser la autora del malentendido, pero, como si hablaran de otra persona, Billie se sirvió fruta y café y tomó con tranquilidad su desayuno. Graciela, a quien la inglesa le resultó antipática desde el primer momento declaró, cuando estaban por salir, que prefería viajar en el coche de los Landeros.

Escribe en una de las tarjetas que ha tomado de la mesa de trabajo de Gianni:

En el camino y durante mucho rato no cambian palabras. Un silencio pesado se impone en el interior del automóvil. Billie saca de una bolsa de mimbre un libro enorme, del todo inapropiado para leer en un auto. Hace algunos comentarios esporádicos para sí misma sin esperar respuesta sobre la falacia de los críticos que tratan de entender el arte como un mero reflejo de la vida real. Los cónyuges no responden. Sienten que el viaje está arruinado. Carecen de ánimo hasta para hablar entre sí. Ambos se sienten culpables por su falta de carácter. Se reprochan por no haberle dicho claramente a esa mujer que no deseaban viajar con ella. Otra debilidad y aquella inglesa putrefacta acabaría por organizar su vida como mejor se le antojara. Cada uno busca la solución para librarse de ella al regreso. ¡Que viajara en el autobús de los actores! ¡Que volviera en un autobús! ¡O con los Landeros, ya que también la culpa era suya por haberse dejado enredar por esa arpía! De pronto él comienza a hablar sobre la posibilidad de aprovechar el viaje para descansar unos días en Tecolutla, en el hotel donde pasaba sus vacaciones antes de irse a Roma, del que tanto le ha hablado porque allí escribió la mayor parte de su primer libro, y ella acepta encantada, pues —dice con voz sobreactuada— desde que se casaron apenas han tenido tiempo de estar a solas; no tiene caso volver a Xalapa cuando terminen las festividades de Papantla ya que ambos pueden gozar de unos días de vacaciones.

Y a partir de ese momento todo le parece resuelto. No se trataba ya sino de ir siguiendo los hechos al compás que la memoria le marcara.

La cercanía de la costa los fue distendiendo. Parecía divertirles la enumeración de lugares que podían visitarse en la región, Nautla, Tecolutla, San Rafael, Casitas; acentuar su intención de no volver de inmediato a Xalapa, y su necesidad de pasar unos cuantos días en soledad. Billie fingía no enterarse de la conversación, sumida en la lectura de su libro.

A punto de llegar a Veracruz, Billie cerró el libro y con voz solemne declaró no soportar a Cranach.

—¿A quién? —preguntó Leonor sin el menor entusiasmo.

—¡A Lucas Cranach! —respondió Billie con vigor—. Ni a él ni a casi ningún otro pintor alemán. Su falsa intensidad me hace sentir enferma.

Reproducir todo tal como fue. Tratar de no omitir nada de lo ocurrido ese par de días. El lector desconocería los antecedentes de los protagonistas: un joven escritor, quien después de varios años transcurridos en Europa imparte en Xalapa cursos de literatura, su esposa, una joven de buena familia de San Luis Potosí, profesora de historia del teatro, que es la relatora de la novela, y una inglesa extravagante, a la cual la narradora encuentra francamente odiosa. Una mera crónica de viaje, que reflejara la visión un tanto limitada del mundo de Leonor. Esas limitaciones, ese aire provinciano un tanto exasperante, servirían para darle a la historia que se pretendía narrar sus justas dimensiones. Nada de dramatismos excesivos, de *pathos* desproporcionados, de antecedentes, de intentos de profundización psicológica, sólo hechos. En toda su simplicidad, en su pura extrañeza.

Se detuvieron a comer en Veracruz como se lo habían propuesto. Esperaron en los portales a los Landeros y a Graciela. Él, para darle asiento a Rosa Landeros, tomó de una silla el libro de Billie y comenzó a hojearlo, primero de un modo mecánico, después con tal concentración que pareció olvidarse del lugar y de sus acompañantes. No tenía caso describir la atmósfera de los portales, la música rumbosa de las marimbas o las flores del parque que tanto le gustaron a Billie. Habría que ser muy somero en todos esos aspectos, pero tratar de no eliminarlos del todo. La voz de Leonor le daría al relato un aire de provincia; habría que tratar de que la novela fuera en cierto modo regionalista, pero al mismo tiempo ese tono debía ser una cáscara engañosa que recubriera un hecho bastante enigmático. En el fondo, para que aquello resultara lo que se había propuesto, debía ceñirse a unos cuantos hechos, a ciertas conversaciones, silencios y tensiones. Si describía con cierta morosidad la escena referente al libro de Cranach era para indicar el tipo de situaciones que Billie se encargó de propiciar hasta el final.

Y eso es lo que Gianni se rehúsa a admitir; le cuesta trabajo entenderlo por no haber visto a Billie durante esa etapa; tampoco logra comprenderlo cuando él comenta que ya en su periodo romano estaban presentes los rasgos del personaje en que se convertiría más tarde. Para eso hubiera sido necesario conocer el final. Su testimonio es el único válido por haber tratado de cerca a la inglesa en ambas etapas. En Roma y en Xalapa.

En Veracruz, en un momento dado, levantó la mirada del libro, les mostró a los demás una reproducción y dijo:

—Vi el original en Budapest. La primera vez me dejó muy impresionado. Volví en varias ocasiones al museo ya sólo para ver unas cuantas obras extraordinarias. Nunca dejé de permanecer un buen rato ante esta maravilla. Es un cuadro muy pequeño, muy concentrado; hay en él algo anómalo. Se llama "Vieja enamorada". ¡Míralo bien! —le dijo a Billie que estaba sentada a su lado—. ¡Míralo!

—¿Qué debo mirar? —preguntó ella con desabrimiento, casi con repugnancia.

—¡El cuadro, por supuesto! Mira, si cubres a la vieja con la mano, el rostro de su joven acompañante se transforma. Puede ser un místico, un iluminado, un "inocente" en el sentido puro de la palabra. Cualquier cosa en la que piense parece ajena a las inmundicias de este mundo. Quitas la mano, descubres a la vieja, ves las monedas que le está entregando y la situación es otra. ¿Qué queda ya de elevado en su semblante? Todo en él se vuelve cálculo, rapacidad, farsa. Seguramente imagina el jubón que dentro de un rato va a comprarse con esas monedas para ir por la noche a enamorar a una tabernera del puerto, o la orgía a la que se entregará en un lupanar del que es cliente habitual para limpiar su cuerpo del tufo de la vieja. La mirada que dirige a la pobre desdentada es de sorna y desprecio. Vuelves a cubrir a la vieja y el bribón se transforma en un ente seráfico. Sería interesante fotografiar parejas, aislar luego los rostros y ver qué queda de ellos, en qué se transforma su expresión...

Billie contemplaba aquella tarde el movimiento de sus manos mientras cubrían y descubrían la lámina del libro en una especie de hechizo. Pasaba la mirada de sus manos al cuadro y luego la dirigía al parque con expresión vacía, como si estuviera cegada por el sol y únicamente pudiera percibir su resplandor hiriente y las sombras que producía. Al fin pareció volver en sí, retiró el libro de la mesa y lo guardó con gesto impaciente en la bolsa de paja. Con voz estridente y destemplada que hacía parecer su acento más marcadamente extranjero, declaró no comprender cómo era posible juzgar una obra de arte con tales criterios, que le extrañaba su vulgaridad; desde hacía muchos años sospechaba que la estancia en Europa lo había cultivado muy superficialmente y veía con pesar que en Xalapa ese poco había acabado por desvanecerse. Europa, declaró con voz triunfal, podía impartir todavía muchas lecciones a quien llevara algo en su interior, era capaz de transformar a un individuo pero no de inventarlo. Imposible enseñar a ver pintura a un ciego.

Habían terminado ya de comer. El exabrupto por violento e inesperado pareció divertirle; había algo eminentemente paródico en esos momentos extremosos de Billie que la situaban al borde de la caricatura. Algunos de los presentes, quizás Guillermo Landeros, tal vez él mismo, propondría dar un paseo por el malecón para romper la tensión, para acallar esa voz semejante a la de un grajo. Billie se negó a acompañarlos. Prefirió quedarse sentada ante una mesa llena de platos vacíos, de botellas de cerveza y caparazones de cangrejos y jaibas, y comenzó a pulirse las uñas con una lima. Al regresar el grupo, se encontraba en el parque; olía las flores carnosas de un laurel. Les anunció a los Landeros que continuaría el resto del viaje en su automóvil.

—Porque la peste a gasolina en el de ustedes me marea —declaró con sequedad, dirigiéndose a Leonor.

Habría que insistir en esa escena porque era típica del clima discordante que lograba crear sin que nadie pudiera comprender la causa. Describiría el resto del trayecto como una pura delicia. Tanto él como Leonor se rieron a carcajadas de la furia intempestiva de Billie, de las desdichas de Graciela, quien sorprendida por la inesperada decisión no había tenido tiempo para cambiar de vehículo. ¿A qué podía haber aludido él para ofenderla tanto? ¿Qué fibra había herido? ¿La diferencia de edades en la pareja del cuadro? Raúl le había dicho en una ocasión que Billie era tres o cuatro años mayor que él. Y allí quizás aparecería en el relato la primera mención a Raúl, muy furtiva, sin tratar de hacer de él para nada un personaje. Una mera mención a su existencia, a su convivencia en Roma, a su posterior matrimonio forzado por el nacimiento del hijo, la aparición de Madame, la desaparición de Raúl, la muerte del niño, la lucha entre ama y sirvienta y la ulterior expulsión de ésta y sus pájaros del departamento donde Billie viviría varios años más en una soledad casi absoluta. Sí, Raúl debía ser unos cuantos años menor que su mujer, pero era absurdo que a alguien se le ocurriera asociar ese hecho con el cuadro despiadado de Cranach. ¿La cuestión del dinero, del amor pagado? ¡Tampoco! ¡Era ridículo! Pues, en todo caso, cuando se conocieron en Roma, Raúl podía ser considerado como un muchacho relativamente rico y ella una estudiante que vivía más o menos al día.

Quiere hacer un comentario con su mujer sobre ese nuevo proyecto para emprender la novela sobre el viaje a Papantla con Billie Upward, pero la encuentra tan perfectamente dormida que le parece una torpeza despertarla. Ha llegado al inicio de algo que le habría gustado desconocer. Y por un momento todo lo que ocurrió durante esos dos días, y que ha comenzado a glosar en unas tarjetas, lo hace sentir incómodo, desasosegado. En esa novela que se proponía escribir, donde utilizaría como relatora a alguien semejante a Leonor podría mitigar un poco su sensación de culpa, de turbiedad moral, pero sin encubrir los hechos; dejar de contar las cosas como realmente fueron equivalía a contar otra historia. Le habría gustado que su comentario sobre la vieja enamorada no la hubiese lastimado, le habría gustado decirle sólo frases agradables. Si había alguien susceptible al elogio esa era Billie Upward. La enloquecía la vanidad; exigía el halago y lo sorbía con verdadero deleite. Paladeaba y repetía durante semanas cualquier frase de encomio a una prenda de vestir, al diseño oriental de sus ojos, a su sentido de la decoración, a la manera como preparaba algún plato, a su firmeza de carácter. Nada de eso era del todo cierto, pero cuando él desgranaba esos comentarios advertía como respuesta una felicidad casi física. No, reflexiona, de ninguna manera podía arrepentirse de sus observaciones sobre el cuadro de Cranach ya que era el primero en saber que no había habido ninguna intención de herirla, que al hablar de su descubrimiento de esa obra en Budapest se había ceñido a describir la reacción de sorpresa que reiteradamente le producía, y nada más. Lo único que en todo caso podía reprocharse sería la felicidad que a él y a Leonor les produjo el enojo de Billie, la libertad que les concedió su ausencia. Pero, a fin de cuentas, eso no era sino una mínima, inocentísima venganza ante la forzada intromisión de esa mañana.

No recuerda la causa, pero el hecho es que llegaron a Papantla bastante más tarde que los Landeros. Al acercarse al centro del pueblo los abrumó el estrépito mecánico de la fiesta. Tómbolas, sinfonolas, conjuntos de música pop, guitarras eléctricas cuyo sonido potenciaban los magnavoces con estruendo. Todo era diferente a lo que esperaba encontrar en una Papantla que recordaba casi arcádica. Al entrar en el vestíbulo del hotel, situado en el centro mismo del bullicio, se toparon con Billie. La encontraron literalmente hundida en un desvencijado sillón. Estaban más que acostumbrados a sus escenas, a sus farsas y caprichos, sin embargo él no pudo menos que conmoverse ante la expresión de abatimiento que revelaba su cara.

—El ruido me ha vencido —tal vez por primera vez en todo el tiempo que duró su trato le pareció que la voz de Billie expresaba un pesar real. Añadió que no sabía por qué había insistido en hacer ese viaje. En el camino se había mareado; la cabeza le dolía de un modo terrible; había tomado varias aspirinas sin ningún resultado.

—¿Por qué no te acuestas un rato? Tal vez necesitas descansar.

—Desde un principio, desde que me obstiné en venir —añadió— no he hecho sino cometer un error tras otro. Cuando cruzamos el río apenas pude resistir las ganas de tirarme del lanchón, de acabar de una buena vez con todo. No le hago falta a nadie, a nadie le interesa lo que haga o deje de hacer, y menos que nadie a mí. ¡Dios mío! ¡Ojalá alguien se decidiera a regresar a Xalapa y me acogiera en su coche! Por eso me senté aquí. Se lo he pedido a todo el mundo… No he tenido suerte.

Vuelve a insistir en que fue la primera ocasión en que percibió una angustia que se manifestaba de manera natural y profunda, carente de exhibicionismo y de complacencia, esos elementos teatrales que por lo regular precedían sus crisis de histeria. O quizás se lo parece sólo en esos momentos cuando en Roma intenta por enésima vez escribir la crónica de aquel viejo episodio ocurrido en Papantla. Es posible que imagine sentimientos e invente en provecho de su huidiza e inasible protagonista cualidades que en realidad no existieron.

—¿Por qué no tratas de regresar en autobús? —sugirió Leonor—; si quieres te acompañamos a la estación.

—Ya estuve. No hay asientos. Tendría que esperar hasta mañana por la noche. No sé qué hacer —añadió con inaudita humildad—. No debí haber venido.

Leonor y él subieron a sus habitaciones a darse un baño y descansar un poco antes de asistir a la función del grupo de mimos xalapeños. Billie se quedó en el vestíbulo en busca de un alma generosa que la sacara de aquel lugar que tanto la afligía. Ninguno de los dos estaría seguro de si Billie se había integrado a la comitiva, no recuerdan su presencia en la función teatral ni en la cena que se ofreció más tarde por la noche, ni en el paseo que al día siguiente por la mañana hicieron a la pirámide del Tajín. A él le parece haberla vislumbrado como una sombra silenciosa que caminaba al lado del grupo. Pero si hubiera sido Billie, se dice, no habría modo de no recordarla, hubiera sido imposible no oír sus lamentos y quejas, que no acusara a alguien de sus desdichas, de su tragedia personal, o, por lo menos, de los mosquitos que asolaban la región, de la humedad, del estruendo que circundaba al hotel, de lo recargado de las comidas, en fin, de cualquier cosa.

Al final de las vacaciones es consciente de lo mucho que se ha deteriorado en torno a él y a su mujer el ambiente. Gianni y Eugenia apenas los invitan a compartir su vida; ya no salen siempre juntos a comer. Los oye hacer citas por teléfono, sin sentirse obligados ni por una mínima cortesía a invitarlos. Descubre que durante una de las pocas veces que han cenado juntos en esa última semana de Roma, la conversación ha dejado de fluir entre ellos. Sus anfitriones han discutido en italiano largo rato un proyecto de restauración del departamento que piensan emprender muy pronto. El idioma deja fuera a Leonor y el tema a ambos; hablan de un pintor, un carpintero, un electricista, de precios y materiales, de las incomodidades que deberán soportar durante dos o tres semanas, se reprochan haber tomado tan tarde la decisión ya que los daños del departamento son mayores y los precios increíblemente más altos, y se enfrascan con pasión en mil mínimos detalles que logran formar una poderosa barrera entre ellos y sus huéspedes. Hace un repaso de los últimos días y advierte que la creación de esa barrera ha sido paulatina, y que se ha fortalecido en las dos o tres semanas anteriores. La convivencia, se dice, ha acabado por estropearlo todo. Había sido un error quedarse tanto tiempo en casa. Se ha tratado de un abuso del que hasta muy tarde ha sido consciente. Debían haberse quedado allí sólo unos días, los suficientes para permitirles conseguir un hotel adecuado a fin de no estorbar la intimidad de la pareja. Por fuerza debía molestarle a Gianni que la pequeña habitación que destinaba a estudio estuviera ocupada por extraños, y que cada vez que necesitara un papel, una ficha o un libro tuviera que tocar y preguntar si era posible el paso. A él, una situación parecida habría acabado por desquiciarlo.

Pero también —reflexiona mientras oye unos comentarios de Leonor sobre cocina y cultura italianas, ignorante al parecer de que han sido marginados— algo debió ocurrir el día en que hablaron de Billie; un malentendido que por supuesto está dispuesto a aclarar. Recuerda la frase áspera de Gianni sobre el exceso de crueldad desplegado por los mexicanos en el caso de Billie. Lo extraño es que Gianni nunca formó parte del círculo íntimo de ella, quien, hasta donde recuerda, lo trató siempre como a alguien del montón, un típico gallito italiano que aprovechaba las actividades de Orión para pavonearse delante de las muchachas extranjeras que la empresa congregaba. Es posible que ese día estuviera de tan mal humor que cualquier tema le habría producido igual destemplanza. Vale la pena aclarar las cosas. Quizás hubiera interpretado mal su propósito de hacer una novela en que viejos amigos aparecían como protagonistas. Debe insistirle en los escrúpulos que ha tenido para escribirla, los que posiblemente han acabado por arruinar su proyecto. Tendría que aclararle que se trataba de una mera crónica, de un recuento estricto de los hechos para en parte obligarse a tratar de entender lo ocurrido. No habría interpretaciones de ninguna especie; sería una narración parca en calificativos.

Y así, a la primera oportunidad, después de regresar a casa de un almuerzo en que sólo en el momento del café cambiaron unas cuantas y desganadas palabras, abordó la cuestión. Le hubiera gustado hablarles del proyecto que había desarrollado ese verano en las horas libres y que hacía de una mujer como Leonor, próxima, aunque no demasiado, al personaje central, la narradora testimonial del viaje a Papantla para así permitirse ampliar su distancia frente a los hechos narrados, pero por cierto pudor prefirió no hablar del relato. No quería describirle a su anfitrión la manera en que Billie impuso su presencia en el automóvil, ni la escena en los portales de Veracruz ante la reproducción de un cuadro de Cranach. Gianni era tan susceptible, estaba tan extrañamente sensibilizado, ¡a saber por qué clase de experiencias!, a la situación de un extranjero en México que prefirió omitir esos detalles.

Comienza por aclarar que no sentía ninguna enemistad hacia Billie. Es cierto que se había vuelto una mujer bastante intratable y que la muerte de su hijo y el abandono de Raúl la habían afectado para mal. Recalca que había percibido siempre alguna anomalía en la vida amorosa de la pareja, desde que por primera vez los vio juntos en ese mismo departamento, y que sería absurdo acusar a los mexicanos, por torpes o descuidados que hubieran podido ser en el trato, de ese deterioro de su personalidad. Quienes la conocieron y trataron quedaron confundidos, sorprendidos de lo que le ocurrió y (aunque ello es mentira) añade algo sobre el común dolor que acompañó sus desdichas. Nadie en Xalapa había sido su enemigo, que lo entendiera. A alguna gente le irritaba lo espinoso de su trato, eso era todo. Él y Leonor habían estado con ella hasta el final, o casi hasta el final.

Y vuelve a recontar la historia de los juegos florales de Papantla.

Las escenas aparecen en su memoria con tal nitidez que por un momento piensa que el licor que bebe le produce una capacidad de visión privilegiada.

Vuelven a aparecer en su memoria los paseos por Papantla y la excursión al Tajín. No logra encontrar la silueta de Billie. ¿Sería posible que hubiera permanecido encerrada en el hotel, anonadada por el estruendo de la feria, deprimida a tal grado que ni siquiera hubiese podido encontrar fuerzas para escapar? ¿O acaso se había echado a andar por las calles del pueblo con un propósito determinado de búsqueda, y así el encuentro de la noche no había sido tan casual ni infundado como a todos, él incluido, les pareció en su momento? Esa hipótesis no se le había ocurrido antes y parece por el momento ofrecerle nuevas luces, por lo que decide aprovecharla en su relato. Lo único cierto es que no recuerda la presencia de Billie en los paseos, pero por alguna razón se siente impedido a afirmar categóricamente que no los había acompañado. Leonor cree haberla visto a un lado de la pirámide cortando algunas yerbas, y otros amigos, los Landeros por ejemplo, juran que había estado con ellos, pero no logran precisar dónde.

Sus recuerdos alcanzan en cambio una precisión sorprendente al comenzar la ceremonia de la noche: la coronación de la reina y la entrega del premio al poeta laureado. Se ve en un estrado abajo de la pantalla del cine local, junto a Leonor, otros profesores de Xalapa, las autoridades municipales, la reina y sus múltiples princesas, y, ¡exactamente a su lado!, Billie Upward. Todos sentados en unas incómodas sillas plegables de madera.

El maestro de ceremonias presentó en medio de un torrente de retórica desgastada a los concurrentes, a la reina y al poeta, mientras Billie sin hacer caso a las reiteradas advertencias de silencio que le llegaban de varias partes le decía en voz no del todo baja y con tono grave y angustiado que en esos días se preparaba para participar en un concurso literario de importancia mundial, pues para ella la poesía lo era todo. Su vida consistía en leer poesía, escribirla, experimentarla momento a momento. La poesía se había convertido en su única compañera. Escribía hasta muy tarde. A veces comenzaba por la mañana y no se detenía sino hasta la mañana siguiente. Sentía a su lado, apoyándola, impulsándola, impidiendo que el estrépito del mundo la tocara, el esfuerzo de treinta y tantas mentes superiores que muy lejos de allí, desde lo alto de su montaña inaccesible, meditaban y oraban por ella. Su padre había sido un hombre muy austero; era incapaz de mostrar interés por algo; un asceta nórdico confinado para su pesar en Málaga. Nunca le conoció un gesto que denotara emoción; jamás había recibido de él una palabra de aliento y sí muchas de reproche. Temía hablarle de sus inicios literarios porque de sobra sabía que de él no recibiría sino palabras de escarnio. ¡Un hombre insensible a los placeres del mundo! Sin embargo, quienes lo asistieron en su última enfermedad le habían escrito que minutos antes de morir había pedido que le llevaran a la cama un pequeño cofrecito de marfil que guardaba con llave en un cajón de su escritorio. Dijo que quería tenerlo a su lado en los momentos postreros por contener lo que más apreciaba en el mundo. Todos pensaron que guardaba algún documento de la mayor importancia o una piedra preciosa. Le pusieron en las manos el cofre y el anciano se lo llevó al pecho y lo estrechó con devoción. Murió con una expresión de absoluta tranquilidad, de placer casi (la voz de Billie se había convertido en un cuchicheo pastoso y silbante que sobresalía por encima del vals que en esos momentos tocaba la orquesta. Había logrado que en el escenario ya nadie intentara callarla sino que por el contrario los presentes se mantuvieran pendientes del relato). Cuando lograron separar la mano del cadáver de aquel objeto exquisitamente tallado y lo abrieron, la sorpresa de los presentes no tuvo límites: contenía sólo unas páginas de cuaderno cuidadosamente dobladas. Eran los primeros poemas que ella había publicado y que él a pesar de la artritis que deformaba sus manos, había con paciencia y dolor transcrito con su propia letra.

—De esa manera me enteré —su voz en esos momentos tenía acentos triunfales— que mi poesía era lo que apreciaba más en el mundo. Eso me compromete a seguir, me obliga a crear. Un día te leeré cosas nuevas, no me importa que no las comprendas.

Él se calla por un momento. Camina hacia la ventana, la abre y contempla con delectación el panorama de techos, que a su vez lo conduce al recuerdo de sus meditaciones en el Pincio pocos días atrás. Hay una limpidez en el aire de Roma que perfila pinos, fuentes, monumentos, palacios, avenidas y callejuelas. Todo en la ciudad aparece recortado y colocado sobre un escenario artificialmente preparado. Vuelve a recordar algunas primeras impresiones de muchos años atrás: la transparencia y el intenso artificio de la ciudad, su al mismo tiempo poderosa naturalidad. Su sacro resplandor capaz de convertir en trivial cualquier excentricidad, de restarle importancia a cualquier exceso. Todo allí parece resolverse en una aventura de paso. No hay drama que no se diluya, que no minimice su importancia por aparatosa que sea su forma. ¿Qué importa al fin y al cabo la descortesía de Gianni, su fingida indiferencia al relato? ¡Nada! Ni el tedio, ni el fracaso... Descubre que contra todo lo que durante años ha sostenido fue un error marcharse de Roma, ir de allí a Budapest, a Londres, volver a Xalapa. Tiene la certeza de que, de haberse quedado, todo habría sido diferente. Vuelve a sentirse joven, igual que en los días inmediatamente posteriores a su llegada, lleno de futuro, de experiencias que lo aguardan para cumplirse, de certidumbres. Será escritor. Volverá a ser un escritor. Relatará sus años de Roma. Será el autor de cuentos y novelas que se convertirán en perfectas y estremecedoras parábolas del Universo.

¿O sea?

Que si no fuera por el temor de ser considerado como una especie de maniaco de la reiteración volvería a recontar su breve y trunca biografía literaria; se detendría en el desastre que le aconteció cuando trató de relatar la historia de Billie. Todo había marchado más o menos bien mientras esbozaba la primera parte, el encuentro en Venecia, el palacio de una mecenas venezolana, el periodo romano, hasta que de pronto, al querer recrear la estancia en Xalapa y la reanudación de un trato amistoso, si "amistoso" era la palabra justa, comenzó a hundirse, a ser devorado por arenas movedizas. Los personajes se almidonaron, hablaban como papagayos o como espectros. No había ni fuerza ni temblor en la prosa, ni luz ni penumbras. No había nada ni abajo ni dentro de las palabras. La venganza de Billie consistió en castrarlo. Aunque diga que Roma disminuye las tragedias, la verdad es que ni allí ha logrado cicatrizar esa herida. ¡Antes por el contrario!...

Intentó, no cesa de repetirlo, cerca de una docena de enfoques distintos para apresar el relato. El destino de Billie se le aparecía a veces como una metáfora de la represión del instinto, otra como la ilustración de un cuento de brujas, o una alegoría del desamor y la soledad, o la representación de un choque cultural con connotaciones sexuales y raciales subterráneas.

Sigue contando lo que ocurrió en Papantla. Le parece tener nuevamente a su lado la mirada grave y obtusa de quien hablaba de su labor poética en un cuchicheo que algo tenía de graznido; volvía a oír quejas, agravios sorprendentes, denuestos, lamentos putrefactos.

Ha hecho mención en varias ocasiones a una venganza de Billie, pero a ciencia cierta no sabe por qué debía Billie vengarse de él. ¿Por haber sido amigo de Raúl y testigo de una felicidad inicial y del posterior desastre matrimonial? ¿Por ser natural de un país al que ella había llegado a detestar? ¿Por hablar una tarde en los portales de Veracruz de la patética vieja enamorada de Cranach que pendía de los muros de un museo budapestino? ¿Por no fingir creer en unos hipotéticos triunfos literarios ni en fantasías primarias en torno a mentes superiores que oraban en las celdas de un monasterio del Tíbet para otorgarle la protección que le era necesaria? ¿Por no haber hecho nada para detenerla una noche en un cine de Papantla e impedirle así ir a su perdición? ¿Cómo saberlo? Tal vez ni siquiera se tratara de una venganza deliberada, sino de una simple manera de fastidiar, de molestar, de impedir y estorbar la felicidad de los demás, lo que a momentos hacía tan agobiante y desagradable su trato. La verdad sigue siendo tan débil y sumiso ante ella como lo fue al principio.

Era necesario que Gianni y Eugenia conocieran la historia hasta el final:

Terminó al fin el vals y unos minutos después el relato de la muerte del padre con los poemas de la hija sobre el pecho. Se encendieron las luces. El cine estaba abarrotado por un público dicharachero y jacarandoso que no se cansaba de aplaudir. De pronto le pareció, aunque no está seguro de no exagerar, de no falsear la escena, que los chicos dejaron de arrojarse cáscaras de naranja y que la multitud guardó silencio, ¿Qué ocurría? En medio de aquel silencio agobiante vio cómo avanzaba por el pasillo hacia el escenario una mujer menuda envuelta en un rebozo… Caminaba con paso muy lento. Un bulto al parecer insignificante, un cuerpo que no se sabía si pertenecía a una anciana o a una niña ya que su raída cobertura la cubría de cabeza a pies, atraía la atención tanto de quienes llenaban la sala como de quienes permanecían sentados en el escenario. Al iniciarse el torpe andar de aquella mujer a partir del fondo del pasillo, Billie dejó de hablar. No podía verle el rostro por estar sentada a su lado, pero percibía la tensión de su cuerpo, sentía la respiración entrecortada y resollante, advertía el temblor de sus manos. Cuando la mujer estaba ya a unos cuantos pasos del estrado se descubrió la cabeza. La luz le dio de lleno. Era la antigua sirvienta, Madame, la pajarera. Sonrió y la luz de las candilejas hizo que en su boca se produjera un obsceno chisporroteo de oro.

Billie se puso de pie; al caminar hacia las gradas un clavo le desgarró el vestido, pero no se detuvo, ni siquiera pareció reparar en el daño. Bajó los escalones que comunicaban el estrado de la sala de plateas como hipnotizada y comenzó a seguir a Madame que iba ya de regreso a la puerta, como un cordero a su amo, con paso tan lento, tambaleante y torpe como el de quien la guiaba. Cuando abandonaron el local la orquesta inició otro vals.

Eso fue todo.

Lo demás es un mero asunto de actas, declaraciones y legajos. La mujer conocida con el nombre de Madame resultó llamarse Ismaela Pozas. Poseía un tendajón en las afueras de Papantla, en la planta baja de un mesón de arrieros. Vivía allí mismo, en la trastienda de su changarro, y allí criaba sus pájaros. Los vecinos atestiguaron que había llegado acompañada de una forastera a eso de las diez pasadas y que en el tendajón la luz estuvo prendida hasta muy entrada la noche. Algunos transeúntes, de regreso de la feria, declararon que las oyeron hablar en voz muy alta, pero nadie entendió qué decían. Otros comentaron que oyeron a las dos mujeres graznar en un momento como pájaros y luego echarse a reír como locas. Todo indica que el encuentro no pudo haber sido más feliz.

En la madrugada estalló el incendio que acabó con la tienda y el mesón. Encontraron cuatro cadáveres absolutamente carbonizados. Nadie supo cuánta gente durmió esa noche en el local. A nadie tampoco le interesó identificar los cadáveres ni proseguir la investigación. En Xalapa, la propietaria del departamento quiso entregar las propiedades de Billie a la madre de Raúl, la cual sólo aceptó unas fotos de su hijo y su nieto. Todo el mundo pareció respirar a pleno pulmón después de la desaparición de aquella profesora inglesa que sólo supo crear discordias. También él. Nadie la lloró. Se dijo que los cadáveres eran sólo de hombres. Nunca se confirmó. Xalapa es una ciudad que vive de rumores. A veces se pregunta si no habrían salido Billie y Madame de aquel tugurio antes de estallar el incendio. ¿Estarían acaso ahora en un pueblo remoto comerciando en cerveza, petróleo y cigarrillos y criando nuevos pájaros? ¿Se habría convertido Billie en la esclava de Madame como en una época decía temer? ¿Estarían ambas al lado de Raúl? ¿Se habrían vuelto cuervos, salamandras o urracas? Estén donde estén, piensa, es gente que no tiene cabida en el mundo que él habita, el de sus clases, su vida conyugal, el de las conversaciones de ese momento con Gianni y Eugenia. Y siente una nostalgia intensa de aquellos gemidos exhalados por la inglesa desde el fondo de su mínimo infierno personal. Más que nostalgia, debe reconocerlo, siente envidia.

No tiene caso seguir hablando. Vuelve otra vez a la ventana. La claridad del cielo ha desaparecido. Es posible que esa noche llueva. Un humor semejante al que reina en el estudio se ha adueñado de la ciudad. Observa los techos. Un pino negrísimo se destaca a lo lejos sobre una ciudad rojiza. El verano termina. Dentro de unos días estará de nuevo en Xalapa, en su casa, entre libros y papeles. Cenarán con las Rosales e intercambiarán información sobre trattorias romanas. Envejece, igual que su mujer, que sus amigos. Recuperar una migaja de la juventud perdida no le ha sido posible, a pesar del espejismo inicial. Ya Leonor no le dice que es un apuesto condottiero, ni un hombre del sol, ni un pagano. Roma lo hostiga de tal manera que si le fuera posible en ese mismo instante huiría de ella. Le interesa más saber qué habría podido ocurrir con los posibles cambios en la dirección de la escuela de letras sobre los que tantos rumores habían corrido antes de salir de Xalapa.

Ruinas, fuentes, callejuelas, pinos, cúpulas y capillas comienzan de pronto a convertirse en pasado.

Xalapa, 1967
Moscú-México, 1980-1982

Obras reunidas I, de Sergio Pitol,
se terminó de imprimir en el mes de septiembre de 2003
en los talles de Impresora y Encuadernadora Progreso, S. A. de C. V. (IEPSA),
Calz. de San Lorenzo, 244; 09830 México, D. F.
En su tipografía, parada en el Departamento de Integración Digital del FCE,
se emplearon tipos Berkeley Book de 7, 11:15, 12:15 y 14 puntos.
El diseño de interiores y forros es obra de R/4, Pablo Rulfo.
Esta edición consta de 2 000 ejemplares.